CONFESIONES DE UNA CRIADA

CONFESIONES DE UNA CRIADA

Sara Collins

Traducción de Rosa Pérez

Papel certificado por el Forest Stewardship Council®

Penguin
Random House
Grupo Editorial

Título original: *The Confessions of Frannie Langton*

Primera edición: mayo de 2021

© 2019, Sara Collins
© 2021, Penguin Random House Grupo Editorial, S. A. U.
Travessera de Gràcia, 47-49. 08021 Barcelona
© 2021, Rosa Pérez Pérez, por la traducción

Printed in Spain – Impreso en España

ISBN: 978-84-666-6873-6
Depósito legal: B-4.796-2021

Compuesto en Fotocomposición gama, sl
Impreso en Black Print CPI Ibérica

BS 68736

Para Iain.
Y en memoria de Melanie, Susan y Joy

Conocen su pasado tan poco como su futuro. Son máquinas a las que hay que dar cuerda para ponerlas en movimiento.

CHARLEVOIX

Una palabra nos libra de todo el peso y dolor de la vida: esa palabra es «amor».

SÓFOCLES

*Old Bailey, tribunal penal central de
Inglaterra y Gales,
Londres, 7 de abril de 1826*

Jamás podría haber hecho lo que dicen que hice, no a Madame, porque la amaba. No obstante, me han condenado a muerte y quieren que confiese. Pero ¿cómo puedo confesar lo que no creo haber hecho?

1

Mi juicio empieza igual que mi vida: un tumulto de codazos, empujones y escupitajos. Desde la sala de los acusados, los carceleros y yo atravesamos la tribuna pública, bajamos la escalera y pasamos por delante de la mesa atestada de abogados y funcionarios. A mi alrededor, una avalancha de caras, cuyos murmullos crecen y se mezclan con los susurros de los letrados. Un rumor enfurecido que recuerda el zumbido de un panal de abejas. Las cabezas se vuelven a mi paso. Cada ojo es un arpón.

Agacho la cabeza, me miro las botas, me agarro las manos para detener su horrible temblor. Parece que todo Londres esté aquí, pero eso es porque no hay nada que a esta ciudad le guste más que los asesinatos. Toda esta gente vibra al unísono, enardecida por la «agitación que han suscitado estos cruentos asesinatos». Esas fueron las palabras del *Morning Chronicle*, cuyo negocio consiste precisamente en recolectar esa agitación como una cosecha de negra tinta. No tengo costumbre de leer lo que la prensa dice sobre mí, porque los periódicos son como el espejo que vi una vez en una feria cerca del Strand, que alargaba mi reflejo y me ponía dos cabezas, hasta el punto de que apenas me reconocía en él. Si alguna vez ha tenido la desgracia de que escriban sobre usted, ya sabe a qué me refiero.

Pero en Newgate hay carceleros que nos los leen por diversión, y allí es imposible escapar.

Al ver que no me muevo, me empujan con la palma de la mano. A pesar del calor, me pongo a temblar y me tropiezo por las escaleras.

«¡Asesina!» La palabra me sigue. «¡Asesina!» La Asesina mulata.

Tengo que trotar para seguir el paso de los carceleros y no caerme de bruces. El miedo me atenaza la garganta cuando me empujan al banquillo de los acusados. Los abogados alzan la nariz de la mesa, impasibles como vacas con sus fúnebres togas. Incluso estos perros viejos que lo han visto todo quieren ver a la Asesina mulata. Incluso el juez me mira, gordo y lustroso en su toga, la cara blanda e inexpresiva como una patata vieja, hasta que me mira ceñudo y hace un gesto con la cabeza a su secretario de pelo lacio para que lea los cargos: «Frances Langton, también conocida como Fran de Ébano o la Negra Fran, está acusada del asesinato premeditado de George Benham y Marguerite Benham, en tanto que el 27 de enero del año de Nuestro Señor 1826 agredió con premeditación y alevosía a George Benham y Marguerite Benham, súbditos de nuestro señor el Rey, golpeándolos y apuñalándolos hasta causarles la muerte, en la parte superior y media del pecho en ambos casos, siendo sus cadáveres descubiertos por Eustacia Linux, ama de llaves, de Montfort Street, Londres. El señor Jessop actuará como fiscal».

Hay una multitud en la tribuna pública, todo tipo de gente, personas de alto rango que se apiñan con la plebe, pues la sala de justicia es uno de los pocos lugares donde pueden encontrarse hombro con hombro. Seda de Padua y chales de Cachemira mezclados con pañoletas. Los traseros se impacientan en los bancos y emana del gentío un olor que me recuerda la leche pasada, o la pieza de carne de cerdo que Phibbah olvidó una vez debajo del porche. La clase de olor que engancha la lengua a la garganta. Algunas mujeres chupan pieles de naranja confitadas que han sacado del bolso, sus mandíbulas como rápidos remos. Las que no soportan los malos olores. Las damas. Las conozco bien.

Jessop se agarra las solapas de la toga y se levanta. Su voz es como la caricia del agua contra el casco de un barco. Muy baja. Podría estar charlando con amigos al amor de su lumbre. Y es el efecto que busca, porque obliga al jurado a inclinarse hacia delante, a prestarle atención.

—Caballeros, en la noche del 27 de enero, los señores Benham fueron asesinados a cuchilladas. El señor Benham en su biblioteca, la señora Benham en su alcoba. Esta... mujer..., la acusada, es la presunta autora de tales crímenes. Esa misma noche, se encaró con ellos en el salón y los amenazó con asesinarlos. Varios invitados que habían asistido a una de las legendarias veladas de la señora Benham fueron testigos de tales amenazas. Oirán las declaraciones de esos invitados. Y la del ama de llaves, la señora Linux, quien les explicará que la acusada fue vista entrando en la alcoba de la señora Benham poco después de que ella se retirara. La propia señora Linux subió a la primera planta alrededor de la una de la madrugada, donde encontró el cadáver de su señor en la biblioteca. Poco después, entró en la alcoba de la señora Benham y halló su cadáver y, junto a él, a la acusada. En la cama de su señora. Dormida. Cuando el ama de llaves la despertó, la acusada tenía sangre en las manos, sangre reseca en las mangas del vestido.

»Desde su detención y posterior encarcelamiento... hasta el día de hoy, se ha negado a hablar de lo que sucedió esa noche. El refugio de los que no pueden aportar una defensa clara y honesta. No obstante, si puede darnos una explicación ahora, estoy seguro de que la escucharán, caballeros, estoy seguro. Pero estoy convencido de que no puede haber una explicación satisfactoria cuando en el crimen concurren circunstancias como estas.

Me agarro a la barandilla y mis grilletes tintinean como llaves. No logro seguirle el hilo. Recorro la sala con la mirada y veo la espada suspendida detrás del juez, plateada como un gajo de luna. Leo las palabras grabadas en oro de debajo. EL TESTIGO FALSO NO QUEDARÁ SIN CASTIGO; Y EL QUE HABLA MENTIRAS PERECERÁ. Bueno. Todos vamos a perecer, tanto los que mienten como los que dicen la verdad, aunque el Old Bailey tiene por objeto acelerar el proceso para los mentirosos. No obstante, eso no es lo que me asusta. Lo que me asusta es morir creyendo que fui yo quien la mató.

Desde la mesa de los abogados, usted alza la vista y me saluda con un rápido gesto de la cabeza que me arropa como una manta. Ahí, dispuestas como la vajilla en un aparador, están las pruebas contra mí: el corbatón de Benham, su chaleco verde de brocado; el vestido azul lavanda de seda de Madame, su combinación y su turbante con la pluma de cisne teñida también de azul lavanda, para combinar con el vestido. Y ahí está el cuchillo de trinchar de Linux, el cual, que yo sepa, estuvo enfundado en la cocina todo el tiempo que yo pasé en la alcoba de Madame.

Pero es lo que hay junto a esas pruebas lo que usted mira con el entrecejo fruncido. Cuando lo veo, la preocupación me hiela las entrañas. Está ovillado dentro de un tarro de botica, como un puño cerrado. El feto. Alguien sacude la mesa y se aplasta contra el vidrio, como una mejilla. Usted enarca las cejas con expresión interrogante, pero no es una pregunta que yo pueda responder. No esperaba verlo en esta sala de justicia. ¡El feto! ¿Por qué se permite aquí? ¿Me pedirán que hable de él?

Al verlo, las rodillas empiezan a temblarme y vuelvo a sentir el terror que me atenazó esa noche. Pero la mente es su propia morada, como dijo Milton, y por sí sola puede hacer del cielo un infierno y del infierno un cielo. ¿Cómo lo logra? Recordando u olvidando. Las dos únicas maneras que una mente tiene de engañarse.

Me azota una ola de recuerdos. Madame está tumbada en la cama, apoyada en los codos y con los dedos de los pies apuntando al techo. En la mano tiene una manzana y yo intento en vano engatusarla para que se la coma.

—¡Escucha! ¿Estás escuchando? —Ella da un golpe de talón en el aire.

Encontré un viajero de comarcas remotas,
que me dijo: «Dos piernas de granito, sin tronco,
yacen en el desierto. Cerca, en la arena, rotas,
las facciones de un rostro duermen... El ceño bronco...

Solo escucho a medias, porque es imposible lo que está ocurriendo: ¡mi señora tumbada conmigo en su cama leyéndome un poema! Pero también porque es una de esas veces en las que tengo que vigilar lo que ellos llaman «el equilibrio de su mente», como una olla que tuviera puesta al fuego. «¿Está bien? —me pregunto—. ¿Está bien?»

Se vuelve hacia mí.

—¿Te gusta?

—¿De quién es? —pregunto, y mi respiración le alborota el pelo.

—De Shelley. Aunque me gusta más Byron, ¿a ti no? El príncipe del melodrama. —De repente se da la vuelta y se queda boca arriba, con los ojos cerrados—. Byron es la prueba, si aún fuera necesaria, de que los vicios de un hombre solo lo estropean mientras que los de una mujer la mancillan. Oh, Frances, ¡Frances!, ¿no crees que habría que recetar un poema diario a todo el mundo? ¡La mujer no puede vivir solo de novelas!

Tenía razón en eso. Una novela es como una larga bebida caliente, pero un poema es una estaca en la cabeza.

Le conté esa anécdota ayer cuando nos conocimos. No sé por qué, salvo que quizá quería que supiera algo de nosotras aparte de los horrores que se han divulgado. Ustedes los abogados sienten tanta repugnancia por los rumores como un colono por las ratas de las cañas y, no obstante, un juicio reduce la reputación del acusado a las murmuraciones sobre él.

—John Pettigrew —dijo, alargando la mano en la que aún llevaba el escrito judicial, y las cintas que lo ataban le cayeron sobre las muñecas.

Me miró a través de su pelo oscuro. Vi que estaba aún más nervioso que yo por lo que nos aguardaba.

A continuación dijo:

—Por el amor de Dios, deme algo con lo que pueda salvarle el cuello.

Pero ¿cómo voy a darle lo que no tengo? Recordar es algo que pasa o no pasa, como respirar.

De manera que le conté esa anécdota. Supongo que quería demostrarle que hubo amor entre nosotras. Aunque ¿de qué sirve eso? Lo que fuéramos la una para la otra no es nada que les conmueva a ustedes los hombres. Además, el amor no sirve de descargo en un caso de asesinato, como usted dijo, aunque a menudo ofrece una explicación.

Pero esta es una historia de amor, no solo de asesinatos, aunque sé que no es la que usted se espera. En verdad, nadie espera ninguna historia de una mujer como yo. Usted, sin duda, cree que será uno de esos relatos de esclavos, sensibleros, llenos de sufrimiento y desesperación. Pero ¿quién querría leer una historia así? No, este es el relato de mi vida y de la felicidad que he tenido, dos cosas a las que nunca creí que tuviera derecho, ni a la felicidad ni al relato.

Tengo el papel que usted me dio, y una pluma nueva, y sus instrucciones para que me explique.

Cualquier preso le dirá que para cada delito hay dos historias y que un juicio en el Old Bailey es la historia del delito, no la del acusado.

Esa historia solo puedo contarla yo.

Paradise,
Jamaica, 1812-1825

2

Ya me llamaba Frannie Langton antes de que Langton me llevara de Paradise a Londres y me regalara al señor George Benham, que luego me regaló a su esposa, para que fuera su doncella. No fue decisión mía ir a Londres, como tantas otras cosas en mi vida. Era la criatura de Langton. Si le complacía a él, me complacía a mí. Sus deseos eran órdenes para mí. Pero Langton era un hombre que había llamado Paradise a su hacienda pese a todo lo que allí sucedía y también ponía nombre a todo lo que vivía en Paradise. ¿Qué más necesito contarle de él?

De donde yo vengo, un hombre tiene más de una manera de dar su apellido a una mujer. Se casa con ella o la compra. En algunos lugares, es lo mismo y lo llaman arras, pero es una verdad que todos deben saber que en algunos lugares un hombre no necesita desposar lo que ha comprado.

Este no va a ser el relato de todo lo que me hicieron en Paradise ni de todo lo que hice yo. Pero supongo que tendré que incluir parte. Siempre he querido contar mi historia, aunque un relato personal es una mera gota de lluvia en un océano. Si alguna vez ha estado usted en el mar cuando va a llover, ya sabrá que son dos clases de agua distintas. El agua de mar no se parece en nada a la primera fría gota de lluvia que le rebota en la cara, seguida de otra en la lengua, y otra, plic, plic, plic, en los párpados cerrados, hasta que la lluvia azota el mar a todo su alrededor.

Lo difícil es saber por dónde empezar. Mi vida comenzó con serias penalidades, pero mi historia no tiene por qué hacerlo, aunque nada hace aflorar la sinceridad como el sufrimiento. Recibirlo, pero también infligirlo.

Nací en Paradise y aún era una niña cuando me sacaron de las barracas de los esclavos para llevarme a la casa. Durante mucho tiempo creí que había sido un golpe de suerte, pero solo era parte de mi hábito de mentirme adornando la realidad.

Algunas noches, si Phibbah había dejado las contraventanas abiertas y las velas encendidas, podía escabullirme hasta el río por la hierba húmeda, esconderme detrás del trapiche y admirar la casa. La vacilante luz amarilla convertía las ventanas en vidrieras y la sombra alta y gris de Miss-bella se alargaba cuando pasaba por detrás. La imaginaba dentro, preparándose para acostarse, acercándose a Langton sin prisas. Con los andares almibarados de las mujeres blancas. No como las mujeres de las barracas, que eran rápidas como gallinas.

La casa también era un regalo para la vista cuando se hacía de día. El sol brillaba como los zapatos de los domingos de Langton. El calor ya me atenazaba la garganta, pero aún tenía una brizna de humedad. Iba al porche delantero por el camino abierto entre la hierba de Guinea. En el campo de caña de azúcar, los hombres esperaban su cuenco de gachas. Paredes encaladas, el porche ancho como una espalda, las contraventanas de madera que Miss-bella había hecho colocar a Manso para que no entrara el mal aire. Me gustaba la idea de que la casa fuera tan nueva como yo. Langton se jactaba de haber tenido a Manso y a los albañiles y a los carpinteros contratados trabajando durante tres años para dejarla aplomada.

Después me alisaba el vestido marrón de percal y me dirigía a la parte de atrás. Todo, hasta donde el río torcía hacia el norte, negro, lento y fangoso, pertenecía a Langton. Me sentaba en una de las mecedoras de palo de tinte de Miss-bella, oía crujir las tablas del suelo, alzaba los brazos hacia el sol como había visto hacer a las damas blancas y me daba impulso con los pies para mecerme. Cerraba los ojos y esperaba a que fuera mediodía.

Antes de que me llevaran a vivir a la casa, solo hacía eso en mi imaginación.

Entonces una tarde, Miss-bella ordenó a Phibbah que fuera a buscarme y ella me encontró con la tercera cuadrilla en el campo de abajo, donde nos habían dejado con nuestras cestitas de estiércol para cubrir los esquejes de caña de azúcar recién plantados. Pasamos por la barraca que albergaba la cocina y me lavó los pies en el cubo de fregar. El pañuelo de la cabeza le revoloteó por encima de los ojos como una polilla amarilla y el calor del asador me azotó las piernas. Estuvo un minuto largo quejándose de que Miss-bella quería tener a sus enemigos cerca, lo que le había dado a ella el trabajo de pasarse la mañana persiguiendo a críos negros, y tardó un minuto escaso en llevarme dentro a rastras. Le pregunté para qué me quería Miss-bella, pero estaba tan malhumorada que ni tan siquiera me oyó.

Miss-bella se encontraba en la habitación que le pertenecía y también se parecía a ella. Ambas cubiertas de seda y terciopelo, suaves y frías como lagartos. Una habitación tan enorme que me quedé muda al entrar, y tan amplia que me pareció que me engullía entera.

«¡Kiii! ¡Este sitio es tan enorme como lo que hay afuera —pensé—, pero con un techo encima y ventanas que deciden cuánta luz entra!»

Miss-bella estaba sentada en el centro en su taburete, con las faldas extendidas alrededor. Podría haberme parecido una araña en su tela, pero, con sus ojos chicos y brillantes, me recordó más a una mosca. Había una jarra de leche de cabra colocada delante de ella en una mesita, donde también había trozos de yaniqueque que parecían dejados para los pájaros o para atrapar ratas. Cogió uno de ellos. Di un paso, que sonó como una campanada y me hizo pararme del susto. De repente, ella estaba ante mí, alzándose sobre un mar de satén negro. Tuvo que cogerme y arrastrarme hasta la mesita. Ahora recuerdo que había un espejo en la habitación, justo detrás de ella. Era la primera vez que me veía realmente, y ahí me tiene, yendo a mi encuentro como una criatura salvaje, moviendo la cara por la luna, como un pez que no podía atrapar. Una vez más, el miedo me detuvo y Miss-bella tuvo que tirar otra vez de mí.

El yaniqueque se había enfriado y la leche estaba tibia. Los dos debían de llevar mucho tiempo en la mesita antes de que Miss-bella mandara a buscarme.

—Así que tú eres Frances —dijo.

Le hice una reverencia.

—Es el nombre que yo misma te puse.

Eso me sorprendió. No sabía que Miss-bella se hubiera interesado por mí antes de ese momento. Me distraje y casi resbalé y me caí. No sabía cómo responder aparte de darle las gracias. Ella movió el brazo para recordarme que tenía un trozo de yaniqueque para mí. Yo ya había cogido un buen pedazo en cada mano, pero ese se lo arrebaté directamente de la suya con los dientes.

Infló los carrillos y se metió los dedos en la boca como si quisiera limpiárselos a lametazos.

—Eres un poco salvaje, sí.

Me mordí la lengua.

—Es mi esposo el que ha decidido que debes vivir en esta casa, Frances.

—Sí, señora —mascullé con la boca llena, intentando tragarme el yaniqueque antes de que pudiera quitármelo.

—Lo que tú y yo tenemos en común es que nuestra opinión no ha valido para nada.

—Me alegra estar aquí, señora.

—Bien. Parece que ahora debo ser una especie de madre para ti.

¿Qué se puede decir a eso? Yo no había conocido a mi madre, pero ni ella ni yo podíamos eludir la realidad. Miss-bella era blanca y de buena familia. Nadie como ella había alumbrado nunca a nadie como yo en la historia de nuestro caluroso rincón de la tierra. En esa época yo era robusta y fuerte como un caballo castaño, aunque, al ser mulata, era menos oscura que cualquiera de los otros negros de la hacienda. Con una abundante maraña de pelo rizado, no como su pelo claro, que era tan fino que la brisa lo alborotaba, lo levantaba y jugaba con él mientras eludía el mío.

Dijo algo más, que supuse que se refería a su vida y por tanto no me incumbía. Además, lo pronunció mientras miraba por la ventana.

—He vivido demasiados años en un sitio donde las serpientes acechan en la casa además de en la hierba.

Como había dicho que iba a ser mi madre, me atreví a hacerle una pregunta.

—¿Cuánto tiempo me quedaré?

Su cuello se enrojeció, sus manos se crisparon como ancas de rana. Me miró un momento y apartó los ojos, como si yo fuera el sol y mirarme durante demasiado tiempo pudiera lastimárselos. Me pareció extraño que estuviera tan alterada cuando yo era la tosca criatura sacada del manglar y ella, la gran señora de la casa que se compadecía de mí y me daba trozos de yaniqueque. Miss-bella tenía miedo de mí.

Pero entonces dijo una cosa que cambió por completo mi foco de atención, como si un buitre jamaicano acabara de entrar volando en la habitación.

—Sea el que sea, acabará siendo demasiado.

3

Era el año 1812. Nadie me explicó por qué me habían llevado a la casa y yo estaba demasiado ocupada enterrando la nariz en algodón limpio y sobras de comida para darle muchas vueltas. Decían que tenía siete años, o por ahí. Nadie se había interesado nunca lo suficiente para asegurarse. Yo no tenía fiestas de cumpleaños, ni tampoco madre. Cuando le preguntaba, lo único que Phibbah decía era que mi madre había huido. «No harás aparecer a una preguntando —decía—. Aprenderás. Nosotros no somos los que hacemos las preguntas, somos los que las contestamos. Y la respuesta siempre es sí.»

Cuando ahora cierro los ojos, veo a Phibbah pasando el trapo por el sofá de mimbre de la sala de visitas, levantándolo para barrer debajo. Veo las sillas de palo de tinte colocadas justo en el centro para que les dé el aire, las alfombras enviadas desde Bristol por la hermana de Miss-bella que se abarquillaban en nuestro calor como si intentaran protegerse de él. El comedor donde las tazas y bandejas de porcelana y la tetera blanquiazul tintineaban en el aparador. Oigo a Phibbah rezongando: «Lárgate, niña, quítate de en medio. ¿Por qué no puedes dejarme en paz?».

Mi trabajo era pulir los bronces, sacar las flores a la

mesa del porche en la que desayunaba Miss-bella y apartarle las moscas de la comida con un abanico. Pero más que nada deambulaba por la casa, pensando en maneras de pegarme a Phibbah, como un delantal. Ella rezongaba mientras trabajaba, quejándose de que sus viejos huesos le repiqueteaban como piedras en una calabaza hueca, de que quienquiera que hubiese inventado el color blanco jamás había tenido que ser la lavandera de nadie, de que los muebles de los blancos nunca hacían nada aparte de engendrar más muebles. Me gustaba que cada palabra suya fuera como un canto de pájaro, entre el hueco de sus dientes. Le faltaban cuatro, justo donde a mí acababan de salirme los definitivos.

Ella era la que me había arrancado los míos, de manera que le pregunté:

—Phibbah, ¿quién te arrancó los tuyos?

La atormentaba como las olas golpean la arena. Los niños son todo vendas y martillos. Crueles por culpa de lo que no saben.

Me dijo que no era asunto mío.

—Tú no te acuerdas —respondió.

—¿Por qué?

—Pasó antes de que nacieras. Nadie recuerda nada de esa época.

La mayor parte del tiempo solo hacía que maldecir pero, cuando estaba de buen humor, me daba sobras de sémola de maíz directamente de la olla o un trozo de una de sus tortas de maíz. Por la mañana, cuando se sentaba fuera de la cocina para desgranar guisantes y daba unas palmaditas en el suelo, significaba que me había dejado unos cuantos ahí, al lado de la jofaina. Yo me acercaba con sigilo y los recogía en la palma de la mano, y el roce de su brazo me hacía cosquillas. Pero jamás se volvía, jamás me miraba.

El repiqueteo de los guisantes en el peltre, el olor a carbón de Phibbah, y la mezcla de lejía de cenizas y aloe con la que elaboraba jabón. Si me estaba callada, podía contarme una historia. Pero tenía que prepararse, como una ola que se ve venir de muy lejos. Primero, decía, tenía que encontrar su aliento para narrar, que no era el mismo que para vivir.

Mis preferidas eran las historias sobre la casa.

—Solo hay una razón para que los hombres blancos construyan casas tan bonitas como esta —dijo Phibbah—. Los gusanos se ponen en los anzuelos para coger peces. Después de venir de Inglaterra y terminar la casa, el amo mandó una carta a Bristol. Sabíamos que la mujer blanca vendría tan seguro como lo hace la noche. Y, en efecto, Miss-bella vino corriendo, ¡como un rayo!, igual que las pintadas cuando se caen las mazorcas.

Phibbah tuvo entonces que conocer a su nueva ama. Y tuvo que observarla como los marineros observan el cielo. «Cielo rojo por la mañana, una advertencia para el marinero; cielo rojo por la noche, un placer para el marinero.» Miss-bella llegó en el carro de las mulas, sentada muy tiesa en el asiento del conductor, tan fuera de lugar como un guante blanco en el seto donde poníamos la ropa a secar, con una tetera tintineándole en el regazo, cuya cenefa blanquiazul se apiñaba alrededor del borde como los pájaros en una rama. Había arrancado los cojines del carro para hacerle un pequeño trono. Tres noches se había pasado Phibbah sin dormir para coser los cojines y los había terminado con un brocado de hojas digno de la sala de visitas. Langton había dicho que quería que fuera como ir sentado en una nube, el día que fuera a buscar a su esposa. ¡Y ahí estaba Miss-bella, utilizándolos para su tetera y no para su trasero!

Oh, pero pronto aprendería. Esto era Jamaica. Las cosas siempre se rompían.

Lo creyera o no, dijo Phibbah, hubo una época en la que Miss-bella y Langton salían juntos a cabalgar, antes de que ella comprendiera que Jamaica era una tierra a la que se suponía que debía tener miedo. Se ponía su falda de amazona, que parecía medio limón, y su sombrero de paja con la pluma azul y los ojos grises le brillaban de emoción mientras Langton cabalgaba a su lado y le enseñaba todo lo que poseía. Phibbah debía montar guardia, correr a abrir el portón en cuanto regresaran. Sabía que lo pagaría caro si el portón permanecía cerrado ni que fuera un minuto. Pero tenía una manera de saber que regresaban mucho antes de verlos.

—¿Cuál? —le pregunté.

—La misma que sirve para localizarlo por cualquier motivo. Mirar los campos.

—¿A los hombres?

—Ajá. Todos hacen lo mismo cuando se acerca.

—¿Alzan la vista?

—¡Bah! ¡Niña! —Chasqueó la lengua y el aire hizo su música al pasarle por el hueco de los dientes—. La bajan. Fíjate. Pasa siempre, como una ola en la hierba. De dondequiera que venga la ola, de ahí viene el amo.

Había que cuidar a Miss-bella como a una rosa. Tenía los brazos más blancos que yo había visto nunca. Su única ocupación durante toda la mañana era no exponerlos al sol. Para colmo, tenía la cintura tan fina como el pico de un zanate antillano, y se la estrechaba aún más con un corsé de ballenas que la envolvían como costillas. El trasero se le abombaba bajo todo género de polisones y aros que su hermana le compraba por catálogo. Decía que la vida en las colonias solo podía soportarse rezando y tomando té, de manera que Phibbah se lo servía todas las tardes en el porche de la parte de atrás, rezongando: «¿Por qué tenemos a la única blanca de toda Jamaica tan loca como para tomarse el té afuera?».

Colocábamos cuencos de agua azucarada y veneno de cobalto para atrapar a las moscas, sacábamos el abanico estampado con ramas de naranjo y el lavapiés de porcelana. Yo odiaba tener que llevar mi vestido de percal en vez del vestido de muselina (suave y blanco, con un cuello de encaje que siempre hacía que los invitados de Miss-bella me miraran de arriba abajo). Pero el de muselina era para servirla en la mesa y el de percal era mi vestido para lavarle los pies.

Phibbah estaba de pie tras ella con el abanico. Le levanté el dobladillo de la falda gris. Los dedos de los pies se le movieron como pestañitas. Miré hacia los campos de caña de azúcar. Arpillera y muselina azotadas por el viento, peones que salían de la fila para mojar trapos en cubos de agua y atárselos alrededor de la frente. Los capataces encaramados a sus caballos bajo el tamarindo, vigilando. Pasé la manopla entre los dedos de Miss-bella. Sus pies parecían objetos sacados de un incendio después de apagarse. Secos, arañados. No bonitos como el resto de ella. Con el paso de la tarde fue poniéndose más colorada. El aire del abanico pasó a ser una mera brisa, lenta cual velero al pairo. Sus palabras chapotearon alrededor de nosotras, como el agua de la bañera. Se inclinó sobre la taza y suspiró.

—Este infierno fue creado para matar a los europeos —dijo.

Phibbah dejó caer el abanico contra su cadera.

—¡Kiii! Si a usted la está matando, ¿qué nos hace a nosotros?

Miss-bella se quedó quieta, con la taza rozándole el labio inferior. Después se rio.

—Bueno, son los europeos los que me preocupan, criada. En particular yo misma.

Le diré una cosa, vi azotar a Phibbah por toda clase de cosas sin importancia: cada vez que desaparecía una pieza de la vajilla de porcelana, cuando dejó resbalar y romperse una de las tazas de té de Miss-bella, aquella ocasión en que se retrasó en llevarle el bacalao salado del desayuno, pero nunca vi que la azotaran por replicar. Le pregunté por eso una vez. «Es la única distracción que tiene la mujer», me respondió.

Cuando se echa la vista atrás, el tiempo se desploma sobre sí mismo, como tierra que cae al interior de un hoyo recién hecho. Nos veo a las tres, las mujeres de Paradise, como figuras grabadas en vidrio. Y es como si el tiempo no hubiera pasado, como si esa niña arrodillada a los pies de Miss-bella parpadeara y descubriera al despertar que es la Asesina mulata.

Desde donde estaba agachada en el porche, veía el río. Oh, sería un milagro volver a sentir la suavidad del agua en la piel, aunque me conformaría con estar echada sobre la hierba recién cortada o incluso con poder pasar los dedos por una combinación recién lavada. El aire estaba impregnado del olor de los rastrojos que ardían cerca del río y del aceite de naranja que Phibbah utilizaba para encerar la madera.

—Ve adentro, criada —dijo Miss-bella—. Tráeme un trozo de la tarta de piña que preparaste ayer. ¿Y hay naranjada?

Phibbah dejó la jarra junto a la puerta. Yo no había levantado la cabeza en ningún momento, porque estaba raspando la tierra incrustada bajo las uñas de Miss-bella, primero un pie y después el otro. Aún con el corazón duro como un tambor, pero el resto de mí ablandado como mantequilla en una sartén. Utilizaba un raspador que tenía el mango de marfil, como si eso pudiera obrar el milagro de volverle los pies delicados. Le puse uno sobre la toalla al lado de su silla, para que se secara, y ella y yo nos inclinamos hacia atrás para admirarlo. Como si fuera mármol en un museo. Fingíamos que sus pies eran tan bonitos como las tazas de té, igual que fingíamos que la tetera no estaba medio llena de ron.

No había terminado de quejarse.

—Estoy harta de mirar siempre las mismas aburridas colinas.

—Podríamos sentarnos delante, alguna vez —dijo Phibbah—, si no fuera usted tan terca.

—Oh, no. No podría.

—Ver el mar.

—Por eso precisamente no podría. —Le lanzó una mirada, severa, por encima del hombro—. Pero eso tú ya lo sabes.

—¿El qué?

—Lo que es querer algo tanto que no puedes ni mirarlo.

Phibbah blandió el abanico como un puñal y cortó el aire.

—Pensaba que eran las colinas lo que la molestaba. Ahora dice que es el mar.

Miss-bella se rio en su taza. Después se quedó callada, como si estuviera pensando.

—Parece que no puedo mirar ni hacia delante ni hacia atrás.

—Pues entonces no puede quejarse por estar sentada donde usted se pone.

Miss-bella movió la mano.

—¿De verdad crees que yo elegí ponerme en cualquier parte de esta hacienda? —La vimos sorber té, dejar la taza—. Si mi padre o mi esposo entraran en razón, yo estaría ahí. En el próximo clíper a Bristol.

Manso pasó por delante de nosotras con el cubo metálico, gritando «¡Ea! ¡Ea!» para llamar a las vacas, levantando los pies por el patio como el gallo loco que solo tenía un ojo. Cerca del cobertizo vertió la sal en pequeños montículos. Las vacas se acercaron con paso torpe y la lamieron sin prisas.

Hasta el día de hoy, recuerdo qué ocurrió entonces, porque lo que entonces ocurrió me cambió la vida, para bien y para mal. Miss-bella cerró los ojos, dejó el libro en su regazo y pasó los dedos por la cubierta de piel. Vi una «D» escrita en ella. Una ráfaga de aire desordenó las páginas. Manso seguía dando órdenes a las vacas. «Adentro, adentro.» El libro estaba ahí, una cosa más que yo quería. Páginas blancas como manzanas peladas. Blancas como sábanas limpias. Un impulso incontenible se apoderó de mí. ¿Cómo puedo explicarlo? Todo se quedó en silencio, como ocurre cuando una lechuza pasa volando. Ni tan siquiera el golpeteo del abanico. Fui a cogerlo y mi mano le empapó el regazo; al darme cuenta de lo que había hecho, la retiré, me agarré a su falda y me puse de pie. Ella también se levantó de golpe. El libro cayó de su regazo al agua. El estómago me dio un vuelco, como un objeto zarandeado por el mar.

—¡Frances!

El abanico se detuvo.

—Lo siento, señora —dije—. Lo siento.

Lo saqué del agua e intenté secarlo con una punta del vestido, mientras el miedo me zumbaba en la cabeza. Me dio una bofetada. Mi cabeza como un pez atrapado en un hilo de pescar, su mano el anzuelo. Las piernas me fallaron y caí al suelo.

La isla entera estaba aturdida por el sol. El calor picaba como hormigas bravas. La luz era como cuchillos.

Seguí secando el libro, sin parar. Utilicé las manos, la falda, lo sacudí como un mocho, poniendo todo mi empeño en secarlo. Quería llorar pero no me atrevía, no mientras Manso pudiera verme. Cuando era pequeña, me habría guiñado el ojo al pasar o me habría dejado ponerme sal en la palma de la mano para que una vaca la lameteara, pero ya no. Los negros domésticos eran lo único que todos los esclavos odiaban más que la caña de azúcar.

Estaba sentada junto a las cuadras, secando el libro. Oía los caballos y sus resoplidos. Incluso después de que todos los demás se fueran de los campos y solo quedaran los trinos del ruiseñor para indicarme que no estaba sola, seguía ahí, secando el libro. Mi sombra en el suelo. Miss-bella me había dicho que no me moviera de ahí. «No te atrevas a intentar ponerte a la sombra. Te estaré vigilando.»

¿Sería verdad?

Ella y Phibbah debían de estar en la sala de visitas, Phibbah preparando el ron. ¿Quién sabía en qué parte de la hacienda estaría su esposo?

Al principio, en la época en la que aún salía a cabalgar, Miss-bella hizo preparar a Phibbah una cesta con yacas, fiambre de pechuga de pavo, pomelos y algunos de los mangos que habían recogido esa mañana y le dijo que se los llevaría a su esposo para el almuerzo. Fue mientras intentaba verter medio litro de vino en una petaca cuando Phibbah le dijo que no era buena idea, y fue por su negativa que Phibbah decidió acompañarla. Le daba lástima, la pobre mujer, con su pelo pajizo y sus falsas esperanzas. Los encontraron debajo del árbol de cacao, el único lugar para cobijarse a la sombra a esa distancia de la casa, Langton sentado como una pistola amartillada, de espaldas a su esposa y de cara a las dos muchachas que se había llevado. «Fue una suerte que solo las tuviera bailando», dijo Phibbah. Se movían como el agua, las dos. Cuerpos oscuros, ojos brillantes. Pezones marrones que se ondulaban como serpentinas. Miraron a su nueva ama de reojo y siguieron cantando:

¡Baila, querida! ¡No lo haces como yo!
¡No te mueves como yo! ¡No te cimbreas como yo!
¡Baila, querida! ¡No te contoneas como yo!
¡No das vueltas como yo! ¡Vete de aquí!

«Probablemente aún seguirían ahí, bajo ese árbol», dijo Phibbah, porque durante mucho tiempo pareció que Miss-bella no podía moverse. Pero, por fin, Langton oyó el ruido de la cesta al resbalarle de la mano y se dio la vuelta.

Ese fue el fin de los paseos a caballo, los pícnics y las esperanzas. Aunque no el fin de los bailes. Miss-bella solo tuvo que aprender a hacer lo mismo que todos. Asegurarse de mirar para otro lado.

Levanté la cabeza hacia la casa, donde Phibbah estaría cerrando las contraventanas, encendiendo las velas, descolgando la tela mosquitera. Y Miss-bella debía de estar arrellanándose en uno de sus taburetes tapizados de seda, poniendo los pies en alto.

«No te moverás de ahí hasta que el libro esté seco»,

había dicho. Al cabo de un rato, me di por vencida y me quedé mirando las letras, pequeñas, negras y afiladas, como garras diminutas. Ladeé la cabeza, como si pudiera «oír» lo que intentaban decirme. Parecían atrapadas, encadenadas unas a otras. Línea tras línea. Cerré el libro de golpe, me puse en cuclillas. Por el camino de la costa, el viejo caballo tiraba con esfuerzo del carro, que iba cargado hasta arriba de maíz, y los niños corrían junto a él, gritando y dando patadas a los gansos que embestían contra las ruedas.

La puerta trasera se abrió y Miss-bella atravesó la hierba con cuidado, levantando nubecillas de polvo a su paso. Me miró y arrugó la cara.

—¿Ya está seco?

Negué con la cabeza, torcí la boca. Debía de ser la viva imagen de la desdicha, segura como estaba de que me echaría de la casa. Ya no habría más palmaditas en la coronilla, pastelitos turcos ni vestidos de muselina. Para entonces, debía de tener una insolación, porque señalé la «D» y le pregunté qué era. Se inclinó sobre mí. Su aliento era tan caliente y seco como el aire.

—¿Eso? De. E... efe. Esto se lee «Defoe».

Solo entonces me di cuenta de que Phibbah también había salido y estaba en el porche, observándonos.

Miss-bella se enderezó y la miró de hito en hito. La voz se le puso dulce como la melaza.

—Te enseñaré.

«Sí —pensé—. ¡Sí, sí, sí!»

—¡No! —Phibbah bajó del porche, pareció a punto de caerse—. Señora...

—¿Por qué no? —Miss-bella asintió con la cabeza y luego la ladeó.

—Porque ya es suficiente —dijo Phibbah, dando un traspié—. Ya basta.

Una vez que Miss-bella entró en la casa, Phibbah escupió un espeso chorro de saliva en el suelo cerca del rosal.

—¿Dónde iría? ¿Si me fuera de aquí? Derecha a las colinas, a primera hora. A primera hora. Me llevaría un mosquete. Después esperaría. Esperaría, esperaría, esperaría, a la hora más calurosa del día, cuando no hay nadie afuera aparte de los esclavos y los locos. Entonces buscaría la mancha azul. —El azul de los ojos de una mujer blanca, el azul que llaman Wedgwood—. Y le apuntaría directo al corazón.

En ese momento solo sacó la lengua por el hueco de los dientes y sostuvo la mirada a Miss-bella.

Yo miré de una a otra, como una vaca tonta.

—Lo que se merece son unos azotes —dijo Phibbah—. Por estropearle el libro.

—¿Unos azotes? ¡Unos azotes! —Los ojos se le endurecieron, le brillaron húmedos—. Buena idea. ¿Quieres dárselos tú?

Phibbah dio un paso atrás.

—No.

Kiii, cómo me inflamó el odio en ese momento. Cómo quise no haber cogido nunca los guisantes que ella me dejaba. Ni haber deseado tanto sus malditas historias.

Miss-bella miró alrededor, como si estuviera eligiendo sitio para una merienda campestre, apretando los ojos como tenazas.

—Tienes toda la razón. Hay que castigarla. Después de todo, no queremos consentirla. Di a Manso que avise a los demás.

Phibbah se puso a temblar.

—¿Qué?

—Ya me has oído. Lo harás, criada, vaya que sí. O lo hará Manso. Deprisa. Se está haciendo de noche. —Se volvió hacia mí, con la cara empapada de sudor—. Phibbah quiere que te azoten, así que así será.

No sé qué fue peor, que fuera Phibbah la que me dio mis primeros azotes o que los demás vinieran a mirarnos. Por supuesto, tenían que acudir cuando los llamaban. Pero, ante esta clase de cosas, la mayoría de las personas prefieren ver cómo las sufre otro porque así no las padecen ellas.

Phibbah esperó tanto que casi fue un alivio cuando empezó. El momento previo es siempre el peor, cuando todo el cuerpo está a la espera. Luego la oí moverse detrás de mí y silbar el azote. El dolor se me clavó en el muslo como una garra. Me hizo unos arañazos tan hondos como uñas. Me arrancó un hilillo de sangre, se adueñó de mi respiración, la enterró bien hondo. Otro agudo silbido. Pegué la frente a la tierra y a la hierba, intenté no llorar, pero Phibbah me dio diez azotes, uno por cada uno de mis supuestos años. Me pegó hasta que el azote no fue sino un eco en mi cabeza, hasta que, me avergüenza decirlo, grité y grité, y primero el cielo se oscureció y después lo hizo mi mente.

De principio a fin, Miss-bella estuvo callada, cruzada de brazos, con la cara tersa como la leche. Cuando alcé la vista, vi que miraba a Phibbah, no a mí. Su tensa sonrisa se extendía entre las dos, tirante como hilo cosido. Asintió con la cabeza y achicó los ojos. Fue como si una parte de su interior reptara por el suelo mientras ella seguía quieta, atravesara el patio y dijera algo a Phibbah. Al final, fue esta la que miró el suelo, la primera en apartar los ojos. No paraba de tragar saliva, aunque no tuviera nada en la boca. Poco a poco, los demás se alejaron. Solo Miss-bella seguía mirando.

Pero fue Phibbah la que me llevó a la cocina a cuestas, me acomodó en mi jergón y fue a buscarme uno de los linimentos que elaboraba con whisky robado del mueble bar de Langton. Me acercó un plato de yaniqueques, pero yo solo los miré, demasiado orgullosa para ceder al hambre, y aparté el plato. Había encerrado mi rabia, como un pájaro en una jaula. Se inclinó sobre el asador, moviendo los hombros como un fuelle, y sujetó un chisporroteante trozo de bacalao salado por encima de las llamas.

—Ha sido más duro para mí que para ti —dijo. No respondí—. Te viste como una muñeca y ahora quiere adiestrarte como un perrito. Pero si Langton os pilla leyendo, serás tú la que lo pague. ¿Me oyes? Escúchame, Frances. —Escupió mi nombre, como otro diente caído—. Escúchame bien. Nada en este mundo es más peligroso que una mujer blanca cuando está aburrida. ¿Me oyes?

Me encogí de hombros. En mi mundo nada había sido más peligroso que ella esa tarde. Vi cómo le temblaban los dedos en la carne del bacalao, pero no los apartó. Iban a salirle ampollas en las manos. Le estaba bien empleado.

—Pero no...

Me levanté.

—¿Dónde vas?

Salió detrás de mí. Los perros se levantaron de un salto, nos siguieron, con los lomos curvados como el armazón de un barco, buscando sobras.

—¡Largo! —les gritó—. ¡Largaos!

Me agarró de la mano. Hubo un largo silencio durante el que no intenté soltarme. Cuando alcé la vista, vi que le latía la mejilla, como si fuera un corazón.

—Nunca te has parado a pensar por qué te eligieron a

ti. ¿Crees que ha sido cosa de suerte? Solo tú podrías creer que es suerte.

—¿Qué hay de malo en querer aprender?

—Aprende a querer lo que tienes.

—¿Y eso qué es? —pregunté—. ¿Qué tengo?

Me miró de hito en hito y yo le sostuve la mirada. Una sonrisa le iluminó el rostro y se puso a temblar, con un temblor que se le extendió poco a poco por todo el cuerpo, como melaza que ha roto a hervir. Echó la cabeza hacia atrás y se rio a carcajadas. Y entonces también me reí yo.

4

Estoy intentando contar esta historia como si fuera la mía. No obstante, releo lo que he escrito hasta ahora y veo cuánta cantidad de mi papel y tinta he gastado en Miss-bella. El problema es que nunca me ocurría nada que no fuera por su culpa. Así eran las cosas. En Inglaterra muchos me han dicho que eso debió de enseñarme a odiar. «¡Cómo debías de odiarlos, Frannie Langton! ¡A los dos!» Pero la verdad no puede acomodarse al gusto de nadie. La verdad es que había amor, además de odio. Y que el amor dolía más.

Enseñarme a leer fue la única promesa que Miss-bella cumplió. Pasé toda la temporada de siega arrodillada a la mesa de la sala de visitas. Mi felicidad tenía el dulzor de la miel mientras ella tocaba la página, mi codo, me respiraba en el cuello. Sus manos frescas como esponjas. Si Phibbah pasaba, me miraba de reojo y castañeteaba los dientes, sin que le importara si Miss-bella la oía o veía. Tenía razón, Miss-bella se aburrió de enseñarme al cabo de un tiempo, pero para entonces ya sabía lo suficiente para coger los libros de la biblioteca cuando nadie miraba y seguir por mi cuenta. Incluso Miss-bella lo decía: había aprendido con una rapidez milagrosa. Ella estaba tan sorprendida como yo.

Phibbah decía que prefería nombrar a Langton lo menos posible. Pero aun así hablaba de él. «Lo primero que supe de él fue que se negó a venir cuando lo llamaron... Como el canalla rebelde que es.»

Me explicó que sus padres lo mandaron a Inglaterra cuando era pequeño, para que adquiriera una educación, como la mayoría de los hijos de los colonos. Se había atiborrado de los conocimientos del hombre blanco y había escrito a sus padres que no iba a regresar, que quería hacerse famoso, ser un hombre de ciencia. Las lágrimas del ama Sarah habrían bastado para salar las gachas cuando leyó eso y pensó que su hijo debía de avergonzarse: de Jamaica, de su hacienda al borde de la ruina. Eran muchos los hijos de colonos cuya vergüenza crecía al mismo tiempo que sus conocimientos durante su estancia en Inglaterra. Pasaron los años. Finalmente, cuando su padre murió, el ama Sarah lo mandó a buscar y le dijo que no tenía otra opción: «Te lo suplico. Una mujer blanca no puede quedarse sola en Jamaica».

Le envió una carta tras otra sin obtener respuesta. Tres meses después, también ella había muerto. Fiebre amarilla. La muerte la había dejado tan delgada como un atizador, de manera que Phibbah no había tardado mucho en coserle el sudario, pero también tenía que ponérselo. Estaba sola en el dormitorio, con el cadáver, el lavamanos y la pica de porcelana. Quería tirarlos al suelo. Ver qué se sentía. Una oportunidad como esa podía no volver a surgirle nunca. En cambio, se puso a abrochar el cuello del sudario con los botones de azabache que el ama Sarah le había dicho que usara, pero la interrumpió el tintineo de la vieja campana de cobre.

Encontró a Langton limpiándose las botas en el felpudo que ella había cepillado esa mañana.

—¿Por qué, si puede saberse, me has hecho esperar?

—Estaba ocupándome de su madre.

—¿Y ella dónde está?

—Ha pasado a mejor vida.

—Entiendo. —Los ojos le iban y venían como moscas—. Pues, en ese caso, tu deber era ocuparte de los vivos antes que de los muertos.

—Entonces tuvo que volver —dijo Phibbah—. Para siempre. Alguien tenía que llevar la hacienda. Aunque al principio lo único que hizo fue andar. Andar, andar, andar. —Salía todas las mañanas con un hombre que llevaba una chaqueta de sarga y había llegado en el mismo barco, ambos demasiado abrigados. Langton señalaba algo y el hombre asentía con la cabeza; en pocos días, todo cayó como un rival en el amor después de un hechizo *obeah*. La vieja casa grande, la casa del amo, la barraca de la cocina, el granero, incluso el trapiche, uno a uno. Eso debería haber sido una señal: Langton era un mal viento. El *massa* Huracán. No sabían de dónde podía haber sacado el dinero. A su padre no le había sobrado un céntimo desde que lo conocían. Una tarde, Manso se atrevió a preguntar al nuevo *massa* por sus intenciones. Langton soltó una risotada, enronquecida por la pipa. Escupió. «Esto era de mi padre, criado. Lo estoy haciendo mío.»

Dentro de la casa nueva había una habitación para cada pequeña cosa que un cuerpo pudiera soñar con hacer en un solo día. Comer, dormir, recibir invitados, copular. Pero la biblioteca era la mejor de todas. Kii, dondequiera que se mirara, siempre se veían libros.

Saber leer es lo mejor y lo peor que me ha pasado en la vida. Aún veo los lomos de todos esos libros: *De Humani Corporis Fabrica* de Vesalio, la revista *Philosophical Transactions of the Royal Society*, *Principia* de Newton, la *Enciclopedia británica*. Pero también había novelas que Miss-bella encargaba y Langton guardaba en los estantes de abajo. Esos eran los libros que me encantaba leer. Abrir uno era como tener en las manos todo lo que podía suceder en el mundo, pero no había ocurrido aún. Tenía que esperar a que Miss-bella los terminara, pero después podía acurrucarme con ellos detrás del aparador y leer hasta que oía pasos. Leía con la boca abierta, como si pudiera sacar cucharadas de azúcar de sus páginas. Por la noche me escondía en la cocina para leer a la luz de una vela que me había fabricado yo misma, un viejo cuenco de peltre lleno de sebo de buey. Los libros responden preguntas con preguntas, pero aun así siempre me sabían a poco. Y ahora que lo pienso, me ocurrió lo mismo muchos años después, cuando conocí a Madame.

Una tarde tuve la suerte de poder gozar de la soledad, un libro y una buena vista. Langton y Miss-bella habían ido a la hacienda de los Cope en la calesa. Phibbah estaba cocinando. No había nadie vigilando el porche aparte de las vacas, y ellas estaban ocupadas paciendo junto al río. Robé un poco del ponche de ron de Phibbah y salí con *Cándido*. Era uno de esos momentos en los que la felicidad realza la vida como una pizca de sal en un pastel. Pero, al igual que los pasteles, esos momentos nunca duran.

No oí la calesa; tampoco me di cuenta de que Langton se había acercado y estaba esperando en silencio a que alzara la vista. Se acuclilló, lento como el río, pero con aspecto amenazante.

—¿Te diviertes?

Se me cortó la respiración. Sentí que algo giraba en mi mandíbula, como el chasquido de una cerradura. No había una manera correcta de actuar, aparte de dejarle hablar.

—Y mira mis pobres reglas —añadió—, todas rotas por el suelo.

Estuve a punto de volverme, como si quisiera ver esas pobres reglas rotas, pero él me agarró por la mandíbula. Se me escapó un gimoteo.

—No. Quiero que me leas una página. Deléitame. Supongo que conoces una palabra culta como «deleitar». Dado que eres una negra que sabe leer. Pero lo que quizá no sepas es qué pasará si no lo haces.

El sudor me empapó la espalda del vestido de percal. Refrené el impulso de salir corriendo. Langton se restregó las manos.

—Voy a ponerte en un dilema, criada. Aunque sé que los negros no estáis acostumbrados a que os den a elegir. ¿Me prestas atención? Una. Me lees una página y conservas las manos. O dos. No me la lees y averiguas qué pasa.

Las palabras brotaron de mí como había visto rezar a Miss-bella, altas, entrecortadas y atropelladas. Ahora ni tan siquiera recuerdo qué leí, pero sí que, cuando dejé el libro sobre la barandilla, Langton lo señaló.

—Es tuyo. Te lo puedes quedar. —No supe a qué se refería, hasta que me arrastró a un lado casi levantándome del suelo y me ordenó que empezara a arrancar páginas.

Sucede que algunos lapsos de tiempo se nos vuelven

oscuros, pero no es que nosotros podamos decidir cuáles. Recuerdo ese incidente como una larga línea brillante, aunque ojalá pudiera tragármelo como Langton me obligó a tragarme *Cándido*. El papel apelmazado como el cartílago en mi garganta. Y él plantado delante de mí, preguntándose en voz alta quién había enseñado a leer a uno de sus negros. Como si no hubiera únicamente dos candidatos en toda la hacienda. Comí hasta que sentí que el papel cavaba un hoyo dentro de mí y después continué hasta que solo quise desaparecer dentro de ese hoyo. Pero, de repente, Langton me hizo parar, como si le hubiera picado un insecto cuyo aguijón iba a tener que sacarse y mirar después.

Para entonces, me había comido tantas páginas de *Cándido* que las vomité sobre mi pecho. Ya no me castigó a nada más. Solo después se me ocurrió preguntarme por qué.

5

Miss-bella tenía tanto miedo a la enfermedad que era inevitable que enfermara. El primer día, Phibbah le había dicho las tres cosas que tenía que hacer para sobrevivir en Jamaica. Andar descalza, para que el suelo le curtiera los pies; llevar algodón en vez de lana; y bañarse, le gustara o no. Los ingleses odiaban bañarse, pero ningún blanco podía sobrevivir en Jamaica a menos que se bañara dos veces al día.

«Para sobrevivir en territorio negro —solía decir Miss-bella—, es prudente seguir los consejos de los negros.» Phibbah quemaba madera y pieles de naranja en ollas que perfumaban las habitaciones y las llenaban de humo para ahuyentar a los mosquitos; friccionaba a Miss-bella con bálsamos y ungüentos que preparaba ella misma y la arrastraba a la bañera de estaño mañana y noche. Durante todos esos años, veló por la salud de Miss-bella como si le fuera la vida en ello.

Porque Phibbah era doctora. Tenía los conocimientos de su madre, un saber antiguo. Mientras los llevara en la cabeza, ellos no se los podrían quitar, decía. A diferencia de las armas de fuego, la comida o la ropa. Todos acudían a ella. Desde el pian hasta el dolor de pies,

Phibbah siempre sabía qué hacer. Utilizaba chile, ceibilla, chintul, raíz de oro, que Miss-bella llamaba ipecacuana. Medicina de monos, lo llamaba el Cirujano. Remedios de negros. Cortezas, ramas y hojas. Solo monos que escarban en la tierra y encuentran algo por casualidad para curar sus males de simios.

Al año siguiente de que yo aprendiera a leer, un botánico visitó a Langton. Un tal señor Thomson. Jorobado, delgado, con barba de chivo y un libro negro bajo el brazo. Llevaba un abrigo gris de lana, incluso a mediodía, y decía que viajaba de isla en isla. En la hacienda vecina, Mesopotamia, alguien le había hablado de Phibbah y él había ido a Paradise en uno de sus carros de mulas para ver en persona a la Negra mágica. En la cena dio vueltas a las chuletas de cerdo como si nunca hubiera visto nada igual, se comió siete y rebañó los huesos en completo silencio, y solo después de que no quedara carne le dio por hablar, con los labios y dedos embadurnados de grasa, sobre sus viajes a Cuba y a Haití, los especímenes que había reunido y la farmacopea que iba a escribir cuando regresara a Dorset.

—Estos doctores negros...

Langton lo interrumpió, chasqueando la lengua.

—Ninguno de mis negros es doctor.

—No. No. Curanderos, entonces —se corrigió Thomson—. Pero ellos...

—Sabe, los salvajes no son botánicos —espetó Langton, cruzándose de brazos y recostándose—. Lo dijo Long.

—De hecho, Long dijo que eran botánicos por instinto.

Langton resopló.

—Es lo mismo.

Phibbah y yo nos mirábamos, absortas en nuestros

pensamientos junto al aparador. Afuera, las ranas se aclaraban la garganta y los perros gruñían, persiguiéndose. Tenía las axilas pegajosas, pero no me atrevía a limpiarme ni a mover los brazos. Langton aplastó un mosquito que dejó una mancha negra en el mantel. La miré, deseando que dijera algo. «¡Phibbah no es ninguna salvaje!», quería gritar. Pero ella se quedó donde estaba y no dijo nada, respirando con quedos silbidos, la cara redonda como una luna negra.

—Cierto que de vez en cuando pueden dar con algo útil —continuó Langton—. Pero ese vudú suyo puede ser un barril de pólvora. Justo en la hacienda de la que usted viene, Mesopotamia, el año pasado denunciaron a una de las viejas. La delató su propia hija. Registraron su barraca y encontraron el lote completo, la basura de siempre. Piedras de rayo, orejas de gato, corazones de pájaro... huesos. ¡Huesos! ¡Figúrese! Cope hizo que la deportaran y después, ¡pum! No han tenido el menor problema desde entonces.

El señor Thomson se chupó el pulgar y el índice y después nos miró, con los ojos tan sombríos que casi parecía apesadumbrado. Y quizá lo estaba.

—Bueno, sí, pero creo que podemos aprovechar sus instintos salvajes. Podemos modificar sus brebajes, darles una utilidad. Piense, por ejemplo, en la historia del chocolate...

—¡Chocolate! Deje que le diga una cosa, señor Thomson. Mi abuelo vino a Jamaica para hacer fortuna, no para hacerse boticario.

—Aun así, debemos seguir el rastro. Aunque lleve a los negros...

Langton volvió a interrumpirle con un gesto de la mano.

—Si mi criada sabe algo que pueda serle útil, adelante.

A la mañana siguiente, Langton hizo una visita a la cocina, destapó la sémola de maíz y miró dentro de la olla.

—No me extraña que te estés poniendo tan gorda, criada. —Metió un dedo en la sémola y habló sin mirarla—. Thomson es un payaso, pero tiene algo que quiero. ¿Entiendes?

Phibbah dejó el cuchillo, recogió las pieles de cebolla y las tiró al cubo de la basura; luego apoyó las palmas sobre la mesa y se quedó mirándola, como si buscara algo más que cortar.

—¿Qué tiene que usted quiere?

Langton se rio.

—Editores. Editores ingleses. No es que tú sepas nada de eso. —Soltó la tapa y el ruido me sobresaltó. Se volvió, listo para marcharse—. Así que más te vale responder a todas sus estúpidas preguntas.

—¿O qué?

Langton se dio la vuelta y volvió a reírse, tan bajo que esa vez tuve que aguzar el oído para poder escucharlo. La miró de hito en hito. Ella le sostuvo la mirada.

—O azotaré a esa cría hasta matarla. —Volví a clavar los ojos en las servilletas que se suponía que estaba lavando.

Cuando Langton se marchó, respiré hondo y miré a Phibbah mientras limpiaba la mesa, sacaba la jarra que utilizaba para preparar la naranjada y buscaba a tientas sus hierbas para cocinar detrás del ladrillo suelto debajo del asador. Lo hizo todo de espaldas a mí, lo que siempre era una señal de que no estaría de humor para hablar durante un buen rato y más me valía quedarme callada hasta entonces.

Una vez vi el libro del botánico. En Londres. Estaba en una tienda que visité con Madame. *Farmacopea de las Indias Occidentales de Aloysius Thomson*. Un recio tomo amarillo, expuesto junto a las enciclopedias y los diccionarios de historia natural. Me indigné cuando lo hojeé. Todo lo que Phibbah había explicado a ese hombre estaba ahí. Al día siguiente regresé a la misma tienda con un lapicero oculto en la palma de la mano, me escondí detrás de las estanterías con uno de los ejemplares y taché su nombre en todas las páginas.

Pese a los cuidados de Phibbah, Miss-bella cayó enferma. Se encorvó como la caña de azúcar joven y la fiebre le subió demasiado para salir al porche. Phibbah corrió las cortinas y la acostó, mientras yo las observaba escondida detrás de la puerta. Sobre las almohadas, la cara de Miss-bella estaba hinchada como la de un cerdo sacrificado y blanca como el papel. Arañó las sábanas, crispó las facciones.

—¡Phibbah! Creo que... necesito el orinal.

Phibbah la ayudó a levantarse de la cama y se agachó de manera que Miss-bella pudiera sostenerse en sus brazos. Soltó una carcajada.

—Al menos esta vez se ha acordado de pedir el orinal.

Miss-bella puso los ojos en blanco y apoyó la cabeza en los pechos de Phibbah. Envuelta por ese espacio caliente y oscuro, susurró:

—Necesito que me limpies.

—Sí —dijo Phibbah.

Miss-bella tenía las nalgas tan flojas como la boca de un viejo con una pipa entre los dientes y parpadeó cuando se dio la vuelta. Phibbah le metió un paño mojado en la raja y lo sacó sucio. Al hacerlo, la cara se le endureció, como el juego de caña de azúcar después de hervirlo tanto que se vuelve jarabe.

Una agria sensación de asco me hormigueó en la garganta. «Jamás haré eso —pensé—. ¡Jamás! A nadie. No mientras me quede aliento.»

El Cirujano era un hombre barrigudo, con la nariz grande y enrojecida en los pliegues, que vivía en Mesopotamia y atendía a los esclavos de ambas propiedades. Había hecho fortuna vendiendo vacunas para el pian y después se había quedado porque no tenía ningún otro sitio adonde ir. Al pie de la cama de Miss-bella, se mordió el labio, dijo «Sí, gracias» a un dedo de ron y le administró unas gotas de cocaína que llevaba en el maletín. Se las había comprado a un médico naval que había abierto una taberna cerca de Bahía Montego. Toda una avalancha de europeos se había establecido en la isla: antiguos médicos, contramaestres, otros hombres con la piel tan dura como sillas de montar. Los que ya no podían ganarse la vida con la esclavitud después de que la abolieran, pero que seguían aferrados a la institución, sanguijuelas demasiado ahítas de sangre para soltarse. Pinchó a Miss-bella en el brazo con una lanceta. Rosadas flores de sangre se abrieron en la jofaina. Luego se inclinó hacia delante y entornó los ojos para ver cómo las gotas se aceleraban como pasos. Por fin miró a Langton y se pasó las manos por el pantalón.

—Más mercurio. Eso la curará.

Miss-bella llevaba meses tomando mercurio. Phibbah decía que no se fiaba de él. Demasiado plateado, repetía. Nada sin color tenía ninguna utilidad.

Al anochecer, Miss-bella había enrollado las sábanas en un montón y estaba sentada encima como una de las gallinas ponedoras. La habitación era toda de madera oscura: el tocador, con un ejército de botellas y frascos de vidrio, y las mesillas de noche, con los tapetes de ganchillo de Phibbah por única pincelada de luz. Se agarró el camisón y se lo quitó por la cabeza, riéndose a carcajadas. Fue Phibbah la que se acercó para volver a bajárselo.

Tres días después, Miss-bella perdió un diente, amarillo como una perla vieja. Phibbah se lo llevó, aunque Miss-bella intentó quedarse con él.

—Ahora tendré un hueco, como el tuyo. Qué feo.

Phibbah dejó el diente en un cuenco con agua y sorteó una salpicadura de vómito.

—Ser feo no es lo peor que puede pasarle a un cuerpo. —Cogió un cuadrado de algodón húmedo y lo sostuvo en la mano con expresión de sorpresa, como si hubiera olvidado qué quería hacer con él—. Las medicinas de ese hombre la están matando.

Pero Miss-bella no le prestaba atención. Me había visto.

—¿Espiando? —Alzó la cabeza, con la cara roja como la carne de vaca—. ¡No me mires! ¡Criada insolente!

Como Miss-bella estaba enferma, dijo Langton, desayunaría en el comedor en vez de hacerlo en los campos con sus capataces. Para echar un ojo a los asuntos de la casa. Ayudé a Phibbah a servir, los brazos cargados de bandejas. Yaniqueques con mantequilla para empezar y leche de cabra que ella había ordeñado esa mañana. Langton se tomó su tiempo. Retiró la silla, se arrellanó en ella, desplegó la servilleta, inclinó el vaso y saboreó su sorbo de leche. En cuanto Phibbah entró, se aclaró la garganta.

—Sabes... He estado dándole muchas vueltas a lo que pasa arriba, criada.

No sé qué fue, pero su manera de decirlo me revolvió las entrañas. Phibbah debió de sentir lo mismo. Los pies se le trabaron, como algas apresadas en una red, y tardó demasiado tiempo en responder. El sonoro silencio me palpitó en el pecho.

—Bien. La señora se alegrará de que piense en ella.

—No, no. —Langton enarcó una ceja—. No creo que se alegre. ¿Sabes por qué? ¿Sabes a qué conclusión he llegado? Que me parta un rayo si lo que sufre mi esposa no es un envenenamiento.

Phibbah se acercó a la mesa, la rodeó y dejó la bandeja de yaca frita, el cuenco con fruta, el plato de ribete dorado que contenía el bacalao salado, las lonchas de jamón y los huevos, fritos en sebo de cerdo como a él le gustaban. Langton la siguió con los ojos inyectados en sangre, como si hubiera pasado la noche en vela con una botella de ron, algo que a veces hacía. Como si, de hecho, pudiera seguir borracho. Phibbah dejó el último plato y se dio la vuelta con paso vacilante; dijo que traería el café.

—¡Criada! —gritó Langton.

Ella se detuvo con la mano en el picaporte. Por su manera de alzar la cabeza y volverla hacia mí, supe que el grito de Langton iba dirigido a mí. Me flaqueó el cuerpo entero.

—Criada, he dicho. ¡Ven aquí!

—No la meta en esto —dijo Phibbah.

Langton se rio a carcajadas.

—¡Soy yo el que la ha metido en todo esto! —Echó la silla hacia atrás y se plantó frente a mí, con la cara muy cerca de la mía y las fosas nasales tan dilatadas como anchas eran las paredes.

Di un paso atrás, pegué las costillas al aparador.

—¿Alguna vez has visto a esa criada de ahí añadir algo a la comida o bebida de tu señora? Di la verdad.

Acercó aún más la cara. El corazón me dio un vuelco, pero fue lo único que se movió. Ni tan siquiera me atreví a apartarme.

—Habla o verás, criada.

Nunca había necesidad de decir la verdad en un lugar como ese. Pero puede que ya tuviera inculcada la obediencia para la que me habían criado, de igual manera que Langton criaba vacas para leche y carne.

—Sí —se me escapó—. Condimentos.

La mano de Phibbah voló del picaporte a su boca y dejó temblando la cadenita dorada del pestillo.

Se desprendió polvo del asador cuando Manso retiró el primer ladrillo suelto. Después de otros dos, todas las hierbas secas de Phibbah quedaron a la vista, negras como hormigas bravas, envueltas en hule encerado. Y un montón tras otro de raíz de yuca.

Para mi sorpresa, he tenido que dejar este manuscrito por un tiempo, acallar mi pluma, aquietar mi respiración, al verme incapaz de mover la mano durante varias horas. Pero este relato debe ser fiel y sincero, lo que significa que debo incluir los pecados que recuerdo y por tanto puedo confesar. Pero escribirlo ha sido como un mazazo de tristeza en la cabeza y me ha obligado a enfrentarme a lo que, gracias a Dios, había permanecido envuelto en una neblina durante tanto tiempo. Ahora, cuando lo único que quiero es que la memoria me traicione, me mienta, escarbo en ella y no encuentro nada salvo la verdad sin adornos.

Me enfrento a la que era yo en esa época. La Frances joven que no sabía qué decir, pero se creía mejor que Phibbah, la gorda y negra Phibbah con la boca desdentada. Que pensaba que solo había dicho la verdad, como era su obligación. Había visto las hierbas, espolvoreadas en la naranjada. Su *massa* le había hecho una pregunta y ella la había respondido, pensando que tenía que decir la verdad para salvarse ella.

La verdad. ¡La verdad! ¿Cuál era la verdad? Oh, en esa época yo sabía demasiado para entender que no sabía nada.

Ahora sé que la raíz de yuca no es un veneno que actúa despacio. Mata en menos que canta un gallo, a menos que pueda conseguirse sal de ajenjo, y deprisa. Si Phibbah se la hubiera estado dando a Miss-bella, ella habría muerto antes de poder sentarse en el orinal. Pero yo no lo sabía entonces. Ni tampoco sabía por qué Phibbah no se defendió. Jamás lo sabré.

Nada de eso sosiega esta enorme ola de vergüenza que no cesa.

Todo el mundo sabía la hora exacta a la que fue ahorcada. Desde el porche vi jinetes que se ponían en camino por la carretera que partía del puerto para traer la noticia a Langton. Miss-bella seguía sin levantarse de la cama y no había dicho una palabra, de manera que nadie sabía qué pensaba, si lo aprobaba o no. Langton salió a recibirlos al portón. Los miré desde el porche, con la sangre latiéndome en la coronilla. Él alzó la vista y me vio, torció la boca, volvió a entrar y dio tal portazo que las paredes temblaron. Sentí que me hundían un clavo en el estómago y se me escapó un sollozo. Quería gritar, llamarlo, decirle que no había ningún escondrijo, ninguna hierba venenosa. «¡Fue un error! ¡Fue un error!»

Pero, como a menudo ocurre con las buenas intenciones, la mía llegó demasiado tarde.

Lo que sucedió esa mañana es un velo negro que envuelve toda mi existencia. Todas mis antiguas penas se despiertan cuando pienso en ello, aunque ahora también me embarga el terror. El terror de no encontrar nada que convenza a los miembros del jurado de mi inocencia. De correr la misma suerte que Phibbah. Y de merecerla.

6

Vienen a visitarme abolicionistas, para ver si pueden sacarme algo que puedan incluir en sus panfletos. ¿Qué les hace suponer que aceptaría? Solo lo convertirían en una historia de esclavos como las otras. No se les pasa por la cabeza que quizá quiera escribirla yo misma. El señor Feelon fue el último en intentarlo. Verlo ya se me hizo difícil. Estaba en la casa esa horrible noche sangrienta y detesto todo lo que me la pueda recordar. Le di mi respuesta antes de que tuviera siquiera tiempo de preguntarme.

—No, gracias —dije—. Creo que prefiero la horca.

Separó los babosos labios.

—Como quiera, señorita Langton. Pero tenga en cuenta que, si decide escribirla usted misma, habrá que «aderezarla». Hará falta que sus lectores lo entiendan. Demuéstreles que no tuvo elección.

Enarqué una ceja.

—Si la gente no sabe ya qué pasa en una hacienda de las Indias Occidentales, señor Feelon, ha malgastado usted su vida imprimiendo todos esos panfletos.

—Pero las historias de esclavos que publicamos arrojan luz sobre el sufrimiento —dijo, y pareció que su cara perdía aceite, como una lámpara—. Es la única manera de mantener la atención hacia nuestra causa.

Todos esos buenos samaritanos que olisquean el cadáver de la esclavitud, ávidos siempre de oír lo peor. Y lo peor no es que reduce el mundo a meras sobras y nos obliga a pelear por ellas; lo peor es que una de esas sobras somos nosotros.

La visita del señor Feelon y su mención del sufrimiento me trajeron a Phibbah a la cabeza, aunque, en verdad, nunca dejo de pensar en ella. Me hizo preguntarme cómo podía escribir sobre lo que ocurrió para que usted lo entendiera. Puedo decirle que la quería y que ella era todo lo que yo tenía. Yo también era todo lo que ella tenía. Nunca quise hacerle daño. Esa era la menor de mis intenciones. De hecho, no tenía ninguna: no se me ocurre otro modo de explicarlo. En mi cabeza no había nada salvo ese terror negro. Ese temblor. Esa necesidad espantosa, cobarde, desesperada y humillante. De salvarme.

Pese a todo lo que ha ocurrido, y a la terrible situación en la que me encuentro, si me dieran la oportunidad de deshacer un momento, de dar marcha atrás, sería ese. Ese momento es mi mayor carga. Cómo quisiera aliviarla.

Escribo esto a la luz de una vela de sebo, ahora que ya he pagado suficientes guineas para que me trasladen a una celda individual. Ninguna ley dicta que no pueda leer y escribir aquí, pero estoy segura de que los carceleros tirarían estas páginas si me sorprendieran, igual que hicieron con la carta de Madame cuando me trajeron aquí. Un mero tintineo de llaves, un picaporte que gira, y estoy lista para meter el papel, la pluma y la tinta bajo mis faldas. Me espían siempre, lo que significa que debo darme prisa. Ahora me toca regurgitarlo todo. Como si llevara toda la vida engullendo estas palabras y ahora las estuviera escupiendo.

Moll Flanders me viene a veces a la mente mientras escribo. Pero *Moll* siempre ha sido una de mis novelas preferidas, de manera que no es extraño que piense en ella ahora. Oh, sé bien que contiene la clase de tonterías presuntuosas que los hombres escriben cuando hablan de las mujeres. Un sermón con piel de cordero, solía llamarlo Madame.

Los hombres escriben para distinguirse de la historia colectiva. Las mujeres, para formar parte de ella. ¿Cuáles son mis intenciones al escribir esto? La respuesta sencilla es que se trata de mi vida y quiero ser yo la que encaje todas sus piezas. Si el señor Defoe escribió una novela y una historia de amor en torno a las aventuras de una ladrona y puta, yo también debería poder hacer lo mismo con mi vida. Aunque solo haya una parte del mundo que esté fascinada con las novelas e historias de amor y la otra lo esté, en cambio, con la muerte y la venganza. Esa es la parte que se apiña al alba en las puertas del Old Bailey, a la espera de ver echar carnaza como yo a las fauces de fiscales hambrientos.

Algunos se preguntarán por qué le dirijo este manuscrito a usted. A un hombre al que jamás había visto antes de que me detuvieran. Pero eso también tiene una respuesta sencilla: quiero lo mismo que Langton entonces: editores ingleses. Y sé lo suficiente para saber que un hombre blanco es la única persona en la faz de la tierra que puede conseguirme uno.

La salud de Miss-bella mejoró después de que muriera Phibbah, lo que Langton interpretó como una clara señal de que su intuición había sido acertada. Ella y yo éramos las dos únicas personas que sabíamos que había dejado de tomar el mercurio del Cirujano. Como Phibbah ya no estaba, me correspondía a mí vaciarle el orinal y le había visto tirar en él las perlas plateadas. Fue entonces cuando sumé dos y dos y me horrorizó el resultado.

—No dijo nada. Debería haber dicho algo. A usted le habría hecho caso.

Ella entornó los ojos.

—Estaba muy enferma, criada. Apenas sabía qué pasaba a mi alrededor y menos aún abajo.

«No estaba demasiado enferma para hablar.» Mi mente se balanceó como un barco.

—Dígaselo ahora.

—¿De qué serviría?

—La mataron. Se la llevaron y usted no hizo nada, y ahora está muerta porque usted no dijo nada.

—Oh, no. Oh, no, no, no, criada. Está muerta porque tú dijiste algo.

Nadie volvió a mentar nunca el nombre de Phibbah, salvo yo, a última hora de la noche, cuando mi cabeza se quedaba en silencio y yo se lo susurraba a la pared. Tenía que abanicar a Miss-bella y lavarle los pies yo sola. Me asaltaban recuerdos de Phibbah siempre que lo hacía y siempre que veía desgranar guisantes a la cocinera nueva. Así transcurrieron dos años y entonces llegó el día en que vi sangre en las bragas de algodón que yo me había cosido, en mis dedos cuando me toqué ahí. Otra cosa más que esconder: lavaba los paños en un cubo detrás de la cocina, andaba por la casa como un pato para que no se me escurrieran al suelo entre las piernas. Atrás quedaron las exiguas alegrías de mi exigua vida. El tiempo nos la juega a todos, nos guste o no.

Un día regresaba del pozo cuando escuché la conversación de un grupo de peones que cortaba madera para el portón cerca del porche, y sus murmullos me siguieron por el patio, como perros que han olido un rastro. «El *massa* ha esperado bastante, pero pronto la desflorará.» Seguí andando, con la cabeza gacha, y subí al porche con pasos pesados. Miss-bella me lanzó una mirada torva.

—Ni se te pase por la cabeza volver a insinuarte a ningún hombre del patio.

Igual de rápido que me había cogido, volvió a dejarme. Dijo que se las arreglaría sola en el porche e hizo que la cocinera nueva le llevara el té. Pero para entonces no podía sino odiarme. «Di a tu chica fácil que se retire de mi sala de visitas, Langton», decía. O: «Langton, no quiero a tu chica fácil en la casa cuando los Cope vengan a cenar el domingo. Confío en que te asegures de que así sea». Podía llamarme como quisiera. Un nombre no es sino un cliché que la gente utiliza contigo, o contra ti.

Miss-bella me dejó. Pero igual de rápido que ella, Langton me cogió.

Si usted mirara Paradise desde la carretera, vería la vieja cochera a la izquierda, debajo de la ceiba. La única parte de la hacienda que Langton no había reconstruido. Miss-bella no entraba allí jamás. A veces yo veía que Langton hacía entrar a peones, de uno en uno. Mandaba a Phibbah a fregar el suelo y ella salía con las faldas atadas y el trapo en la nariz.

Si tuviera que cartografiar el curso de mi vida, la cochera sería el lugar donde el mapa mostraría un desierto lleno de animales salvajes. «Aquí hay leones», pondría.

Hic sunt leones. Ojalá no hubiera entrado nunca. El Cirujano —nunca oí que lo llamaran por ningún otro nombre— había ido esa noche a cenar y los dos fueron a buscarme a la cocina, donde yo estaba sentada mirando el asador. El Cirujano no me había quitado los ojos de encima cuando les había sacado la carne de cerdo, el plátano frito, el ñame y el maíz, con el vino, el *arrack* y el ron brasileño que a Langton tanto le gustaba.

—Frances —dijo—. Me gustaría que vinieras con nosotros.

—Es joven —observó el Cirujano. Su voz no me gustó. Percibí un temblor en ella. La botella de ron centelleó como una joya en su mano izquierda.

Había negros pedruscos dentro de la cochera que parecían querer arrojarse unos sobre otros, frías varas plateadas, líquidos que borboteaban en frascos. Esa primera vez tuve miedo y no quise entrar. Pero ellos solo se rieron de mí y me empujaron dentro, diciendo que no era magia sino ciencia, más poderosa que un puñado de huesos, sangre y plumas. Langton dijo que era una sala para experimentos.

—¿Qué son los experimentos?

—Una manera de demostrar una cosa que se sospecha que es cierta.

—¿Qué cosa?

—Lo que sea.

—Pero ¿por qué hay que demostrarla si usted ya cree en ella?

El Cirujano tosió. El temblor había saltado de su voz a sus manos. La sala se extendía a nuestro alrededor. Dos altas ventanas de arco tapadas con viejas telas mosquiteras, un puñado de moscas muertas en un rincón, como arroz.

Cogí una de las varas.

—Un calibre —dijo Langton, quitándomelo como si le arrebatara un cuchillo a un bebé.

Me dijo que ahí realizaban un trabajo muy importante, financiado por un hombre muy importante.

—George Benham —aclaró el Cirujano.

Langton le quitó la botella de la mano y soltó una amarga risotada.

—La mente más brillante de Inglaterra se ha interesado por nuestro pequeño experimento colonial.

Nunca lo había oído hablar así con ningún otro esclavo. Me envalentoné.

—¿Su propio experimento? ¿Para demostrar qué?

—Que todo el potencial de un hombre está contenido en su cráneo y que eso puede demostrarse si se examina con suficiente detalle. Europa intenta ir a la cabeza en el desarrollo de estos conocimientos: hombres como Linneo, Buffon... ¡como Benham! Pero yo creo que los verdaderos avances podemos hacerlos aquí, donde por una vez estamos en mejor situación para ir a la cabeza en algo. Podemos hacernos famosos. Aunque necesitamos a Benham para atraer a un editor. —Miró al Cirujano—. Eso sí, él también nos necesita a nosotros. Él puede tener la fama, pero nosotros tenemos los especímenes.

Yo pronto lo descubriría. No solo los cuerpos cumplían la voluntad de Langton, sino también las mentes. Mientras estuve en Paradise, él midió la mía, observó cómo se doblegaba, la calibró con la misma precisión que si hubiera utilizado el frío instrumento que guardaba en el armario.

—Para abreviar —dijo el Cirujano—. Vas a ayudarnos.

—Nos serás de gran ayuda —añadió Langton, llevándose la botella a los labios.

—¿Que debo hacer?

El Cirujano soltó una risita.

Vi cosas en la cochera que puedo olvidar. Pero peores que las cosas que vi son las que hice.

En los primeros tiempos mezclaba añil con sangre de cabra en cubos de orina para elaborar sus tintes, les afilaba los cálamos, perseguía gansos para arrancarles las plumas. Al principio intenté pasar desapercibida, pero no tardé en perder parte del miedo. Para entonces, siempre estábamos encerrados juntos. Y empecé a sentir algo peor que el miedo. ¡Gratitud!

La primera vez que a Langton le resbaló la pluma yo tenía doce o trece años. Echó la cabeza hacia atrás y la miró como si le hubiera mordido. La debilidad le empezó en las manos y se le extendió rápida como el agua. En el enero siguiente, apenas era capaz de sostener una pluma. Yo estaba elaborando tinte añil, levantando la vara y viendo cómo las gotas azules volvían a caer en el cubo. Su mano golpeteó la mesa como si llamara a una puerta. La cara se le ensombreció cuando se la miró. Luego se levantó de golpe, como si quisiera arrancársela.

—Criada —bramó—. Ven.

No hubo nada que no probara. Estricnina, ungüentos de mercurio, baños de vapor, sangrías. Su cuerpo sentado en el orinal como un signo de interrogación, el repique de sus deposiciones contra el fondo, pequeñas y duras como los guisantes de Phibbah. Alrededor de esa misma época, el Cirujano murió y me dejó sola con Langton. Y, si un enfermo tiene la suerte de sobrevivir a su médico, es a la vez una buena y una mala noticia.

¿Qué puedo decirle de los años que siguieron? Los he dejado tanto tiempo a oscuras que a veces es como si de verdad no pudiera recordar. Langton necesitaba una escribiente. Yo estaba ahí, podía aprender y no le costaba nada, que era lo único que podía permitirse. Durante mucho tiempo creí que ese era el trato que teníamos.

Su cerebro; mis manos. Así es como se hacía el trabajo.

Hubo momentos en esa cochera en los que no veía nada aparte de mis manos flotando, momentos en los que el suelo entero parecía bañado de sangre. En los que me salía de mí misma. Primero oscuridad, después nada. Igual que la espantosa mañana en la que Linux me despertó en la cama de Madame. Recuerdo cómo me miraba el agente de policía, diciendo que estaban los dos muertos, también Madame. Y a mí pensando: «No he podido ser yo. Yo la amaba». Pero tuve que oírles decir que había sido yo.

Miss-bella me preguntó por la cochera una sola vez, un año después de que me convirtiera en la escribiente de Langton.

—Quiero que me digas qué hace mi esposo en ese sitio.

—Debe preguntárselo a él, por favor, señora. —Vacilé—. Solo quieren que limpie.

Me miró de arriba abajo y dio un manotazo en la barandilla del porche. Se rio sin ganas.

—¡No hace sino jugar a ser Dios! Es un charlatán de feria. Que juega a ser científico.

Crispó la cara y yo volví la mía para que no viera lo que llevaba escrito en ella. Miss-bella también volvió la cabeza y cogió la petaca. La tetera se había hecho añicos hacía tiempo: la había tirado ella al levantarse de sopetón de la silla. Con una mano en la barandilla y la petaca en la otra, la oí murmurar en voz baja:

—Son monstruos, porque esta tierra engendra monstruos.

Entonces recordé todas las historias que Phibbah me

había contado. Sobre la tetera. Sobre las muchachas que bailaban. Debió de haber una época en el que Miss-bella soñaba con que su esposo fuera a buscarla, le sacara el camisón por la cabeza, le enseñara los dientes como un animal, la volviera contra un espejo y la tomara por sorpresa. Debió de haber una época en la que esperaba que Langton la asustara, en la que su corazón latía precisamente por eso.

Pero, en ese momento, lo que ella sabía de mí, y lo que yo sabía de ella, estaba enterrado en un lugar donde no podíamos encontrarlo, el mismo donde también escondíamos la simpatía que pudiéramos sentir la una hacia la otra.

No empecé a desempeñar mis otras funciones hasta el año siguiente.

Tenía catorce o quince años, y ya era una mujer. Mi propio cuerpo traicionero me había arrastrado rápidamente a ese estado, la velocidad a la que estas cosas ocurren en una hacienda jamaicana. Una noche, cuando le llevé su botella de ron, vi como me miraba y me sorprendí riéndome a carcajadas. Estaba a su mesa, sentado en el taburete, con los dedos entrelazados como ratones recién nacidos. Su temblor de manos hacía vibrar los instrumentos de disección. Dejé la botella junto a ellos y me afané por la sala. Mis tareas habituales. Corrí el pestillo, le ordené los papeles, encendí velas. La mesa se inundó de luz. Mis risotadas eran un hipo que no podía contener. Rebotaban entre mis costados como una luciérnaga presa en un tarro. Lo vigilé con el rabillo del ojo, noté su mirada clavada en mí. Después de tomar unos tragos y derramar ron por el borde del vaso, alzó la vista.

—¿Qué te hace tanta gracia?

—Nada.

—Entonces ¿por qué te ríes?

—No sé por qué me río.

—No sabes por qué te ríes. —Movió la mandíbula de un lado a otro.

Eché la cabeza hacia atrás. Estallé en sonoras carcajadas.

—Para —dijo.

Y así lo hice. Me abracé el cuerpo, intenté frenar mis pensamientos. Después me acerqué a la mesa y limpié el ron derramado, que olía a dulce y a podrido, como el aliento de un borracho.

—Estaba pensando —dijo, mirándome de hito en hito—. Tiene que dar miedo estar sola ahí afuera de noche.

Le diré cómo me sentí entonces. Aliviada. Ni más ni menos. La cabeza se me vació de golpe. Sabía que eso acabaría por pasar, no era tonta. Yo misma había intentado precipitarlo a veces, la verdad sea dicha. Me bajaba el escote, me untaba de aceite para que la piel me brillara. Como limpiar las piedras de una rodilla rajada o degollar una gallina, algunas cosas hay que hacerlas sin pensar o ya no se hacen.

Había llegado el momento. Y hay maneras de tapar las cosas cuando ya han pasado, pero no mientras nos preguntamos cuándo lo harán.

Langton me miró boquiabierto. Me quedé donde estaba, preguntándome si debía desabrocharme el vestido y bajarme la combinación.

—Ya veo que sí —dijo.

Y yo alcé una mano, me la llevé al cuello del vestido y busqué el primer botón. Yo quería que él dejara de hablar, y así lo hizo. Se recostó y me observó. Me ordené dar media vuelta, huir. Me ordené cerrar los ojos. «Acaba con esto.»

De repente, Langton negó con la cabeza, se inclinó

bruscamente hacia delante y, antes de que yo pudiera decir o hacer nada, vomitó en el suelo todo el ron que acababa de beberse.

Me sobresalté, con los pelos de punta.

Lo único limpio que había en el armario eran virutas de paja, de manera que arrojé un puñado al suelo y le limpié la boca y la barbilla con el resto.

—¿Ha sido el ron? —pregunté. Desprendía un olor agrio.

Yo no lo sabía todo en esa época. Cuando lo hice, me enteré de que se había dado miedo a sí mismo, al ver hasta dónde podía llegar, lo bajo que podía caer, algo que quizá no sabía hasta que había estado a punto de cruzar la línea. Nadie sabe de lo peor que es capaz uno hasta que lo hace.

Esa noche es solo una de las cosas que acuden a mi mente cuando pienso en todas las razones que pueden tener para mandarme a la horca, y en todas las razones por las que yo tendría que haber degollado a Langton con un cuchillo romo y el corazón frío. Pero, en retrospectiva, comprendo que nuestra vida puede ser una historia que nos contamos, que podemos ser tanto la persona que lee como el objeto de la lectura.

Esa fue toda mi suerte. Que Langton hubiera esperado tanto. Que nadie más se hubiera atrevido. Que él nos permitiera creer a los dos que yo tenía elección, que era un acuerdo entre nosotros.

Y que la salud no dura para nadie, ni tan siquiera para los hombres que son dueños del mundo. Y la de Langton estaba empeorando.

Sé que ahora se dice que fuimos el uno para el otro. El *Times* lo llamó «noviazgo antinatural». Nadie en su sano juicio podría describirlo como un noviazgo, pero parte de lo que han publicado es cierto. Esto es insólito para los periódicos, ya que usted y yo sabemos que siempre les cuesta reconocer la verdad cuando la ven. En esa época yo vivía en un lugar siniestro, que quizá acabaría matándonos a todos. Tal vez había que tener sangre salvaje para sobrevivir en él. Y cuando Miss-bella me echó, puede que yo hubiera tenido la idea de hacerle beber ron y acostarme con él, si él no lo hubiera pensado antes que yo.

7

Un incendio en una hacienda de las Indias Occidentales se anuncia soplando caracolas que arrancan a todos del sueño.

Salí a toda prisa de mi cuartito y un olor a carne asada me taponó la garganta, tan fuerte que por un momento me pareció que Phibbah había vuelto y estaba ocupada en su cocina. Oí que Miss-bella tosía y llamaba a Manso a gritos, pero el humo entraba a raudales por las ventanas, negro y denso. La busqué a tientas a lo largo de la pared, pero ella me apartó de un manotazo y gritó con voz entrecortada y temblorosa:

—¡No me toques! No me toques. ¡Vete!

La dejé y salí. Bajé la escalera y corrí afuera, donde la noche me engulló como una garganta negra que escupía plata. Las vacas mugían, asándose en la cuadra. Briznas de luz danzaban junto al campo de caña de azúcar mientras el fuego silbaba entre los tallos y los destrozaba, seguido de cerca por el humo.

Los peones habían bajado, provistos de antorchas, para llenar cubos en el río y en el pozo. Algunos se agarraban la cabeza y se lamentaban: «Oh, Dios mío, *massa*, ¿y ahora qué?». Era imposible saber qué revelaba verdadero pánico y qué era fingido. Para entonces, había campanas y caracolas sonando por todas partes. Demasiado tarde.

Lo primero que hice fue buscar a Langton. Lo vi a una cierta distancia, cerca del muro que marcaba el límite de la propiedad, y me acerqué a él tosiendo. Me quedé varios minutos a su lado sin hablar, sin saber qué decirle, con la garganta y el estómago cerrados.

—El fuego ha prendido las cañas —habló, por fin, antes de que a mí se me ocurriera nada.

Apenas le hacía falta decirlo, porque estábamos rodeados de campos que ardían con llamas doradas y levantaban nubes de humo negro.

—No falta nadie —masculló.

Entendí a qué se refería. Si el culpable del incendio hubiera huido, habría sido más fácil identificarlo y darle caza. En cambio, tendría que dispersar su cólera en vez de concentrarla. Peor para todos, salvo para los culpables. Nadie sabía quién había producido el incendio. Pero era fácil ver dónde. La cochera, reducida a cenizas, era la prueba. Con el suelo de tierra seco como la yesca y los montones de bagazo de caña, el incendio se había originado en la cochera, se había propagado por la hierba seca demasiado crecida y había saltado al primer campo y después al siguiente. En ese momento avanzaba en pavorosas olas rompientes, precedidas por ratas de las cañas. El único misterio era por qué seguía en pie la casa grande.

Su manera de susurrar a mi lado me hizo sentir que me hacía partícipe del problema y me ponía de su parte. A través del camisón sentí que su puño me rozaba el muslo; después me cogió la mano con fuerza para detener el temblor de la suya y yo le dejé, pensando que nadie nos vería, al menos no entonces, mientras todos estuvieran tan ocupados con el incendio. Combatiéndolo o contemplándolo. Además, ¿qué más daba si nos veían? Me habían mirado toda mi vida. Porque era la única mulata de la hacienda y una negra doméstica. Por la cochera. Porque todos creían saber lo que era para él.

Miss-bella había conseguido llegar al camino y estaba sola. Nuestros ojos se cruzaron por encima del muro: los suyos pequeños, oscuros y duros como granos de pimienta. Por cómo sonreía, cabría pensar que el incendio lo había provocado ella. Para echarme de su casa, como una de esas ratas de las cañas. Me volví hacia Langton.

—¿Puede salvarse algo? —pregunté con cautela, como hacía siempre, midiendo cada palabra. Tenía dieciocho años entonces y me había deshecho de muchas cosas. La manera de hablar de los esclavos había sido la primera.

Se encogió de hombros.

—Puede que solo queme las hojas, quizá aún podamos salvar los tallos.

Asentí con un gesto.

—¿Controlarlo?

En los campos, las cuadrillas de peones arrojaban cubos de agua del río, alineados en los márgenes, renqueando por la tierra caliente. Pero vi que Langton había apartado los ojos de ellos para mirar la cochera, o lo que quedaba de ella. Tosió.

—Estúpida —dijo, entornando los ojos—. Ni una sola cosa de esta maldita hacienda está ya bajo control.

Los campos y la cochera estaban arrasados, pero la casa seguía en pie. Durante semanas sopló un viento cargado de humo y ceniza que tiznó caras, paredes, ropas. Que saló la comida y dejó un regusto amargo, arenilla en la lengua. Miss-bella ordenó a Manso que cerrara las contraventanas, lo que sumió todas las habitaciones en una sofocante penumbra.

Al final, el incendio arrasó todo lo que Langton esperaba cosechar. Ni tan siquiera fue posible salvar los tallos. Sin cosecha no había guineas. Jamaica era una suma: hombres, caña de azúcar, guineas. Si faltaba un factor, los cálculos no salían, y un hombre dejaba de ser lo que era. Langton escribió al padre de Miss-bella, quien, como se supo más tarde, le había prestado el dinero que lo había financiado todo y aún conservaba los pagarés. La casa grande, los molinos de viento, los graneros, el nuevo puente de piedra: todo lo había pagado él. La cantidad que Langton le debía era ingente. Le pidió que le perdonara la deuda: «Sé, señor, que sus deseos se corresponderán con los míos, siendo el primero de ellos el bienestar de su hija».

Pero, en cambio, recibió una carta del secretario del padre de Miss-bella, informándole de que había fallecido: «Sufrió una apoplejía, me temo, justo cuando su carta debía de estar en camino. Informo de ello a la señora Langton en una comunicación aparte, que encontrará adjunta».

Resultó que Miss-bella no necesitaba que su padre entrara en razón, sino solo que muriera. A partir de ese momento, todos los pagarés que Langton le debía pasaron a su hijo, el capitán William Adams, quien propuso un trato distinto al que Langton tenía en mente. Langton se iría de Paradise, les dejaría en paz, y a cambio recibiría un estipendio. Habían hecho correr la voz de que la salud de Miss-bella era frágil y tendría que quedarse en Jamaica mientras Langton viajaba, con la bendición de su esposa, para perseguir las ambiciones científicas que acariciaba desde hacía tanto tiempo.

Y así fue como Miss-bella consiguió deshacerse de su esposo, pero conservar sus bienes. Y decidió quedarse en el lugar que más odiaba, con el hermano que más quería. Langton descubrió que la sangre pesa más que el matrimonio, y yo descubrí que era el único bien que Langton no había hipotecado, de manera que a nadie le sorprendió que él huyera a Inglaterra ni que el equipaje que se llevó me incluyera a mí.

Vi Paradise por última vez el 4 de enero de 1825, cuando volví la cabeza en el carro para echar una última mirada a la cochera antes de perderla de vista, un compacto amasijo de ladrillos y piedras sobre un lecho de ceniza y barro.

John Langton y su mulata íbamos a Bahía Montego con la suficiente frecuencia para que nadie nos mirara dos veces, ni tan siquiera cuando reservamos una habitación en una posada cerca del mar. Ya nos tenían muy vistos. Durante toda esa noche el mar se agitó con la misma energía palpitante que yo sentía dentro de mí y espumeó al batirse contra las blancas piedras. Langton se apoyó en el alféizar de la ventana y yo le limpié con un paño húmedo el polvo que el viaje le había dejado en las manos mientras él me miraba con los ojos entornados, como si el mero hecho de verme lo amargara. El ruido del mar que entraba por la ventana avivaba mi deseo de poder salir a pasear por su orilla, de ver si eso me calmaba los nervios. Sentía el temblor de sus manos y veía que, en su cabeza, hacía los mismos cálculos de siempre. Más cortos que nunca. La suma de todo lo que poseía: *Crania*, el manuscrito en el que llevaba cinco años trabajando, que no valía nada; y Frances Langton, quien, según la ley, valía lo mismo.

A la mañana siguiente zarpamos hacia Londres.

Aquí en Londres, aunque también he sido criada y solo perdí un *massa* blanco para ganar en su lugar a un señor inglés, a veces me dicen: «Frances Langton, todo lo que te ocurrió en la plantación te despojó de tu libre albedrío», pero yo no sé qué responder. La libertad no puede comprarse con nada que una mujer como yo posea, pero, entre tragar con todo y pelear, las opciones son infinitas.

Miss-bella y yo también teníamos eso en común, con la diferencia de que yo nunca me permitía olvidar y ella rara vez se permitía recordar.

Londres, febrero de 1825

8

Mientras surcábamos el golfo de México, donde el aire marino sabía a bacalao en salmuera y las nubes eran tan blancas como las flores del algodón, me atreví a preguntar:

—¿Seré libre ahí?

—¿Dónde? —Langton fingió impaciencia, pero sabía perfectamente a qué me refería. Todos los negros de Jamaica, fueran chóferes, carpinteros, costureras, cocineras o peones de granja, lo decían. Por eso había preguntado.

«Cualquier hombre es libre en cuanto respira aire inglés.»

—Londres. —Era la primera vez que me permitía decir la palabra en voz alta.

Se rio entre dientes.

—Estarás bajo mi jurisdicción. Ahí, como en cualquier parte. Es lo único que necesitas saber.

Jamaica era una suma, un cálculo. Su vida, y la mía, habían estado regidas por la misma ecuación. El rendimiento en guineas de una cierta cantidad de africanos, más las semillas de caña de azúcar más los capataces, además de la tierra, el agua y el sol, que eran regalos del cielo. La libertad también era una suma, una que genera tantas respuestas como hombres que reflexionan sobre ella. Me rompía la cabeza pensando en ella. Se me descomponía el estómago. Lo reconozco.

Cuando un enjambre de cuerdas se cernió sobre las cubiertas y dieron orden de echar el ancla, la libertad era mi mayor miedo.

Qué bien recuerdo el momento de bajar del barco en el muelle de las Indias Occidentales, como la impresión de meterse en un río y que el agua fría te cubra la cabeza.

Era la primera vez que veía mi aliento. Suspendido de mis labios, espeso y blanco como las nubes. Solo una de las muchas cosas a las que apenas daba crédito. La lluvia en mi cara, por ejemplo, liviana como plumas. La lluvia inglesa no pesa nada. Lo pesado es el aire, empapado siempre de agua. Las calles estaban mojadas y parecían girar dentro de un torno gigantesco. Me rodeaba un estruendo de martillos, andamios y carretillas cargadas de ladrillos que se habían caído de edificios o iban a colocarse en otros, de manera que parecía una ciudad que se construía y se devoraba a sí misma al mismo tiempo. Había una hilera de carruajes esperando junto al alto muro y los caballos estaban inquietos bajo la oscura mole de los tinglados. Derribaron a un chiquillo barrendero y la fila de pasajeros solo lo rodeó, como un río alrededor de una piedra.

Todo parecía al alcance de la mano. Alcé la mía enguantada, con la palma vuelta hacia arriba. Volví a bajarla de inmediato. «Tonta.» Estaba mareada y cansada, absorta en mis pensamientos, y el viento frío me azotaba los tobillos. Pero por dentro sentía la calidez de las brasas y tenía el corazón henchido como una vela. Porque había conseguido lo que ninguna otra criada de Paradise había logrado. Había mejorado mi situación.

Brazos y codos chocaron contra mí y casi perdí el equilibrio.

—¿Acabas de llegar? —me dijo una voz ronca al oído.

Giré sobre mis talones y me encontré cara a cara con un viejo marinero. Piernas arqueadas y rodillas hinchadas, con la nariz grasienta quemada por el sol. Fue fácil ver por quién me había tomado cuando se restregó la botonera del pantalón con la mano. Estuve a punto de bajar los ojos, pero en cambió alcé la barbilla. Le di de lado. ¡A un hombre blanco! Qué sensación tan peculiar me inundó el pecho entonces. Inquietud y felicidad, mezcladas.

Pronto estuvimos traqueteando por las calles en nuestro propio carruaje. Manchas de sudor oscurecían la piel de los asientos, que hedían a todos los cuerpos que los habían ocupado. Enfrente de mí, Langton se toqueteó el corbatón que yo le había planchado esa mañana y me preguntó por tercera vez:

—¿Lo tienes?

—Las tengo. —Di unas palmaditas contra los papeles junto a mi cadera—. Las siete copias.

A su lado estaba mi pequeño baúl de viaje. Dos vestidos de sarga, mis ejemplares de *Moll* y *Robinson Crusoe*, el chal negro que solía llevar sobre los hombros, con una puntilla de ganchillo y un dibujo amarillo mostaza de enredaderas y colibríes. Todo lo que poseía.

—Bien —dijo, mirando por la ventanilla. Las manos le danzaron por el regazo y le estremecieron la holgada tela del pantalón. Contuve el impulso de cogérselas para detener el temblor—. Bien.

El cielo estaba cada vez más encapotado, vacío salvo por unos pocos pájaros dispersos.

—¿Es posible que aún sea de día? —dije—. Y, a la vez, ¿esté tan oscuro?

Su única respuesta fue chasquear la lengua. En sus días malos se atropellaba al hablar y prefería quedarse callado, pero yo sabía lo que quería antes de que él mismo fuera consciente de ello. Ahora que estábamos fuera del barco, me quería sumisa, callada. Crucé los brazos, como limpias toallas dobladas, y noté más saliva en la boca, espesa y ácida. Me los miré y retorcí el pañuelo gris que tenía en la mano. Me había dicho que olvidaría Paradise y todo lo que había sucedido allí. Que me desharía de ello y lo arrojaría lejos, para siempre, como había hecho con mi manera de hablar y mis modales de esclava. Que sería otra.

No podía estarme quieta. Me alisé el vestido de sarga, suave como el pelaje de un gato, me incliné hacia delante, miré a Langton, miré afuera. Desafiándole a que me lo prohibiera. Mis faldas nuevas susurraron sobre el asiento de piel. Lo que distingue la ropa humilde de la elegante es su manera de hablar, y con la gente pasa lo mismo, decía Miss-bella. Pero los ruidos de los ricos son tan bastos como los de cualquiera, salvo que ellos pueden permitirse paredes más recias.

Retiré la cortinita de la ventanilla. Como Langton no dijo nada, terminé de abrirla. Llovía y las calles estaban anegadas de agua y de suciedad. Gotas de barro salpicaron el vidrio.

No pensaba que Londres estaría desmenuzándose como una hogaza de pan seco. ¡Ni que habría cientos de personas en las calles! Caras tan blancas que desaparecían en la niebla para luego flotar como nata en la leche. Langton era de tez oscura en comparación, con la piel cuarteada como cuero envejecido. Y muchas de ellas eran pobres. Blancos desdentados y sucios; blancos que se estremecían, como tristes banderitas ondeando al viento, mientras meaban en la calle. Blancos con la piel en carne viva y picada como la cáscara de naranja. Caras endurecidas y hambrientas. Los niños eran lo peor. Manos raudas, ojos lentos. El miedo empezó a estremecerme cuando vi a esos niños. Sabía demasiado bien que los ojos solo tienen dos alternativas. Abrirse o cerrarse. Cuando están demasiado abiertos, demasiado negros, es porque no les cabe todo lo que han visto. La visión de esos niños me trajo un recuerdo, la otra única cosa que no había podido dejar en Jamaica, aunque no iba en mi baúl. Me golpeó con toda su fuerza en ese momento, me gustara o no, y el estómago me dio un vuelco.

En un mundo creado por él, cualquier hombre puede ser Dios. Langton había creado su propio mundo y después me había llevado consigo al huir de él. Yo pensaba que era porque pertenecía a la raza de hombres que no pueden llegar a serlo sin sus esclavos.

En mi regazo había una copia de su carta a George Benham. Era yo quien la había copiado dos veces en papel vitela, una para mandar y otra para guardar, aunque, de hecho, hacía muchos años que me ocupaba de poner por escrito todas las palabras de Langton.

Estimado G:

Adjunto el manuscrito revisado. *Crania.* Me entristece que el estudio haya abierto una brecha entre nosotros. Pero reconozco que tenías razón, al menos en una cosa. Un buen científico busca meramente la respuesta a la pregunta planteada, pero aquel cuyo nombre recordará la historia se plantea la pregunta que a nadie se le ha ocurrido siquiera hacer. No podría haber mejor momento para demostrar que las diferencias entre las variedades de hombres no son meros caprichos de la naturaleza, sino que responden a un designio intencionado. Es incluso más im-

portante que nunca, ahora que Inglaterra parece empeña-
da en destruir las colonias con la promesa de la emancipa-
ción, tan pronto como haya abolido la esclavitud.

Sus políticos necesitan que se lo recuerden. Una madre
no devora a sus hijos. Al menos, no una madre amorosa.

Pensaba que nuestro punto de partida era ese. ¿Cómo
divergieron nuestros caminos? Sea como fuere, aún creo que
una lectura atenta de la versión definitiva revisada te empu-
jará a replantearte tu postura. Volver a llevar tu apellido daría alas a la obra. Debe de haber editores en Inglaterra (aunque sé que rara vez se puede esperar que vean más allá de sus
narices) que reconozcan su valor comercial y científico.

Asuntos urgentes me retendrán aquí por un tiempo, y
parece que tardaré en llegar a Londres incluso más que el
maldito correo postal. Así pues, esto debe encomendarse
por ahora al impersonal medio del papel y de la tinta.

Yo lo seguiré lo antes posible.

Con afecto,

JOHN

George Benham. El hombre importante. El que había puesto en marcha el estudio de *Crania* y después
había escrito para decir que había cambiado de opinión.
Pensar que era probable que mi camino se cruzara con el
suyo me hizo estremecerme. El propio *Crania* me rozó
la pierna, colocado junto a mí en el asiento. La obra mag-
na de Langton. También la había escrito yo, con mi mejor caligrafía. Y, no obstante, tuve que controlarme para
no arrojarla a la sucia calle.

—Tienes tantas ganas de probar tus nuevos modales
londinenses como las tenías de ponerte ese vestido.
—Torció los labios en una mueca, atascado con las palabras. A veces, su enfermedad las detenía por completo.

Me levanté de golpe, le apreté la mano.

—¿Un calambre?

—Necesito ron.

—No. No lo necesita.

—¿Qué diablos sabes tú de nada? —Retiró bruscamente la mano, la cerró y me apartó de un puñetazo en el esternón. Pero al momento volvió a tener temblores, en los dedos, las muñecas, los hombros—. Esto no es Paradise, criada. No puedes... pregonar cosas que han sido... personales, entre nosotros...

—Hay tantas cosas personales entre nosotros. No podré decir una palabra.

Volvió la cara, con los labios apretados. Sus manos, encogidas en el regazo, se crisparon como perros dormidos y también lo hicieron los hombros.

Los moribundos no solo piensan demasiado en el pasado: se lo inventan.

—Nunca te he tocado —dijo.

Regresé a mi sitio y apoyé la cabeza en el cojín, con el cuerpo tan tieso como la piel del asiento, guardándome de mirarlo. Cuando me dijo que no me pusiera demasiado cómoda, no le hice caso.

—Este condenado tráfico —dijo, mirando por la ventanilla—. Así es Londres. Todo se mueve deprisa, hasta que ves que se mueve en círculos. No se ha avanzado un solo paso en nada desde hace dos siglos.

Decidió que nos apeáramos cerca del puente de Londres y buscáramos un barquero. Nos abrimos paso a codazos entre la multitud y tuve que correr para que no me engullera, con los nervios a flor de piel, pensando en todo lo que podía ir mal. Langton podía caerse, perder el equilibrio, tener un ataque o simplemente doblar una esquina sin mí y desaparecer. Había cientos de maneras en que podía perderlo de vista. Y entonces ¿qué sería de mí?

El frío parecía tener su propio olor, como a carne

cruda, y apareció tan de golpe como un ratero. El aire de Londres, húmedo como un beso. Tirité y me arrebujé en el chal.

—La única manera de acostumbrarse es zambullirse de lleno —gritó Langton.

Se volvieron unas cabezas. En Londres miraban sin disimulo, igual que habían hecho los marineros a bordo del *Pride*, cuando no había riesgo de que los pillaran. Me sentí observada como un reloj de pared. Ser negra en un mar de blancos es querer ser invisible.

Clavé los ojos en la espalda de Langton, su nuevo abrigo negro tenía la tersura de una mejilla, y sorteé montículos de estiércol y charcos grasientos y resbaladizos. Cada vez que me olvidaba de acompasar el paso al suyo, más lento, y me acercaba demasiado a él, me reprendía.

—Deja un poco de espacio entre los dos, criada.

Como si hubiera una distancia que pudiera convertirnos por arte de magia en amo y criada, en vez de lo que todos creían ver: un indiano lento y su puta mulata.

Seguía notando el vaivén del barco bajo mis pies, de manera que me detuve para apoyarme en una pared y dejé que la ola de mi cabeza subiera y bajara. Después tuve que correr para alcanzar a Langton. Me apresuré tres veces, y él no volvió la cabeza ni una sola. Noté un peso en el corazón.

Pero este se aligeró cuando llegamos al río y mi corazón echó a volar. Sentí un viento dentro de mí, cada vez más fuerte.

El capitán del *Pride* tenía un mapa colgado en la pared de la cocina; más de una mañana reseguí la sinuosa costura del Támesis hasta su ancha desembocadura, leyendo los nombres en voz alta: Southwark, Bermondsey, Wapping. Sobre el papel parecía una serpenteante curva cosida a través del pecho de la ciudad. Pero los mapas nunca dicen toda la verdad. Porque Londres es un río con una ciudad alrededor. Había gente apiñada en la orilla, asomada a la barandilla para mirar los barcos y las obras en plena construcción, que Langton dijo que eran para el puente nuevo. Me olvidé del mal olor y me descubrí deseando poder quedarme un rato más. Vi los arcos del puente viejo, los chapiteles y tejados recortados al otro lado del río. Los cascos de madera chocaban entre sí como ostras en un cubo. Los barqueros me recordaron a los capataces de las plantaciones, por lo altos que iban sentados en sus barcas de remo y su manera de escupir bajo el sombrero. Langton dijo que bajaría a regatear con ellos y que más me valía quedarme donde estaba. Me llegaron retazos de la conversación: «... al Strand... yo y mi... la criada de mi esposa».

Yo era tan negra como una mosca posada en un trozo de mantequilla y era inevitable que llamara la atención. Pero tuve que quedarme esperando, como si tuviera las piernas clavadas al suelo. Me escupieron en la nuca. Cuando me volví, vi que una de las carreteras agachaba la cabeza y colocaba otra vez una patata en el montón, contando con los dedos, como si fueran un ábaco. Alcé la mano enguantada para limpiarme. Me dije que mi ropa era de sarga, y que era ella, no yo, la que parecía desaliñada y humilde, vestida de arpillera con una sucia pañoleta. Me dije que era yo la que parecía una dama. Como mínimo, una criada distinguida. Aunque Langton solo me dejara vestirme como tal para que nadie viese lo que era mientras viajaba con él.

Me dije que era mi cabeza la que estaba llena de conocimientos. Había leído el *Ensayo sobre literatura* del señor Defoe la semana anterior, acomodada bajo el tragaluz, mientras el agua acariciaba el casco y caía la noche, pensando en lo seguro de sí mismo que debe de estar un hombre para poner sus cavilaciones por escrito, esperando que alguien más esté interesado en leerlas.

A veces imagino todo lo que he leído y escrito como una bola estrujada dentro de mí. Peligrosa como la pólvora. ¿Dónde me ha llevado, al final?

Volví a alisarme las faldas, eché los hombros hacia atrás y miré a Langton. Dos muchachas bajaron de la parte trasera de un carro y se detuvieron al verme, boquiabiertas, y pareció que fueran a cogerme para tirar de mí. El río se desplegaba como una sábana. Oscuro como el peltre. El mundo entero parecía estar entrando o saliendo de Londres, como si apenas pesara sobre el agua. Por un momento me pregunté cómo sería saltar al río, las faldas por los aires, el corazón a toda vela, fluir por toda esa agua azogada. Dejar que me llevara a alguna parte.

Un hilo de viento estremeció las banderas de los barcos. Un pasito. Otro. Y otro más. Me miré los pies. ¿Cuánto tiempo llevaba ahí? Entonces el ruido volvió a inundarlo todo. Chillidos de pájaros. Resoplidos de caballos. Poco a poco, el mundo volvió a ponerse en movimiento. Podemos noquear al mundo, destrozarle los dientes, hacerlo trizas a patadas y, aun así, retomará automáticamente las costumbres que recuerda, como cualquier esclavo bien enseñado.

Cuando alcé la vista, las muchachas se alejaban por una tortuosa calle que se perdía en la oscuridad. Quise seguirlas. Me vino una imagen a la cabeza. Yo corría por la calle sin salida y encontraba una casita de piedra, como una moneda escondida en la manga. Estantes de libros, una lumbre crepitante. Nada más dentro salvo tiempo. Y una mujer, aunque no le veía la cara. Yo viviría ahí. Y escribiría. No habría ninguna ley contra eso. Escribiría una novela. La casa nos protegería con sus robustas paredes. Sencilla, limpia y acogedora.

Pero nadie como yo ha escrito nunca una novela desde que el mundo es mundo.

—¡Sube! —dijo Langton de repente, pegado a mi oído—. ¡Criada, sube!

Noté una presión en las sienes, fría como el calibre de Langton, y al alzar la mirada vi que había una barca esperando. Me eché hacia delante, respiré por la boca para recobrar el aliento y subí detrás de él.

9

Los abolicionistas siempre me preguntan: «¿Qué te hicieron, Frances?, ¿cuánto sufriste?». No creen que hiciera nada a lo que no me obligaran. Recuerdo una cosa que Phibbah decía: «En este mundo solo hay dos clases de blancos, niña: los que te hacen putadas y los que quieren que les hables de las putadas que te han hecho los otros».

¿Qué dirían si les dijera que me pegué a Langton como una lapa, incluso después de llegar a Londres? ¿Que fui yo quien lo siguió? ¡Oh, cómo se apartarían de mí! Insólito, inaudito. Pero cierto. Solo les interesan las heridas de la carne, como si fuera lo único que sufre. Como si la mente no padeciera también.

Miré la espalda de Langton con el entrecejo fruncido, sentada detrás de él. El río fluía despacio por debajo de nosotros y el lento balanceo de la barca me recordó un carro de mulas. Sentí que cada golpe de remo tiraba de mí hacia atrás, que la ira me inundaba, caliente como la ginebra. Londres pasó por delante de mí a toda velocidad, como si lo estuviera perdiendo.

Nos apeamos cerca del Strand e hicimos a pie el resto

del trayecto hasta Covent Garden, donde Langton iba a reunirse con un hombre llamado Pomfrey en una taberna. Lo encontramos recostado en su silla, con hirsutos pelos canos en las mejillas y las manos entrelazadas por encima de la barriga. Tenía un rastro de cerveza sobre el labio, espumoso como leche de vaca recién ordeñada. La taberna estaba poco iluminada y muy llena, cada mesa alumbrada por una vela de sebo. Cargada de humo de tabaco y los olores de los hombres. Era exactamente la clase de sitio en el que se espera encontrar a un individuo como Pomfrey. Cuando vio a Langton, bajó el vaso y alzó la vista, con la cara tan correosa como un pulmón.

—Dios mío, ¿qué te ha pasado?

—Veinte años. —Langton se apoyó en la mesa con ambas manos y se sentó despacio.

—Tantos, ¿eh? —Un lento silbido—. ¿Y esta quién es?

—Mi criada.

—Ajá. ¡De esta he oído hablar! —Pomfrey se rio entre dientes—. He oído que has estado exprimiéndola más que a los otros. No puedes irte de casa sin ella, ¿eh? ¡Vosotros los colonos! Hacéis las cosas como se deben.

Yo también había oído hablar de Pomfrey. Traficaba con cráneos. La abolición de la esclavitud había engendrado hombres como él. Lo que hubiera ganado como negrero lo había duplicado, esquivando a la armada inglesa que patrullaba el océano Atlántico, escurridizo como mantequilla en pan caliente, utilizando aún la misma flota de viejos barcos mercantes.

—Los cabrones solo consiguieron pillarme una vez, pero encontraron el barco como una patena, ¿sabes? Un bergantín muy limpio, me dijeron, con la boca pequeña. «Sí, bueno, llevo la nave con mano firme, y un marinero no critica a otro por eso, ¿verdad?», les dije.

Los cráneos que había mandado a Paradise habían

llegado en cajas de madera, rellenas de paja, con etiquetas atadas a las cuencas de los ojos con cintas rosas. Había un hombre de Madagascar, con un agujero de bala en el maxilar. Una hotentote con unos dientes tan perfectos que parecían un collar de perlas. Aún los veo colocados en sus filas. En la muerte, como en la vida, cada hombre convivía solo con los de su tipo. Caucásicos con caucásicos, los mongoles todos juntos, malayos, americanos. Los negros en la parte de abajo. Uno de mis cometidos era medir el volumen: los llenaba de semillas de mostaza blanca, que después vertía en cilindros con medidas de capacidad.

Seiscientos veintisiete cráneos. Los había contado y los había anotado cada nueva caja en el libro mayor de Langton. Seiscientos veintisiete. Una suma tan sencilla y no obstante tan terrible. Uno más uno más uno, hasta que hubo muchísimos, todos ellos reducidos ahora a cenizas, finas como la arena.

Pomfrey seguía mirándome de hito en hito.

—Un hombre acierta, diría yo, cuando se instala en un sitio que le permite tener a su puta bajo su mismo techo. —Pomfrey me daba la sensación de un peinado que me tiraba demasiado del cuero cabelludo. Miré alrededor. Espaldas anchas, caras cetrinas, brazos que se agitaban. Ninguna otra mujer, aparte de las camareras. Era la primera vez que estaba sentada a una mesa en una taberna. Si a cualquiera de los esclavos se le hubiera ocurrido juntarse en tal número, Langton habría dado un taconazo de inmediato para dispersarlos a todos como cucarachas.

Yo debía quedarme callada cuando no estábamos solos, ocuparme de mis asuntos y no estorbar a Langton. Pero me encontraba en un lugar nuevo: quería algo nuevo de mí. Me erguí, agucé el oído.

—¿Qué es lo último que se sabe del Parlamento? —preguntó Langton.

—Lo de siempre. Un nido de cafres, haraganes y *castrati*.

—Lo mismo que decías en 1806...

—Bueno...

—... y después dejaron de comerciar con Francia, y esa fue su primera maniobra antes de asfixiarnos por completo.

Pomfrey agitó una mano.

—Los abolicionistas quieren sentir que se les ha escuchado. Etcétera. Mucha palabrería. Una cosa es poner fin al dichoso tráfico y otra muy distinta es humillar. No pueden quitarnos lo que es nuestro así sin más.

—Necesitamos que los argumentos científicos prevalezcan en el debate, Pom, y tenemos que darnos prisa. ¿Has podido encontrar algún otro espécimen?

—Oh, siempre hay especímenes, amigo. Este hermoso mundo nuestro está hasta arriba de especímenes. Pero tú quieres un negro blanco, uno de esos albinos, y eso requerirá tiempo. Y desde luego va a requerir dinero.

—He escrito a George Benham, mi patrocinador.

El nombre estalló dentro de mí. Aparté los ojos y los clavé en la copia de la carta, guardada en la bolsa que tenía a mis pies. Pomfrey se echó hacia atrás apoyado sobre las patas traseras de la silla.

—Ajá. George Benham.

—Un viejo amigo.

—Ja. Lo sé todo de vuestra «vieja» amistad. Sé que te ha dado la patada. Que te ha cortado el grifo.

—He reescrito el manuscrito. De acuerdo con todas y cada una de sus especificaciones. —Langton apretó la mandíbula y me miró—. Por no hablar de que le traigo un regalo.

Pomfrey se echó a reír.

—Mahoma yendo a la montaña, ¿eh?

Langton se inclinó sobre la mesa.

—El albino es lo único de todo esto que no tiene que ver con él. Quiero probar con otro estudio; he oído que exponen uno en París.

—¿Y?

—Empieza por ahí, quizá.

—¿París? ¿París? ¿Empezar por París? Volver a empezar, querrás decir. Aún no me has pagado por la última vez que te busqué un negro blanco.

—A decir verdad, Pom, estoy sin blanca. Esperaba que encontraras la manera de...

Pomfrey resopló.

—¿Trabajar a crédito? ¿Es eso lo que buscas? ¡Ja! Sabes que trabajar a crédito es lo único que no hago. No a menos que la pongas a ella sobre la mesa.

Langton parpadeó.

—¿A ella? —Se volvió hacia mí—. Ve a por ron —dijo, para quitárseme de encima.

Cuatro palabras suyas y volvía a ser una criada. Pero agradecí tener un motivo para huir de la mesa: lo buscaba desde que se habían puesto a hablar de albinos. Y de George Benham. Saqué un puñado de monedas de su chaleco, esperando que fueran suficientes. Había hecho muchas cosas para Langton, pero contar dinero no era una de ellas.

—Una guinea por tu gallina de Guinea —dijo Pomfrey, riéndose entre dientes, viendo cómo me alejaba.

Cuando regresé, las palabras le rodaban cuesta abajo, impulsadas por el alcohol.

—Claro que acostarte con una negra no tiene ninguna importancia, hacen lo que sea y dejan que les hagas lo que sea... para ellas es como estornudar, ¿no? Pero ¿no nos convierte eso en animales? —Alzó la vista, apesadumbrado.

—No más de lo que azotar a un perro te convierte en perro —respondió Langton.

Se miraron antes de volver los ojos hacia mí. La risa de Langton rascaba como la herrumbre.

Vi cómo sería. Langton no era nada en Londres y yo no sería nada para él. Su criada, nada más.

Tragué saliva, dejé su vaso de ron en la mesa y miré la vela. ¿Me detendría Langton si sacaba mi gastado ejemplar de *Moll Flanders*? Necesitaba su consuelo, más que nada en el mundo. Pero sabía que la imagen de una negra leyendo podía enfurecer a algunos hombres. Tanto blancos como negros. Me había dado una cierta libertad conocer las reglas de Paradise, dónde podía leer y cuándo. Ahí no las conocía.

Sin pensar, cogí el vaso de Langton y se lo acerqué a los labios para evitarle tener que usar las manos. Él se echó hacia atrás y me apartó de un empujón.

—¿Dónde te crees que estás?

—Esta... —Pomfrey silbó y dejó caer la silla— no se parece a ningún negro que haya visto antes.

«*Quod erat demonstrandum*», pensé. Dejé que las solemnes palabras latinas me rodaran por la cabeza para recordarme, como hacía en compañía de casi todos los hombres blancos, que sabía cosas que Pomfrey desconocía. «No soy una criada, no soy solo eso.» La vieja cantinela que siempre me repetía.

—¿Sabes qué? —dijo Pomfrey; se levantó de golpe y empujó la mesa—. Haré algo incluso mejor que trabajar a crédito, amigo. —Me puso la repugnante mano en el hombro—. Hay una nueva academia en Marylebone. La Escuela. Dios mío, ¿hay alguna chica en algún rincón del planeta que sepa chuparla mejor que una negra? Llevemos a tu criadita ahí. Lástima que parezca que no tiene lengua.

Yo también me puse de pie y le levanté la mano, como había visto hacer una vez a Phibbah con una culebra que atrapó en el granero.

—*Quod erat demonstrandum* —dije.

Pero Langton dejó a Pomfrey con sus jarras de cerveza, aduciendo que tenía asuntos más urgentes. Pidió a un chiquillo que fuera a buscarle un carruaje: quería ir a Montfort Street.

—¿Qué hay en Montfort Street? —pregunté.

—Benham.

Un desagradable retortijón. Los tenía desde que Langton había dicho el nombre en voz alta. George Benham. Íbamos a vernos cara a cara. «¿Qué le diría? ¿Cómo iba a poder morderme la lengua? ¿Podía suplicar a Langton que me dejara en la posada?» En eso pensaba cuando llegamos a Levenhall, lo que demuestra mi gran desconocimiento de lo que me aguardaba.

Las casas bien alineadas parecían ponis engalanados que llevaban la cabeza alta, como si estuvieran a punto de ponerse a hacer cabriolas por la calle. Langton llamó con la aldaba, una gran cabeza de león hecha de bronce. Cuanto más importantes se creen esas grandes casas, más figuras de la selva coleccionan para recordar las bestias en su puerta. Las paredes que nos rodeaban se confundieron con las sombras hasta que la única cosa sólida que quedó en la calle fue una farola de gas con su enorme halo amarillento. La puerta se abrió a medias, de manera que solo vi una hilera de botones, el borde de una cofia, y después a la criada entera, una mujer de aspecto adusto, con cara de vela derretida y el resto de ella muy estirado y fino, al igual que su voz.

Se presentó a Langton como señora Linux y después me miró de arriba abajo.

—¿Es ella?

Langton tosió. Ella se volvió otra vez hacia él.

—Se nos acaba de ir un lacayo, sabe. Uno de los dos que teníamos. Se ha casado y... ¡adiós! Se ha ido a vivir con la familia de su esposa. Uno de esos es lo que necesitamos. —Me lanzó una mirada severa, como si la pérdida del lacayo hubiera sido culpa mía.

«Una manera extraña de abrir la puerta», pensé. Si hubiera entendido a qué se refería entonces, habría puesto pies en polvorosa y no estaría donde me encuentro ahora.

Langton dijo que no pasaba nada, que no debía preocuparse, blablablá. No se parecía en nada a la manera en la que se dirigía a Phibbah o a cualquier otra criada. Una especie de música inglesa se le había colado en la voz.

Olía a vinagre en la puerta. La casa se alzaba por encima de nosotros, con una escalera de mármol que subía hasta un descansillo de la segunda planta. Había retratos en toda la pared, como ladrones apresados. Cuando nos condujo a la parte de atrás, vi una escalera de madera más sencilla que también subía. Para el servicio, supuse. Todo estaba en silencio y las ventanas tenían las recias cortinas de damasco corridas, pero oí susurros tras una de las puertas cerradas, como arañazos en la madera. Linux dejó a Langton en lo que llamó «sala de recepción». Él me dijo que tenía que bajar con ella a la cocina y eso hice. Al menos estaba dentro de la casa, a diferencia de la cocina de Paradise. Había un perro en un lado, y una criada junto a la lumbre con las piernas cruzadas y un trozo de queso. Linux retiró la tetera del fuego mientras yo esperaba, sin saber qué hacer.

—Lo primero que harás es lavarte las manos.

Me erguí.

—A mí no me hable así.

—A mí no hables tú así —dijo.

—¿Así es como tratan a sus invitados?

Metió los labios y se inclinó hacia delante. Siempre ocurre lo mismo. Primero no me ven y despúes me miran demasiado cerca.

—Supongo que pronto aprenderás cómo tratamos a nuestros invitados —dijo, por fin—. Pero, por ahora, más te vale aprender cómo tratamos a nuestros criados, y lo primero que harás es lavarte bien las manos.

Ella conocía el camino, pero yo echaba chispas y fui rápida como una centella. Llegué antes y arrastré a Langton a la ventana, mientras ella vacilaba en la puerta.

—Langton —dije—. Me trata como a una criada.

Se toqueteó el fajín.

—Frances. —Cuando me miró, atisbé en su cara algo que jamás le había visto durante todos esos años. Juro que parecía lástima. Casi resbalé y me caí—. Aquí eres una criada.

Fue entonces cuando todo se aclaró. Yo era el regalo de Langton.

Por un momento me quedé petrificada, clavada al suelo. Lo que acababa de decirme me martilleaba por dentro y solo me permitió oír sus últimas palabras:

—... importante... criada... no me avergüences.

Asentí con un gesto.

—Pero ¿va a volver?

—Eso no es asunto tuyo.

—¿Desde cuándo no es asunto mío lo que usted hace? ¿Langton? —Alargué la mano.

—Compórtate.

Se apartó y me dio una bofetada. Incluso a Linux se le

escapó un grito ahogado. Fue la sorpresa lo que me sacudió por dentro, más que la fuerza, considerando cómo tenía las manos, cuántos años llevaba yo creyendo que no podía hacer nada con ellas. En ese momento podría haberse encendido una pajuela con la fuerza de mi furia. Pero, aun así, me arrancó las palabras. Las tres palabras que yo nunca decía: «*Massa*. Por favor».

Pero Linux me tiró del brazo y Langton nos miró, sin moverse del sitio ni decir una palabra.

En cuanto estuvimos en el pasillo, Linux gritó: «¡Pru!», y apareció la criada de la cocina. Yo tiré y tiré, y después me di por vencida, consciente de que no tenía más remedio que subir con ella, sintiendo todo el terror con el que habría entrado en la casa de haber sabido lo que me esperaba. La recia trenza de Pru, de un rojo herrumbroso, le rebotaba en las caderas. Se volvió y me indicó que me callara. Solo entonces oí el ruido que seguía saliendo de mí y había empezado abajo, el terrible gemido. Me tapé la boca con la mano y respiré de forma entrecortada.

Alrededor de nosotras, una trémula penumbra. Las alfombras dieron paso a madera lavada con cal y después a un austero cuartito. Un techo abuhardillado sobre una camita. Un lavamanos y un jergón en una esquina, debajo de la ventana.

Pru dejó un cuenco en la cama, que olía a sebo de oveja.

—Es para mis manos —dijo—. Pero ponte, si quieres. —La vela de junco se apagó y el cuarto se quedó a oscuras. Solo podía verla a trozos. Un brazo blanco, un pie rozándose con el otro, el cuello de su vestido abriéndose cuando descolgó un camisón del clavo que había sobre la cama. Señaló el jergón—. Te he dado una de las mantas y puedes quedarte con el calentador. Eso sí, solo por esta noche. —Se quitó el vestido y las medias, se inclinó y se pellizcó el dedo gordo del pie—. Nunca había visto un moreno tan de cerca.

—¿Un moreno?

—Un negro. Como tú.

Podría haberle dicho que yo nunca había visto a una esclava blanca pero, a diferencia de ella, era capaz de guardarme mis opiniones. Miré el jergón. Si me acostaba en él, estaría atrapada. Volvería a ser una criada. Pero ¿adónde podía ir? Una rama golpeó la ventana y noté aire frío en el cuello, aunque estaba cerrada. Afuera estaba el río, el frío glacial, las calles oscuras y tortuosas. ¿Adónde podía ir? Sentí un amargo desencanto, el gemelo malvado de la esperanza que había abrigado en el muelle. Pensé en Langton y me pregunté si aún estaría en la casa, si podía correr en su busca, volver a suplicarle. Respiré hondo. Hasta mi piel me oprimía.

Pru rebuscó debajo de la cama y sacó una botella.

—No te preocupes demasiado por la señora Linux. Está de mal humor porque la han pillado con un lacayo de menos; bueno, a decir verdad, tampoco está demasiado contenta contigo. Los criados negros pueden estar muy de moda en algunas casas. Tuvimos uno aquí, aunque no llegué a conocerlo, pero la señora Linux dice que al final solo trajo problemas, así que prefiere no tener otro. Dice que solo hay barbarie de donde tú eres...

Volví a chillar. Me miró boquiabierta. Cuando me dejé caer en el jergón, me siguió con la mirada, como si temiera que fuera a aullar, a enseñarle los dientes y a atacarla, como un perro con una gallina.

De hecho, quería hacer las tres cosas.

«¿Y tú, ¿has contado las vértebras de un hombre? —quería preguntarle—. ¿Has leído la *Encyclopédie*? ¿Has sacado un corazón de su caja torácica, recio y resbaladizo?»

Seguro que ni tan ni siquiera sabía leer, que firmaba con una «X».

Se sentó en la cama, sin dejar de mirarme.

—Todas las casas pueden parecer extrañas —dijo—. Pero te acabas acostumbrando, ¿no? Aunque, oye, yo solo he estado en esta y en la que mi madre me tuvo. Pero las personas son extrañas, y las personas viven en casas, y las vuelven extrañas...

Mis pensamientos se dispersaron y flotaron por encima de su parloteo. Rodaron como canicas. Se hicieron añicos como el cristal. Volví a gritar.

—¡Eh! Nada de gritar aquí arriba —dijo—. Deberías intentar calmarte. No va a ser tan malo.

Pero yo no quería calmarme. No podía. Apoyé la palma de la mano en la pared, palpé la fría piedra. Parecía que en Inglaterra también el suelo podía volverse aire, desintegrarse sin previo aviso. Langton me había hecho desaparecer. Eso sí que era magia: transformar en aire un cuerpo lleno de carne, sangre y sueños.

Me estremecí al recordar cómo me había rebajado. «No, *massa*. Por favor. No me abandone. No, *massa*, por favor.» Al recordar al ama de llaves, con los brazos cruzados como espadas, la cara blanca de ira: «¿No ha sido informada, señor, de lo convenido?».

«*Massa*. Por favor.»

Era el plañido de mi propia voz, clavándoseme como agujas, lo que por fin me había hecho callar. No sus manos, apartándome a golpes, ni sus duras palabras: «Estás avergonzándote, criada, estás avergonzándome a mí. Haciendo el ridículo».

En determinadas situaciones, resistirse humilla tanto como aceptarlas.

—Deberías considerarte afortunada —dijo Pru. Tomó un sorbo—. De servir a George Benham. Muchos darían su brazo derecho, en vez de ponerse a berrear.

Resoplé.

—Un señor es tan malo como otro.

—Cierto. El señor Benham no es peor que otro. —Miró a un lado y de nuevo a mí—. Pero la señora Linux dice que lo llaman la mente más brillante de toda Inglaterra y que nosotros deberíamos estar orgullosos de trabajar aquí. Y lo que paga es justo, y no te molesta, que es más de lo que puede decirse de muchos de ellos. Y la adora. A Madame. Aunque ella no le corresponde. —Bajó la voz—. Él no puede ser jamás tan apasionante como ella querría, pero ella tampoco puede ser nunca lo dócil que desearía él. —Otro sorbo—. Se diría que diez años de casados serían tiempo suficiente para que ella se conformara. Pero no debería chismorrear, porque a la señora Linux no le gusta que intimemos. —Dejó la botella en el suelo—. Sí que es raro que te hayan dejado aquí. ¿De verdad no sabías nada?

«Nada de nada.»

Me había imaginado empezando una nueva vida en Londres. Aunque eso conllevara hacerme pasar por la criada de Langton. En cambio, me había dejado con un hombre al que odiaba antes siquiera de conocerlo y ahora tendría que servirle a él. No podía entender por qué Langton había hecho esto. Pero siempre era la última en enterarme de las cosas, antes de que me ocurrieran.

El miedo me echó las paredes encima y las ennegreció. ¿Tendría que desempeñar las mismas labores que en Paradise? ¿Por eso me había llevado Langton? Si alguien me lo pedía, decidí, quienquiera que fuese, haría lo que nunca había hecho: me negaría.

Apreté los dientes y me erguí, negándome a tumbarme, a quedarme quieta. Mi mente no paraba de divagar. La mente siempre puede explorar las posibilidades, incluso cuando nada más es capaz de hacerlo. Eso es lo más terrible. La mía asomó el morro por la puerta y salió a la calle.

—¿A qué distancia estamos del río?

—¿Qué quieres tú del río? —Pru me miró con los ojos entornados.

—Nada —respondí—. Mera curiosidad.

—Ah, bien. No podría traerte nada bueno a estas horas de la noche.

Cuando ya no pude seguir sentada, cuando los párpados me temblaron, me acosté, con los ojos clavados en el techo. Pru se dio la vuelta, estornudó y dijo entre dientes:

—¡Que Dios me bendiga!

Me llevé mi trozo de tela gris a la nariz. El pañuelo que Phibbah llevaba en la cabeza. Descolorido tras el largo viaje por mar. La luna acarició el alféizar, avanzó trémula por el cristal y la pared. Dejé vagar mis pensamientos. Por delante solo había oscuridad: no tenían adonde ir salvo al pasado. Fue entonces cuando sentí el aguijón del recuerdo, como un pellizco de sal. Me incorporé de golpe, respirando con dificultad, miré el frío suelo, la larga noche.

Cuando cerré los ojos, fue la cochera lo que vi detrás de mis párpados.

10

A la mañana siguiente, Linux ya estaba en la cocina cuando nosotras bajamos, friendo arenques, gritando por encima del chisporroteo del aceite.

—Prudence. ¿Qué horas son estas? Las gachas están debajo del cubrefuego. Saca los cuencos. —Se volvió. Con los ojos chicos como bocallaves. Vi las cicatrices que le salpicaban las mejillas. Viruela, me diría Pru más adelante—. En cuanto a ti. Te has plantado aquí por las bravas, ¿no? Les has quitado el pan de la boca a muchas muchachas inglesas, que habrían sido ideales para el puesto. Bueno. Ahora estás aquí. —Entornó los ojos como si me estuviera pesando en una balanza de panadero.

Alcé la barbilla.

—Nada de gandulear —dijo—. Nada de subirte la falda. Nada de robar. Ni de montar números como el de anoche. Una criada nueva ya es suficiente alboroto, lo menos que puedes hacer es no dar problemas. ¿Entendido? —Cerró las pinzas en el aire—. ¿Entendido?

—Sabe hablar —murmuró Pru, mientras bajaba los cuencos del aparador—. Se le ha comido la lengua el gato.

Linux asintió con la cabeza.

—Calladita está muy bien. Si algo no queremos es una bruja vanidosa. Tú también harías bien en cerrar el pico, Prudence.

Se dirigía a Pru, pero no despegaba los ojos de mí. Alcé la barbilla.

—No gandulear. No armar alboroto. Entendido.

—¡Señora!

—Señora.

—Te daremos una vela de junco cuando la necesites, jabón una vez cada quince días. No toleraré olores raros.

«No los desprenderé», pensé. Me indicó que la siguiera hasta la mesa.

—¿Usáis cuchara? —La pregunta casi me arrancó una carcajada. Me enseñó una, golpeteó con ella uno de los cuencos de arcilla, que era amarillo como la yema de huevo. Se inclinó hacia mí, muy cerca, con cara de pitonisa—. ¿Cuencos? ¿Sabes para qué sirven?

Atiborré mi voz de vocales inglesas.

—Conozco perfectamente los usos y costumbres de una mesa inglesa —respondí—. «Señora.»

—Al menos hablas bien.

—Sí. Sé leer. Y también escribir.

—¿En serio?

Eso fue un error. Debería haber recordado que para muchas personas un negro culto es más amenazador que uno salvaje.

Linux me hizo barrer el hogar, rellenar la tetera para ponerla al fuego y restregar las losas del suelo de la cocina con arena mientras esperábamos a que el agua hirviera; luego me mandó con una escoba y una pala a encender las chimeneas de la sala de recepción. El criado, Charles, me enseñó a colocar el carbón, golpear el eslabón contra el pedernal, bien lejos de mí y sobre el yesquero, soplar en la yesca, que se mostró desganada y reticente hasta que prendió con una tenue llama azul, y acercar la mecha. Cuando el carbón prendió, me enseñó a avivar el fuego con el fuelle, y después me quedé sola para encender las chimeneas del comedor y la biblioteca y llenar cubos con el carbón de la caja que había junto a la cocina; bajar al sótano y vuelta a subir, una vez tras otra. Iba tan deprisa como podía y noté sudor en las axilas.

En mi cabeza seguía siendo ayer. La humillación de la noche anterior volvió a inundarme. Los últimos momentos que Langton me había dispensado, como un puré. Los golpecitos de sus uñas contra la ventana.

«*Massa*. Por favor.»

Me miré las manos. Mis nuevas tareas eran sencillas, adormecedoras, y no requerían nada aparte de fuerza bruta o muda resistencia. Tareas que había que hacer sin pensar. Me había salido un salpullido rojo en las palmas de las manos y me las rasqué con los pulgares. Cuando noté amargas lágrimas en los ojos, me las enjugué con rabia.

Recuerde que yo había pertenecido a Langton, que era como si hubiera crecido de un hueso de mango que él hubiera arrojado por una ventana. Por tanto, aún creía que podía regalarme a quien quisiera, por extraño que pueda parecerle a usted cuando lea este manuscrito en sus cómodos aposentos. Eso es lo que intentaba decirle cuando me preguntó:

—¿Por qué no huyó?

—Se me olvidó —le respondí.

—¿El qué?

—Que ya no era suya.

Ese primer día fue una interminable renuncia, aunque los recuerdos me hirieron tanto como las palabras de antaño de Langton: «Los límites de los logros de un hombre radican en los límites de sus deseos. ¿Sabes qué significa eso, criada? Los negros no tienen deseos. Por tanto, los negros no hacen nada». Eso me recuerda un párrafo que uno de los carceleros me leyó ayer, del *Times*: «Si a cualquier hombre le quitamos la libertad, lo convertimos en un bruto que no la merece. Que esto pueda ser cierto de los negros, sobre todo de la Asesina mulata, solo demuestra lo que ya es evidente; a saber, que a muchos de ellos les han quitado la libertad».

El hambre me empujó a bajar, pero me paré en seco en el último peldaño. Oh, había el jaleo habitual en una cocina. Golpes de ollas, un murmullo de agua al fuego. Un olor a cebolla friéndose. Pero las oí hablar entre sí: eso fue lo que me detuvo. Todo se me hacía una montaña esa mañana. Me senté, dejé el cubo a mi lado y escuché junto a la puerta. Oí a Pru pidiendo permiso para preparar más té y después a Linux rezongando por las alfombras, que eran turcas y muy caras, y posiblemente no tenían arreglo, ya que Madame había derramado tinta sobre ellas, pero aun así había que limpiarlas y ponerlas a secar en el seto de espino.

—Esta semana ella no nos ha traído más que problemas —dijo.

—La chica nueva también parece un problema —replicó Pru—. Se ha pasado toda la noche mirándome. He pasado mucho miedo.

Oí que Charles se reía.

—A lo mejor pensaba afilarse los dientes contigo.

—¡Oh, no! Se da muchas ínfulas. ¡Tendrías que oírla hablar! ¿Te lo puedes creer? ¡Una negra! Tenemos una que lleva una princesa metida en el higo.

El chirrido de una silla me hizo levantarme y regresar arriba a toda prisa con el corazón desbocado, mis pisadas contundentes como balazos.

Resultó que mi siguiente tarea era encender las chimeneas de la biblioteca de Benham. Intenté quitarme de la cabeza los malos pensamientos que querían resquebrajarme, como un huevo, y mi miedo a tropezarme pronto con él. Pero la biblioteca estaba vacía y encontrarme sola entre libros fue el consuelo que necesitaba en ese momento. Me detuve en el umbral. Oscura madera de cerezo del suelo al techo, azulejos ajedrezados. En una pared, dos altas ventanas daban a la calle y, en la de enfrente, las estanterías estaban separadas por columnas de mármol y dos estatuas desnudas con los ojos como naranjas peladas. Me incliné y leí algunos de los nombres. Hazlitt. *Histoire Naturelle* de Buffon. Benezet. *Historia del Diablo.*

Cándido. Dejé el cubo en el suelo y lo saqué. Tenía el lomo tan arrugado como las rodillas de una anciana.

Volvía a estar en el porche, tragándome las páginas. «Figuraos qué situación para la hija de un papa, de quince años, que en tres meses apenas había sufrido la pobreza, la esclavitud, había sido violada casi todos los días, había visto cortar en pedazos a su madre, había sufrido hambre y la guerra, y moría apestada en Argel.»

Se me escapó una risa, inconsistente como el polvo. ¡Ja! «Figuraos.» Entonces, por fin, se me saltaron las lágrimas, ardientes, irrefrenables. Me las enjugué. No me atreví a seguir leyendo y volví a dejar el libro en el estante. Pero, al hacerlo, me vi las manos, hinchadas como cerdos. Así iba a ser. Manos ajadas por la lejía, el vinagre y el jabón. Me apoyé en la estantería con todo mi peso. Sería la criada negra, subyugada. Una negra más. Eché a andar por la biblioteca, tambaleándome a ciegas. En su mesa había un pisapapeles triangular de vidrio y un plato de porcelana manchado de huevo. Nada más, salvo la *Teología natural* de Paley y su propia *Enciclopedia del mundo natural*. A su lado, un documento titulado «Notas para la nueva edición». Detrás, un globo terráqueo de ónice inclinado en su soporte. Dos brazos dorados curvos lo apresaban por el centro como un calibre y el océano estaba tan empequeñecido que podría habérmelo bebido a lengüetazos, mientras que los continentes brillaban como vajilla rota. Algunos hombres quieren encoger el mundo para hacerlo a su medida. Vi que mi nuevo señor era uno de ellos.

Cogí una caja roja de rapé en forma de gato, con piedras preciosas verde jade en los ojos. La dejé y fui cogiendo el resto de los objetos, uno a uno. Piel, marfil, hueso, concha. Pasé los dedos por ellos. Y por los tarros de rapé, todos con nombres que jamás había leído hasta ese momento. Los dije en voz alta. Macouba, Bolongaro, Masulipatam. Cogí uno y lo abrí. Una explosión de tabaco, naranjas y violetas. Un olor a hombres, campos soleados y tierras lejanas. Vi una sola hoja de papel, lancé una mirada a la puerta y la cogí.

John:

Sé que admiras al sabio Locke. Permíteme pues utilizar sus palabras con la esperanza de que penetren allá donde otras no han tenido la suficiente contundencia: «Escriba lo que escriba, en cuanto descubro que no es cierto, mi mano será la primera en echarlo a la hoguera».

¿Me he expresado con suficiente claridad? Me quedaré con la criada, pero nada más.

Ni tampoco escribiré más cartas sobre estos asuntos.

G.

Solté la carta como si le hubieran salido dientes y me hubiera mordido. Casi grité. Miré alrededor.

¿Cómo explicar lo que hice a continuación? Un instante de locura. Me agaché para cogerme el dobladillo del vestido y tiré de la costura hasta que se aflojó; volví a sacar *Cándido*, deshice el lomo con la uña del pulgar y metí una página tras otra en el oscuro túnel de mi dobladillo. No supondría nada para Benham, razoné, un libro entre una multitud, y todos más limpios que el pan recién horneado.

Quizá no me crea si le digo que enseguida olvidé que esas páginas estaban ahí, pero así fue. Tampoco hubo maldad en lo que hice, aunque ahora haya tantos que intentan verla en todos mis actos. Si fue un delito, soy culpable y aquí lo confieso. Pero solo quería tener el libro lo más cerca posible de la piel. No para recordarme que la felicidad aún era posible, sino para recordarme que lo era la rabia.

Pasos en el pasillo. Apenas tuve tiempo de ponerme de pie, coger el cubo con el trapo y correr a la chimenea.

Apareció un hombre. Retrocedió al verme.

—La criada de Langton —dijo.

«La mente más brillante de toda Inglaterra.» Pero era un hombre, no una mente. Y corpulento, además. Con un traje negro bien almidonado, un corbatón blanco y unos zapatos tan limpios que cegaban. Nariz larga, pelo rubio recogido y sujeto en la nuca con una cinta negra. Parecía de la edad de Langton, pero tenía los ojos brillantes y las manos firmes. Tenía el don de la salud.

Pero entonces me defraudé a mí misma. Porque fue terror, no rabia, lo que sentí. Retrocedí.

—¿Señor Benham? Estaba... estaba... encendiéndole las chimeneas. Señor.

Me miró con el entrecejo fruncido y se dirigió a su mesa. Tapó el globo terráqueo con el cuerpo, como una nube que oculta el sol. Se inclinó sobre la mesa y cogió la carta.

Alcé las manos, segura de que me había visto guardarme las páginas.

—Volveré a coserlas, si puedo, si usted...

—¿Coser qué?

—¿Cuánto valen? ¿Unas cuantas páginas arrancadas de *Cándido*? —Dejé caer los brazos, con ganas de vomitar.

—¿*Cándido*? —Miró a su espalda—. Ah. ¡Ajá! Bien, bien. ¿Qué vale cualquier página? ¿De cualquier libro? Las palabras como mercancías. —Se llevó el dedo índice a los labios. Tenía las manos blancas y femeninas, como las de cualquier hombre que solo trabaja con la cabeza—. Langton dijo que eras espabilada.

En esa época tenía el olfato de un perro para los elogios, aunque estaba convencida de que Langton jamás había dicho nada semejante.

—¿En serio?

—También dijo que eras una máquina y que podía darte cuerda y hacer que te movieras.

—Eso parece más propio de él.

Se rio entre dientes.

—Marguerite te encontrará divertida.

Di un paso atrás, aún aterrada, pero sabiendo que tenía que calmarme. Lo único que una criada puede hacer con un nuevo señor es estudiarlo.

—Señor.

En lo alto de la estantería, vi un telescopio con un ocular de ribete dorado, una estatuilla de mármol de un caballo a dos patas, una vaca balancín hecha de madera vieja corriente. No entendía qué tenían que ver unos con otros ni por qué estaban escondidos ahí, fuera de su alcance.

Parecían juguetes de los que quizá le había costado desprenderse, como si le avergonzara que el mundo y su madre supieran que la mente más brillante de Inglaterra aún no había guardado sus cosas de niño. Levantó el faldón de su chaqueta y se sentó.

—Quédate. Quiero hablar contigo.

—Señor —dije sin pensar—. No esperaba que me dejara aquí... de esta manera... o sea, no soy criada, señor... desde hace muchos años. Yo...

—Sí. Oh, sí. Sé lo que has sido.

—¿Qué he sido? —Quería echar a correr, no estar ahí de pie hablando de cosas por las que había cruzado un océano para olvidar. «Oh, sí. Usted lo sabe —pensé—. Usted es el responsable.»

Pero una criada espera a que la dispensen; no pregunta. Además, aún no había encendido las chimeneas.

Me miró de arriba abajo antes de volver por fin a hablar:

—¿Sabes quién es Francis Williams?

—No, señor.

Hojeó unos papeles y alzó la vista para mirarme la coronilla. Cogió la pluma.

—Suéltate el pelo.

—¿Qué?

«No, no, no. no.» Alcé la cabeza tan de golpe como me golpeó un recuerdo. Había una mujer en Paradise, llamada Sukey, que había perdido las manos en la trituradora. La veía a veces, en cuclillas detrás de la cuadra, con una moneda entre los dientes. Era una obra de caridad, dijo Langton, permitirle quedarse, vivir en la barraca de las ancianas. «Una negra agradecida paga mil dividendos.» Se acomodó el pantalón con una sonrisa pícara.

Solo había una clase de trabajo que Sukey podía hacer sin manos. Cuando me vio observándola, con una cara tan agria, me gritó y escupió, y se le cayó la moneda. «Espera y verás. El *massa* pronto te enseñará para qué nacen todas las negras.»

Respondí a Benham: dije la palabra en voz alta.

—No.

Pero en ese momento llamaron enérgicamente a la puerta y Linux irrumpió en la biblioteca con una bandeja.

—¡Oh! Perdón, señor. No sabía que no estaba solo.

—Como ve, no lo estoy.

—No. No. Bueno... —Se quedó quieta un momento, sin saber qué hacer, y me lanzó una mirada—. Venía a recogerle los platos del desayuno. —Se adelantó a buen paso y después se acercó con el platillo manchado de huevo en una mano y la bandeja en la otra—. Acabo de hacer pasar a lady Catherine, señor.

—Eso se lo tiene que decir a Meg, ¿no?

—Muy bien, señor. —Nos miró a los dos, con el pecho palpitante.

Benham esperó a que la puerta se cerrara tras ella.

—No me refería a eso, criada, solo quería hacer un... estudio de tu pelo. Pero... da igual... Cada cosa a su tiempo... ¿Qué te decía? Ah, sí, Williams. ¡Williams! Williams era un negro jamaicano, como tú. —Metió los dedos en la cabeza de gato y sacó una pizca de rapé—. Es una historia interesante, ¿sabes? El duque de Montagu apostó a que Williams podía ser instruido tan bien como cualquier inglés de la calle. Le buscó un profesor particular para atiborrarlo de conocimientos: latín, griego, multiplicaciones, filosofía. También de azotes y golpes, sin duda. Y el joven Williams resultó ser una maravilla, según dicen algunos. Genialidad donde menos se la espera, como conseguir que un olmo dé peras... Y... —Se metió el polvo en la nariz. Parte cayó sobre la mesa—. Y después de todo eso, no llegó a nada, y no fue por falta de intentarlo. Terminó volviendo a Jamaica, creo, donde tiene una escuelita para críos. Compuso unos cuantos poemas horribles. Atroces de verdad. A ver... Creo que me acuerdo de uno... —Echó la cabeza hacia atrás.

Vacilé.

—Que te eduquen como un caballero no te da mágicamente la vida de un caballero. No más de lo que educarte para poeta te da el talento para serlo.

Bajó la cabeza de golpe.

—¡Desde luego! Desde luego, Frances. —Asintió con un gesto y se dio unas palmaditas en el pecho.

Algunos hombres, si se les hace un comentario inteligente, siempre creen que el mérito es suyo. Se concentró en los papeles y volvió a alzar la pluma. Detrás de él, los libros estaban agazapados hombro con hombro, como cañones.

—Intentó entrar en la Real Sociedad de Londres, ¿sabes?, el joven Williams, y lo rechazaron por su raza. ¿Sabes qué es la Real Sociedad?

—Los científicos. *Nullius in verba*. No creas en las palabras de nadie.

Otro señuelo, el latín. Mordió el anzuelo.

—¡Bravo! ¡Bravo! *Nullius in verba*.

—Usted y Langton se cartearon —se me escapó—. Por *Crania*...

—Ah, sí. Supongo que tú eras la que escribía las cartas. Fue idea mía que te educara, ¿sabes? Una especie de apuesta.

—¿Una apuesta? —La palabra me estalló en la cabeza como cristales rotos.

—Así que podría decirse que has vuelto al punto de partida, ¿no?, ¿ahora que Langton te ha dejado conmigo? —Una risa irónica—. Los caminos del Señor son inescrutables. —Se volvió para escribir algo más—. ¿Qué opinas de la historia del joven Williams?

Me estremecí, pensando en Paradise. En la cochera. En las cosas que se habían hecho allí. Sí, yo había sido una máquina. La máquina de Benham y de Langton. Un autómata. «Darles cuerda y hacer que se muevan.» Porque estaba en mi pedestal y tenía algunos conocimientos. Porque Langton me permitía leer sus libros. Por un plan que habían urdido entre los dos. ¿Era eso mejor que prostituirme por unas monedas o unos trozos de pan?

Hablé despacio. Me aseguré de que mi cara no me delataba.

—Lo que yo pienso, señor, es que el señor Williams aprendió que el precio de una educación es distinto dependiendo de quién eres.

—Sí. ¡Sí, sí! Y tú también has sido una auténtica escolar inglesa...

—Sí y no.

Entornó los ojos.

—Explícate.

—Solo aprendí lo que a Langton le venía bien, señor, cuando estoy segura de que el propósito de educar a un escolar es enseñarle cosas que le vengan bien a él.

—Eras una aprendiz. Más o menos.

—Una escribiente, más bien.

—¡Como Calibán y Próspero! —Me penetró con la mirada—. ¿Si tu mano derecha te es ocasión de pecado, córtala?

—¿Cómo dice?

—¿Si tu ojo derecho te es ocasión de pecado, sácalo? Pero tú y yo sabemos un par de cosas sobre las imperfecciones del hombre, ¿verdad, muchacha? ¿Los peores pecados del hombre? También sabemos un par de cosas sobre la expiación.

Sin más compañía que la mía en esta celda, siempre acabo pensando en lo que dicen que he hecho. Preguntándome si ese extraño encuentro con Benham pudo ser el principio, el camino que me condujo directamente a esa horrible noche. Porque fue ahí donde empezó mi rabia. Al enterarme de que los dos habían jugado conmigo, como niños que arrancan las alas a las polillas. Al pensar que Benham podía ser igual que Langton. Al preguntarme qué podía querer de mí. Llevaba muchos años diciéndome que, si mi camino se cruzaba con el suyo, me aseguraría de que lo pasara mal. Pero me había faltado valor cuando me había surgido la oportunidad.

Esa rabia habría sido razón suficiente para matarlo, no puedo negarlo. Para arrancarle sus alas. Incluso ahora, cuando pienso en ello, vuelve a quemarme ese temblor de rabia, el mismo que sentí esa mañana, después de que Linux me despertara. Mi mente calcinada y oscura.

No faltan quienes piensan que soy tan salvaje como para haberlo hecho. Pero algunas personas miran a un negro y solo ven a un salvaje, de igual manera que otras miran el arsénico y solo ven un veneno. Así es como también me perciben aquí. Incluso se toman su tiempo en permitirme vaciar el orinal, y algunos días me siento tan sola que hasta echo de menos ver a las presas de la celda comunitaria. A Maud, siempre con la mano sobre la cicatriz que su marido le dejó cuando la marcó con un atizador candente, o a la señorita Priss, la guardiana del pabellón de mujeres que antes era madama, pero gana más dinero aquí del que nunca ganó afuera, y a Margaret y Jane Whimple, hermanas y, por tanto, siempre de uñas.

Ahora estoy sola y los carceleros intentan convertirme en un animal. Aunque ni tan siquiera un animal soporta pasar tiempo con su propio orinal. Los animales son ellos: «Podríamos preñarte para que no te condenen a la horca, ¿sabes?, incluso a una asesina asquerosa como tú». Pero me tienen miedo, digan lo que digan. Lo veo en sus ojos y en su manera de guardar las distancias. Sé lo que piensan. «¿Quién más podría haber asesinado al señor de Levenhall, sino la negra a la que cobijaba bajo su techo?»

Pueden verme a mí como a la salvaje, pero ¿no me arrastraron Benham y Langton a su lado oscuro? ¿No fueron ellos los que primero intentaron convertirme en un animal?

EUSTACIA LINUX, bajo juramento

SEÑOR JESSOP: Señora Linux, ¿usted era el ama de llaves en Levenhall?

R.: Sí, desde hacía siete años. Antes lo fui de sir Percy. Y serví como criada a sir William, el padre, antes de eso. No sé qué va a ser de todos nosotros ahora, aunque a un buen criado no le faltarán ofertas. El Señor provee. Parte del servicio se ha quedado de momento para recoger la casa hasta que sir Percy, el hermano del señor, nos diga qué hacer. He venido a decirle que Levenhall sufre y que también lo hacemos los que quedamos. La semana pasada había un periodista en el seto, son como buitres. Tuvimos que echarlo. Gracias a Dios que el señor Benham no está aquí para verlo.

P.: ¿Usted era el ama de llaves del señor Benham cuando la acusada entró a su servicio?

R.: A mí ya no me hacía gracia por entonces. Él ni tan siquiera me dijo por qué. Solo deduje que podía guardar relación con su trabajo, dado que estaba revisando su *Enciclopedia*, pero no le hice demasiadas preguntas, ya que él prefería que lo dejaran en paz. Lo que necesitábamos era un lacayo, pero en cambio la trajo a ella. Le pregunté si de verdad iba a obligarnos a comer con ella. Lo único que sabíamos era que venía de ese sitio incivilizado. La barbarie es un aya cruel, le dije, y las ayas crueles crían niños crueles.

P.: ¿Cuántas personas más había en la casa?

R.: Tres sirvientes, además de la acusada. El señor Casterwick, el mayordomo, y los criados, Prudence Rattray y Charles Pruitt. Con los señores, éramos siete en total.

P.: ¿Cómo eran las relaciones entre ustedes?

R.: Eran las justas y necesarias para desempeñar bien el trabajo. Los sirvientes no deberían tomarse demasiadas confianzas. Ni entre ellos ni con los señores. No había ningún problema hasta que llegó la acusada.

P.: ¿Y los señores? ¿Cómo se llevaban?

R.: El suyo era un matrimonio feliz. Es una vergüenza que alguien insinúe lo contrario ahora.

P.: Perdóneme, señora Linux, pero debo ser claro: ¿qué me dice de la insinuación de que la acusada y la señora tenían una aventura?

R.: Confío en que no espere a que me rebaje a responder eso, señor. Solo diré que ella es la única que lo sostiene, y eso lo dice todo. Solo es la loca invención de una mente loca.

11

Montfort Street era una calle empedrada tan recta como una espina dorsal. Las casas se apiñaban en ambos lados, limpias y ordenadas tras sus pequeñas aldabas doradas. Linux me mandó afuera con Pru para fregar los escalones y esta fue delante, cargada con el cubo, sin dejar de mirar atrás, como si quisiera asegurarse de que yo no iba a pararme, o a gritar, como la noche anterior. Apreté el paso y después, como no había más remedio, me arrodillé y mojé el cepillo. Durante un rato, solo se oyeron los cepillos arañando la piedra, como ratones encerrados en un armario. Noté sudor en los huecos de las rodillas y entre los omóplatos. A mi lado, los brazos de Pru se movían firmes como remos. El hollín se desprendía en oleadas bajo su cepillo y dejaba las piedras claras como la arena. Intenté imitarla.

El pelo se me soltó de la trenza y me danzó por delante de la cara en nubes marrones. Era la clase de trabajo que deja demasiado espacio para pensar. Mi encuentro de esa mañana con Benham me bullía en la cabeza, como sábanas en una caldera de lavar. Y la rabia seguía. Había sentido el primer chorro frío al pensar que Benham quería de mí el mismo trabajo que hacía para Langton. Después me había enfurecido pensar que quería lo mismo que todos, que me soltara el pelo y me quitara el vestido. Pero lo que Benham quería era peor. «Vas a contarme lo que pasó. Hasta el último detalle. Qué hacía Langton exactamente.»

«No.» Esa única palabra pasó a ocupar todo mi pensamiento. «No.»

Oía el fuerte ruido de nuestros cepillos contra los escalones. Todo lo demás estaba negro. Solo un retazo de recuerdo. La ceiba. El bultito caliente, retorciéndose en mis brazos, el olor a leche. «¡No! —pensé—. Jamás.»

Cerré los ojos con fuerza, cada vez más furibunda, hasta que Pru me dio un codazo, afilado como un garfio, y me indicó que continuara. Restregué con más fuerza y el agua oscureció las losas. Cada respiración me raspaba como las cerdas del cepillo y se me clavaba en el pecho, hasta que, al cabo de un rato, la cabeza empezó a zumbarme, vacía y turbia. Entonces, las puertas se abrieron y tuvimos que apartarnos. Salieron dos mujeres, una rolliza, con un vestido rosa hasta los tobillos rematado por un volante. La otra, más alta y esbelta, iba detrás con la mirada baja y un libro negro sujeto contra el pecho. Tenía la blancura de piel codiciada por las indianas de una cierta clase, el lustre por el que todas se ampollan la piel con aceite de anacardo ansiosas por tenerlo, y llevaba el pelo recogido bajo un turbante azul marino. Un penacho de plumas le acariciaba la mejilla, teñido del mismo azul, y su vestido era verde, estilo imperio. Tenía la boca grande y roja como una flor, y las clavículas como los tiradores de un tocador. La belleza del diablo. «Cuando se tiene la belleza del diablo, seguro que también se tiene su gentileza», habría dicho Phibbah.

Alcé el cepillo, dejé gotear la espuma.

Ella se detuvo de golpe, en el último escalón, y volvió

los ojos hacia nosotras. Azules como el tinte añil de mi infancia. Turbadores, brillantes. Las arruguitas de las comisuras la hacían parecer triste.

—¿Eres...?

—Es la nueva criada, Madame —gritó Pru—. De las Indias.

Entornó los ojos y las patas de gallo le entretejieron las comisuras.

—Soy Frances —dije, mientras intentaba entrelazar las manos sobre las faldas de mi vestido azul, donde el jabón había dejado regueros como babas de caracol.

Las personas como ella no esperan nada más que reverencias de las personas como yo, pensé, de manera que alcé la barbilla y soplé para apartarme el pelo de la frente.

—Ya veo. «Frances.» ¿Qué te parecemos?

—Chocantes.

Se me escapó, antes de poder pensármelo mejor. Pero ella solo se rio. Como un tintineo de monedas, un repiqueteo de cobre contra cobre.

—Supongo que lo somos... —dijo— o al menos este lugar lo es. —Señaló la puerta a mi espalda, donde imaginé que el león de la aldaba aún debía de estar haciendo su fea mueca.

—¡Meg! —gritó la mujer de rosa desde la acera—. ¿Vienes?

Ella ladeó la cabeza y me miró de arriba abajo. Me examinó como el Cirujano hacía con un cadáver antes de diseccionarlo, con un dejo de preocupación en el entrecejo. De golpe se levantó las faldas, juntó los talones e inclinó la cabeza, la clase de reverencia que un caballero haría a una dama. «¡Qué peculiar es!», pensé. Charles abrió las puertas del carruaje y las ayudó a subir, y nosotras lo vimos alejarse boquiabiertas, todo de nuevo en silencio, salvo por el agua que goteaba de nuestros cepillos. Como no había más remedio, volví a arrodillarme y también lo hizo Pru. Se enjugó la frente con el dorso de la muñeca.

—Madame ya debe de haberse repuesto —dijo. Tenía la voz más alegre: las mujeres la habían animado—. ¡Y le has caído la mar de simpática!

No respondí y metí el dedo en una grieta que ya tenía musgo, aunque la casa era nueva. Verde como una corteza de pan florido. Frunció los labios.

—La simpatía hace que el día pase más rápido.

No me había parecido simpática en la cocina, pero sabía que iba a tener que tragarme mi enfado, como llevaba haciendo todo el día. Volví a agacharme. Gracias a Dios, pensar en mi nueva señora me había quitado a Benham de la cabeza. Se había dirigido a mí como si nos estuvieran presentando, de una dama a otra. Había sentido una atracción. La calma caló en mí, como el agua en la arena. Como las veces que Phibbah señalaba un gavilán, o una pareja de loros, o lo que encontrara surcando el cielo, y después me untaba whisky en los cortes y magulladuras. De todas las sorpresas de Londres, pensé, ella era la única grata. Bajé los ojos y restregué la piedra con el cepillo.

—¿Esa era la señora? —pregunté, aunque ya lo sabía.

—La misma, sí. La de verde. Con lady Catherine, que está casada con el hermano del señor.

—¿Se toman las señoras tantas confianzas con los criados, aquí?

Se rio.

—¿Quieres saber qué hará Madame? Piensa en lo que se espera e imagínate lo contrario.

—¿Ha estado enferma?

Infló los carrillos e hincó la lengua en uno.

—Es uno de esos males que solo padecen las damas.

Las que son como ella. —Se encogió de hombros y restregó las losas con un amplio movimiento del brazo. Vi moverse sus manos. Enrojecidas y cuarteadas, los hombros anchos como mástiles. Oí su respiración entrecortada—. Los pobres están tristes todos los días, y nadie llama al médico por eso. Ella..., bueno, se siente sola, si quieres mi opinión. Pero ese es el problema de muchos matrimonios distinguidos. Demasiado espacio. Cuando solo tienes una habitación para vivir, o te matas o haces las paces.

Se me escapó la risa, para mi sorpresa, pero Pru volvió a callarse, como si se recordara que no debería hablar con tanta libertad.

Volví la cabeza y miré los oscuros adoquines y las altas casas.

—Cierto —dije, dando la vuelta al cepillo, metiendo un dedo entre las cerdas húmedas—. Pero todos estamos tristes, cada uno de la manera que le es propia.

—¡Pero si hablas como una de ellas! —Tuvo un ataque de risa—. Las señoritingas no cargan cubos, ¿sabes?

—Me parece perfecto —dije—, dado que yo no quiero cargarlos.

Me vinieron al pensamiento más palabras de las que Langton había dicho tanto tiempo atrás: «Los negros son felices de ser siervos. Nacen para ello. Nunca han tenido ningún genio y exigirles genialidad solo les angustiaría. Son tan distintos de nosotros como los perros lo son de las vacas. Que los negros hagan, pues, lo que son felices haciendo, porque darles la libertad no haría sino meterles el diablo en la cabeza».

Pero Pru estaba metiéndose conmigo, esa vez de buena fe.

—Entonces ¿no hay cubos en Jamaica?

Me reí, y ella también.

—Llevo sirviendo desde los doce años —dijo—. Juro que veo cubos en sueños. Y no puedo sino estar agradecida. De pequeña era muy flaca. No tenía los mismos brazos que ahora. Algunas noches teníamos tanta hambre que me habría comido el codo. Mi madre había perdido la esperanza de poder colocarme alguna vez. La señora Linux dijo que me cogería precisamente porque sabía que nadie más lo haría, y por eso sé que tiene su lado sensible, aunque lo disimule tan bien. —Me miró—. Pero una buena criada debe saber cuál es su sitio, estar contenta en él.

Ese ha sido siempre mi problema. No saber nunca cuál es mi sitio ni estar contenta en él.

Volvió a restregar las losas. Pero mi mente se agitaba como el viento, desconcertada por tantas novedades. Las malolientes calles de Londres, atestadas de gente. Los estrechos pasillos de Levenhall, sus olores a lana y chimeneas apagadas. Mi nuevo señor, acosándome a preguntas, sus ojos grandes y negros como huesos de seso vegetal. Mi nueva señora, ¡que me había hecho una reverencia! «Una mujer peculiar.» Me invadió una sensación extraña, como si una mano se cerrara alrededor de mi pecho y unos martillos diminutos me golpearan en el esternón. Parecía miedo. Una señora nueva es algo a lo que hay que temer, si eres una criada con dos dedos de frente. Pero ahora sé la poca diferencia que puede haber entre tener miedo a algo y desearlo.

Madame Marguerite Benham, como era comúnmente conocida —un guiño, sin duda, a sus raíces francesas—, era célebre tanto por su comportamiento excéntrico como por su deslumbrante belleza. De hecho, una vez la oyeron declarar que la vida sin aventuras era la muerte, y ninguna temporada social de Londres estaba nunca en su apogeo hasta que la Meg la Traviesa irrumpía en el club Almack's vestida con un pantalón de ante, una chaqueta de hombre y, como guinda del pastel, un turbante con plumas de cisne que, según se rumoreaba, provenía de un modisto de la lejana Estambul. ¡No solo hermosa sino interesante! Y eso en una época en la que muchas mujeres solo parecen capaces de ser lo uno o lo otro.

No es de extrañar que causara revuelo dondequiera que fuera; no es de extrañar que tantos la describieran como incomparable. Esta última una opinión que, según dicen algunos, compartía el boxeador negro conocido como Chavalito Veloz, u Olaudah Cambridge, el genio africano, si prefieren su seudónimo.

Aunque en este periódico no damos crédito a rumores malintencionados, ¿no podría decirse que la deslumbrante señora Benham era propensa a la aventura como otras personas lo son a los accidentes?

Morning Post, 21 de marzo de 1827

12

Hubo un momento en el muelle de las Indias Occidentales, justo después de bajar del barco, en el que me quedé inmóvil mirando a mi alrededor. Otro golpe de suerte, pensé. Otro golpe de suerte que no merecía. Los barcos de altos mástiles y las panzudas barcazas. El manto de niebla que lo cubría todo. A la luz mortecina, las siluetas oscuras de los estibadores se movían raudas entre los almacenes, encorvadas bajo pesados toneles de azúcar y ron, y el eco de sus gritos se perdía en la oscuridad. Todo era tan distinto que, por un momento, creí que también podría serlo yo.

Pero ahora las cuatro paredes de Levenhall eran todo mi mundo y volvía a parecerme pequeño, estrecho como el interior de una media.

Eso pensaba, a la mañana siguiente, mientras veía como Pru dejaba un cuenco de caldo en una bandeja de peltre y, junto a él, una taza con su platillo en la que vertió chocolate. Fue a buscar la tetera para diluirlo. Linux alzó la vista de las planchas que estaba rellenando de carbón.

—¿Otra vez? —preguntó.

—¿No ha oído su campana, señora?

—Ya es hora de que se digne a bajar.

Linux roció el mantel con agua, le pasó la plancha y lo hizo chisporrotear. Hacía un calor sofocante. Olía a sal, cal y ceniza de carbón.

Pru se encogió de hombros.

—Ha bajado. Ha dicho que desayunaría en el salón, dado que el señor no está. Y ayer también bajó. Salió con lady Catherine.

De todas maneras, dijo Linux, tendría que hablar con el señor sobre prohibir las bandejas. No habría que animar a Madame a comer dónde y cuándo le placiera. Había que regularle los horarios, para variar, y ver cuánto tiempo tardaba entonces en consultar con Linux la cantidad de asuntos pendientes, en mostrar, por una vez, interés en su casa.

Se parecía mucho a un plan para matarla de hambre.

Linux me dijo que esa mañana tenía que lustrar las rejillas, antes de encender cualquier chimenea. Iba a echar más horas que un reloj en Levenhall emblanqueciendo sábanas y ennegreciendo rejillas. Esas son las dos marcas de una casa inglesa bien cuidada. Y esa era mi supuesta libertad.

En Bahía Montego había poca o ninguna necesidad de encender la lumbre en casa, de manera que estaba repasando mentalmente cómo me había explicado Pru que debía lustrar las rejillas, provista de un trapo, una espesa pasta negruzca y agua, cuando entré en el salón y vi que Madame ya había bajado. Estaba ovillada en un sillón delante de la chimenea, con el mismo libro negro que le había visto el día anterior. Había una manzana a su lado en la silla y vino que centelleaba en una copa dejada en una mesa junto a su codo. Debía de haberse terminado el chocolate, pensé. Al lado de la copa había una vela encendida en un candelero de plata, y más velas en la repisa de la chimenea, porque siempre hacía falta más luz en las habitaciones de la planta baja, incluso en plena mañana. Vi que tendría que pasar justo por delante de ella para ir a la chimenea. Me quedé inmóvil en el umbral. No se parecía nada a la mujer del día anterior. Callada, rígida. Mechones de pelo mojado le caían sobre los hombros y le dejaban círculos oscuros en el vestido. La habitación era tan amarilla que podría haberse plantado en suelo fértil, con jarrones de lavanda y mirto repartidos por la repisa de la chimenea, el alféizar y todas las mesas. Parecía que el sol estuviera atrapado dentro. «Algunos hombres son tan ricos que crean su propio clima», pensé.

Había un espejo con el marco dorado en una pared y un retrato en la de enfrente. Di un respingo cuando vi de quién era. Madame resplandecía en el lienzo, con el cuello largo y blanco como columnas de iglesia y una delicada mano apoyada en la cabeza de un niño negro arrodillado a sus pies. Este sujetaba un cuenco de madera con corales, pétalos y conchas y tenía la cara en sombra. Me pregunté si aquel era el criado negro que Pru había mencionado, el que había traído los «problemas». Paseé la vista de ella al cuadro. Cuando volví a mirarla, la luz le incidía en un oscuro moretón de la mejilla. Alzó la copa y tomó un sorbo de vino. Cogió la manzana y le dio un mordisco.

—¿Vas a quedarte ahí? —dijo, sin alzar la vista.

Me estremecí y me disculpé, entre toses.

—Perdone, señora.

Cuando dejé el cubo, el metal golpeó las piedras de la chimenea con tanto estrépito que me sobresalté y ella alzó la cabeza, rauda como un insecto, antes de volver a bajarla con la misma rapidez. Doblé el trapo y me arrodillé para limpiar el polvo y la ceniza de la rejilla, como me había instruido Pru, antes de aplicar la pasta. Vi que

Madame estaba flaca como un palo, bajo las mangas grises con vuelo. Nada aparte de seda y huesos. Pasé a limpiar los azulejos: froté uno, después otro. El corazón me dio un vuelco cuando estuve más cerca.

—¡Oh! —grité.

Me miró.

—Es solo que... lo he leído. —Señalé el libro.

—¿A Milton?

—Sí, señora.

—Madame. «Señora» es tan de aquí.

Tragué saliva, alcé el trapo y le puse un poco de pasta. Madame dejó el libro y entonces vi que era tinta lo que tenía en la mejilla, no un moretón. Densa como una sombra. Flores negras le salpicaban también la falda. Me entraron ganas de poder retirar esa palabra, «señora», como Phibbah deshacía una costura mal hecha. Posó los ojos en mi frente y torció el gesto. ¿Se reía de mí? ¿Le asombraba mi pelo? Lo notaba escurriéndose de la trenza que había intentado hacerme esa mañana, expandiéndose como una esponja en agua.

Sonrió.

—Las criadas inglesas no son tan cultas.

—Yo...

—Algo nuevo... ¡por fin! Nunca hay nada nuevo en este viejo cementerio.

Inclinó la cabeza en dirección a mí. En el margen de la página, había varias palabras muy pegadas, melladas como un cuello mal afeitado: «Non. NON. ¡NON!».

—¿Está escribiendo sus propias notas?

Siguió mi mirada.

—Bueno, si se decide hacer que suceda una cosa en un libro, otras mil no lo hacen. Cuando leo, son esas otras mil cosas sobre las que me pregunto.

—¿Es escritora?

—¡Caray! ¡Escritora! —Negó con la cabeza—. *Non.* Escritora no. Soy «esposa». Y mi propio marido diría que esa es ocupación suficiente para cualquier esposa suya. El señor Benham es amigo de las intelectuales, pero las prefiere salvajes más que domesticadas... Cuando Wollstonecraft dijo que la mujer será crucificada por querer respeto en vez de amor, debía de referirse que lo sería a manos del mismísimo hombre que supuestamente la ama... —Soltó una risa y percibí un dejo de amargura en ella. Volvió a coger el libro—. En fin. ¿Te gustó?

—A usted debe de gustarle, para escribir tanto en él.

—Al contrario, creo que me disgusta muchísimo. Pero acabo de leer *Mathilda*. ¿Lo conoces?

—No.

—Bueno, pensé en escribir unas notas acerca de su temática, solo para entretenerme, sobre la relación entre padre e hija. Hay esa clase de amor entre ellos, ¿sabes?, en *Mathilda*, que crea controversia. Entonces me vino este a la cabeza y pensé releerlo...

—¿La mente es su propia morada...?

—¡Exacto! ¡Lo has leído, sí!

Así era. Escondida detrás de los fogones y con el estómago dándome un vuelco con cada página. Desvié la mirada hacia la fría rejilla. Madame se echó hacia delante en el sillón. Por el brillo de sus ojos vi que la había divertido.

—Hablas muy bien, para ser...

—¿Negra?

—¡Criada! —Sonrió—. Para ser criada.

—Ah. —Me ardió la cara. Ahí estaba. Arrodillada como si rezara o pidiera limosna. Con las piedras hincándoseme en las espinillas. Intenté levantarme—. Bueno, yo...

La voz de Linux restalló detrás de mí, como un lapicero roto.

—¿Qué crees que haces? —Sobresaltada, me di la vuelta—. ¿No te di órdenes ayer?

—¿Órdenes?

—De no hablar con los señores a menos que ellos te hablen primero.

—¡Caray! Señora Linux. —Madame la interrumpió, se puso de pie y se sacudió las faldas—. Frances estaba respondiendo a mis preguntas. ¿De veras hay necesidad de andarse con tantas ceremonias?

—Entiendo. —El ama de llaves endureció la expresión. Nos miró y vaciló un momento, como si se hubiera desorientado. Después se colocó entre nosotras y sus faldas me restregaron la cara, como paté untado en pan—. Dado que ha decidido bajar esta mañana, Madame, ¿me permite aprovechar la ocasión para hablarle del menú para la cena de la semana próxima con sir Percy?

Me sentí borrada, tachada. Me ardieron las mejillas. Bajé la cabeza y me apliqué a la tarea que supuestamente había ido a desempeñar, froté y froté con el trapo, vi cómo la pasta negra penetraba en las grietas de mis uñas, me manchaba las yemas de los dedos, avanzaba por la rejilla y la limpiaba.

—Oh, la señora Linux no puede perdonar a Madame que sea francesa —masculló Pru a la hora de acostarse, mientras ahuecaba la almohada. Resopló—. En parte es eso, al menos. Y ninguna casa puede tener dos señoras. Nunca están de acuerdo en nada.

El cristal de la ventana pendía sobre la cama, plateado y liso como un espejo, con la luminosa luna reflejada en él. Había que estar así de alto para verla, pensé. Me acosté boca arriba en el duro suelo y recordé cómo me había acercado al sillón después de que Madame saliera detrás de Linux, cómo me había quedado mirando su libro y después lo había cogido para olerlo y cómo, al tenerlo en las manos, había pensado que, pese al abismo que nos separaba, el libro era una cosa tendida entre ambas, como la primera losa de un pavimento. A lo largo de toda nuestra conversación, parecía que ella hubiera olvidado quién era, y quién era yo, y durante ese lapso de tiempo me había sentido como un perro liberado de su correa que olisquea tierra. Quizá eso había sido libertad, o un cierto grado de ella, aunque solo hubiera estado en mi cabeza.

Había notado un olor empalagoso, como de manzanas cociéndose a fuego lento. Cuando bajé la vista, vi que lo desprendía el corazón de la manzana, que estaba caído en la alfombra, húmedo de jugo y saliva. Oliendo ya a fruta pasada. Me quedé un buen rato mirándolo, el peso del libro como un ladrillo en la palma.

Me dormí deseando que Madame pudiera verme como era antes. No la Frannie criada, ni la negra doméstica, sino la escribiente. Las mangas blancas de batista subidas y salpicadas de mis propias manchas de tinta, plumas de cuervo, con el cálamo tallado como a mí me gustaba. Los pies apoyados en el suelo bajo una mesa, escribiendo hasta que las muñecas se quejaban de dolor. La Frannie que leía a Milton y al señor Defoe. «Leer, pensar, escribir.»

¡Oh! Pero yo no tenía nada cuya pérdida lamentar y, desde luego, no me hacía ningún bien llorar por lo que creyera haber poseído. Cerré los ojos con fuerza, corrí un tupido velo sobre mis pensamientos y esperé a que el sueño me visitara.

Si Madame hubiera visto esas cosas, me dije, también habría visto mi honda vergüenza, porque iban de la mano. Habría sido testigo precisamente de las cosas que yo quería esconder.

Extracto del diario de George Benham
(Anotación de George Benham:
NO DESTINADO A PUBLICACIÓN)

La mulata de Langton. Sus ojos tienen la tonalidad verdosa del metal envejecido. Son rasgados como los de un gato. Es alta para ser mujer. La frente ancha y la nariz fina. Unas facciones (y un cráneo) que no estarían fuera de lugar en un europeo. Su piel no es propiamente negra, sino cobriza. También tiene la impasibilidad de un gato, que solo pierde cuando entrelaza las manos de repente, como si estuviera refrenando algún terrible impulso.

No es ninguna sorpresa que sea atractiva. Algunos hombres alaban la belleza de la raza mulata y entiendo por qué puede ser una especie de moda para ellos en ciertos círculos. ¡Pero es su mente lo que sorprende! ¿O debería decir excita?

Langton argüía que no es inteligencia. Nada más que una facilidad para seguir instrucciones. «El negro no se hará blanco —escribió—, no más de lo que el blanco se hará negro. La purificación del negro no es un objetivo que pueda alcanzarse.» Aunque reconoció, cuando le cuestioné, la posibilidad de un intelecto superior fruto de la «mezcla» de blanco con negro; la clase de blanqueamiento racial descrita por primera vez por De Pauw. Dado que los blancos son el origen de todos los hombres, citando a Bomare, pero también el timón.

¡Linfa blanca mezclándose con la negra, como la leche de vaca con el café!

Lo que no parece capaz de ver es que la mera existencia de la muchacha contradice sus dos argumentos principales: en primer lugar, que los negros son una especie distinta y, segundo, que la purificación del negro es imposible. Cuando se lo señalé, aseveró que el negro solo se purifica «volviéndose» blanco y nunca es puro de por sí.

Es tan testarudo como la mayoría de los colonos y tiene todas sus ideas guardadas en compartimentos estancos. ¡Típico de él refutarse a sí mismo!

He dicho a la mulata que quiero toda la verdad sobre los experimentos de Langton. La mera mención de su nombre la pone a temblar. Langton no la habrá dejado incólume. Lo conozco. Ninguna amistad es más fuerte que la de dos niños que han ido al mismo internado. El problema de Langton siempre ha sido que se olvida de que la Tierra es una creación divina. Nada de lo que hay en su superficie, ni por encima ni por debajo, responde ante el hombre, porque el hombre está limitado por la piel. Para él, el ego y todo lo que el ego hace es interesante, como William Cowper escribió a lady Hesketh, pero también es en vano.

La respuesta de la mulata: «La verdad no existe».

¡Encantadora!

«Haz como Platón», respondí yo.

Me preguntó por qué quería que me hablara de Paradise y qué pensaba hacer con sus respuestas. Los labios se le arrugaron en las comisuras. Un atisbo de la terquedad sobre la que escribió Langton: «Toda la voluptuosidad de una mulata, pero, en vez de su palidez y debilidad, la vena terca de un negro». Una forma bien extraña de que un hombre hable de su hija bastarda, pero John Langton es un hombre extraño.

En su primera carta, decía que su punto de partida iba a ser una variación de la vieja pregunta de la Academia Real de las Ciencias de Burdeos: «¿Cuál es la causa física de la diversidad de las razas humanas?».

Nadie había hecho un esfuerzo digno por responderla desde el siglo pasado, así que me sentí atraído, por supuesto. ¿Qué tema podía ser más atractivo para un filósofo natural que un estudio de esa clase? Estaba seguro de que Dios guiaría la investigación hacia un aspecto de Su creación. Al principio, Langton y yo partíamos de una misma hipótesis: que las diferencias entre los hombres se originan en la composición del propio cuerpo, que son fisiológicas y no, como dirían algunos, debidas a los caprichos del clima y otros factores externos y, por tanto, pueden descifrarse mediante un estudio meticuloso de la anatomía. Langton tenía acceso a una incomparable colección de cráneos, y fui yo quien le aconsejé que primero midiera la capacidad craneal interna, no solo los ángulos y los planos que interpretan los frenólogos. Le sugerí que podía hacerlo usando mercurio, o plomo, para obtener una medida precisa del volumen interno.

Creía que sus exámenes se organizarían sobre la base de los principios fundamentales de la frenología, a saber, que el cerebro es el órgano de la mente, que sus diversas partes desempeñan funciones distintas y que es posible deducir ciertas características de un hombre por su tamaño y forma. En ese sentido pensábamos llevar a cabo un estudio de las dotes intelectuales naturales de cada raza humana, tal como fue modelada por su Creador. Cada una para ajustarse a su geografía.

Pero Langton siempre se resistía a cualquier intento de que lo dirigieran, aunque fuera divino, de manera que debería haber sabido que era muy poco probable que me escuchara a mí.

Al final del primer año me escribió para informarme de que quería ampliar el ámbito original del estudio; desarrollar la teoría de Pierre Louis Maupertuis demostrando que, si el hombre es producto de las fuerzas mecánicas de la concepción, nuestros rasgos, incluida la raza, se transmiten a través de los espermatozoides y la negrura del negro es por consiguiente innata, así como las otras características del negro: intelecto, moralidad y ambición inferiores.

Le escribí preguntándole qué había pasado con los cráneos. Aún estaba midiéndolos, respondió.

¡No había hecho nada con ellos! No los había catalogado. Había desperdiciado todo ese tiempo en hacer autopsias.

Peor aún, su proyecto había virado hacia el argumento de que los orígenes del hombre son profanos, no divinos, de que el hombre es creado por los espermatozoides y no por Dios. Herejía, en otras palabras. Yo no podía ser parte de eso. Quedaba muy poco del estudio frenológico en el que pensaba que nos habíamos embarcado (aunque ahora creo que eso pudo ser un mero pretexto para atraerme). Las buenas intenciones jamás deberían ligarse a los malos métodos.

Sabiendo que el apellido más conocido siempre sale peor parado, le dije que ya no pondría mi nombre en su proyecto. Me ofrecí a comprarle los cráneos, ya que no tenía la menor idea de cómo examinarlos correctamente. Creía que el asunto se zanjaría ahí, que cada uno se iría por su lado. Pero, en cambio, ha reescrito el manuscrito, ha suprimido todas las alusiones a sus dudosos experimentos y ha querido convencerme de que podemos volver a intentarlo.

Pero sigue poniendo todo su errado foco en la piel y los colorantes. De cualquier modo, ya es demasiado tarde para volver a intentarlo. Sus viejas cuadras se incendiaron antes de su partida, junto con todo lo que había dentro. Los cráneos no pueden recuperarse. Ya no tiene nada que pueda interesarme.

Salvo la muchacha.

Intenta congraciarse conmigo dejándola aquí, imaginando que me divertirá. Lo hace. Pero a él también le viene bien. ¿Qué otra cosa podría hacer con ella? Vi cómo le temblaban las manos. Está enfermo. Nos dijo (en confianza) que el hermano de su esposa lo había echado. ¡Por orden de ella! Meg le mostró la comprensión que requería la ocasión e intentó tranquilizarlo. Yo quería decir: «¡Ahí tienes! ¡Mira cómo es un matrimonio verdaderamente deplorable!».

Quizá Langton no pensó que yo interrogaría a la muchacha.

De momento, solo me ha contado lo que ya sabía. Y tuve que ponerla contra las cuerdas para tan siquiera sacarle eso. Lo primero que me preguntó fue si la echaría si se negaba a responder a mis preguntas. Al insinuar «coacción», intentaba avergonzarme, por supuesto, dando a entender que yo no era mejor que él. Muy inteligente. Le respondí que sí, que debía considerarlo coacción, si eso le hacía más fácil responder.

La respuesta que me dio a continuación contenía tanta emoción como una declinación latina: «Yo solo era la escribiente, señor». Como si no hubiera tenido nada que ver con ella; como si solo hubiera sido un instrumento, calibrado como una balanza y puesto luego en uso.

Dijo que Langton seguía a hombres como Littré, Meckel, Le Cat. Cuando conseguía un cadáver, rociaba la piel con agua hirviendo y la dejaba empapada en alcohol durante una semana. Había reproducido los experimentos de Malpighi; primero, separó la red de vasos que es la que da el color a la piel, la capa de Malpighi (teñida de negro en los africanos), y a continuación, examinó los cerebros y las glándulas pineales de una serie de negros, tomando nota de su aspecto grisáceo azulado. También extrajo la bilis negra de esos mismos cadáveres y concluyó que la mancha no es solo superficial, sino que el negro es negro de la piel a los nervios pasando por el cerebro, y que la mancha está patente mucho antes de que un negro venga al mundo, grabada en los genitales y los dedos de manos y pies, y presente también en los órganos sexuales masculinos y los espermatozoides. Examinó el escroto y los labios de todos los bebés nacidos o abortados en Paradise a lo largo de tres años. Recuerdo bien a sir Humphrey leyéndonos su carta sobre el tema, el único ensayo suyo que la Real Sociedad de Londres ha publicado en su revista *Philosophical Transactions*.

Dijo que fue ella la que copió sus primeros ensayos. «Reproducción de las investigaciones de Quier sobre el origen de la negrura en los negros» y «Aspectos frenológicos de un estudio sobre esclavos negros». Un hombre que ella solo conocía como el Cirujano ejercía de anatomista. Creo que se refiere a Will Buckham, nunca en su vida lo bastante sobrio para sostener una pluma y no digamos ya un bisturí. Casi todos los medicuchos de las plantaciones son unos borrachos y, conociendo a Will Buckham, el mayor peligro era que se rebanara alguna de sus partes. Saber que había muerto no fue ninguna sorpresa, aunque sí me sorprendió conocer que había sido la viruela y no la sífilis: siempre fue tan casto como abstemio.

Mi serie de preguntas, seguidas de las respuestas de la muchacha.

¿Alguna vez te echaron agua hirviendo sobre la piel?
Sin respuesta.
¿Experimentaba Langton con sujetos vivos?
Sin respuesta.
(Pero, por supuesto, sé que lo hizo. Leí su manuscrito original. Y sabía que en 1823 había escrito a la Real Sociedad de Londres afirmando que la muerte no debería ser el límite del conocimiento, que un cuerpo podía decirnos

mucho más vivo que muerto. No había razón, escribió, para que un hombre no pudiera mantenerse con vida durante sus experimentos.)

¿Había experimentos sobre la capacidad para aguantar el dolor?

Sin respuesta.

¿Había experimentos relacionados con la reproducción?

Respondió a mi pregunta con una pregunta sobre a qué me refería.

Esa treta. Le expliqué que quería saber si se habían dado casos de apareamientos forzados. En respuesta, se rio. Me preguntó si no sabía nada de lo que ocurría en una hacienda de las Indias Occidentales. Todos los apareamientos eran forzados, dijo.

Respuesta más larga, textual:

«Le diré una cosa, señor, le diré qué ha hecho la abolición del tráfico de esclavos. Cuando un hombre no puede comprar esclavos, los cría. ¡Todas las mujeres de Paradise tenían tripa en esa época! Los domingos hacían una fila en el porche delantero a la espera de que les dieran su medio dólar y sus macarrones. "¡Mire, *massa*! Pariré un buen negro para el *massa*. Un negro grande y fuerte."».

(Imaginé a Langton dando golpecitos en cada fecunda matriz como a veces pienso que hacen los colonos con los cocos antes de abrirlos. No se le habría escapado que, al igual que Dédalo mató dos pájaros con la misma piedra, él podía aumentar tanto su número de esclavos como de especímenes.)

Después no dijo nada más y pareció bastante abatida.

¿Llevaron un orangután a Paradise para experimentar con él?

Una expresión de ligera sorpresa.

(Sé que Langton andaba a la caza de uno. Tenía a Pomfrey buscándolo por todo el mundo, algo que Pomfrey nunca había sabido hacer con discreción.)

Después de pasarse un buen rato mordiéndose el labio, me contó una historia que le había relatado Langton. La tripulación de un negrero había tenido un orangután a bordo durante dieciocho meses y se había entretenido enseñándole a vestirse con un pantalón rodillero y una camisa de batista, a pedir té señalándose la boca y a comerse un plato que los indígenas llamaban fungee *con cuchara y tenedor. El animal se angustió tanto cuando volvieron a dejarlo en la costa donde lo habían secuestrado que se arrojó al mar para intentar seguir el barco y ya no volvieron a verlo nunca más.*

Le pregunté qué creía que pretendía Langton contándole una historia así. *Respondió que simplemente era una cosa que había pasado.* (También podría haberle preguntado qué pretendía ella contándomela a mí.)

¿Llevaron alguna vez a un albino a Paradise para experimentar con él?

Sin respuesta.

Se puso nerviosa al oír que mencionaba a los albinos. Le dije que suponía que no había tenido más alternativa que hacer las cosas que le mandaban. Abrió los ojos como platos, como si algo le corroyera. La conciencia, quizá. Me miró de hito en hito: «Claro que tenía alternativa».

Yo quiero la verdad. Ella quiere silencio.

La circunspección es el refugio de los mentirosos. No obstante, tanto la verdad como el silencio sofocan la culpa.

Un grupo de miembros de la Real Sociedad de Londres, que de momento prefieren permanecer en el anonimato, me han aconsejado que podría convencerles de que no apruebo el comportamiento de Langton si lo pongo al descubierto yo mismo. Obrando así, podré contar con su apoyo para presentar mis propias propuestas. Igual que ocurrió con la publicación del dibujo del barco negrero *Brookes*: en cuanto las personas ven el horror con sus propios ojos, están más dispuestas a transigir. El comportamiento de algunos hacendados de las Indias Occidentales es un azote terrible, pero, por otra parte, el problema que supone compensarles por quedarse sin esclavos disuade al gobierno de actuar. Mi modelo erradica lo primero y evita por completo los quebraderos de cabeza de lo segundo. Es un modelo sólido y crea la oportunidad perfecta para defender una legislación que garantice la protección de nuestros negros y, por ende, nuestro sustento. Un plan de mejora en la línea de Canning, pero con el ánimo de conservar lo que otros destruirían.

Un informe de lo que ha sucedido en Paradise sería justo lo necesario para dejar a Langton al descubierto. Pero de momento la muchacha solo finge que colabora. «No me acuerdo de casi nada —dijo, y de inmediato se contradijo—: No quiero hacerlo.»

13

El señor Feelon me dijo una vez: «Frances Langton, su cuerpo puede haber sido una moneda de cambio en otro tiempo, pero ahora es usted su propia dueña. En Inglaterra sabemos bien que los hombres no se pueden comprar y vender como la cebada». Oh, les encanta decirnos cosas que ya sabemos. Juro que sacarían a un hombre del mar solo para poder gritarle: «¡Señor, creo yo que estaba usted ahogándose!». Es absurdo, pero ellos piensan que es verdad porque lo creen.

A Paradise llegaban periódicos ingleses por barco, con novedades sobre las farolas del puente de Westminster, la campaña contra Napoleón, el entierro del rey Jorge. Y también anuncios, notas y octavillas que se parecían mucho a los que se repartían por Bahía Montego: «Muchacho negro de doce años, apto para servir a un caballero. Habla muy bien inglés. Se entrega en el café Liddell's de Finch Lane, cerca de la lonja»; o «Se escapó de la hacienda del señor Thomas Addleson en Richmond el jueves pasado, su negra de mediana estatura, Harriet, de unos treinta años, con un vestido gris de algodón y un abrigo marrón. Alrededor de un metro sesenta de estatura».

Por mucho que digan del aire inglés, el catálogo de personas es el mismo aquí que en el lugar del que vengo: las cazadas y las vendidas. Toda mi vida he sabido que los cuerpos negros no tienen valor, sino un precio que es superior al de los rubíes. Y ahí estaba el enigma. Un barril de azúcar continúa siendo un barril de azúcar después de atravesar el Atlántico, pero ¿en qué me había convertido yo? ¿Cómo podía ser mi propia dueña, con los brazos enjabonados hasta los codos mientras lavaba las servilletas de Benham?

Lo único que había hecho era cambiar un amo por otro. Y el actual quería hurgar en mi cerebro, examinarlo para encontrar pruebas de los pecados de Langton. Siempre que le preguntaba por qué, él solo decía que su propósito era asunto suyo y de nadie más, pero que debía quedarme claro que estaba ahí para servirlos a los dos. Tampoco estaba satisfecho con las sobras con las que le alimentaba, ya que mi primera mentira —que apenas recordaba nada de lo que había sucedido en Paradise— había allanado el terreno para todas las demás. Aunque yo me decía que, más que mentir, solo contaba medias verdades.

El séptimo día había un fardo en mi sitio de la mesa, atado con cordel. Cuando rompí el papel, vi que contenía dos vestidos, hechos de lino basto.

—Uno para llevar y otro de recambio —anunció Linux, mirando por la ventana. Oí pisadas de botas y cómo echaban carbón en la carbonera. Cuando se volvió, la mandíbula le hizo el mismo ruido que la tapa de la olla—. Los vestidos jamaicanos pueden ser muy ligeros, pero las mujeres inglesas son más recatadas.

Enrollé los vestidos y volví a dejarlos sobre la mesa.

—Ya tengo un vestido —dije.

Pero me miró de hito en hito hasta que me levanté despacio y cogió el fardo. Luego me siguió a la trascocina y dejó los dos vestidos desplegados sobre la caldera.

—El marrón para ahora —dijo, señalándolo con la cabeza—. El verde será para los domingos.

Desde que había bajado del *Pride* y todo Londres se había extendido ante mí como el mantel de una merienda campestre, había llevado mi vestido azul marino de sarga y preferiría haberme arrancado la piel, pero tragué saliva, me llevé los dedos al pecho y los pasé por el corpiño.

—Demasiado lenta —dijo.

Sus dedos se abatieron sobre mí raudos como cuervos y me lo desabrochó ella misma. El frío nos envolvió, como el vapor de la caldera cuando Pru calentaba agua para la bañera. Los dedos le olían a carne de cerdo y alcaravea por las salchichas que había preparado por la mañana, y a esos olores se sumaban los propios de una trascocina. La mezcla de lejía y orina que usábamos para lavar la ropa, sudor rancio, humedad. Fue bajando los dedos por el corpiño. No dejó de parlotear en ningún momento y yo oía un clic, clic, clic que me hizo volver la cabeza en busca de un reloj o agua que gotease.

—Aquí nos vestimos para el servicio que prestamos —masculló, agarrándome por la mandíbula para que no pudiera mover la cabeza—. ¿Te enteras? Y vas a dejar de menear el trasero por toda la casa del señor Benham.

Se me cerró la garganta. «Necesitas esta casa —me dije—. Necesitas esta casa.» Cuando vio que no le respondía, levantó la cabeza de golpe, sin retirar los dedos de los corchetes.

—¿No tienes nada qué decir en tu favor? Te vi. Con Charles.

«¿Charles?» Entonces recordé que la tarde anterior

había estado en el recibidor, sacando brillo al reloj de pared. Charles se me había acercado por detrás sin avisar.

—Tengo una duda —dijo—. A lo mejor me la puedes aclarar.

—¿Aclarar qué? —pregunté.

Se rio.

—Cómo duermes en sábanas blancas sin ensuciarlas.

La ira se me hincó en el cráneo como horquillas. Dejé el paño y me volví para encararme con él. Él parpadeó y se rascó la mandíbula, tambaleándose como un potro recién nacido. Me acerqué a él. Hablé con voz ronca. Me pareció percibir un tono asesino en ella.

—¿Esa es tu duda?

Se rio, pero retrocedió, como si también la hubiera percibido, la nota asesina. Pensé en el predicador, que solía sentarse al sol en Paradise, rojo como un cangrejo en agua hirviendo, y recitaba versículos de la Biblia. «"El camino del águila por el cielo, el camino de la serpiente sobre la roca y el camino del hombre hacia la doncella." "Doncella" es una de esas palabras que pueden tener muchos significados distintos, Frances —decía—. Una criada, sí, pero también una muchacha, una virgen, una mujer que aún no se ha casado.» La mujer es para el hombre lo que una serpiente es para un águila, una simple cosa en la que clavar sus garras. «Negra doméstica un día, puta siempre.»

Linux terminó de desabrocharme el corpiño y dio un paso atrás. Un hombre y una criada. Quizá había parecido seducción, visto desde una cierta distancia. Pero ¿de qué servía protestar? Seguro que se pondría de parte de Charles y me diría que también ella tenía preguntas parecidas. Me quedé muda. No dije una palabra. Debía de pensar que era tonta, que estaba asustada. Resentida. Volví a oír el ruido cuando me miró. Clic. Clic, clic. Frunció los labios, separó la cara de mí y me di cuenta de que era su lengua la que lo hacía, ruidosa como una maza.

Despegó los ojos de mí y dejó colgar mi viejo vestido con el brazo estirado como si fuera una rata recién capturada.

—Anda, vístete. Y, para que te quede claro, criada, no quiero tener que volver a advertirte, en lo que respecta a la indumentaria pagana.

—No soy pagana —le dije.

Se le heló la sonrisa.

—Eso no lo decides tú.

De vuelta en la cocina, bajó un frutero con manzanas y escogió las mejores para una tarta.

—¿Quién dejaría tirada a una mujer en la puerta de alguien? Recién salida del barco. ¡Un regalo! Un asunto turbio, en mi opinión. Puede hacerse, quizá, en lugares siniestros o en rincones remotos de la tierra. No sé.

El señor Casterwick despegó los ojos de las botas de Benham que estaba lustrando y arrugó la frente.

—También se hace aquí, no obstante, señora Linux —dijo—. Se ha hecho. Sé de casos.

—Es una costumbre siniestra.

—Bueno, pero debe reconocerme que en Inglaterra también se hacen cosas siniestras.

—¡No reconoceré nada semejante!

El mayordomo negó con la cabeza.

—No creo que haga falta que usted lo reconozca para que pase.

Me sentía como un gato rapado sin mi vestido de sarga. El nuevo olía a alcanfor, abotonado hasta la barbilla, cerrado como un puño alrededor de mi garganta.

Pero no tuve tiempo para darle vueltas. Charles bajó para decir que se había armado un alboroto en la puerta, pese a lo temprano que era: que el indiano había irrumpido en el recibidor exigiendo ver al señor y le había dicho que se metiera sus modales británicos donde le cupiera cuando él le había informado de que el señor no estaba en casa. Estaba a punto de tirarlo al suelo de un empujón, pero el señor Benham lo había oído todo y al final había bajado. La noticia de que Langton estaba en la casa me partió como un hachazo. Me palpitó el pecho. Ahora me avergüenza decirlo, pero pensé que había vuelto a por mí.

La puerta de la biblioteca estaba cerrada. Estrujé el trapo y fingí que la limpiaba, con la oreja pegada a la madera. Sus voces chocaban entre sí como ladrillos colocados en un muro, bajas al principio, y después la de Langton aumentó de volumen:

—¡... me has arrojado a esos putos leones!

—... tus delirios de mártir de siempre... nada.

—Sigues siendo condescendiente conmigo, como si fuéramos escolares.

—¡... sigues... comportándote... como si lo fuéramos!

Escucharles me recordó la última vez que había estado en la biblioteca. Sometida a un interrogatorio. Le había preguntado si me echaría si me negaba a responder.

—Bueno, debes hacer lo que quieras, por supuesto. —Una expresión divertida le había mudado la cara—. Aunque a veces es más fácil hacer una cosa convenciéndote de que te están obligando. Como seguro que ya sabes.

De haber tenido otro camino, no habría elegido el que conllevaba apaciguarlo. Pero lo cierto es que me sentía atrapada, aterrorizada de que me dejaran sola en las calles. Tenía que contarle alguna cosa, aunque ninguna de mis respuestas fuera lo bastante rápida ni satisfactoria.

—*Tenemos un objetivo común, criada.*

—*Jamás presumiría que tengo algo en común con un hombre como usted, señor —respondí.*

Nunca se dan cuenta cuando imprimo un doble sentido a mi modestia.

Le dije que encontraría fácilmente todos los métodos de Langton en el libro del propio Langton, pero él ya sabía que eso era mentira.

Me miró con incredulidad.

—*Podría haber escrito un bonito libro sobre cráneos en vez de divagar tanto sobre la piel. En cuanto entró en razón, se las ingenió para perder todos sus especímenes.*

Oh, Langton no entró nunca en razón, pensé. Siempre fue un insensato, hasta el final.

—*Un horror —dijo—, el incendio.*

—*Un horror —respondí.*

El desánimo me consumió, me agrió el estómago. Estuve mucho tiempo escuchando, pero no oí una sola palabra sobre mí. Las altas ventanas se alejaban por el largo pasillo, negras y mudas tras las cortinas amarillas. Esos eran los blandos barrotes de mi cárcel. Me noté la cabeza vacía y fría. Ya me había despellejado los dedos de tanto trabajar. No me esperaba nada que no fuera más de lo mismo. ¿Y después qué? ¿Qué era de una criada mulata en Londres cuando tenía los dedos demasiado retorcidos para cargar cubos?

Alguien carraspeó detrás de mí y me di la vuelta, sobresaltada.

Madame.

—¿Puede estar pasando algo ahí dentro que valga la

pena espiar? —preguntó, inclinando la cabeza hacia la puerta.

Llevaba una bata, con encaje y perlitas cosidos en la cinturilla, y el pelo le caía suelto como las cortinas. Me tiré del vestido, que me apretaba donde tendría que quedarme holgado y me sobraba donde tendría que ceñirse, tan abombado alrededor de mis caderas que parecía unas sábanas puestas a secar.

—Lo siento, Madame —le dije, sin saber qué más decir.

—No me lo creo. —Se echó a reír, lo que me hizo levantar la cabeza de la sorpresa y casi me arrancó una risa para corresponder a la suya—. Veo que tu señor Langton por fin ha vuelto —dijo.

«No es mío.» Quería preguntarle si sabía si había regresado a por mí, o qué iba a ser de mí y dónde podía ir. Quería gritar: «¿Cómo ha podido Langton dejarme aquí?». Demasiados pensamientos me ocupaban la mente y se asfixiaban unos a otros, de manera que no dije nada. El silencio se entretejió entre nosotras. Por fin se alisó la falda con las palmas de las manos.

—Bien. Debo entrar y presentarme. No tengo elección.

—No —dije; sacudí el trapo y me puse otra vez a limpiar—. Yo tampoco.

Se rio, se inclinó hacia mí y, con la caricia de su aliento, me susurró al oído:

—«Razón tiene el proverbio; en efecto, cuando las manzanas están podridas, poco se puede elegir.»

CHARLES PRUITT, criado del señor George Benham, bajo juramento

R.: La señora Benham siempre se iba de picos pardos. Yo no dije nada mientras vivió. Pero ahora ya no puede afectarle. Salas de juego. Sitios de mal gusto, ¿sabe? Se disfrazaba. Pantalón, chaqueta, boina. No, no me sentía cómodo con eso. Había veces que me preguntaba si debería decirle algo al señor.

P.: ¿Lo hizo?

R.: Podría decirse que estaba en medio de los dos. La llevaba a los sitios y la traía de vuelta. Y todo lo que no fuera eso no era asunto mío. Yo...

P.: ¿Sí?

R.: Es solo que... una vez las llevé a las dos, a la acusada y a la señora, a una reunión de negros, en una taberna cerca de la calle Fleet. Oí rumores de que eran radicales con los que se mezclaba la señora, hacia el final, aunque no puedo asegurarlo. También la llevé una vez a una dirección de Gant Street para que viera a un tal señor Cambridge, Chavalito Veloz, se hacía llamar. ¿El boxeador? Solo lamento no haberle dicho nada al señor, viendo cómo ha acabado todo.

14

El tiempo de febrero nos encerró en la cocina como ratas en un agujero. Dos sábados después de mi llegada, Linux preparó una tarta de fruta con pasas para Benham y nos dio un trocito a cada uno. El señor Casterwick dijo entonces que sacaría el violín y Pru y Charles colocaron una hilera de velas encendidas en la mesa, lo que creó un ambiente festivo, aunque las tareas de ese día habían sido tan agotadoras como las de cualquier otro y la cocina, húmeda y oscura, aún apestaba a sal y a grasa de cordero. La tarta lo compensó. Dorada y dulce, y por bien que yo supiera cómo se fabricaba el azúcar, no pude resistirme a ella. Había colocado mi silla cerca de la puerta, donde podía ver cómo Charles y Pru se metían el uno con otro, y dejé que una dulce pasa se me derritiera en la lengua con la cabeza apoyada en la pared. Sentí la pizca de calma que brinda la música, la misma que procura la lectura, y las llamas vacilaron bajo los fogones, desprendiendo un agradable calor.

Entonces, el arco del señor Casterwick titubeó y se detuvo. Cuando alcé la vista, vi a Madame, con las manos apoyadas en las jambas de la puerta.

—Señor Casterwick, ¿toca usted música? No lo sabía. No lo sabía —lo dijo con acento francés, como si también fuera una pregunta.

Linux dejó su vaso de jerez de golpe.

—¿La estamos molestando, Madame?

—¡Oh, no! *Non.* ¡De ningún modo! ¡De ningún modo! Es... Mi padre... toca el violín. Tocaba. Por favor.

—Seguro que no tocaré lo que usted está acostumbrada a oír, señora —dijo Casterwick.

—¡Es un violín, señor Casterwick! Toque lo que toque será triste.

Parte de la alegría había abandonado la cocina, pues una señora entre sus criados es como un zorro entre las gallinas: nadie sabía si sentarse o levantarse, e incluso el gato salió de debajo de la mesa, arqueó el lomo y huyó por la puerta abierta. El señor Casterwick no hacía más que mirar el techo y perderse, con el violín sujeto entre el hombro y la mandíbula. Linux se levantó, sirvió jerez en otro vaso y cortó un trozo de tarta. Cruzó la cocina con ellos y los dejó en la mesa, donde sus manos revolotearon sobre el plato como gaviotas.

—¿Dónde está el señor Benham, Madame? —dijo.

Madame la ignoró y paseó los ojos por la cocina como si fuera la primera vez que la veía, y quizá así era: la señora de una casa como esa nunca tiene motivos para visitar su propia cocina.

—¿El señor, Madame? —repitió Linux.

Ella se rio y negó con la cabeza.

—Muy buena pregunta, señora Linux. Supongo que usted lo sabe tan bien como yo.

Linux se irguió y se limpió las manos.

—Bueno. Aquí tiene un trozo de tarta. ¿Mando a Pru con él, arriba?

Madame cruzó la cocina hasta el fuelle colgado de la pared junto al aparador y se agachó para mirar en las cestas de nabos y de cebollas que Linux guardaba debajo del poyo y en los cajones de cuchillos cerrados con llave. Linux la observó y después volvió a sentarse en su sitio, con las manos juntas en el regazo, sin dejar de mirarnos con suspicacia, como si fuéramos los responsables de perturbar su paz.

Madame regresó a la mesa y se llevó un trocito de tarta a la boca con el tenedor.

—¡Deliciosa! Pero eso no hace falta decirlo, señora Linux —habló en tono alegre, aunque parecía indispuesta, con el pelo pegado a la frente. No nos miró a ninguno, sino que cerró los ojos y pinchó otro trocito de tarta, y todos la miramos boquiabiertos; la música, de repente, era demasiado lenta y fuerte en la sofocante habitación. Cuando parecía que fuera a pasarse la vida masticando, dejó el tenedor de golpe y juntó las manos—. ¡Tendríamos que estar bailando! —Pru y Charles parpadearon desconcertados, como si les hubiera hablado en turco, pero Madame les hizo levantarse de todos modos y los arrastró a la zona despejada de la cocina; después, se acercó a mí y me tendió la mano—. ¿Frances? Parece que nos falta un hombre. O tú o yo tendremos que llevar los pantalones.

Me aparté con brusquedad.

Kiii, fue como un bofetón. Primero, un momento de vacío; después, un relámpago interno. Recuerdo que me preocupé por la humedad pegajosa que me escocía las axilas, después de pasarme la tarde sacudiendo alfombras contra el seto de espino, y por si olería mal por su culpa; recuerdo que también me preocupé por mis callos, que Madame, sin duda, notaría ásperos como la arpillera, y por dónde dirigir la mirada. Pero no tuve tiempo de darle vueltas a nada, porque Madame me cogió del brazo y me sacó a bailar, y el señor Casterwick marcó el ritmo con los pies y se puso a tocar. No había apenas espacio entre la mesa y el aparador, y no había nada dentro de mí sino respiración contenida. Parecía que el pecho fuera a reventarme. Nuestras rodillas hicieron rebotar la mesa y empujaron las sillas. Cuando Pru volcó una sin querer, Madame se rio a carcajadas, lo que hizo reírse al resto, y ella nos sonrió a todos y pareció contenta.

Nos cogimos todos de las manos y yo mantuve la mirada baja, observé sus pies e imité lo que hacían. Era una melodía inglesa que todos conocían y dieron un paso juntos, se tocaron las manos, se inclinaron, hicieron una reverencia y volvieron a inclinarse, como si hablaran un idioma que yo no entendía y me obligaba a ir siempre dos pasos por detrás.

Linux estaba sentada muy erguida, mirándonos a todos de arriba abajo. De vez en cuando, daba ruidosos sorbitos a su vaso y la cara se le retorcía como un trapo enrollado para secarse. Ni tan siquiera eso pudo bajarme el ánimo. Noté que las costillas se me ensanchaban como si fueran a partirme el pecho. La música nos envolvía y el suelo retumbaba bajo nuestros pies, y nos reíamos y danzábamos. Los cuatro nos dejamos llevar, aunque solo fuera por esa hora. Ni una sola persona en Paradise me había hablado mucho y aún menos sacado a bailar. Así que eso era felicidad, bailar con ellos. Olvidarme del tiempo, y de la casa, vacía y silenciosa por encima de nosotros. Olvidarme por completo de quienes se suponía que éramos unos para otros. Cuatro personas, bailando.

Langton me explicó una vez que cuando los soldados ingleses apresaron a los hombres *obeah* en Jamaica, después de la rebelión de Tacky, experimentaron con ellos. Los encadenaron, les pincharon con máquinas eléctricas y linternas mágicas, les dieron toda clase de descargas eléctricas. Debió de ser como si unos truenos les retumbaran en los huesos o unos relámpagos les atravesaran el cráneo. Cuando no podían soportarlo más, les obligaban a reconocer que la magia del hombre blanco era más poderosa. «El hombre blanco es la medida de todas las cosas y la medida de todas las cosas es el hombre blanco.»

Así fue como me sentí cuando nos cogimos de los brazos.

Oh.

Lo que cada momento encierra, el recuerdo lo convierte en nada o lo transforma en un terror sin fin o en un dolor sin fondo. Lo único que me queda de esa noche es el brillo de sus pendientes de diamantes, las olas de sus movimientos contra mí, el tacto de su piel, como un sabor que no podía quitarme de la boca.

15

El invierno inglés es una estación de cosas moribundas, de largas esperas y cielos de lana. Bajo los pies, el crujido de la grava, la fina capa de escarcha que se transforma en barro, una alfombra de hojas en descomposición y hierba mojada. Esa mañana hacía cuando Linux nos mandó salir a Pru y a mí al día siguiente.

Nos encontró sentadas a la mesa, cortando sábanas viejas para utilizarlas como yesca. Madame había volado del nido, dijo, y metió la barbilla con aire contrariado. Era probable que estuviera en el parque y teníamos que ir las dos para ver si podíamos traerla de vuelta antes de la visita matutina de lady Catherine.

Pru dijo que deberíamos ir cada una por su lado, ya que dos cabezas pensaban más que una, de manera que nos separamos cuando el camino se bifurcó. En cuanto estuve sola, apreté el paso y el corazón se me aceleró con él. Ese día, el parque era un hervidero de carruajes y peatones que bullía en la niebla. Pronto llegué a una parte más tranquila, un jardincito que conducía a un grupo de olmos, donde la niebla se cernía blanca como la leche y el aire estaba tan brumoso como mis pensamientos. El invierno también había dejado su huella en los árboles, rugosos delantales de negra corteza descamada y musgo rizado. Cuando llegué al final del camino, la vi por delante de mí. Con su chaquetilla corta negra, unas faldas rojas y la cabeza ladeada. Su pelo, oscuro y por debajo de la cintura, ondeaba al viento y llevaba las manos juntas en la espalda. No sé por qué, pero me recordó la imagen de un pájaro golpeándose contra un cristal.

Me enjugué la boca y me dispuse a alcanzarla. Cuando me oyó, volvió la cabeza. Tenía los ojos brillantes y muy abiertos, como los de una muñeca. Algodón pintado de añil. Sonrió.

—¡Oh! Frances. Cómo me alegra que seas tú. Estoy harta de que Charles me lleve a casa a rastras.

Le respondí con una sonrisa desmañada y la seguí, un poco rezagada, cuando echó de nuevo a andar, tan falta de palabras por querer entretenerla que al principio me quedé muda. Antes de que pudiera decir nada, ella estaba otra vez hablando, diciendo que no podía imaginarme aprendiendo a leer en un lugar tan horrible, y comprendí que llevaba varios minutos hablando de Paradise.

La gente siempre me hace la misma pregunta, extrañada de que las novelas pudieran absorberme tanto, precisamente ahí. Creo que me culpan más por haber pasado el tiempo leyendo que por haberlo sufrido sin más. Las novelas son herejía, en su opinión; hombre que crea al hombre, sin necesidad de Dios. Pero ¿cómo no iba a leer? Esa es la pregunta que siempre quiero hacerles. ¿Cómo si no habría sobrevivido? ¿Qué haría usted, encerrado en un cuarto a oscuras, si alguien le llevara una vela encendida? Yo se lo diré. Leería su único ejemplar de *Moll Flanders* una y otra vez hasta desgastar las páginas.

—Fue una apuesta —dije de golpe—. Entre su esposo y mi... entre el señor Benham y el señor Langton. Querían ver si se me podía enseñar.

—¡Oh! —El viento le alborotó el pelo. Se cruzó de brazos y se estremeció—. ¿Primero fuiste una apuesta para ellos y después un regalo? Qué espanto. Pero a veces pueden ser un espanto los dos.

Tosí. No podía hablar de Paradise, pero tampoco podía quedarme callada.

—Los libros eran mis compañeros —dije por fin, alzando la voz por encima del viento que levantaba las hojas y sus faldas—. Y agradezco haber podido aprender algo, no importa cómo. Era una manera de saber que la vida podía cambiar, que podía llenarse de aventuras. A veces fingía que yo misma era una dama en una novela. Puede parecer una tontería. Pero me permitía sentirme parte de un mundo al que de otra manera no podría pertenecer nunca.

Me detuve. Habíamos llegado al final del camino; vi el portón por el que saldríamos a la calle, unas verjas negras encajadas en los adoquines, y a Pru esperándonos junto a ellas. Sentía que había hecho el ridículo, pero también que me había librado de un peso. Tenía la cabeza más liviana. Entonces me asaltó el recuerdo de ese otro peso, retorciéndose en mis manos. Me había propuesto olvidarlo, tacharlo como una errata ortográfica. Pero las cosas que hace un cuerpo siguen dentro de él, pese a todo el tiempo que cae sobre ellas.

Di un respingo. El recuerdo me quemaba en la mente, como un arenque que se deja demasiado tiempo en una sartén caliente.

Cuando alcé la vista, Madame me estaba mirando.

—Conozco esa sensación —dijo—. Aunque creo que la razón de leer no es sentirse más parte del mundo, sino menos. Salir de él. Sobre el papel, todo puede cincelarse a golpe de martillo, aunque el mundo no tenga una forma definida. —Alzó la mano para recogerse el pelo en una cola. El viento la azotó y pareció que las faldas y el pelo la engullían—. El problema de los escritores es que se pasan la vida intentando mentirse.

La niebla apagaba los árboles, el cielo y la hierba, lo volvía todo fresco y silencioso, como si anduviéramos bajo el agua. Dos mujeres se cruzaron con nosotras, se volvieron y cuchichearon, y de golpe no supe cómo responderle. La garganta se me cerró como un puño. Así que eché de nuevo a andar, hacia las verjas, y ella me siguió.

—¿De qué hablaron en la biblioteca cuando usted entró? —pregunté, por fin.

—De nada. De tonterías. —Se echó a reír—. De sí mismos. De nada importante, en otras palabras.

He aquí otro comienzo. El momento en el que comprendí que la sensación que me despertaba era deseo. Inaudito. ¡Antinatural! Imposible. Porque lo que yo deseaba era a ella.

Recuerdo que había una feria al lado mismo de las verjas y que las tres entramos a verla. Olía a castañas y a sidra; tablones cubiertos de papeles anunciaban sirenas, hombres de dos cabezas, tragafuegos. Las peonzas giraban como el viento. Nos detuvimos a mirar a un funambulista y a una rata que corría por una cuerda más corta tendida debajo del hombre. De una carpa situada a nuestra derecha, un hombre sacó un elefante atado de una cuerda. ¡Un elefante! Había visto uno dibujado en un libro escrito por un naturalista. Pero leer sobre algo nunca es lo mismo que verlo. La inmensa mole gris se alzó sobre nosotras como una ola encabritada antes de caer sin hacer ruido y ejecutar una reverencia con sus patas gigantescas. Las personas de las primeras filas se apartaron de un salto, se llevaron la mano a la boca con gesto exagerado y aullaron de risa. A algunas personas les encanta que las asusten en multitud, pasarse el miedo entre ellas como una patata caliente.

—¡Acérquense! ¡Acérquense! ¡Damas y caballeros! —gritó el hombre—. ¡Todas las criaturas, pequeñas o grandes, pueden ser dominadas por el hombre!

Me puse de puntillas para ver por encima de las cabezas mientras todos se empujaban. Un niño se volvió, mugriento y con los ojos saltones, y tiró de la falda a la mujer de su lado. Ella también se volvió y frunció los labios.

—¡Figúrate! ¡Una fiera salvaje como esa aquí en la calle!

Pru gritó de la sorpresa.

—¡Algunas personas tendrían que aprender a callarse la boca!

Fue entonces cuando regresó. El zumbido rasposo. Entre los ojos, los dientes, los huesos. Rabia. Había cesado por un momento mientras paseaba con Madame, sustituido por un sentimiento parecido a la placidez. Pero había vuelto. Les dirigí una sonrisa a las dos, apretada como las sábanas de una cama bien hecha, y dejé que se ensanchara para demostrarles que no me importaba. Pero, gracias a Dios, había empezado a lloviznar hacía un rato y ya caían gotas como piedras que nos obligaron a dar media vuelta y huir. La multitud también se dispersó y los transeúntes echaron a correr cada uno por su lado. Cuando salimos a la calle, la niebla se cernía ante nosotras como un nubarrón, surcada de negras briznas de hollín.

Cuando llegamos a Levenhall, Madame subió derecha a su habitación y pidió agua caliente desde la escalera mientras se sacudía las faldas mojadas, y Pru y yo bajamos sin ninguna gana a la cocina, donde la plata nos esperaba para que la puliéramos, dispuesta en la mesa como costillas.

Esa noche, soñé que era yo a la que hacían desfilar por el Strand y que el hombre iba delante de mí gritando: «¡Acérquense, acérquense, damas y caballeros! ¡Vengan a ver a la negra! Traída nada menos que de las Indias. ¡Los cocinará en su caldera! ¡Les robará a sus bebés y también los cocinará!».

SEÑORITA PRUDENCE RATTRAY, criada del señor George Benham, bajo juramento

SEÑOR PETTIGREW: Señorita Rattray, ¿está hoy aquí para interceder por la acusada?

R.: Sí, señor.

P.: Entonces explique su opinión sobre ella a estos caballeros en sus propias palabras.

R.: No veo cómo Frances —la acusada, discúlpeme, señor—, no veo cómo podría haber hecho esto. He oído muchos rumores de que debía de ser una salvaje y por eso lo hizo. Me enfadó tanto que supe que tenía que venir a explicar lo que conocía de ella.

P.: ¿Qué conocía de ella?

R.: Tenía dos dedos pulgares, señor, como el resto de nosotros. [Risas, *público amonestado por el tribunal*.] La señora Linux decía que era una estirada, pero a mí no me lo parecía. Es cierto que no le gustaban mucho los consejos, a menos que los leyera en un libro. Su peor enemigo era ella misma. Yo siempre le decía que sabía cuál era su problema. Yo quería ser la doncella de una señora, pero ella quería ser la señora. Nunca había conocido a una persona negra: ves negros en la calle, soldados y mendigos casi siempre, y habían tenido una fregona en una casa a unas calles de la nuestra, una chica que a veces veía sentada en los escalones cuando pasaba, fumando en pipa. Supongo que lo que quiero decir es que no estamos habituados a verlos y no conocemos sus costumbres. Pero no me pareció que Frances —la acusada, quiero decir— tuviera nada de raro. No conocía algunas de las costumbres de una casa inglesa, quizá, y era muy friolera, notaba el frío, sí. Pero, después de que empezara a servir a Madame, cambió, se animó. Tenía mucho afecto a Madame. Y lo cierto es que también Madame se animó. Cómo hablaba Frances de ella. Bueno. Sentía tanta ternura por Madame que no veo cómo podría haber hecho esto.

P.: ¿Y qué sentía por el señor Benham?

R.: Señor. Todos adoraban al señor Benham salvo su esposa.

16

Los hombres blancos cenan unos con otros a pesar de sus diferencias y muy a menudo a causa de ellas. Cuando Benham invitó a Langton a cenar, quizá fuera por ambas razones.

Se miraron con odio en el mismo momento de entrar. Madame iba unos pasos por detrás y los ojos de Langton estaban turbios como los posos de una botella de ron. Volver a verlo fue como un latigazo, pese a estar preparada. Noté el mismo amargo nudo en la garganta. Me pareció que cojeaba, que llevaba los hombros más caídos. Tenía más arrugas. Estaba sudoroso con su traje negro y se sentó sin tan siquiera mirarme. En cuanto posé los ojos en él, vi a la antigua Frances. Faldas que arrastraban como sombras. Pensamientos que se arremolinaban raudos como avispas. Faroles que encender, plumas que endurecer, libros que bajar de sus estantes: Vesalio, Le Cat, Buffon. Langton querría bollos, calientes y untados con mantequilla; necesitaría ayuda para desvestirse; querría que ella escribiera, tachara, volviera a escribir. Siempre escribiendo. Mi memoria vaciló. Abrí los ojos de golpe, respiré en pequeñas bocanadas de aire que me arañaron los pulmones. La mesa, reluciente con su mantel blanco, flores amarillas que cabeceaban, oscuras ciruelas en cuencos de plata. Pru en un lado, yo enfrente, así que clavé los ojos en la nuca de Langton, y en su mano, cerrada y temblorosa, alrededor de la cuchara.

«El diablo no es solo él, ¿sabes? —habría dicho Phibbah—. Tú y él sois el mismo diablo.» Me lo quité de la cabeza; me la quité de la cabeza a ella.

Langton miró a Madame, sentada enfrente de él.

—Espero que Frances sirva de algo.

—¿Frances? —A esa luz, su cara no era sino sombras y huesos prominentes. Alzó la copa de tal modo que el champán le enturbió las facciones y lo miró a través del líquido, con los ojos entornados, como si intentara recordar quién era yo—. Ah, sí. Seguro que sí.

Sus frías palabras me golpearon como un sacudidor de alfombras. Cogió la cuchara y removió la sopa con ella. No dijo: «¿Frances? Nos hemos hecho muy amigas». No me miró. Nadie habría creído que era la misma mujer que había bailado en la cocina de la mano de sus criados. Yo podría haber sido un mero sujetalibros, teniendo en cuenta la atención que ambos me prestaban. Útil. A su servicio. Siempre en mi sitio. Madame era un poni de concurso, con su vestido azul claro brillante como monedas falsas. Yo era una mula. Mis pensamientos volvieron a ausentarse del comedor y retornaron a la mujer del parque, azotada por el viento, sujetándose el pelo en la nuca. Empecé a preguntarme si la había imaginado.

«¡Qué va! Los negros no tienen imaginación.» Oí la voz de Langton en mi cabeza.

Sopa, seguida de mollejas con caviar. Lenguados fritos con champiñones. Tomates rellenos de aceitunas. Lengua, muy rosa y brillante. Después, carne de ternera. La cocina había olido a tocino toda la mañana mientras se cocía la sopa. Cada plato debía aparecer junto a sus codos, como si lo hubieran invocado ellos. Cenar *à la Russe*, lo llamaba Linux. «Aseguraos de que no os ven ni os oyen.» Bueno, yo quería ser invisible, ¿no? Ahí estaba, puesta en mi sitio.

Ahora recuerdo, mientras escribo estas líneas, otra cosa que Linux me dijo cuando me desvistió en la trascocina y me obligó a ponerme el vestido de basto lino. Le pregunté por qué me odiaba y ella levantó la cabeza, sorprendida. «¿Odiarte? Oh. No. El Señor te creó, criada, como me creó a mí, como creó a Charles, Prudence y al señor Casterwick. Como creó al señor Benham. Y al Rey. Dios es nuestro comisario. Todos nosotros, y todos los pájaros, flores y hojas, estamos a su mando. ¡Pero en niveles distintos! Tú jamás entenderías el trabajo que hace el señor Benham. Yo tampoco. Ni él entendería el nuestro. Existe un orden natural y cuando conoces tu sitio y haces tu trabajo, sea cual sea, sabiendo que es obra de Dios, trabajarás de corazón, porque lo harás para Dios y no para un señor humano.»

Madame volvió a alzar la copa. Al mirarla, me avergonzó reconocer la admiración que me había despertado en el parque, a pesar de lo que pensaba en ese momento. La cruz del perro apaleado que sigue siendo leal.

—¿Está disfrutando de su visita a nuestra pequeña aldea, señor Langton?

—No mucho. Estoy aquí sobre todo para convencer a viejos amigos de que se comporten como tales.

A Benham le brillaba la frente. Pinchó varios champiñones y habló con la boca llena.

—La Real Sociedad ha vuelto a rechazar el manuscrito de John.

—¿Sí? —Madame ladeó la cabeza—. ¿Es lo de los cráneos?

—Un poquito más que eso. —Langton echó los hombros hacia atrás y dejó el tenedor en la mesa.

—¿Ah, sí? —Poco a poco, la sonrisa se ensanchó.

—Solo la aburriría, señora Benham, estoy seguro —dijo él, después de un silencio.

—Vaya despacio, señor Langton. —Lo miró; su tono fue cortante—. Y veamos si mi cerebro femenino puede seguirle el hilo.

Benham soltó una risa amarga. No despegué los ojos de la nuca de Langton. Toda yo era rabia. Rabia como un redoble de tambor. Rabia, constante como lluvia en un cristal. Rabia, como sangre caliente que sale a borbotones de una herida. Por un momento, Langton solo miró las oscuras nervaduras del techo. Pensé que no hablaría y sentí un cierto alivio. Los pecados de Paradise no deberían manchar esta mesa. Yo no soportaría estar presente, mientras presumía de *Crania*. Pero entonces se volvió hacia Benham, como si se dirigiera a él.

—Es un... estudio. Aplicamos el método científico a estudiar la anatomía... no solo para identificar el origen del color de la piel, sino para examinar sus efectos. Extrajimos las partes del negro (sangre, materia gris y piel) que están ennegrecidas e investigamos la razón. ¿Por qué lo están, y cómo explica eso su exceso de miedo y estupidez? Su esposo y yo habíamos acordado colaborar...

—Estábamos interesados en la misma pregunta, nada más —interrumpió Benham, blandiendo el cuchillo—. Y enseguida discrepamos en todo salvo en eso. Insistías en todos esos disparates sobre la piel...

—¿Qué pregunta?

—¿Es el negro una especie aparte? Es una investigación importante, y habría que publicarla —dijo Langton, mirando a Benham.

Madame lo interrumpió.

—El viejo argumento poligenista. ¿Perros y vacas? Ese debate tan rancio tendría que haberse enterrado hace mucho tiempo. —Frunció el entrecejo—. ¿Dice que experimentaba con personas?

—Cadáveres, cuando podíamos conseguirlos.

—Pero... ¡era un profanador de tumbas, señor Langton!

—Bueno... no podemos aprender nada sobre el cuerpo si no lo diseccionamos...

—No me refiero a la disección, sino a utilizar personas que no pueden dar su consentimiento.

—Personas muertas...

—¡Esclavos!

—¿Qué sabrá usted de eso?

—Mejor pregunta es si solo veía lo que quería cuando diseccionaba los cadáveres.

—La piel no miente.

—¿Y el corazón?

—El corazón no es sino una máquina...

Madame se rio.

—La típica respuesta de un anatomista.

Su esposo le lanzó una mirada incisiva y por un momento solo se oyó el suave crepitar de las velas, pero entonces Langton carraspeó, bajó la cabeza y se bamboleó como si le costara respirar. Estuve a punto de golpearle entre los omóplatos, como habría hecho en Paradise. Noté que me inclinaba hacia delante, con un nudo de rabia en la garganta seca como el algodón. Dejé que se expandiera dentro de mí. La acogí con agrado. En el silencio surgió una verdad: mi rabia era contra mí misma. Retrocedí un paso, me di con la muñeca contra el aparador y los platos se sacudieron como piedras sueltas.

Langton me había dejado como si fuera un objeto. Y yo me había quedado donde me había puesto. Un clavo en una tabla.

Di un paso. Las palabras me salieron de golpe.

—¿Qué me ha hecho? ¿Qué ha hecho? ¿Por qué me ha abandonado?

Me acerqué a él. Alcé la mano y le di una bofetada.

Madame levantó la vista. Benham también. Pero no Langton.

—¿Sufrirá alguna vez por lo que ha hecho? —pregunté a su cabeza gacha. Los carraspeos aumentaron de volumen y dieron paso a resuellos ahogados. Arañó el mantel, hizo temblar la mesa, agarró el plato, el tenedor, el cuchillo. Movió los labios, pero no brotó ningún sonido de ellos. Se le cayó el cuchillo al suelo—. ¡Oh! —grité.

Le apreté la cabeza contra mi pecho y su ataque de tos nos atravesó a los dos y me hincó su cráneo en el esternón. «El mismo diablo. El mismo diablo.» Cuando se quedó en silencio, también lo hizo el comedor. Alcé la vista y vi a Linux en la puerta, con el cuenco de compota y el plato de magdalenas en las manos. Los ojos le brillaban, como agujas de punto.

En la cocina, la tetera humeaba quedamente al fuego. Las planchas aún estaban en la chimenea, donde Pru y yo las habíamos dejado para aplicarles cera de abeja antes de guardarlas. Se oía un chisporroteo, como pelo quemado por unas pinzas calientes. El señor Casterwick estaba sentado a la mesa, rellenando el decantador de Benham, y alzó la vista cuando Linux me arrastró a la cocina. Me di la vuelta.

—Lo siento. Yo...

Pero ella me dio una bofetada. El suelo se escurrió, como un diente caduco. Mi nuca se dio contra la fría piedra. Su sombra se alzó sobre mí.

—Maldita salvaje insolente. Has deshonrado esta casa.

—Señora Linux... —El señor Casterwick levantó el trasero de la silla, se quedó flotando como un jirón de niebla y se lo pensó mejor.

—Le agradecería, señor Casterwick, que no se metiera donde no le llaman. —Se dio la vuelta y la vi coger la tetera—. ¿Qué has hecho? —gritó.

No dije nada, con los ojos clavados en la tetera. Tiró de mí; me resistí.

—¡No, no, no, no! —chillé. Me aparté, pero el agua ya me había salpicado y quemado la muñeca. Un vacío, frío, oscuridad. Me agarró por el cuello y me arrastró a la puerta. Lo cierto es que no habría podido llevarme arriba si a mí se me hubiera ocurrido pelear.

La oscuridad se extendió por el cuarto abuhardillado. Le di patadas. La muñeca me escocía y me palpitaba de dolor. Llamaron a la puerta.

—¿Quién es? —grité, y entonces el picaporte giró y, cuando levanté la cabeza, era Pru, con su cuenco de sebo de oveja y su vela de junco. Se arrodilló junto a mí, me cogió la mano entre las suyas sin decir una palabra y me untó un poco de sebo en la muñeca.

Me miré la mano.

—Va a echarme.

—Tendrías que haberlo pensado antes, ¿no? —Volvió a dejarme la mano en el regazo—. Necesita aceite de linaza, pero no tengo.

—Pru. —La miré.

—Quizá. ¿Qué puedes hacer tú? ¿Qué puede hacer cualquier mujer? —dijo—. O te casas o te pones a servir. —Se cruzó de brazos y me miró con severidad—. Te harían falta referencias para conseguir trabajo y ella no te las dará, ya no. Mi madre solía decirnos: «Hablad cuando os hablan, haced lo que os ordenan, acudid cuando os llaman, y no os reprenderán». —Negó con la cabeza—. Sabía que iba a pasar algo malo, ¿sabes? Esta mañana, mientras encendía la chimenea de la habitación de Madame, ha saltado un carbón de la rejilla que ha caído a mis pies, y ayer vi una mortaja en la vela de sebo del salón de la señora Linux. Y, además, esta noche eran tres a la mesa.

—¿Qué significa todo eso?

—Muerte. —Puso los ojos como platos. No dije nada. Un tirante hilo de silencio se tendió entre nosotras. «Langton se está muriendo», pensé. Lo había visto. No había esperanza de que volviera a por mí. Por fin, Pru miró el pestillo y suspiró—. Tendré que moverme, volver abajo antes de que me echen de menos.

—Te has arriesgado a subir por mí.

Se encogió de hombros.

—Mi abuela siempre decía que la compasión es un bálsamo, tan agradable de dar como de recibir. —Bostezó y se llevó una mano a la boca—. Ahora no sirve de nada lamentarse. Pase lo que pase mañana, no será esto. —Me acarició el brazo y se puso de pie con el cuenco y la vela. En la puerta se detuvo, con la mano en el picaporte—. Frances... ¿qué es el señor Langton para ti?

Puse una palma de una mano sobre la otra y me concentré en ellas. Mi muñeca estaba entumecida bajo el sebo, rosada como un recién nacido. Me la apreté hasta que me escoció e intenté quitarme los malos pensamientos de la cabeza. Mantuve la mirada baja para no tener que mirarla a la cara al responder.

Pru continúa siendo la única persona a la que se lo he dicho en voz alta.

—Es mi padre.

17

¿En qué me convertía eso? En un monstruo hecho de retazos. Cosido a partir de elementos de Langton. En el único fruto de su semilla, que yo supiera: Miss-bella no había tenido hijos.

Fue ella la que me lo dijo, aunque esperó hasta que ya fue demasiado tarde. Y sí, quise matarlo cuando lo supe, pero también quise matarla a ella por decírmelo.

Todo estaba en silencio en esa época. Sin Phibbah, sin repiqueteos de guisantes ni crujidos del suelo. El río, una larga cicatriz negra entre las colinas. El alto sol de mediodía. Pero así eran los días en Jamaica. Sol por la mañana, sol a mediodía, sol por la tarde, o lluvia. Nunca cambiaba nada. Estábamos juntas en el porche. Ella me había parado cuando iba camino de la cochera.

—Quiero que me digas qué se cree mi esposo que está haciendo ahí...

—No, Miss-bella.

—Alguna clase de maldad, solo quiero saber cuál.

Negué con la cabeza, pero no pude decir ni sí ni no. Era una clase de maldad. La había visto.

—Criada. —Meneó la cabeza y sorbió por la nariz—. Voy a ser sincera y espero lo mismo de ti.

—Sí. —Iba a continuar hablando, pero me interrumpí. Yo no tenía nada de sincera, ya no.

Cuando me miró, sus ojos eran como cristales de ventanas.

—Quiero que pienses... —Se interrumpió y se agachó para dejar la petaca en el tapete, sus manos lentas como el alquitrán—. Ese hombre es tu padre.

—No —me apresuré a decir.

—Mira alrededor, criada. Mira alrededor de ti.

Mi voz se hizo un hilo y retornó al pasado, a la jerga de los esclavos; mi mente rebuscó y se aferró al capataz, al contable, a hombres en los que nunca me había parado a pensar.

—Aquí hay otros hombres blancos —dije.

Después me alejé tambaleándome y vomité en sus rosas. Con la cabeza rodándome como sopa removida. Todo lo que me rodeaba teñido de la misma tonalidad herrumbrosa, el color de la tierra seca: las paredes, los arbustos, incluso los perros.

Era la enfermedad de Langton la que al final me había salvado. Hacía tiempo que su cuerpo estaba demasiado debilitado para ser una carga, para mí o cualquier otra persona. Pero no antes de que ya hubiera ocurrido, esa primera noche y las siguientes. ¡Lo habría matado de haberlo sabido entonces! Era una espina que llevaba clavada en el corazón y jamás dejaría de dolerme.

Bajé temprano. Linux estaba sola en la cocina, bebiéndose una taza de té y mirando un montón de monedas. Alzó la vista cuando entré y dijo que eran para mí, así que pensé que debía de estar echándome, que eran mi salario, y, sin pensar, alargué la mano...

—No. Cuando vuelvas a bajar. Ahora tienes que ir arriba. Madame quiere verte.

Su puerta estaba abierta. Libros tirados alrededor del escritorio en un amasijo de tela y piel. Un ligero olor a fruta madura. El aroma almizclado de la piel y la tinta. Lirios en un jarrón sobre la repisa de la chimenea.

La vi, agachada entre los libros. Me aclaré la garganta.

—¡Frances! Sí. Siéntate. —Me señaló un sillón, de los dos que había, amarillo con una sinuosa cenefa de hojas azules, cerca de la chimenea—. Un momento, estoy... buscando una cosa.

Ahora podría dibujar un mapa de esa habitación, sin necesidad de una brújula. Con tan solo mis dedos. Siete pasos de la cama de madera lacada a la mesa, cuatro pasos de ahí al armario rojo con cigüeñas pintadas. Entre ellos, el retrato de la mujer de oscuros cabellos y blancas mejillas, apoyada en los codos y tumbada en un campo salpicado de amarillo, el vestido rojo como la carne fresca. La mujer de rojo. En la repisa de la chimenea, la cajita de madera de Madame, con sus iniciales grabadas —MD—, rodeadas de campánulas azules.

Hubo un portazo en el piso de abajo y el ruido hizo vibrar los ladrillos, el yeso, los cristales. Me sentía liviana como ceniza escupida de un fuego. No podía pensar en qué haría ni adónde iría si me echaban. Me senté agarrándome la muñeca quemada con la otra mano y la observé. Daba empujoncitos a los libros, les sonreía, los acariciaba.

—Montaigne... Johnson... ¡Wollstonecraft! ¡Ah! Mira este... —Cogió uno y lo abrió—: «Cuando me embarga el miedo de que puedo morir antes de que mi pluma haya cosechado los frutos de mi mente fecunda». —Alzó la vista. Los ojos le brillaban como alfileres esparcidos por el suelo. Parecía que el hielo de la noche anterior se hubiera derretido y hubiera decidido que volvíamos a ser amigas, ahora que no había testigos—. ¡Caray! ¿No es justamente eso? ¿Has leído a Keats?

—No.

—Es una pena. —Se acercó y me lo dejó en el regazo—. Yo también creo que a las mejores obras de arte las impulsa el miedo. ¡El artista infestado de ideas! Como hormigas, o termitas, ¿te lo imaginas? Devorándolo. Qué imagen.

—¿Van a echarme? —pregunté de golpe.

Se rio.

—¿Qué?

Me levanté.

—No me arrepiento de lo que dije.

—¡No! Ni tampoco deberías. De hecho, me entraron ganas de levantarme y aplaudir, cuando pusiste a ese mal hombre en su sitio. Habla como si nuestro destino fuera una flecha disparada a la arcilla de nuestros orígenes. Fijo. Inmutable. Pero Locke dijo que debemos suponer que la mente es una hoja en blanco. Una *tabula rasa*. Podríamos hacer de cualquier niño tanto un sabio como un ladrón. —Alargó una mano—. Me han contado lo que pasó, por supuesto. Lo siento. ¿Estás bien? —Aparté la mano y no dejé que me la viera—. Hablaré con la señora Linux. No volverá a pasar. Tiene la paciencia de Dios. Siempre castigando. Pero la heredé con el matrimonio, como las perlas de mi suegra, que tampoco me han gustado nunca, por cierto. El señor Benham no me deja que la despida. Ella lo adora. Cuando me casé con él, pensé que una mujer tan unida a un hombre tenía que ser su amante. O su bastarda. Aunque no es ninguna de las dos cosas... ¿Te he escandalizado? Soy demasiado franca, lo sé. Un decálogo de malas costumbres.

—¿Sabe lo que le pasó?

—¿Al señor Langton? El señor Benham se ocupó. Mandó que lo llevaran a su posada. Llamó a un médico.

«Si muriera —pensé—, lo habría matado yo.» Y esa posibilidad me alegró.

Se apartó de mí.

—¡Ah! Ahí está. —Había visto un libro en el suelo cerca de la chimenea—. Esto es lo que buscaba. —Lo cogió y leyó en voz alta—: «Así he pasado mi vida, anhelante y callado, junto a las personas que más he amado»...

—¿Es una novela? —la interrumpí.

—Las *Confesiones* de Rousseau. Su autobiografía. Un libro que escribió sobre sí mismo.

—Sé qué es una autobiografía.

—Por supuesto. ¿Sabes? Aún recuerdo dónde estaba la primera vez que lo leí. Los amigos que nos acogieron cuando vinimos de París tenían una biblioteca. Pasamos muchos años con ellos. ¡Oh, esa sí fue una parte de Londres en la que me sentí bien recibida! Las frases de alguien más, que se retuercen, bifurcan, avanzan, como deben hacer todas las cosas, hacia su propio fin. A veces, nos transportan a nuestro propio corazón desconcertado. Una tarde, fue la voz de monsieur Rousseau la que oí en la biblioteca... ¡Bueno! Podría hablar de estas cosas sin parar. Mataba de aburrimiento a casi todo el mundo. Y no obstante... después de hablar tanto de ciencia anoche, no se me ocurre nada peor que haber invertido todo ese tiempo y energía en intentar comprender la mecánica de la vida, pero no su belleza.

—O su fealdad.

—¡Exacto! —Se volvió de golpe, se dirigió al tocador y sus zapatillas dejaron huellas en la blanda alfombra, como marcas de dientes en el pan. Dejó el libro en el tocador y cogió un cepillo—. Es un hombre de palabras, mi esposo, pero prefiere perseguirlas. Igual que algunos hombres persiguen mariposas. Y también las prende con alfileres en una vitrina. —Giró el cepillo en las manos, varias veces, y habló al espejo—. Creo que nos entendemos.

—¿Su esposo?

Se rio.

—Tú y yo.

—Oh.

—¿Es raro que lo diga?

Un latido, una respiración.

—¿Se te da bien coser?

—Sí.

—¿Peinar?

—¿No va a echarme?

—¡Oh! No lo he dicho con todas las palabras, ¿verdad? Quiero que seas mi doncella. Mi secretaria, supongo. La verdad es que quiero escribir. Me he decidido, y el señor Benham dice que puedo, y que puedo tenerte como ayudante.

—¿Yo? —Me puse de pie. Pensé que no debería sentirme satisfecha. Que solo sería cambiar una clase de servidumbre por otra. Una jaula de hierro por una dorada. Pero lo estaba. Oh, sí—. A la señora Linux no le gustará.

—No. —Sonrió—. No le gustará nada.

En la cocina, Linux estaba preparando masa salada. Ahogó los gritos de la tetera con un trapo limpio, envolvió el asa y vertió el agua en una olla de cobre.

—Tengo que subir una taza de chocolate —le dije desde la puerta.

En vez de mirarme, añadió dos cucharadas de manteca a la masa y la removió con la cuchara de madera.

—Para Madame —añadí.

Me acerqué a la mesa donde estaban las monedas.

Dejó de remover la masa.

—Son tuyas solo si te vas.

—Me quedo.

Volvió los ojos hacia mí, negros como el carbón.

—Entiendo. Pues entonces coge el chocolate. ¿Te lo impide alguien? —Descolgó las llaves y me arrojó una—. ¿No es justo la clase de persona que se relame con una criada negra igual que un gato con un plato de nata?

Hice tintinear la llave en mi mano.

—También quiere bizcochos.

—Cógelos. Cógelos. Faltaría más. ¿Alguna cosa más, madame Botas Negras?

18

¿Y qué hacen dos mujeres solas en una habitación? ¿No es esa la pregunta que más perturba a mis acusadores? Algo tan fácil de disimular a plena vista, una señora y su doncella, cuando todo el mundo mira a otra parte. Hay un carcelero en Newgate al que le gusta insinuarlo. «Dicen que hacíais cosas, con el pretexto de ser señora y criada.» Es el que me quitó la carta cuando llegué, no el que me lee el periódico. La única carta que me escribió Madame ya no existe. Me la quitaron para castigarme. Aún tienen más ganas de castigar a una mujer, por supuesto, si les despierta el menor apetito lascivo.

Supongo que debo hablarle del primer día. Yo nunca había sido doncella de una dama. Madame dijo que nunca se había preocupado por tener ninguna. Puede que nada de lo que hiciéramos fuera normal y corriente. Yo solo puedo contarle lo que ocurrió. A primera hora de la mañana, cuando el sereno aún daba la hora y el cielo estaba negro como la ceniza tras la ventana, subí la escalera llevando su aguamanil de agua caliente con ambas manos. La encontré ya despierta y esperando. Estaba sentada en la cama, con las piernas cruzadas, comiéndose con poca gana los trocitos de piña que Pru le había subido en un tazoncito de plata. Ya había un vestido preparado, extendido junto a ella en la cama, y era de color blanco, con una gorguera de gasa.

—¡Oh, Frances! —dijo.

Se colocó delante del espejo y me miró en el cristal. Me pareció atisbar una sonrisa pícara en su boca roja de blanca dentadura. Ladeó la cabeza y dejó que el quimono le resbalara de los hombros, lo que me cogió totalmente por sorpresa. No se parecía nada a Miss-bella, el único otro cuerpo blanco que había visto. Madame estaba desnuda como una salvaje y me retaba a que la tocase. El pelo oscuro, con el vuelo de una falda; el vientre, arrugado como un párpado. Los senos pequeños. Tragué saliva, respiré hondo y dejé el aguamanil. Madame levantó un brazo y se olió la axila

—¿Un baño esta mañana, te parece?

Me di cuenta de que quería que también se la oliera yo e intenté no pensar en Phibbah y Miss-bella, en la bañera de estaño y las lastimeras quejas de Miss-bella. Pensé: «Qué cierto es que los feos tienen esperanzas cuando los guapos tienen expectativas». Yo nunca había visto la utilidad de la belleza. No era sino una afortunada disposición de carne y huesos. No podía cavar hoyos ni hornear pan. Madame seguía con el brazo levantado y me acerqué a ella con la sensación de que cada paso me frenaba, de que jamás me atrevería a tocarla, porque no había nada que quisiera más. Pero iba a tener que hacerlo, si quería quedarme. Tocarla era mi trabajo ahora. Tensé la mandíbula. Me incliné hacia delante, abanicada por sus respiraciones, y ella por las mías. Los pelillos de la axila se le agitaron como piernecitas de bebé. Pegué la nariz a su piel. Rosas, agua de limón, sudor.

—No.

Me di la vuelta y me coloqué delante del vestido.

—Cuánto me alegra que estés aquí, Frances —le oí decir detrás de mí.

Era como vestir a una marioneta de madera, me dije, cuando le metí los lánguidos bracitos por las mangas y le abroché los botones. «Las mujeres blancas son todas como bebés —oí decir a Phibbah—. Solo quieren que las alimentes, las vistas, las mimes. Y que luego las dejes en paz.» Después ocupé las manos y los ojos en el vestido, preguntándome en voz alta si debía pasarle la plancha, si ella quería que lo rociara con agua de rosas y seguí parloteando hasta que el último corchete estuvo abrochado.

Madame ya me había dado tres de sus vestidos viejos, que yo había colgado del clavo sobre mi jergón. El que llevaba esa mañana era uno de rayas blancas y rosas con una lazada en el cuello, que se me ajustaba en los hombros y la cintura y apenas me rozaba los tobillos. También me había recogido el pelo con las horquillas que ella me había dado para formar un peinado alto que, en mi opinión, me daba un aire serio y también triste. Cuando estuvo vestida, fue a sentarse en la cama con las piernas cruzadas, retorció la colcha entre los dedos y dijo que era hora de ponernos a escribir. El escritorio desprendía un olor a aceite de naranja y cera de abeja. Imaginé a Pru inclinada sobre él, encerando la madera, y al tocarlo con el dedo dejé una mancha que parecía vaho en un cristal frío.

La acogedora habitación, el calor de la lumbre, la mujer de blancas manos y ojos azules. Se parecía tanto a la visión que había tenido el día de mi llegada a Londres que me atreví a creer que la suerte volvía a favorecerme.

INTERROGATORIO DE EUSTACIA LINUX POR EL SEÑOR JESSOP (continuación)

R.: Unas semanas después de su llegada, me di cuenta de que la acusada había tomado por costumbre ir a la habitación de la señora muy entrada la noche. Fue después de que empezó a ser su doncella; lo vi con mis propios ojos, varias veces, desde la primera noche. Atravesaba el descansillo desde la habitación de la señora, exactamente el mismo sitio donde la vi la noche de los asesinatos.

SEÑOR JESSOP: ¿Qué hora era?

R.: Poco después de medianoche.

P.: ¿Dónde estaba usted cuando la vio?

R.: Abajo, en el recibidor. Desde ahí veía claramente el descansillo del segundo piso. La llamé.

P.: ¿Dio alguna muestra de estar agitada?

R.: No.

P.: ¿Parecía sorprendida?

R.: No.

P.: ¿Parecía dormida?

R.: No. De hecho, se asomó a la barandilla y habló conmigo.

P.: ¿Qué dijo?

R.: Había oído ruido en los aposentos de la señora y había ido a ver pero, como había encontrado la puerta cerrada con llave, regresaba arriba. Le advertí que ya tendría que estar en la cama y que más le valía que no volviera a encontrarla levantada por la noche. Aun así, unas semanas después, ocurrió otra vez lo mismo.

P.: ¿Y le dio la misma excusa?

SEÑOR PETTIGREW: Señoría...

JUEZ: Sí, sí. Señor Jessop, ¿necesito recordarle que no debe dirigir a la testigo?

SEÑOR JESSOP: ¿Cómo reaccionó ella, señora Linux, en esa ocasión?

R.: Igual que la otra vez, señor. Dijo que había oído un ruido, solo que esa vez dijo que era un grito. Lo recuerdo porque me dio escalofríos.

19

Usted quiere una confesión. O una explicación. «Deme algo con lo que pueda salvarle el cuello.» Bien. De una cosa soy culpable. Era una mujer que amaba a otra, uno de los peores pecados femeninos, junto con la esterilidad y pensar. A partir de ese momento, mis pensamientos eran todos sobre ella, y obscenos y lascivos, perturbadores como ladridos. Oh, qué sorpresa. Qué transgresión. Qué felicidad, inconfesable y sorprendente.

Ese fue el comienzo de todas mis penas y mis alegrías. Tan cerca de lo que deseaba y, no obstante, tan lejos. Madame estaba escribiendo sus propias confesiones al estilo del señor Rousseau, quien había dicho haber escrito las suyas como un retrato. El señor Rousseau también escribió que el hombre nace libre, pero en todos lados está encadenado. Yo no sabía a qué cadenas podía referirse. Los intelectuales como él sienten el peso de las cadenas en una pluma. Cuando le hice ese comentario, Madame se rio: «Desde luego. Deja que alguno de ellos pruebe a nacer mujer».

Ella dictaba y yo escribía. Su familia huyó de Francia a Inglaterra cuando era pequeña y pronto descubrió que los títulos nobiliarios no se pueden comer, aunque se pueden chupar las sábanas. Muchos franceses murieron de hambre, dijo. Su padre se había llevado su violín y un cofrecito, en el que guardaba sus huevos. No había podido separarse de ellos. Zorzales, lavanderas, águilas, se los llevó todos en el cofrecito, envueltos en algodón, pero no se le había ocurrido coger nada que su esposa e hija pudieran comer. No obstante, el violín resultó ser útil. Al cabo de un tiempo encontró trabajo dando clases particulares a los hijos de una de las familias aristócratas rurales de Wiltshire. Ahí era donde George Benham la había encontrado.

La mayoría de las tardes, quería sentarse a leer en el salón.

—¡Oh, pero claro que debes bajar conmigo, Frances! —dijo.

Se sentó en el sofá azul de damasco y yo lo hice junto a la ventana. Quiso que leyera *Mathilda* para que supiera de qué hablaba cuando me dictaba su ensayo. Lo leí y no me gustó. No sabía qué decirle y, al final, solo observé que, como no había tenido ni padre ni madre, no era hija de nadie. Cuando le dije que no había leído *Frankenstein*, se ofreció a leérmelo en voz alta. Pasamos tres tardes con esa aventura y el corazón no dejó de palpitarme mientras escuchaba con la cabeza apoyada en el cristal de la ventana. Cuando leyó: «Moriré, y lo que ahora siento ya no durará mucho. Pronto cesará este fuego abrasador», yo ardía por dentro, de las ganas que tenía de llorar. Noté lágrimas en los ojos y tuve que volver la cara.

Madame pensaba que era importante que las mujeres no solo vivieran en este mundo, sino que también pensaran sobre él.

—Pensar es mucho mejor que vivir —observó—. Montaigne decía que toda la sabiduría del mundo nos enseña a no tener miedo de morir.

A veces, Benham también entraba en el salón y los

dos hablaban entre susurros o ni tan siquiera se dirigían la palabra. Otras, la visitaban sus amigas, damas cuyas faldas hacían ruidos parecidos a los de las palomas posadas en una rama. Pero por lo general solo estábamos ella y yo. Me leyó *El castillo de Otranto* y *Vathek* en las semanas siguientes, pero ninguno de los dos me conmovió tanto como *Frankenstein*.

Transcurrió un mes. Febrero dio paso a marzo. Madame dijo que quería abrir Levenhall antes de que terminara la temporada social. Pronto, todos los días parecieron empezar con una tertulia y terminar con una velada, las salas de la planta baja luminosas como estrellas. Por lo general yo me llevaba un libro, o una labor, para poder tener la cabeza gacha y los dedos ocupados, dando puntadas o siguiendo las líneas. Quizá le impresione saber que el mismísimo señor Zachary Macaulay iba a menudo. Siempre detrás de un grupo de mujeres muy pálidas con peinados altos, como un gallo con sus gallinas. Era alto y delgado, con las mejillas rubicundas y el pelo blanco tan tieso como los bigotes de una rata. La primera vez, me estrechó las manos entre las suyas. Qué fuerza tenía, para alguien que parecía tan débil.

—Qué gusto tenerla en Inglaterra, muchacha.

No me gustaba mucho su palabrería, ni tampoco su afectado y ávido amor al prójimo. Pero me ocurría lo mismo con todos ellos. ¿Por qué será que todos los blancos quieren domesticarnos o salvarnos? Lo que nadie reconoce es que los abolicionistas tienen el mismo apetito que los esclavistas por el sufrimiento, aunque quieran hacer cosas distintas con él. Y por más que digan que todos los hombres son hermanos, la mayoría me miraba como si tuviera dos cabezas.

«Es una gran lectora, ¿no, Meg? Todas esas novelas...»

Benham me había pedido el día anterior que intentara

escribir uno o dos poemas, sin duda para saber si tenía a una nueva Phillis Wheatley. Sospecho que ella tuvo una vida muy triste, aunque fuera de la clase que ellos admiran. Con todos esos trucos de magia que hacía. Y lo que nunca dicen es que no murió siendo poeta, sino criada.

Jamás podría confiar en una persona que prefiere leer una historia de esclavos que una novela, que era lo que muchos de ellos reconocían:

—Las novelas son una frivolidad, ¿no cree, Frances?, cuando se piensa en el peso del sufrimiento de este mundo. Son mucho ruido para bien poca cosa.

—¿Y por qué no? —respondí—. A fin de cuentas, la vida es mucho ruido para nada en absoluto.

Oh, cómo se desternillaban. Les divertía tanto como si yo fuera un perro adiestrado para andar a dos patas.

Pero la tristeza siempre llega con la exactitud de un reloj. No hace falta ir tras ella.

Contar los recuerdos en línea recta no es cosa fácil.

Se me acaba de ocurrir que debería hablarle de la primera vez que Benham estuvo en el salón. Fue al final de mi primera semana con ella. Madame había bajado a pasar la tarde. Yo subí de la cocina con su vino y su manzana en una bandeja. Cuando entré, Benham estaba dentro, apoyado en la repisa de la chimenea, donde jugueteaba con un vaso de licor. Madame estaba sentada en el sofá azul. Me quedé paralizada, sin saber si entrar o retroceder. Ninguno de los dos alzó la vista ni dijo una palabra. Estaban petrificados. ¿De qué estarían hablando que no podían tratar delante de otra persona?

Me agaché y dejé la bandeja. Benham se volvió y, en una voz fría y cortante, retomó su discusión donde la habían dejado.

—Estoy seguro de haber dicho a Linux que lo subiera al desván —dijo.

—Sí. Pedí a Charles que volviera a ponerlo en su sitio. Hace semanas. Es curioso lo poco que visitas la mayoría de las habitaciones de esta casa.

—La única cosa referente a esta casa de la que te ocupas desde hace semanas. Me pregunto por qué.

—Y yo me pregunto por qué lo quieres en el desván.

—Porque es la clase de cosa que ya no debe verse en las paredes de nadie.

—¿No será porque has dado demasiado crédito a rumores absurdos? —Madame apoyó ambos codos en el brazo del sofá. Vaciló antes de decir—: A ver si lo entiendo. El niño estuvo aquí, pero ahora su retrato debe desaparecer para que tú puedas fingir que él también lo ha hecho. ¿Es eso?

El retrato. Me volví y lo miré. El niño. Su mandíbula negra una curva de tristeza. Pru me había dicho que no lo había conocido, dado que en esa época también era solo una niña. Pero el señor Casterwick le había contado parte de la historia. Benham lo había traído a Londres de una de sus haciendas de Antigua, cuando Madame y él se casaron. «De esclavo a criado, entonces —pensé—. Igual que yo.» Se llamaba Olaudah. Madame le había puesto un apodo cariñoso: Chavalito. «Los niños pequeños estaban mucho más de moda en esa época —dijo Pru. Le pregunté qué había sido de él—. Nadie te lo dice exactamente. Solo he oído que el señor Benham le pidió que se marchara, y después nadie habló más de él, aparte del señor Casterwick. Dice que solía llevarse al pobrecillo a la cocina para que se calentara, después de que Madame lo hubiera estado llevando de un lado para otro.»

Madame cogió uno de los cojines azules de brocado y lo abrazó. Benham se rio, un ruido duro y seco.

—Estás demasiado consentida, esposa.

Ella no hizo ningún comentario. Retorció el cojín con ambas manos. Una expresión extraña le mudó el rostro. Tristeza, como la del niño. Benham apartó la mirada y se crujió los nudillos. Riéndose aún entre dientes.

Salí sin hacer ruido, cerré la puerta y regresé a la cocina.

Más tarde, ese mismo día, cuando fui a su habitación, Madame estaba ovillada en uno de los sillones, con páginas esparcidas por el suelo y en su regazo, y vi que las estaba echando al fuego. Papel transformado en negros pétalos antes de tornarse ceniza. Sus memorias. Pronto aprendería que Madame trabajaba en ellas a rachas, retomándolas y volviendo a dejarlas en función de su humor. Después de cada página, miraba la chimenea con los ojos entornados y la cabeza ladeada. Sin parpadear.

—¿Qué hace?

—Oh. Lo sé, lo sé. ¡Todos estos escritos! Polvo eres y en polvo te convertirás... —Se calló y se inclinó hacia delante con esfuerzo.

Pensé, desconcertada, que debía de estar borracha. Recordé una conversación que habíamos tenido sobre su padre: «Siempre se les nota, a los borrachos. Es la sonrisa. Tienen una sonrisa cruel».

Continuó hasta que ya no palpó nada y entonces se miró el regazo vacío.

Dejé la bandeja.

—¿Madame?

Alzó la vista y vio el lirio que yo había sacado del florero del recibidor.

—¡Precioso! Recomiendo un robo así todas las mañanas. Aunque en invierno son de invernadero, ¿sabes? Todas las flores lo son.

Era una falsa alegría, viscosa como una capa de sebo.

—Parece que aquí todo es de invernadero —dije.

Volvió la cara hacia mí.

—Oh, te he enfadado. Me doy cuenta. Destruyendo tus bonitas páginas. Pero las he releído esta mañana y he sabido que no pueden perdurar. Todo lo que ya existe en este mundo es más aterrador o hermoso que nada de lo que podamos aportar. ¿Qué sentido tiene hacer siquiera el esfuerzo?

Todo lo que había en la habitación, incluido mi tiempo, incluida yo, era suyo para hacer con ello lo que quisiera. Mis deseos no importaban. Nunca lo habían hecho. Tragué saliva, esperé que mi cara no reflejara mis pensamientos y me encogí de hombros.

—Son sus escritos.

—Oh —dijo—. Oh. —Me miró con perspicacia—. No tienes que andarte con pies de plomo conmigo, Frances. Seremos muy buenas amigas. Lo sé.

—Sí, Madame, gracias —respondí, en una voz tan suave como la piel de una manzana.

De repente se levantó y fue a buscar un frasco al armario. Comprendí que se trataba de su láudano. Se había cuidado de que no la viera nunca tomar más del prescrito por el doctor Fawkes. Pero las visitas de este tenían la regularidad de las mareas. Y cada vez, la dosis subía como una enredadera por una pared. Ocho granos. Diez. Quince. Veinte. Era yo la que iba a buscarlo a la botica del señor Jones en Knightsbridge. Qué bien llegué a conocerme su lóbrega tiendecita, abarrotada de frascos. Arsénico, ácido prúsico, láudano.

Se quedó un rato mirando la puerta del armario. Luego habló:

—Después de todo, el señor Benham ha dicho que no puedo publicar.

—Oh.

—Bueno. Parece que lo había entendido mal. Me deja escribir, pero eso no es lo mismo que decir que puedo publicar.

Tomó otro trago y se dirigió a la ventana, aún con el frasco en el mano.

—Primero, me ordena que saque a Chavalito de la pared, y ahora esto.

Por el tono de su voz tuve la impresión de que el nombre le escocía. La miré con dureza.

—¿Quién es Chavalito?

—Una persona que desapareció. Es lo que mejor hacen aquí. Fingir que no ven una cosa, *fermer les yeux* y, *voilà!*, ya no está. El mejor truco que los ingleses se guardan en la manga. Hacer que las cosas desaparezcan.

Regresó a la ventana.

—De todas formas, él solo toleraría mis humildes escritos si pudiera tener alguna garantía de que serían inferiores a los suyos. —Se rio—. Estuve tentada de prometerle eso.

Siempre hablaba despacio. Porque era extranjera, decía. Le daba miedo cometer errores. Pronunciaba las palabras como un ciego tantea con su bastón. Con cautela. Se entretuvo en morderse una uña. Oí su respiración, queda y húmeda, y me acerqué para colocarme a su lado, sin saber qué otra cosa hacer. A tan poca distancia, la belleza se le cayó, como una mala peluca. Pómulos demasiado marcados, boca fina. Apreté las manos contra el marco de la ventana.

—¿Qué sentido tiene escribir solo para una misma? —preguntó. Y añadió—: Quizá sería mejor que los hombres inteligentes no pudieran casarse más que con mujeres que tienen la cabeza hueca.

—Ningún hombre puede ser tan inteligente como el

mundo cree que es —observé, y su propia risa la sorprendió.

Me miró, la cara iluminada con una sonrisa.

—Eres muy divertida —dijo—. A lo mejor tendría que escribir sobre mi matrimonio. Sobre él. Publicar de forma anónima. Se lo tendría merecido.

Goterones de lluvia azotaron la ventana. Afuera, la bruma se aferraba a la tierra dura. Una luminosa tela de araña se cernía sobre el estanque, embarrado y verde bajo su espuma de hojas muertas. Vi a Pru, sacudiendo una alfombra en el seto de espino, resbalando en el suelo cubierto de rocío. Nos quedamos mucho rato en silencio. Su siguiente comentario me hizo volver la cabeza de golpe.

—Hay montones de personas en Londres, pero todas se sienten muy solas.

Tenía el frasco de láudano en el hueco del codo, destapado. Su olor a ciruelas podridas impregnaba el aire. Tomó otro sorbo. La intimidad de la habitación, la lluvia, el silencio, me infundieron valor.

—¿Por qué se casó? —le pregunté.

Se rio y se relamió por si le quedaba alguna gota.

—Fue tan fácil como una suma mal hecha. Yo quería su fortuna. Él, mi belleza.

Transcurrieron semanas, un mes, y entramos en abril. Pronto todos se acostumbraron a verme. La negra de Meg. Sentada en su sitio bajo la ventana. Fueron muchas las veces que paseé la mirada por esa habitación. Ahora que Benham se había salido con la suya, los cuadros eran todos de campos de batalla: caballos heridos con bayonetas y los ojos en blanco, soldados agonizando en charcos de sangre. Miraba el estanque por la ventana, y la hierba, que volvía a estar brillante, y los pájaros, cuyo regreso había regocijado a Madame.

Había veces que me sentía liviana como un saco vacío que el viento arrastra por una acera.

Las damas entraban y salían como bandadas de pájaros, tomaban por asalto la mesa, toqueteaban las fichas y las mordían mientras se devanaban los sesos alrededor de sus interminables partidas de whist. Había una, Hephzibah Elliot, que me llamaba la atención más que ninguna. Ella también me observaba a mí. Llevaba vestidos de manga corta y un velo sujeto al sombrero con un alfiler de azabache que le envolvía el cráneo como una mano diminuta. Me cayó antipática nada más verla. Su frente prominente, sus ojos pequeños que seguían sin parar a Madame por encima de su taza de su té. Tenía las dimensiones de una carreta y una voz a juego.

«Oh, Hep no es ninguna belleza —dijo una vez Madame—. Pero su belleza está en su interior.» Tuve que morderme el labio para no reírme.

Había un parecido entre todas esas damas. Vestidos de seda ceñidos a figuritas esbeltas, voces que revoloteaban como pañuelos al viento. Solo Hep Elliot era distinta, con sus amorfos vestidos. Cuando las miraba, siempre tenía la sensación de que estaba en una ventana, observándolas a través del cristal. Sabía que jamás formaría parte de su círculo. Y entonces lo veía todo nítido, afilado como cuchillos que me herían los ojos.

Cada parte de mí se consumía por querer cosas que no podía tener. Quería el valor que infunde la locura. Declararme. A ella. Como si el mío fuera un amor que pudiera proclamarse.

A veces también me embargaba la rabia, lo admito.

Incesante como un corazón.

Fue rabia lo que me llevó a su puerta. Rabia y deseo, a partes iguales. Cogí la vela y me escabullí al pasillo del segundo piso, donde pegué la oreja a la madera. Me pareció oír susurros a través de ella. Agucé el oído, atenta al menor crujido que me indicara dónde estaba. ¿Era eso un paso junto a su escritorio? ¿El golpe de la puerta de un armario contra la pared? ¿Estaba asomada a la ventana? ¿Despierta en la cama? ¿Tan inquieta como yo? Quería llamarla a través de la madera. Hablarle. Atravesar la puerta. ¿Quizá me había llamado ella? Quizá fuera eso, el susurro que había oído: «¡Frannie! ¡Frannie!». Pero la idea de llamar, y de lo que ella podría decir si lo hacía, me aterraba. Un terror espeso que cerraba la garganta.

Oí pasos en el mármol de la escalera y la voz de Linux abajo. Respiré hondo, me asomé a la barandilla y conseguí decirle que me parecía haber oído un ruido anormal en la puerta de Madame. «¿En la puerta? —repitió, como si fuera una palabra africana—. Lo único que hace ruido ahí arriba eres tú.»

SEÑORITA HEPHZIBAH ELLIOT, bajo juramento

SEÑOR JESSOP: ¿Conocía a la acusada?
R.: No mucho. Siempre la veía en compañía de otras personas. En marzo del año pasado, Meg empezó a llevársela a todas partes. No hablaba mucho. Nunca despegaba los ojos de su señora. Estuviéramos donde estuviéramos, siempre la miraba.
P.: ¿Diría que era obsesivo?
SEÑOR PETTIGREW: Protesto, señoría.
P.: ¿Cómo la describiría, su manera de mirar a su señora?
R.: Atenta, diría yo. Por otro lado, todo debía de ser muy nuevo para ella. Intento ser justa.

P.: ¿Qué opina del rumor de que había una aventura entre la acusada y su señora?

R.: Lo he oído. Prefiero no hacer comentarios. Opino que las aventuras son asuntos que solo pueden confirmar los protagonistas, pese a las enormes cantidades de tinta que se desperdician sobre ellas.

P.: Pero ¿cree que eso fue lo que pasó entre ellas?

R.: No sabría decirle.

P.: ¿Le sorprendería oír una cosa así sobre la señora Benham?

R.: ¿Influiría mi opinión sobre si pasó o no?

P.: ¿Estuvo en la velada de Levenhall el 26 de enero?

R.: Sí.

P.: ¿Fue testigo de la conversación entre la acusada y su señora en la sala de recepción esa noche?

R.: Sí.

P.: Explique a estos caballeros qué es lo que vio.

R.: La acusada entró en la sala, justo después de que nos sirvieran el champán. Celebrábamos un exitoso ciclo de conferencias, patrocinado por la Real Sociedad de Londres. La velada se hacía para conmemorar la última conferencia. La acusada entró en la sala. Estaba angustiada. Bueno, estaba temblando y levantó el puño. ¿Quién puede decir si era enfado, miedo o pena? Esas cosas a menudo parecen lo mismo. Estaba temblando, en cualquier caso. Eso no podía interpretarse como felicidad.

P.: ¿Dijo algo?

R.: Oh, sí. Sí. Se acercó mucho a Meg, tanto que ella tuvo que dar un paso atrás, y sacudió otra vez el puño, como he dicho, y después gritó: «Es la muerte».

P.: ¿Está segura de haberlo oído bien?

R.: Del todo. Lo dijo tan alto que tuvo que oírlo toda la sala.

REPREGUNTADA POR EL SEÑOR PETTIGREW

SEÑOR PETTIGREW: «Es la muerte.» ¿Eso es lo que oyó?

R.: Sí.

P.: ¿No le pareció extraño?

R.: ¿Que la criada hubiera bajado para amenazar de muerte a su señora? Muy extraño, sí. La velada se acabó después de eso.

P.: No me refiero a eso, señorita Elliot. Me refiero a que si no le extrañó que la acusada formulara la amenaza en presente. ¿No debería haber dicho más bien «La mataré» o algo parecido? ¿En futuro?

R.: Pensé que quizá se debía a su escaso dominio del inglés, señor Pettigrew.

P.: ¿Tenía acaso un escaso dominio del idioma?

R.: Apenas le oí decir tres palabras seguidas antes de esa noche.

P.: Entonces ¿cómo puede saber cuál era su relación con el idioma inglés?

> [*Amonestación del juez al público*
> *por reírse e interrumpir.*]

P.: ¿Podría haber sido tímida? ¿Vergonzosa?

R.: Es posible. Aunque parecía presuntuosa.

P.: Entiendo. Pero una mera doncella debe estar callada en presencia de damas como ustedes.

R.: Supongo.

P.: Bien. Pasemos a hablar del señor Olaudah Cambridge, señorita Elliot. También conocido como Chavalito Veloz. ¿Qué sabía de él?

20

Hace tanto calor en mi celda que el aire está pringoso y húmedo, y siempre se oyen chirridos de cerrojos, martilleos de botas en los pasadizos, gritos en las otras celdas, peores cuando dejan de oírse, porque entonces siguen resonándome en la cabeza. Cuando no escribo, tengo la cabeza tan vacía como la de cualquier otra presa. El menor ruido da vueltas y vueltas por ella, y es entonces cuando los pensamientos sobre Madame me inundan y me hacen a veces dudar de mi propia versión. No solo del asesinato, sino del amor. Es absurdo decir que no hubo amor. Que solo estaba en mi cabeza. Solo lo dicen para proteger a Benham. Pero la reputación de un muerto no significa nada para el muerto. Me quitaron mi carta cuando me trajeron aquí para que no pueda demostrarlo. Y, aunque no me importa probárselo a ellos, ciertos días tengo una fuerte necesidad de demostrármelo a mí misma.

Ojalá tuviera aún ese trozo de papel. Sus dobleces grasientas como la piel de un pez, su letra esparcida por toda la página, el único renglón que había copiado ella misma:

«Una palabra nos libra de todo el peso y el dolor de la vida: esa palabra es amor».

Solo dicen que no ocurrió porque no pueden creer que lo hiciera. Que una mujer como ella amara a una mujer como yo.

«Todo estaba en tu cabeza, Frannie Langton.»

No. También estaba en ese trozo de papel. Símbolos negros. Símbolos nigrománticos, dotados de poder para resucitar a los muertos.

Todo estaba en tu cabeza, dicen. Pero ¿dónde más está el amor si no es en la cabeza? Y, como Sal decía, ¿por qué será que lo nuestro siempre es follar y lo suyo amar?

Empezó cuando Madame me dijo que debería quedarme a dormir en su habitación una noche, para no despertar a Pru cuando regresáramos.

Habíamos estado en el club Almack's. Ella llevaba su traje de hombre. Pantalón de montar y una camisa de batista. Me dijo que me pusiera uno de los vestidos que me había regalado, de terciopelo a rayas, aunque no sé por qué, dado que me pasé toda la noche sentada en el cuarto para el servicio.

«Cuarto para el servicio» era como lo llamaban, pero en verdad era el excusado, donde las damas iban a aliviarse, ayudadas por su criada. Yo estaba sentada cerca de uno de los pequeños biombos junto a una maceta con una planta. Con las manos juntas en el regazo. Las damas habían estado yendo y viniendo, pero había un momento de calma. Algunas de las otras criadas me sonreían con tirantez o me saludaban con la cabeza. Pero ninguna se acercaba. Había algunas hablando entre sí y, como no tenía nada mejor que hacer, agucé el oído para escucharlas.

—Mi señora dice que corría el rumor de que el pobrecillo debió de quedarse preocupado creyendo que a fin de cuentas Meg no lo quería, por como lo echaron: las maletas en la calle y su culo detrás. El verdadero problema quizá fuera que el señor Benham sospechaba que Madame lo quería demasiado. En la última temporada social que vivió con ellos, practicaron esgrima, los dos juntos, ¡solos! Y él llegaba a todas las fiestas colgado de su carruaje, como un vulgar babuino. ¡Ya era demasiado grande para caber dentro! Ella debía de saber que no podría seguir cuando él se hiciera mayor.

—¿Cuánto hace de eso?

—¿Cinco años, quizá?

—He oído que ahora boxea —dijo otra—. Se hace llamar Chavalito Veloz.

Alcé la cabeza de golpe. Hablaban de Madame. Del niño del retrato. Agucé más el oído, pero ya se habían alejado.

Me había pasado la tarde temiendo el momento en el que tendría que acostarme en su habitación. Vestirla por las mañanas aún era una tortura, pero me había habituado a soportarla. Sabía que desnudarla sería aún peor.

Se sentó en la cama. Me agaché para desatarle las botas y las arrojé una después de otra a la alfombra. Ella misma se desabotonó el pantalón, se quitó la camisa y se aflojó el corsé. Con precaución, recogí la ropa y le llevé la bata. Y no fue tan duro como me temía, pese a mis considerables esfuerzos por no mirar, no pensar, tener la cabeza vacía. Un breve atisbo de la redondez de un muslo, de la curva de una cadera, una cascada de pelo oscuro cuando se deshizo las trenzas enroscadas. Y entonces tuve este pensamiento frío y claro. Como si lo leyera. «Un deseo así equivale a mendigar.»

Desenrollé el jergón delante de la chimenea, pensando que no pegaría ojo. Pero debí de dormirme, porque soñé que me despertaba y encontraba al Cirujano repantigado en uno de los sillones, afilando su cuchillo. «¡A la una! ¡A las dos! ¡A las...!»

Sabía que yo estaba despierta. Me había quedado quieta como una serpiente entre la hierba. «Te he encontrado —dijo, deteniendo el movimiento del filo. Pasó el dedo pulgar por él y se limpió una gota de sangre con la lengua—. Esto ya nunca está lo bastante afilado, muchacha. Tú eras la única que sabía hacerlo.» Su voz me atravesó como un repique de campana. ¡Tolón! Me levanté a toda prisa, pero él se llevó un dedo a los labios. «Chis. Está dormida.» Solo entonces miré hacia donde yacía Madame. Tenía la tapa de los sesos levantada como una gorrita infantil y la gris flor de su cerebro reposaba en su receptáculo. «Hay muy poca *exanguinación* cuando llevan tanto tiempo muertos», dijo.

Un terror helado me invadió entonces, tan vivo que me sentí desfallecer. Fue en ese momento cuando me desperté.

Esa vez, Madame estaba en el sillón. Con un chal echado sobre el camisón. El fuego se estaba apagando, pero aún le doraba la cara, el pelo suelto. Todo lo que dicen que debe ser la belleza, Madame lo era. Alzó la vista.

—¿Te he despertado?

Me apoyé en los codos. Oh, si supiera qué estaba pensando. «¿Y si yo fuera un caballero que la hubiera conocido en el Almack's? ¿Que le hubiera besado la mano enguantada? ¿Y le hubiera rozado los dedos con mis labios? ¿Qué habría pasado entonces?»

Me vi sacando la lengua con disimulo para rozar la suave piel de chivo.

Su pulso, un colibrí en su garganta.

Nadie nos miraba.

Nos vi practicando esgrima en la penumbra de una sala.

Me incorporé.

—¿Quiere que le ponga brasas nuevas en el calentador?

—Oh... no... Nunca puedo dormir a esta hora del día. Es una hora extraña, ¿no? Ni mañana ni noche. Así de solitaria debe de ser la muerte.

La vela se apagó y yo prendí una pajuela para volver a encenderla.

—¿Está segura de que no debería rellenarle el calentador?

Se hundió los dedos en el pelo y se levantó de la cama.

—Lo que necesito es otra gota.

—¿Cómo es? —le pregunté, abrazándome las rodillas.

Se detuvo con la mano en el armario.

—¿El qué? ¿El láudano? ¿Tú nunca...? Bueno. —Ladeó la cabeza—. La mayoría de la gente piensa que es peligroso, diabólico. Puro placer. Pero es más bien... una ausencia de dolor. —Volvió a mirarme—. La vida nos convierte en teteras que hierven y hierven, sin parar. Imagina una mano dulce que viene a retirarte de las llamas. Eso es el opio. Es... una suave barca sobre un agua negra. Sueños apacibles. —Se rio, avergonzada—. Pero hay que procurar no volverse como esas personas que se llevan el frasco al teatro y a todos los salones. Después de un tiempo, la droga acaba provocando dolores que nada puede aliviar, ni siquiera la misma droga... —Tomó un trago y después se volvió hacia mí, con chispas en los ojos—. ¿Sabes?, he pensado en la educación que te dieron. En la suerte que tuviste. ¡No solo negra, sino mujer! Te dieron una oportunidad que muchas mujeres libres no tendrán jamás.

—No sé si fue suerte —objeté—. Langton dijo que solo me había adiestrado como a un loro.

Oí su voz: «Me das asco».

—Oh. Qué hombre tan odioso —dijo Madame, y se estremeció. Guardó el frasco en el armario y estiró los brazos. Oí cómo le crujían los huesos—. De verdad. Estás mucho mejor aquí. Conmigo.

Asintió con la cabeza, como si acabara de tomar una decisión. Me levanté porque necesitaba mirar a otra parte. Decidí rellenar el calentador con las últimas brasas. Fui a la chimenea y recogí unas cuantas; después, lo envolví en una de sus toallas y me dirigí a la cama. Madame me siguió con la mirada. Cuando me arrodillé para meterlo debajo de la colcha, ella se colocó a mi lado, también de rodillas.

Se arrimó a mí.

—Somos como dos amiguitas que dicen sus oraciones antes de acostarse. Y ahora que estás aquí: «En paz me acostaré y asimismo dormiré».

El puño de su manga susurró contra mi muñeca. Me cogió la mano, le dio la vuelta. Examinó las líneas de mi palma. Las palabras se congelaron dentro de mi cabeza. Era aún más aterrador que mi sueño y la muñeca empezó a temblarme, de manera que retiré la mano, fingí que metía el calentador un poco más al fondo y la dejé bajo la colcha.

Se me cortó la respiración y no me atreví a alzar la vista. Las cortinas estaban abiertas, bañadas por la luna. Transcurrieron muchos minutos en silencio. Se inclinó hacia mí, pareció echarse atrás y después se acercó más. Me volvió la cara hacia ella y me besó en los labios. Con mucha suavidad. Apenas lo sentí. Me apreté contra ella. El deseo del hierro por el imán. Un hormigueo en la mano, agujas dentro de mi carne. Busqué su cara.

Se apartó. Abrió la cama.

—Me... me vendrá bien dormir un rato —dijo.

Se volvió, como si quisiera esconderse de mí, que quería verla entera. Sopló en la vela, la habitación se estremeció y ya no vi nada salvo oscuridad.

Apenas dormí. Tenía ganas de despertarla, de preguntarle por qué, de pegarme contra ella dentro de la cama. Cuando se hizo de día, enrollé mi jergón y me quedé mucho rato mirando la calle. Charles salió de la casa y atajó por la callejuela, sin duda para ir a buscar leche a Piccadilly. Zapatos ruidosos como palmadas. Pájaros que ensayaban sus trinos. Me dirigí al escritorio y me senté con las manos juntas, la cara caliente como un corazón palpitante. Recordé su manera de echarse atrás y vacilar como una llama en una corriente de aire. Y el momento en el que me había escupido igual que a una fruta amarga.

Sabiendo que una cara no seguirá dormida durante mucho tiempo si la están mirando, respiré hondo, abrí la puerta y me escabullí.

Confieso que dudé. Parecía que toda la noche había sido un sueño, del Cirujano al beso. Aún dudaría, de no ser por lo que sucedió a continuación.

21

Longreach era el nombre de la casa de sir Percy, el hermano de Benham. Comprada con el dinero del azúcar, como todo lo que ellos poseen. Madame y Benham estaban invitados a una fiesta. Ella quería ir con su propia doncella, dijo, puesto que Benham se llevaba a Casterwick. Así no tendría que aguantar a la muchacha dentuda que lady Catherine insistía en prestarle, la de los dedos fríos.

Fuimos a Wiltshire en un carruaje de alquiler; partimos al amanecer y paramos dos veces para cambiar de caballos. Después de un día de viaje, Longreach se alzó ante nosotros, repartida por el paisaje. Vasta y robusta. Una sinuosa hilera de olmos conducía a la puerta y dentro todo era terciopelo, madera encerada y bronces. Las habitaciones que les habían asignado daban al jardín. Había suaves toallas sobre el lavamanos, con jaboncitos tallados en forma de rosa. En cuanto llegamos, deshice el baúl y la maleta de Madame, y después tuve que vestirla para la cena y los fuegos artificiales. Íbamos retrasadas y tuvimos que darnos prisa y, después, sin tener ningunas ganas de estar en el largo pasillo donde habían instalado a las criadas visitantes, me escabullí afuera y me dirigí al jardín, acompañada por los crujidos de la gravilla bajo mis pies. No me separé del borde del camino. Centenares de faroles minúsculos se balanceaban en los árboles. El cielo estaba encapotado y morado, y el olor del aire me recordó la menta que Phibbah cultivaba en Paradise. Oí un tintineo de copas y de risas procedentes del salón de baile, donde habían dejado las puertas abiertas.

Los invitados de sir Percy salieron al jardín y me escondí detrás de unos árboles. Destellos de seda, entre los trajes negros, como aceite sobre el agua. Las damas con vestido, los caballeros con frac. Esas eran las personas que el mundo nos dice que debemos admirar. Imaginé sus risas tintineantes ahogadas por el temor a que las azotaran como perros. Las imaginé soportando la clase de calor que cierra la garganta, mirando un sol que podría matarlas.

No aguantarían, pensé, mientras las miraba. Ni tan siquiera una hora.

Estaba enfadada, sí. También lo habría estado usted; o cualquiera. La verdadera locura habría sido no estarlo.

Miré por todas partes, pero no la vi. Después, unos lacayos de brillante librea bajaron la escalera del pabellón para repartir mantas y chales, y me alejé. Una explosión de luz atravesó la oscuridad, seguida de otra, hasta que todo el cielo estuvo lleno de luz y fuegos artificiales, un fragor de batalla que parecía no tener fin, cintas de humo que se demoraban como damas por un parque. Bajé la cabeza y me dirigí al lago a buen paso, siempre al abrigo de los árboles. A cierta distancia, me senté y hundí los dedos en la hierba, inspiré despacio. «Somos amigas y después no lo somos. Ese es su mundo. Yo nunca formaré parte de él.» Eso era lo que me habían hecho las novelas. Lo que ella me había hecho. El agua se extendía ante mí, vasta, calma y negra. Cerré los ojos para no verla.

Pasos detrás de mí, crujientes como manzanas.

—¡Aquí estás! Te he visto escabullirte. —Madame se acercó, arrastrando las faldas por la hierba. Se sentó y, como yo, miró el lago. El largo camino estaba bordeado de setos—. Por la mañana veremos las primaveras —dijo— que ahora no podemos ver a oscuras. Pronto habrá arriates de lavandas, junto al cobertizo para los botes, y más adelante geranios y peonías. Tendrías que verlos. Bueno, ¡los verás! Verás que la primavera inglesa es hermosa, lo único que hace que merezca la pena sobrevivir al invierno. —Se quedó callada y yo no dije nada—. Antes de las fiestas, los jardineros de sir Percy rellenan el lago con peces que traen en nasas, ¿sabes? —añadió—. Figúrate. ¡Meter peces solo para pescarlos con una caña! También pueden sacar la vajilla de porcelana y colocar los platos a lo largo de la orilla. La primera vez que vine a Longreach, comprendí que mi familia política podía tener todo lo que quisiera. Yo solo era un pez más sacado de una nasa.

Esperó, una vez más, a que yo hiciera algún comentario. Asentí con un gesto brusco, sin saber qué pensar.

Se puso a juguetear con uno de sus pendientes de diamantes.

—Eres una mujer de pocas palabras.

Alcé la vista y me atreví a mirarla.

—¿Qué dijo el señor Benham?

—¿Qué?

—Cuando usted le dijo que era un pez.

—Ah —respondió. Se rio—. ¡No le dije eso! Le comenté que también podrían poner los peces directamente en los platos y su respuesta fue: «Vamos, Meg, ¿qué gracia tendría eso?». —Miró la superficie del lago.

—¿No notarán su ausencia? —Señalé el salón de baile con la cabeza.

Se arrimó a mí.

—¿Estás enfadada?

—Qué más da. Yo no soy nada.

—*Non*. Tú eres especial, Frances. —Arrancó una brizna de hierba—. Pero... no eres feliz.

Me encogí de hombros.

—Eso es quedarse corto.

Volví la palma de la mano y me hinqué la uña del pulgar, absorta en mis pensamientos. Alcé la vista, le clavé la mirada y se la sostuve.

—Lo que hicimos —dije, de golpe—. Ni tan siquiera lo hemos hablado. Como si no hubiera pasado.

Parpadeó.

—Y me está volviendo loca.

Oh, no debería haberle hablado así. Era mi señora. Pero retirar mis palabras me resultaba tan imposible como dejar de respirar. Mi corazón estaba tan comprimido como la pólvora de cañón. Estaba harta del silencio, de desearla a todas horas. De saber cuál era mi sitio y de quedarme en él.

—Yo... —Retorció los dedos entre las briznas de hierba, tiró de ellas hasta que arrancó una y se la llevó a la boca para mordisquearla.

Por fin, habló.

—Lo que hicimos... Estuvo mal por mi parte.

A nuestras espaldas, el murmullo del salón de baile, como agua que corre sobre las piedras. Señaló el lago.

—Si pones un dedal de esa agua bajo un microscopio, verás mil criaturas vivas. Un mundo entero en una sola gota. Todas frenéticas, mareadas, chocando entre sí... muriendo...

Me latía la cabeza, como si me la estuviera golpeando contra una roca.

—¿Y qué?

—Pues que hay cosas que no pueden salir a la luz, Frances.

—¡Pues hagámoslo a oscuras! —grité—. Pero hagámoslo.

Se volvió de nuevo hacia mí.

—Eres una sorpresa.

—No quiero serlo.

Se rio.

—Eres tan seria...

—Lo ha hecho antes.

Vaciló.

—Sí.

Una imagen de Hephzibah Elliot. Con los ojos clavados en ella, siempre. Pero también, quizá, otra imagen. La del niño cuyo error había sido hacerse hombre.

—¿Con una de esas damas distinguidas?

Puso su mano en mi brazo.

—Tú eres más dama que ellas.

Un grito resonó detrás de nosotras y me sobresalté.

—Un zorro —dijo. Respiré hondo y su voz me envolvió como una suave tela. «Cachemira. Tul. Seda.»—. Una cosa así... puede ser ardiente y misteriosa, al principio, deliciosa...

—Lo dice como si fuera melaza.

Volvió a reírse.

—Es más delicioso aún.

Entonces me atrajo hacia sí, nuestros pechos se tocaron, y ella nos recostó en el ancho tronco de un árbol, apoyó el pulgar contra mi labio.

—¡Abre!

Mi boca se abrió tan grande como el lago y Madame me besó en los labios. Su boca amarga como las almendras. Láudano. Vi mis botones desabrocharse uno a uno, vi sus dedos bajar por mi torso, sentí el aire en el pecho...

Entonces agachó la cabeza y se metió mi pezón en la boca. Me sacudí como si me hubiera picado una avispa. Me clavé la corteza del tronco en la espalda.

—¿Qué? —dijo. Tenía el entrecejo fruncido. Se apartó.

Negué con la cabeza. El mundo volvió a ser cielo negro y ramas negras. Frío, solitario e inhóspito. Estrellas como hielo picado. Por las ventanas abiertas, al otro lado del césped, explosiones de risas como los corchos de su champán. Entonces me cogió, me estrechó contra sí y volvió a besarme, y todo enmudeció.

—Bueno —dijo. Soltó una risita, se separó y se sacudió las faldas. Nos miramos—. Bueno... yo... —Miró hacia la casa.

—Vaya —le susurré.

Entré unos minutos después de ella. Dejé la calma de los árboles, entré en el largo pasillo detrás de la cocina donde los jergones de las criadas estaban alineados como platos en un estante y me acosté en el mío, desenrollado junto al de una muchacha regordeta que olía a queso y me preguntó si había venido con alguno de los londinenses.

Sentí las finas manos de Madame alrededor de la cintura y también su boca por toda mi trémula carne, aunque solo me había tocado en dos sitios. Los labios y los pechos.

22

La pesadumbre de siempre se impuso en cuanto Londres apareció ante mí. Brumoso, manchado de hollín, caluroso. El mismo malestar. ¿Qué pasaría ahora? A lo largo de dos días había empezado a preguntarme otra vez si había soñado el afecto entre nosotras. Había vuelto a ser su criada. Nada más que eso. Benham estaba con ella a todas horas, o si no una de las otras damas. Le serví bandejas de fruta o pasteles, que ella recibió sin decirme una sola palabra. Fui a buscarle el chal. Le llevé la cesta de pícnic cuando se vio con Hep Elliot junto al lago.

Los caballos ya estaban cansados cuando nos acercamos a Levenhall. Benham parpadeó, se volvió hacia Madame y le cogió la mano.

—Tú y Frances estáis muy calladas, querida. ¿Habéis tenido algún *contretemps*?

Madame me miró.

—En absoluto. Estoy segura de que, simplemente, nos encontramos todos cansados.

Benham me preguntó desde el otro extremo del carruaje:

—Todo un lujo para ti, criada, ¿no?

La miré. La sensación de mi pezón en la boca de ella era como una espina clavada en mi interior.

—Sí, señor —respondí—. Todo un lujo.

Madame negó ligeramente con la cabeza, como si acabara de despertarla el traqueteo.

Una sensación fría y amarga se apoderó de mí mientras los miraba y, cuando Benham le levantó las manos, le besó los nudillos y la llamó «amada», tuve que apartar los ojos.

En Longreach, había lucido siempre su alegría de actor, su sonrisa pegajosa, su tono satisfecho. «¡Meg! —le gritaba—. Tengo que presentarte a alguien.» Y ella acudía, obediente, todas las veces, con la sonrisa apretujada entre las mejillas. Una tarde, oí decir a una de las damas: «Un matrimonio mejora cuando se abren las puertas; hace falta que un matrimonio sea feliz de verdad para sobrevivir a las puertas cerradas».

Benham se puso la mano de Madame en el regazo y le tocó los dedos uno a uno, como teclas de piano. No dejaba de lanzarme miradas furtivas y pensé que debía de saber lo que había ocurrido entre nosotras. Su manera de mover los dedos de Madame, como banderas al viento. Ella estaba pálida. ¿Por ir sentada tan cerca de él? ¿O era por mí? Con la otra mano, se tiraba de las faldas. La miré sin disimulo, preguntándome qué pensaba.

—¿Sabes, Meg? —Benham crispó los dedos de ambos, entrelazados en su regazo—. Algunas de las granjas del oeste han caído en tal estado de abandono... Volví a hablar con Percy y le dije que era hora de que emprendiera un programa de mejoras. Que los arrendatarios trabajarán mucho mejor para un propietario benévolo que para uno que los desatiende.

«Los propietarios benévolos no existen», pensé. Entrelacé las manos en el regazo, me mordí la lengua y pensé en decírselo la próxima vez que me convocara en la biblioteca.

Madame alzó la vista.

—¿De verdad, señor Benham? Eso es de maravilla.

Benham le dio un golpecito en la muñeca.

—«De maravilla» no, amor mío. —Negó con la cabeza y se rio—. Querías decir «una maravilla», por supuesto... Es «una maravilla».

—Sí. —Madame retiró la mano y la puso en su propio regazo.

El señor Casterwick roncaba a mi lado, con las piernas extendidas como los palos de una tienda de campaña.

Observé y esperé. Quería que Madame me mirara, pero ella no levantó la cabeza.

Benham le dijo que lo acompañara a la biblioteca en cuanto cruzamos la puerta porque quería hablar a solas con ella. Los vi alejarse mientras Charles se llevaba su equipaje. Después bajé sin ganas a la cocina detrás del señor Casterwick. Nos habían dejado pollo frío y patatas hervidas para cenar y él metió su maleta debajo de la mesa. Pru le preguntó por la fiesta y él le habló de la nueva librea azul que lady Catherine había encargado a Harper's en marzo, los fuegos artificiales y las hileras de jamones colgados en el sótano donde habían dormido los ayudantes de cámara, a causa de cuyo olor había soñado que lo asfixiaban con calcetines sucios. Linux, que estaba recogiendo los platos de la cena, le preguntó si se había fijado en si el ama de llaves de Longreach ponía frutos secos en sus rellenos. Pero no despegó los ojos de mí en ningún momento.

El señor Casterwick le había traído un trozo de tarta de limón, de parte del cocinero de Longreach, y cuando se levantó para sacarlo, Linux se volvió hacia mí, con los labios tan apretados como alforzas.

—Homer ha desaparecido.

Fruncí el entrecejo.

—¿Quién?

—El gato. El gato. El gato ha desaparecido.

Se me escapó la risa. No pude contenerme. Ni parar.

Los chirridos de mi silla contra el suelo hicieron levantar la cabeza a Pru.

—¿Me acusa de haberle hecho algo al gato, señora Linux? —le pregunté. Apretó los labios todavía más—. ¿Cree que lo he cogido yo? ¡Estaba a leguas de aquí!

—¿Cómo iba a conocer yo las malas artes paganas? Lo que sí sé es que, si con el diablo vas, abre el ojo mucho más.

Retrocedí.

—No he cogido al gato, señora Linux. No me lo he comido. Ni tampoco tengo sus huesos. Si usted así lo cree, debe informar al señor Benham.

Ladeó la cabeza. Los botones de su vestido gris me ensartaron con la mirada como duros ojillos.

—Te vas, ¿verdad? —dijo—. ¿Arriba? Sí. Huye. ¡Vuela! ¡Ve con ella! —Su voz me siguió, cada vez más fuerte—. ¡No hay salvación para ti ahí arriba! Es inútil creer que la habrá.

Las sombras se cernían sobre las paredes y la cama. Estaba anocheciendo y hacía demasiado calor para encender la lumbre. Los libros montaban guardia en la penumbra. En todos los estantes, en la repisa de la chimenea, en el suelo. Una ristra de ellos, que conducía a Madame. Vacilé en la puerta, la cerré y dejé la mano en el picaporte detrás de mí. Madame estaba sentada a su escritorio y se levantó cuando entré. Todo estaba en silencio. ¿Cuánto tiempo estuvimos así las dos? El suficiente para ver que volvía a ser la misma de siempre. Le miré el hoyuelo que se le formaba en la garganta cuando tragaba saliva. Se rio.

—Pensaba que seguramente me tendrías miedo después de...

Se interrumpió y se abrazó la cintura como si tuviera frío. El corazón me palpitó contra las costillas.

—Llevo varios minutos sentada aquí, fingiendo que escribo, preguntándome todo el rato...

¡Oh! Qué impresión cuando la atraje hacia mí, como la primera vez que probé el hielo. Sus hombros y su cuello, huesecillos de pájaro. Bajé la cabeza y nos besamos, y después alzó las manos para cubrir las mías y echó la cabeza hacia atrás, riéndose.

Me notaba la cabeza tan caliente y liviana que tuve que apretármela con ambas manos. Madame arremetió contra mí, firme y caliente. La sentí resbalar y de repente estaba de rodillas. Mis manos estaban hundidas en su pelo, las suyas alrededor de mi cintura, y entonces toda mi piel se encendió con un fuego frío. Abrí los ojos de golpe, pero no vi nada, solo oscuridad. Se quedó quieta, con los dedos clavados en mis caderas, y sentí su aliento. Cuando alzó la vista y me sonrió, le brillaban los labios.

—Fran —susurró contra mi muslo—. Fran.

Cuando levanté la mirada, el espejo estaba delante de mí y me vi reflejada en él mientras le sujetaba la cabeza contra mi cintura. Ahí estábamos. Mi cara, su nuca, sus rodillas. Toda la habitación se había torcido; solo el espejo estaba centrado.

Bajé la vista.

—Supongo que ahora soy su secreto.

Se rio y me atrajo hacia sí.

Más tarde, fue a la puerta y pegó la oreja a la madera. Después la cerró con llave mientras yo encendía una vela y me cogió de la mano para llevarme a la cama.

—¿Volveremos a hacerlo? —pregunté.

Su risa me penetró bajo la piel.

—Es todo lo que he deseado desde el primer día.

—¿En los escalones?

—¡Arrodillada! Llena de jabón. Incluso entonces. Nunca había visto a nadie como tú. Al llegar a Londres, había unos *macarons* de almendra que compraba mi *maman*, cuando teníamos dinero... Encontró un panadero francés, cerca de Spitalfields. Me recuerdas a ellos... tú... tu piel. —Se agachó para mordisquearme la oreja—. Quería verte. Debiste de darte cuenta, ¿no? ¿La noche que bajé a la cocina?

Sus palabras enganchaban mis pensamientos como melaza.

Me pasó una mano por las costillas.

—Piensa. Escribes mis confesiones y ahora mi cuerpo cae también bajo tu hechizo. Me conocerás, en cuerpo y alma, *n'est-ce pas*? Aunque revelar las intimidades nunca es bonito... Richelieu decía que le bastaban seis líneas escritas a mano por el hombre más honrado para encontrar en ellas algún motivo para llevarlo a la horca...

Sentía la sangre que fluía a través de mí. Me sentía henchida de ella. La miré.

—No creo que haya hombres honrados.

La vida es una breve candela, pero el amor es un anhelo de tiempo. Así pues, yo estaba ya condenada a querer lo que no podía tener. Lo que deseaba era conocerla palmo a palmo. Leerla como un libro que no se acaba nunca. Me quedé acostada a su lado, observando las olitas de su respiración sobre la sábana, sus pestañas dormidas.

Justo antes de dormirse, me había pedido que llevara el jergón a su habitación para siempre:

—¡Muchas damas hacen lo mismo con sus doncellas! Si esta casa estuviera bien proyectada, ya habría un cuarto para la criada ahí, donde está el vestidor. Podrías traer tu jergón.

Di muchas vueltas en la cama, y también la cabeza me las dio. Me quedé despierta allí hasta que oí los primeros movimientos de la casa, los chirridos de puertas que necesitaban aceite y la campana de Benham en su biblioteca, justo debajo de nosotras. Querría té, con arenques y huevos escalfados; Pru ya se habría levantado para ponerse a barrer, Linux estaría pasando la mano por las barandillas, asegurándose de que Levenhall relucía, como hacía siempre. No se puede tener el mundo a raya durante mucho tiempo.

Yo había dicho que sí. Pero ¿había respondido como amante o como criada?

—¿Dónde dormiría? —había preguntado.

Hacia el final, Phibbah había pasado las noches con Miss-bella, durmiendo al pie de su cama. ¡Oh, Phibbah! ¿Qué diría ella ahora? Casi podía oírla, riéndose.

«Tú sigue pensando en que esta mujer blanca es para ti. Ninguno de ellos es para nosotros. No todos los patos se bañan en la misma charca.»

23

—Hay tanta carne expuesta en ese cuadro que el señor Benham se niega a verlo en cualquier otra habitación que no sea esta —dijo.

Tumbadas a lo ancho de su cama, mirábamos a la mujer de rojo. La había pintado su madre, después de mudarse a Inglaterra, una de las dos cosas que Madame se había llevado cuando se casó con Benham; la otra era el cofrecito de los huevos que su padre había traído desde Francia, en el que ella había hecho grabar sus antiguas iniciales: MD, por «Marguerite Delacroix». El violín, al igual que su padre, había desaparecido hacía mucho tiempo.

—Es lo único que me queda de *maman* —dijo, señalando el retrato con la cabeza—. ¿No te parece que tiene un aire de santa lujuriosa?

Ladeé la cabeza para verla. Estaba pensando en el otro retrato. El del niño negro. Y en la manera de luchar de Madame para conservarlo en la pared también a él, aunque hubiera perdido.

Más tarde llamaron a la puerta y al abrir encontré a Linux en el umbral. Puso mala cara, por supuesto, cuando me vio al otro lado. Pero había una aguja de felicidad en mi pecho, un dolor tan fuerte que creía que me mataría, y mi mente seguía en llamas por lo que Madame y yo habíamos hecho poco antes. Linux no podía causarme daño. Nada podía. Un olor a caldo, cebolla y vinagre la acompañó. Paseó la mirada por la bandeja de té, los papeles esparcidos por el escritorio y Madame con su quimono, tumbada en la cama. Dio un paso y se paró. Parpadeó, como si ver a Madame fuese lo que la hubiera detenido.

—Disculpe, Madame, ¿está... trabajando? —Juntó las manos—. Estoy segura de que debería estar descansando.

—Oh, Linux. —Ladeó la cabeza—. Primero me quiere despierta y levantada, y después me quiere en la cama. Es imposible complacerla, ¿verdad?

—¿Ha dormido Frances aquí? Pru dice que anoche no subió.

—Frances va a ser mi doncella, señora Linux. Y le agradeceré que la deje en paz.

—Es poco ortodoxo...

Madame agitó una mano.

—Frances dormirá aquí a partir de ahora. Está decidido. ¡Y deje de dar vueltas como una peonza! Me está mareando.

Linux se había detenido junto al escritorio. Su mano avanzó con disimulo hacia el montón de páginas. Durante un rato no dijo nada y solo acarició la madera.

—Bueno. Lo que es ahora tiene que moverse. Sí, tiene que moverse. El señor Benham quiere verla en el desayunador.

Madame se incorporó.

—No tenía ninguna intención de verlo.

—Aun así. —Su sonrisa no tardó en aparecer—. Quiere verla. Siempre hay una primera vez para todo, supongo. —Bajó la cabeza y se agachó para pasar el dedo por el zócalo—. ¡Polvo! Pru tiene que esmerarse más.

Madame tuvo que bajar, por supuesto. En esa casa, cuando Benham los llamaba, todos acudían corriendo.

Cuando se marcharon, fui al vestidor, que era poco más que un armario empotrado con una bañera de cobre en el centro, perchas para los vestidos y colgadores para las toallas. El silencio me taponó los oídos. Me senté en el borde de la bañera y metí la mano en el agua, tibia y espumosa. «Hay que vaciarla», pensé, pero entonces recordé que se ocuparía Pru.

Mi único trabajo era ocuparme de ella.

Hacía unas horas, le había mojado el pelo con el aguamanil de porcelana que tenía junto a la bañera y me había fijado en las ondas del agua al caerle por la espalda. Como el pelo de todas las mujeres blancas, el suyo obedecía las conocidas leyes de la belleza y la gravedad. El agua se lo alisaba en resbaladizas hebras oscuras.

«¿Qué quiere Benham de ella?» Pensarlo me cerró la garganta.

Cogí el jabón de su plato de porcelana y me quité las faldas. Agradecí el chapoteo del agua contra mis muslos. Mi combinación estaba tan oscura y resbaladiza como antes su pelo mojado. Bajé la cabeza y miré mi cuerpo desperezándose. Y entonces —lo confieso— me puse el jabón bajo la nariz y después entre las piernas, donde lo sentí pequeño y afilado como una uña.

Creo que fue en ese momento cuando se apoderó de mí. La locura que ya no me ha soltado desde entonces. Cogí su toalla del suelo, salí del vestidor, me senté en su cama y esperé.

Extracto del diario de George Benham
(Anotación de George Benham:
NO DESTINADO A PUBLICACIÓN)

Última conversación con la criada de Langton, transcrita textualmente.

—Háblame de la señora Benham.

—¿De Madame? ¿Qué quiere saber de ella? Señor.

—Deja de hacerte la inocente, criada. ¿Cuánta toma?

—¿De su medicina?

—De su medicina.

—No sabría decirle.

—¿Más de lo habitual?

—No sé qué es lo habitual.

—¿Quince gotas? ¿Veinte? ¿Más?

Una carcajada.

—No llevo la cuenta.

—Esto no es un asunto de risa, criada. Quiero que te fijes en cuánta toma. Está delicada. Ya debes de haberte dado cuenta. Lo único que quiero saber es si hay algo que haga pensar que está mal. Tú solo dime qué hace, adónde va. Yo seré quien juzgue qué significa.

24

Mi jergón se quedaría en la habitación de Madame.

—¿Ahora te quiere ahí? —preguntó Pru desde su cama mientras yo descolgaba mis vestidos en el cuarto abuhardillado.

Dejé el vestido azul de sarga, con *Cándido* escondido aún en el dobladillo, olvidado, con el pañuelo gris de Phibbah. Enrollé el jergón sin prisas. Mis nervios eran diapasones. Temía que percibiera el cambio en mí, grabado a fuego en mi cara.

Pero solo me sonrió y negó con la cabeza.

—Es mala idea —dijo.

—¿Por qué?

—Se aburrirá. Nunca dejes que tu señora se aburra. Las cortesanas siempre echan a los hombres a la calle después, ¿no?

«Siempre cortesana, nunca esposa, Frances.»

—¿Qué te hace tanta gracia?

—¿Qué sabrás tú de ser cortesana? —pregunté. Sonrió.

—Tienes razón. —Ladeó la cabeza—. Pero sé más que tú de ser doncella. Y créeme: en ambos casos, la confianza aburre. Y el aburrimiento trae problemas.

Pru me rehuía desde la noche de las confidencias. Me pareció ver lástima en su mirada. No habíamos vuelto a hablar de lo que le había contado. Ahora me doy cuenta de lo buena amiga que era. Leal. Debería habérselo dicho en ese momento, pero ya tenía la cabeza vuelta y un pie en la escalera.

A la mañana siguiente, Charles subió un paquete. Confites envueltos en un papel con el emblema de una de las tiendas elegantes de Piccadilly, que Madame dispuso en un plato de porcelana sobre su lavamanos. Anillos de oro, pendientes, perlas: mezcló los confites con ellos como si fueran lo mismo. Me acerqué a coger uno y me lo llevé a la nariz. Mazapán. El mismo olor que le endulzaba el aliento.

—Siempre juega a ser esposo después de pasar toda la noche fuera de casa —dijo, desde la cama—. Los modales de un gato callejero. Llegar al amanecer, gruñir por todo, comer y después pasarse la mañana durmiendo.

Los regalos llovieron todo el tiempo que pasé con ella en esa habitación: confites; frutos secos; broches; una vez, un caleidoscopio, la clase de regalo que se haría a un niño. Pero el hombre mismo no apareció nunca. Algo que me venía muy bien, por supuesto.

Desenvolví un confite.

—Pues que pase toda la noche fuera de casa.

Le pregunté adónde iba.

—Nunca se lo he preguntado —respondió— y él nunca me lo ha contado.

Recordé lo que había dicho a Linux la noche que bajó a la cocina. Qué sola me había parecido. «Seguro que Benham tiene una querida», pensé. No tendría nada de raro: los matrimonios distinguidos convertían a una mujer en esposa y a la siguiente en cortesana. Pero no quería pensar en las veces que Madame debía jugar a la esposa con él, de manera que escogí un corazoncito de mazapán, como si fuera una dama en una tienda, y crucé la alfombra hasta la cama.

Mi mano le rozó el muslo y le levantó la bata. Sus ojos se abrieron de golpe. Un instante de sorpresa. Una sonrisa. Partí el corazón con los dientes y acerqué mi boca a la suya. Me echó en la cama. Se colocó encima de mí. Una cascada de pelo se derramó sobre mi cara.

La otra cosa en la que no quería pensar. Que ahora también ella tenía una querida.

Luego tuvimos que bajar a desayunar, aunque ninguna de las dos soportaba la compañía de Benham. Pero él quería que lo vieran comiendo en familia, me dijo Madame. Y si ella tenía que hacerlo, yo también. Benham ya estaba sentado a la mesa, rectificando la disposición de sus cubiertos alrededor del plato, aunque Casterwick ya hubiera medido dos veces su distancia con una regla. Me detuve en el aparador, metí un huevo en una huevera, para ella, y le serví su chocolate a la taza. Se hizo un vacío cuando tomamos asiento, pero algunos hombres ven el silencio como una red contra la que lanzar sus palabras.

—Me alegra ver que vuelves a estar en plena forma, Meg. Un hombre espera ver a su esposa de vez en cuando.

—Soy afortunada de que esperes tan poco de mí.

Benham emitió un ruido parecido a una risa.

—Es para darte una oportunidad de no decepcionarme, querida.

Madame me dirigió una sonrisa, como diciendo: «Paciencia. Cuanto antes acabe esta tortura, antes subiremos».

Me apoyé en el respaldo, ceñida por mi vestido, y miré por la ventana. El tiempo había cambiado y había un olor a hierba, a lluvia por venir, y el jardín estaba sembrado de flores rizadas que se alborotaron como ratones cuando se levantó viento. Los pájaros cantaban.

Cogí mi taza, aún con mazapán en la lengua. Hasta el café me sabía a ella.

La miré. «Sepa usted que me desharé si no subimos ya.»

Intenté observarla sin que se notara y me pregunté qué nos haría él si supiera lo que hacíamos arriba. El señor Casterwick entró con los periódicos y se llevó el plato de Benham, sembrado de espinas de arenque finas como cabellos. Sin saber dónde poner los ojos, los clavé en Casterwick y dejé vagar la mente. Su sueldo estaba pagado por la caña de azúcar y de ahí saldría también el mío, si lo tenía algún día.

Benham seguía observándola. Mientras daba bocaditos a su pan con mantequilla.

—Oh, por el amor de Dios. ¡Come!

Cuando Madame levantó la cabeza sorprendida, el huevo cayó al suelo y se rompió. La yema se esparció despacio y la cucharita tintineó contra la porcelana. Todos miramos el suelo. Benham se echó hacia delante en la silla.

Madame inspiró por la boca y vi que Casterwick se escabullía con el mismo sigilo con el que había entrado.

Benham se levantó de la silla y vaciló un momento, como un hombre que consulta un mapa, antes de recoger la yema con su cuchara. Madame lo vio levantar la mano hacia ella y se apartó.

—¡Ha estado en el suelo! —La cuchara dio un salto en la mano de Benham.

Yo también tenía ganas de saltar. Sobre él. De gritar: «¿Todo esto por un huevo?». Pero me mordí la lengua, aunque apenas podía contenerme. Mantuve la mirada baja, clavada en las baldosas, donde los restos de yema habían empezado a secarse, y cerré los dedos sobre los pulgares. Grité mentalmente: «¡No!».

Benham volvió a alzar la cuchara y se aclaró la garganta.

—Podemos esperar toda la mañana, Meg. Tú decides.

Entonces Madame se inclinó hacia él. Después de tragarse un primer bocado rápido, seguido de otro, y aún un tercero, él dio un paso atrás, separó su silla de la mesa y dejó la cuchara. La madera tembló. Y también lo hizo Madame al inspirar. Benham asintió ligeramente.

—Supongo... —dijo, y miró alrededor casi con desconcierto— supongo que... ya es hora de que me ponga a trabajar.

Madame se llevó la servilleta a los labios y tosió en ella. Después fue de mí de quien intentó huir, igual que había intentado huir de él. Porque yo había sido testigo de esa terrible escena.

—¿Le hace daño?

Me agriaba el estómago pensar que ella estaba a su merced. Que se había comido aquel huevo roto. Que Benham se había levantado de la mesa como si el ofendido fuera él.

La lluvia había llegado. Tras el cristal de la ventana, las ramas negras estaban salpicadas de gotitas. Se quitó los zapatos, se soltó el pelo, dijo que le apetecía un brandi y, cuando abrí el armario, los pensamientos que me susurraron al oído tenían la voz de Phibbah: «¿Brandi para desayunar? Y se afloja el pelo... es ella la que se afloja». Pero los aplasté, como si fueran tabaco de pipa. Cogió el cepillo y me hizo un gesto para que fuera a la cama.

—No me ha respondido.

Un suspiro exasperado. Apretó el cepillo entre las palmas de las manos.

—No estoy segura de cómo responderte —dijo—. No me hace daño con los puños. No me hace daño ahora.

—Eso podría significar cien cosas distintas.

—Significa que me hizo daño hace mucho tiempo...

—¿Y?

Dejó caer el cepillo en su regazo.

—Frannie. Puedes elegir. Te lo diré. Pero hacerlo me hará daño.

Intentaba distraerme, por supuesto, y yo estaba permitiéndoselo, dejando que me pusiera la cabeza en su regazo mientras me susurraba:

—¿Me dejas cepillarte el pelo?

Mi risita sofocada barrió nuestra conversación, como un plumero una telaraña. Toqué las cerdas, suaves como su pelo.

—Ese cepillo ha encontrado una rival de su altura.

Conocer la historia de una persona, y su manera de contarla, y saber detectar sus mentiras, todo eso forma parte del amor. Pero, pese a una punzada de inquietud, me persuadí de que no servía de nada conocer una cosa que no podía cambiarse.

No tenía ningún interés en preguntarle por qué se negaba a hablar de ello. Después de todo, yo también había cerrado mi mente a muchas cosas. Me abandoné a sus manos y al cepillo, sin resistirme cuando ella me movía la cabeza de un lado a otro. Un cosquilleo en el cráneo. Me apoyé contra ella y disfruté del forcejeo entre el cepillo y mi cuero cabelludo. Tuve ganas de marcharme de esa casa con ella. Si nos íbamos, ¿qué podríamos llevarnos? El dinero era de Benham. Los vestidos. La maleta. Los cajones y todo lo que contenían. A todos los efectos, también lo éramos nosotras. El retrato y el cofrecito de los huevos eran las dos únicas posesiones de Madame.

Después le apeteció escribir. Recuerdo esta frase: «Vamos del nacimiento a la muerte. Vamos del amor al matrimonio. Decimos que entendemos las dos cosas por igual, es decir, nada en absoluto».

Cuando Benham me hizo bajar a la biblioteca esa tarde, todo lo que quería decirle se me quedó atravesado en la garganta. El odio puede ejercer una atracción igual de fuerte que el amor, pero esa vez me guiaba el amor, una recia cuerda que me arrastraba de nuevo hacia arriba. Tuve que esforzarme para no salir corriendo.

Tomaba su habitual té de China y jugueteaba con el rapé. Los mismos dedos que habían puesto el huevo en la boca a Madame. Cuando entré, me dio un artículo: «Argumentos a favor de la reforma: Black River, Antigua».

—Esclavitud —dijo. Escupió la palabra como si no pudiera seguir teniéndola en la boca—. Todo el mundo va loco por encontrar una solución. O una cosa o la otra. Por decidir qué bando ganará. Olvidan la sabiduría de Salomón. La mejor manera de resolver un conflicto es dar a ambas partes lo que quieren.

—¿No ofreció Salomón medio bebé a cada mujer —le dije—, sabiendo que las dos lo preferían entero?

Echó la cabeza hacia atrás y se rio. Oh, siempre me encontró divertida, quizá porque creía que me había creado él.

Pero solo un hombre pensaría que partir a un bebé en dos era una solución y no un problema, de igual manera que solo un hombre blanco vería en la esclavitud un asunto espinoso. Las mujeres se concentran en lo que les falta, los hombres en lo que quieren. En todas las historias que cuenta la Biblia, siempre son las mujeres las que miran atrás, las que comen la fruta prohibida, las que lloran por sus matrices yermas, y también por las fecundas. La añoranza siempre es un pecado femenino. Los hombres nunca miran atrás ni tampoco se lo piensan dos veces antes de pasar a cuchillo, o por la cruz, a sus anhelados hijos varones.

—Es un artículo que estoy escribiendo sobre el tema —dijo, y tomó un sorbo de té—. En favor de propuestas que garantizarán el bienestar de los trabajadores de las Indias Occidentales, a la vez que aseguran el sustento a los hacendados.

Pasó a explicar que Black River era su laboratorio personal, la hacienda de su familia en Antigua que su hermano le había autorizado a dirigir. La administraba como una granja inglesa con arrendatarios, dijo. Sus trabajadores recibían una educación religiosa, días de fiesta, sus propios terrenitos para cultivar. Creía que la solución para seguir teniendo esclavos era una legislación que les asegurara un trato justo y garantizara la felicidad de todos, incluida la suya, y que la clave residía en convencer a los hacendados para que adoptaran esa vía.

—En Black River, el principio rector es la virtud, la benevolencia, y por tanto el afecto no solo es posible sino mutuo. Mis negros me llaman «señor», nunca «amo».

Tuve que morderme el labio para no reírme.

—¿Y usted los llama «mis negros» y no «mis esclavos»?

Tensó la mandíbula.

—Me interesa tu opinión, criada.

Todo aquel que quiere la opinión de un antiguo esclavo busca encontrar a un esclavo feliz o a uno desolado. El primero no existe y, en lo que respecta al segundo, usted ya sabe lo que pienso. Comprendí que parte del interés de Benham en Paradise era contraponer sus métodos a los de Langton y que por eso me necesitaba. Su objetivo no era abolir, sino preservar.

Descubrí que no podía quedarme callada.

—Sobre lo que ha pasado esta mañana.

—¿Esta mañana?

—En el desayuno.

La sorpresa le mudó el rostro.

—En el desayuno no ha pasado nada.

—Ha sido cruel con Madame.

Levantó las manos de golpe y se puso en pie.

—Hablas sin permiso de asuntos que no te conciernen. Un consejo. En esta casa te conviene seguir «mis» instrucciones.

Miré su hoja de papel, finísima entre mis dedos. Ingrávida. Blanca como la nada. Sentí una rabia imparable.

—No tengo ni idea de cómo se administra una hacienda de las Indias Occidentales —respondí.

—Yo solo quiero la verdad.

La verdad jamás había puesto un pie entre nosotros.

«Le pertenezco —pensé—. Y Madame también. Todos nosotros lo hacemos. ¿Qué virtud hay en eso?»

Decidí ser franca.

—Es una pérdida de tiempo —dije, y le devolví el artículo.

Alzó la cabeza de golpe.

—¿Por qué?

—Es imposible reformar lo que ya está podrido.

En todos los hombres hay maldad. Los que consideramos buenos son los que se preocupan de ocultarla. Y George Benham sabía que la mejor manera de esconder sus pecados era escribir su propia versión de ellos.

Langton pretendía que los negros no tenían la misma sangre roja que él, mientras que Benham cerraba simplemente los ojos en su propia hacienda. Incluso la manera en la que me habían educado parecía un ejemplo más de su vieja ciencia absurda, que no tenía ni pies ni cabeza. Le pregunté a Benham una vez por ello, cuando lo encontré con ganas de hablar. Los dos tenían curiosidad por conocer los límites de la inteligencia de una mulata y Benham estaba convencido de que los negros poseían una cierta capacidad de aprendizaje, la cual podía aumentarse con un cruce entre linfa blanca y linfa negra. En esa época, ¿estaba Langton dispuesto a concederle todo lo que él deseaba, mientras el dinero siguiera llegando? Benham quería que educara a una mulata y, así, había educado a una. Por otra parte, Langton solo había terminado lo que Miss-bella empezó, pero era típico de él decir solo medias verdades. Y la otra verdad era que yo era la única mulata que tenía en toda la hacienda.

Eran mis propios pecados sobre los que Benham pensaba que escribía, aunque no pudieran separarse de los de ellos. Por esa razón, cuando vi mi oportunidad tres semanas después, mientras él estaba en su club para caballeros, le robé el diario y lo escondí en el forro de mi jergón. Hasta donde yo sé, las páginas siguen ahí, aunque es posible que Linux haya borrado ya todo rastro de mí.

Supongo que irá usted a buscarlas, o que lo hará algún otro. Solo recuerde no creer todo lo que lee.

También debería haber robado los diarios de Madame de haberlo pensado, de haber sabido que teníamos los días contados. Me habrían sido más útiles a mí. Como una manera de tenerla conmigo. Que era lo que yo más quería. Las dos atrapadas juntas, prendidas con alfileres como mariposas bajo una vitrina.

En cuanto volví a subir, Madame me atrajo hacia sí y su olor me inundó. Mis huesos parecieron derretirse. *La petite mort*, lo llamaba. Una pequeña muerte. Benham olvidado por completo. Cuando me besó, sabía a mí. Como el mar, como la sal. Como las lágrimas. Nos metimos juntas en su bañera, que llenó ella misma. Fue todo un espectáculo, más agua en el suelo que dentro de la bañera. La echaba como si supiera que no iba a ser ella la que limpiaría después. Pero durante toda esa tarde fui yo la servida, la contemplada. Me hizo sentir como una reina. Me cogió el pelo húmedo entre las manos, me lo retiró de la frente para llenarla de besos y, una vez que nos acomodamos dentro del agua, su espalda contra mi pecho, dijo: «Léeme», y apoyó la cabeza en las rodillas para escuchar. El vapor se rizaba como sus cabellos. Sostuve el libro lejos de mí. El agua chapoteaba con suavidad. A nuestro lado, la vela se consumió. La puerta estaba bien cerrada.

¿Cómo puedo describirlo?

Yo era un nudo que se había desenredado. El peso de todos mis recuerdos había desaparecido.

Llegó la noche para restar otro día al total de nuestro tiempo juntas. Apagamos las velas, dimos la vuelta a las almohadas y apoyamos las cabezas en ellas, juntas, para dormir.

Fuimos felices, pese a lo que ahora dicen, aunque digan que fui yo la que quebró su felicidad y la quebró a ella. Tan pronto como lo escribo, solo de pensarlo, me tiembla la mano. Tengo que parar. Me temo que clavaré esta pluma en el papel para impedir hincármela yo.

25

En una casa de juegos para damas a la que iba con Hep Elliot, Madame y yo nos las ingeniamos para estar solas en el excusado, detrás de uno de los biombos. Yo había llevado su pequeño orinal de viaje, que ella llamaba *bourdaloue*. Era amarillo como el propio pis, pero tenía pintadas alegres criadas danzantes con cofias azules para hacer creer que una dama viajaba con uno por si tenía un antojo de sopa o natillas a mitad de viaje. Madame se había sentado en el banco, con el cuerpo apoyado contra la ventana, y estaba mirando la pared del edificio contiguo. Me arrodillé delante de ella, con los dedos alrededor de sus tobillos y la frente a la altura de sus rodillas. Bajó la vista y vio mi intención: mis dedos en sus muslos, sus faldas que se ondulaban como colas. Luego miró hacia la puerta.

—¿Hace esto con él?

—¿Con el señor Benham?

—¿Con quién si no?

No soportaba pensar en ello.

Volvió a mirarme.

—¿Cuándo iba a hacerlo? Tú estás siempre conmigo, así que sabes que él no lo está. —Vaciló—. Además... no quiere tener hijos.

«Bien», pensé, aunque jamás me había encontrado con un hombre que no quisiera tener hijos, sobre todo uno tan satisfecho de su propia imagen como lo estaba Benham.

Pero no podía dejar de pensar en ello y me vi obligada a bajar a la trascocina en busca de Pru el siguiente día de colada para preguntarle qué sabía.

—Solo cosas sueltas que he oído por ahí —respondió—. Madame no era de primera categoría, cuando se presentó en sociedad. Bonita, sí. Pero francesa. No podía hacer nada para cambiar eso. Y también demasiado excéntrica, supongo. La rodeaban demasiados chismes. La mayoría de la gente dirá que tuvo suerte de cazarlo. —Metió una de las corbatas de Benham en el agua de cocción del arroz—. Hubo una época en la que no sabía de quién de los dos compadecerme. Los oí una vez discutiendo. Ella le dijo que solo era rico por fuera y él le respondió que entonces eran tal para cual, porque ella solo era hermosa en su superficie.

A la semana siguiente, Madame me contó ella misma parte de la historia. Su madre le había dicho que era afortunada de tener un pretendiente: la excéntrica Meg Delacroix, aún soltera después de cuatro temporadas sociales. Benham solo se enteró de los rumores que corrían sobre ella después de casarse, cuando ya era demasiado tarde. El divorcio habría sido una mácula tanto para él como para ella, lo que lo hacía algo impensable. Benham también la culpaba de eso, como si hubiera sido víctima de un engaño. Lo peor de todo, me dijo Madame, era cómo jugaba siempre al esposo, en público o donde pudieran verlos los criados. Cómo la obligaba a jugar a la esposa. Un matrimonio en apariencia, pero sin ninguno de sus efectos, aparte de vivir bajo el mismo techo.

Un año después de su boda, su madre había muerto y la había dejado completamente sola.

Madame anunció que quería formar una comisión para plantear un debate. A muchas de esas damas el tiempo se les escurría de las manos. Podía irles bien sentirse pías y útiles haciendo algo con él. Aunque lo pío rara vez es útil. Aun así, ayudé. Copié el tema del debate en sus cartas. «¿Cuál es la razón de ser de la diversidad de las razas humanas?»

—¿Tú qué piensas? —dijo.

Yo pensaba que estaba volviendo la pregunta de Langton y Benham contra ellos y le dije que a los dos les resultaría instructivo oír opiniones sensatas sobre el tema, para variar.

La causa antiesclavista la animaba y, cuando ella estaba contenta, también lo estaba yo. Sus amigas le insistieron para que se uniera al boicot. Aunque hubiera tenido voz y voto, lo que no parecía ser el caso, yo no veía de qué podía servir negarse a comprar azúcar teniendo en cuenta que todo el dinero de Benham venía de ahí. Y, además, el chocolate con azúcar le gustaba demasiado para llegar tan lejos.

Oponerse a él, eso era un germen de rebelión, y ella lo sabía. Decidió que primero lo organizaría todo y después le preguntaría. Poner el carro delante de los bueyes, por así decirlo. Entretanto, las reuniones serían encuentros de la buena sociedad. De esa manera, cuando anunciara sus intenciones, Benham no podría negarse sin dar el espectáculo. No había nada que detestara más.

Un día, estaba demasiado decaída para recibir invitados o pasear por el parque y me dijo que tendríamos que conformarnos con el jardín. Ya casi era junio y hacía mucho calor. Las flores se habían abierto en Levenhall y decidí coger una cesta de la trascocina y pedir a Pru sus tijeras de costura con las varillas de nácar para cortar algunas y ponerlas en la repisa de la chimenea de Madame. La encontré descosiendo florones de seda del dobladillo de un vestido de noche. A la pobre también le habría venido bien pasar el día en el jardín. Tenía los ojos y las mejillas enrojecidos e irritados, por la lejía, sin duda, y los hombros caídos.

—Estoy bien, Fran —dijo, cuando le pregunté—. Ya sabes cómo es, o a lo mejor se te ha olvidado ya. Hay suficiente trabajo para matar a un buey.

En la cocina, Linux tenía un ganso esparrancado sobre la mesa para desplumarlo. Me cuidé de evitarla y metí en la cesta unas cuantas rebanadas de pan, queso y una porción de mantequilla que había cogido de la despensa. Cuando la dejé en la mesa, miró las tijeras, que asomaban por el borde.

—¿Para qué las quieres?

Le dije que yo no las quería para nada, pero que Madame me había pedido que cortara algunas flores del jardín para llenar su jarrón. En esa época, tenía los nervios desquiciados, de manera que estoy segura de que me tembló la voz. Solo mentí en eso, pero ahora me temo que el resto de lo que dije también se percibió como una mentira. Linux me miró con el rabillo del ojo. La verdad era que yo tenía muchos de los impulsos salvajes que ella sospechaba desde el principio. Concupiscencia, sobre todo. La verdad era que para entonces yo era una amenaza para el señor de la casa. ¡Codiciaba lo que él tenía! Había demasiadas cosas que yo deseaba. Es imposible que las confiese todas. No tengo papel suficiente, ni tiempo.

Linux se cruzó de brazos e intentó cerrarme el paso, pero yo me mantuve firme y le pregunté si quería hacer esperar a Madame.

Sería yo la que haría esperar a Madame, respondió, a menos que le diera las tijeras. Tenía las manos embadurnadas de sangre y plumas. Pero entonces sonó la campana de Benham y, como Pru estaba ocupada con la ropa, tuvo que ir ella misma. Me miró con dureza al alejarse, pero no dijo nada más sobre las tijeras.

El jardín estaba rodeado por unos altos muros. El estanque estaba al fondo, delante de la verja que conducía a la callejuela. El sol estaba alto en el cielo. La luz se derramaba como aceite de candil sobre la hierba nueva y enturbiaba el aire. Extendí la manta debajo del fresno y dispuse la comida en un hule encerado. Madame se acomodó bajo el árbol, abrió su libro —uno pequeño de poesía— y leyó en voz alta. Su voz revoloteó como una abeja entre las flores. Las tijeras me temblaron en la mano mientras cortaba rosas. Decidí ponerle algunas en el pelo y me coloqué detrás de ella, aún con las tijeras en la mano. Madame dio un respingo y miró hacia la casa, nerviosa. El pelo aún húmedo había empezado a rizársele y tuve que alisárselo con los dedos. Cuando terminé, había varios pétalos caídos en la manta alrededor de nosotras, aplastados por mis rodillas, y el olor a rosas lo impregnaba todo.

Tamborileó con los dedos en el libro y tarareó una melodía que cantaba a todas horas.

—Se llama *Chanson pour Marguerite* —decía—. La compuso mi padre.

Yo nunca había oído una canción tan monótona, que repetía sin cesar las mismas notas lastimeras, pero Madame la adoraba como una madre quiere a un hijo feo.

El miedo me hizo sudar.

Ahora siento el mismo temor. No solo el terror de toda mujer en mi situación, sino el miedo de un cerebro agitado. El miedo de dejar de existir antes de haber terminado de verterlo todo sobre el papel. Me pongo a escribir como una posesa. Como si tuviera que escribirlo todo de corrido o descubrir, al hacer una pausa, que nada de esto ha sucedido. Mientras lo escribo, aún puedo creer que pasó de verdad.

Calmé el temblor de mis dedos y seguí pasándoselos por el pelo. Antes de darme cuenta, había dicho:

—¿Es amor lo que hay entre nosotras?

Un silencio. Echó la cabeza hacia atrás.

—Oh, hay muchas maneras de estar loco —respondió—. El amor es la más segura.

Se parecía tanto a mis propios temores que el corazón me palpitó.

Un ruido detrás de nosotras. Un porrazo repentino que me hizo levantar la cabeza de golpe. Miré hacia la casa. Una figura en una de las ventanas de arriba. Linux. Negra como una polilla, con la boca crispada. Había dado un manotazo a la ventana y nos miraba con la cara descompuesta. Incluso desde tan lejos le vi los ojos, las cicatrices que le salpicaban la mejilla y la blanca palma aplastada contra el cristal. Negó con la cabeza, echó los hombros hacia atrás y se alejó por el pasillo. Madame acercó la cesta a ella de un tirón y echó dentro el libro, la comida y la manta. Todo encima de las flores.

—Tenemos que entrar —dijo. Miró alrededor y parpadeó, como si fuera la primera vez que veía el jardín.

Volví a sentir la misma punzada de miedo, la fría ola de terror, sin saber muy bien por qué.

INTERROGATORIO DE EUSTACIA LINUX POR EL SEÑOR JESSOP (continuación)

R.: Algunas semanas antes de que detuvieran a la acusada, ocurrió el incidente de las tijeras.

P.: ¿Qué incidente?

R.: Había unas tijeras de costura guardadas en la trascocina. Sorprendí a la acusada intentando sacarlas al jardín, escondidas en una cesta. Le pedí explicaciones y ella respondió que se las había pedido Madame. Cuando pregunté a la señora más adelante, descubrí que era mentira. Esa misma tarde vi a la acusada en el jardín, con las tijeras muy cerca del cuello de madame Benham. Me pareció que la amenazaba con ellas. Pero, cuando pregunté a la señora por eso, me dijo que nadie la había amenazado. Creo que para entonces ya tenía miedo de la acusada y que por eso no quiso decir nada. La acusada ya tenía un cierto control sobre ella en esa época. Y nadie volvió a ver las tijeras después de esa tarde.

26

Paso ahora a Olaudah Cambridge. Y si alguien tiene preguntas que contestar, es él. Aunque no habrá forma de obtener respuestas, ya que nadie ha visto a Olaudah Cambridge desde la velada de Madame.

Una cosa sí sé. Si Madame no hubiera vuelto a verlo, aún estaría viva. Y no habría vuelto a verlo si no hubiéramos asistido al discurso de Cambridge.

Madame quería ir. Fue idea suya. La causa contra la esclavitud era lo único que la entusiasmaba en esa época y había leído en el *Morning Chronicle* que el discurso sería dentro de dos días y no hablaba de otra cosa desde entonces. Su Chavalito, ya adulto. En el carruaje no paró de moverse y mirar a todas partes. Corrió las cortinas, aunque yo quería abrirlas y mirar las calles cenicientas, las cúpulas y chapiteles. Sentir que por fin era una pequeña parte de la ciudad. No la manzana del bodegón, pero sí, quizá, una de las uvas.

La sala estaba cerca de Bloomsbury Square y era larga y ancha, con zócalos de reluciente madera oscura. Había mucha gente; algunas mujeres iban cogidas del brazo y los hombres hablaban solo entre sí. Todos iban vestidos de marrón o gris. Abolicionistas, en su mayoría. Entre las sillas tapizadas se abría un pasillo recto como una raya de pelo. Había poca luz pese a los abundantes candeleros de las paredes empapeladas.

Chavalito entró con el vigor de una vela azotada por el viento y el público tomó asiento. Llevaba una chaqueta negra, desgastada en los codos, y, cuando levantó las manos, se le vieron los dedos torcidos y los nudillos machacados.

Apoyó una mano en el atril, mantuvo la otra en alto y recorrió la sala con la mirada. Era imposible no mirarlo. Tenía el cuerpo de un esclavo de primera, pero la cara de un hombre que preferiría estar muerto a tener dueño.

Esbozó una sonrisa.

—Caballeros —empezó a decir, con voz pétrea—. Cuando el señor Macaulay me pidió que hablara esta noche aquí, me pregunté sobre qué debería hablar. De un tema que hiciera de mí más que un simple negro de salón, una simple distracción. Más que un negro al que han enseñado a ponerse a dos patas y hacer trucos.

Las risitas dieron paso a las carcajadas y los asistentes intercambiaron miradas nerviosas. Sus palabras me calaron hondo. Me erguí, con sensación de vulnerabilidad. A mi lado, Madame movió las manos en el regazo.

—Mientras buscaba un tema —continuó—, recordé un cuento igbo que me contaba mi madre. Lo único que recuerdo de ella. Era sobre los *asiki*. —Hizo una pausa—. Los *asiki* eran niños humanos, robados por brujas y llevados a unos lóbregos bosques, donde estas les cortaban la lengua y les transformaban el pelo de lana en seda. Y transformaban su piel negra en oro. A la mañana siguiente, cuando los *asiki* se despertaban, no sabían hablar ni tenían memoria, habían olvidado a sus madres y a sus padres. Sus hogares. Estaban llenos de preguntas que no tenían manera de hacer. Si ustedes les preguntan «¿Quién eres?», ellos no pueden responder. ¡No pueden decir una palabra! Emiten unos feos ladridos, enrollando el muñón que tienen en vez de lengua.

Todos guardaban silencio, con el cuerpo inclinado hacia delante.

—A fin de cuentas —continuó Cambridge—, todos los discursos hablan de los hombres. De lo que quieren. O no quieren. —Se encogió de hombros—. Pero... los *asiki* no son hombres. Son niños cambiados. Hombres que no tienen memoria. Hombres secuestrados y reducidos al silencio. Hombres cuyo valor se mide en abalorios, quincalla y armas de fuego. ¿Qué nos dirían si tuvieran lengua? ¿Qué quieren ellos? ¿Nos dirían que les gusta partirse el espinazo recogiendo su algodón? ¿Y su caña de azúcar? —Volvió a encogerse de hombros—. ¿Nos dirían que es por su propio bien?

»¿No es eso lo que nos ha enseñado el propio europeo? ¿Que su placer es el placer del africano? ¿No se supone que tenemos que aceptarlo sin rechistar? ¿Porque quién soñaría con preguntar al africano qué quiere él? Es el europeo el que desfila por este pequeño mundo nuestro, midiéndolo todo, poniéndolo por escrito. Adán. Señor de todas las criaturas, grandes y pequeñas. —Bajó la voz—. He ahí el problema. Que me hayan pedido a mí que hable en nombre de ellos. ¿Cómo podría? ¿Por qué yo? Porque miran un hombre negro y los ven a todos. Como si un hombre negro fuera representativo de todos los otros miembros de su raza. Como si no tuviera derecho a una personalidad o a una pasión propias. A amar a nadie ni a querer nada. Por eso hay tantos hombres muertos que viven en el nuevo mundo, que deambulan entre el algodón y la caña de azúcar. ¡Zombis! Hombres que han continuado siendo esclavos, incluso después de la abolición de la esclavitud. Ustedes los han abandonado. Sí, ustedes, pese a sus buenas intenciones. Incluso los abolicionistas han sucumbido a la idea de que un hombre no puede ser despojado de sus bienes sin compensarlo. Según esa regla de tres, los hombres que han dejado atrás son propiedades. Máquinas, no hombres.

»Podríamos darles la espada también. Dado que ya les han cortado la lengua.

Cuando bajó entre el público, los hombres le estrecharon la mano y las mujeres lo miraron sin disimulo. Yo estaba al lado de Madame, cerca de la puerta. Había escuchado en silencio. Sus palabras me habían partido como un leño, aunque no quería demostrarlo. Me habían hecho pensar en Phibbah. Madame lo buscaba con la mirada. Hep Elliot apareció a su lado.

—Ni rastro del granujilla de tu retrato, ¿verdad?

—No.

—Ya es un hombre. Un joven Moisés negro que rompe sus tablas de piedra.

—Si tú lo dices. —Madame se rio.

La multitud nos rodeó.

—Unos muslos que asustan —oí decir a una mujer detrás de nosotras—. Y una cara que asusta, también.

Él se movía entre el gentío, pero estaba claro que iba hacia ella. Le cogió una mano y se agachó para rozársela con los labios.

—Madame «Bebbum» —dijo, y ella echó la cabeza hacia atrás y volvió a reírse.

—Así me llamaba antes —dijo a Hep Elliot—. Nadie se me ha dirigido así desde hace mucho tiempo. —Se volvió de nuevo hacia él—. Chavalito. Qué alegría verte.

Esta es la señorita Hephzibah Elliot. Y mi secretaria, Frances Langton.

Cambridge me sorprendió mirándole las manos y las cerró en forma de puños junto a su mandíbula.

—Son feas de verdad, ¿verdad, mulatita? Soy boxeador, ¿sabes? ¡El próximo Bill Richmond!

—¿Es cierto? —preguntó Madame.

Recuerdo cómo me irritó. Su manera de llamarme «mulatita», de danzar alrededor de nosotras, brincando. Su dentadura blanca, su pelo engominado. Un hombre que pasa tanto tiempo en compañía de espejos y polvos de dientes no es de fiar. Y era un hombre distinto al que había subido al estrado. Brusco, tosco. Utilizaba la jerga de los esclavos solo cuando se dirigía a mí. Con Madame, endulzaba la sonrisa y volvía a hablar como un blanco. Igual que hacen muchos negros en compañía de blancos. Las damas nos miraban a los dos. Como si el espectáculo no hubiera terminado.

—Señor Cambridge —dije, malhumorada—, mientras escuchaba su discurso, me he preguntado: ¿cuántos años pasó como esclavo?

Madame me miró con enfado. En esa época le gustaba llevarme con ella, como compañía, pero me prefería callada, por temor a que traicionara nuestro secreto.

—Ni uno solo —respondió Chavalito con soltura—, dado que me trajeron a Inglaterra cuando tenía cuatro años. A menos que considere que servir de paje a madame Benham es una esclavitud... Usted es su secretaria, así que lo sabrá mejor que nadie.

Todos se rieron, como si hubiera hecho una broma ingeniosa.

—En otras palabras —dije, interrumpiéndole—, tiene muchas ideas, pero ninguna experiencia. Justo lo que pensaba.

—¡Una opinión sincera! Eso no abunda. ¿De dónde viene usted, señorita Langton?

—De Jamaica.

—¿Era esclava?

—Criada.

Se rio.

—Justo lo que pensaba.

Hep Elliot le dio una palmada en la espalda.

—¡Señor Cambridge! ¡Ha sido un triunfo! Nos ha dado mucho en lo que pensar. Es usted muy inteligente.

Los ojos de Cambridge se ensombrecieron sobre su corbatón blanco.

—Casi todos los blancos se quedan impresionados con todo lo que sale de los labios de un negro, señorita Elliot, si lo dice en buen inglés. Nunca sabemos si nos elogian por ser buenos o, simplemente, por ser pasables. —Volvió los ojos hacia Madame—. ¿Qué opina usted?

Ella sonrió.

—Oh, me ha parecido que ha estado magnífico. De verdad. ¡Un joven Moisés negro que rompe sus tablas de piedra!

Hep Elliot tosió y Chavalito echó la cabeza hacia atrás y se rio. Una sonora carcajada con la que enseñó toda la dentadura.

Es insoportable ser negra y, además, mujer. ¿Lo sabía usted? A mí nadie me pedía que diera ningún discurso. Se dejan impresionar por algunos negros. Hombres como Sancho, Equiano... Pero yo no veo qué tienen de admirable. Escribían, sí. Pero podrían hacerlo miles de otros si alguien se molestara en enseñarles. Y todo lo que escribieron fue para los blancos. Peticiones. Apelaciones. Es otra de las leyes de este mundo. Los negros solo escribirán sobre el sufrimiento, y en exclusiva para los blancos, como si nuestra única razón de ser fuera hacerles cambiar de idea.

Lo único que Olaudah Cambridge había hecho era conseguir que lo mandaran a Inglaterra a una edad demasiado corta para ser criado, pero ideal para ser un juguete.

Unos camareros ofrecieron vasos de licor en bandejas de plata. Madame y él pasaron mucho rato juntos, conversando en intimidad, y yo me quedé en mi sitio cerca de la puerta, con el vaso en la mano, moviendo los ojos de un lado para otro como un metrónomo. Estaba tan absorta en mis pensamientos que apenas me di cuenta de que Hep Elliot se acercaba a mí y me miraba. Tomé un sorbo del repugnante licor.

—Oh —dijo, con su voz oscura—. Oh. Ya veo. Entiendo. Yo... Bueno... —Frunció el entrecejo—. Alguien tendría que avisarte, pobrecilla. Meg está muy consentida, ¿sabes? Solo corresponde el afecto de los que a cambio la consienten. Y únicamente durante un tiempo. ¿Ves cómo la mira? ¿Como un hombre en la iglesia? Es como la miran todos. Ese es el problema de Meg.

El problema no era cómo la miraba él. Sino cómo lo miraba ella.

En el trayecto de regreso a casa, lo único que hizo fue hablar de cómo le había sorprendido que Chavalito se hubiera labrado una vida propia y se hubiera convertido en el hombre que quería ser, y de que cómo lo admiraba por ello. Mientras la escuchaba, me vino a la mente el comentario de Benham sobre los peces y pensé: «¿Qué gracia tiene perseguir una presa que seguro que caerá en la trampa?».

Una dura simiente se alojó en mis entrañas. Cuando esa noche se inclinó sobre mí en el escritorio, me aparté.

—En cuanto salimos de esta habitación, desaparezco. Así actúa usted.

Me levanté y me encaré con ella. Por primera vez me di cuenta de cuánto había adelgazado. Su cabeza no era sino piel y hueso, su mandíbula dura como el aire que nos separaba. Los ojos le brillaban como la cera caliente. ¿Era la droga? Le había visto tomarla sin parar a lo largo de toda la tarde. El láudano podía haber contribuido a sus nervios de esa noche, pero me preocupaba que también lo hubiera hecho el propio Chavalito. No sabía qué me avergonzaba más, si pensarlo o no atreverme a decirlo en voz alta.

Tuve que apretar mi mano en las faldas para refrenar mis ganas de tocarla. Negué con la cabeza.

—Soy tonta por querer lo que no puede darme.

—¿Qué es lo que quieres?

«Vivir juntas en la casita de piedra. Sentarnos en el porche cogidas de la mano y notar el calor en la cara, y pasear juntas por la orilla del mar, del brazo. Cuidarnos una a otra, en la salud y en la enfermedad.»

Pero las palabras se resecaron dentro de mí, como flores prensadas. Hizo ademán de cogerme las manos y yo me aparté.

—Es usted una olla de agua. Frío, calor, frío.

—Si yo soy el agua, querida Frances, tú debes de ser el fogón. —Cuando no respondí, pegó la frente a la mía y me agarró por los hombros—. Estoy intentando hacerte reír.

No respondí.

Después de bajar su bandeja, volví a subir y la encontré esperándome. Había una carta en mi jergón. «Una palabra nos libra de todo el peso y el dolor de la vida: esa palabra es amor. Perdóname. Ritte.» La doblé en dos, y otra vez en dos, y otra más, la doblé hasta que fue un duro cuadradito, y me la metí en la manga. Y ahí la llevé hasta la noche de mi detención, cuando me trajeron aquí y los carceleros me la quitaron.

LA BATALLA ENTRE CHAVALITO Y SULLIVAN

El sábado pasado, Chavalito Veloz se enfrentó a Tom Sullivan en Fives Court, cerca de Leicester Square. Hombres de todo género y condición se apiñaban alrededor del ring, algunos acompañados de feroces perros con correas, mientras que centenares más habían tenido que encaramarse a los tejados circundantes o estaban asomados a las ventanas que daban al patio.

El nombre en boca de todos era el de Chavalito Veloz, a quien el propio rey llamó «el mejor par de puños negros» desde Bill Richmond. El ring se alzaba en el centro del patio como un templo acordonado. Los numerosos motes del boxeador negro le siguieron cuando se abrió paso entre la multitud: Mungo, Diablo Negro, Puño del Diablo, Limpiachimeneas, y los hombres, los perros, ¡incluso las cuerdas!, se estremecieron de la emoción que suscitaba el tan esperado combate.

Al lado del gigantón negro, Sullivan tenía muy buena planta, con su físico compacto y musculoso. Pero el primer puñetazo de Chavalito, que es zurdo, hizo el mismo ruido que la carne bajo el puño de un carnicero, y neutralizó rápidamente el contragolpe. Aunque su segundo puñetazo solo rozó la mejilla a Sullivan, lo dejó confundido y salpicó de sangre a quienes se habían considerado afortunados de conseguir un asiento en primera fila. Cualquier ventaja que Sullivan tuviera por su técnica superior quedó hecha añicos por la absoluta brutalidad de Chavalito. En el tercer asalto, los púgiles se quedaron trabados, con las frentes juntas, y resoplaron como toros, blanco envuelto en negro, ¡Sullivan estrujado en el Puño del Diablo! El sexto y último golpe de Chavalito dejó a Sullivan tambaleándose, arrinconado en la esquina, con el labio ensangrentado y un ojo cerrado, e incapaz de rehacerse, después de lo cual Chavalito, tras ser declarado vencedor, saltó del ring con la misma energía con la que había subido y entretuvo a la nutrida concurrencia bramando: «Puedo ser negro, pero mis victorias son de un blanco inmaculado».

Morning Post, 18 de abril de 1824

27

Dos semanas después, fui a Cheapside por orden de mi señora.

El propio Chavalito me abrió. Su piso estaba situado en Gant Street, tres plantas por encima de una panadería. Cuando me acerqué, el olor a azúcar mascabado y caramelo que salía de ella me recordó el jugo de caña de azúcar, a Sukey y sus muñones. Era un olor que hacía la boca agua, pero permítame decirle que a la mayoría de ustedes no les apasionarían tanto los dulces si hubieran respirado el olor de una refinería.

Me crucé con una mujer en la escalera que se rascó el muslo por encima de la falda y me miró mal.

—Busca a Chavalito. —No era una pregunta.

Su habitación era tan austera como una cama sin sábanas. Los muebles estaban deslucidos, pero muy limpios. Un olor a jabón flotaba por encima del vaho caliente y empalagoso de los hornos. Una sábana tapaba la única ventana y una delgada vela blanca se consumía en la mesa. Vi su traje negro colgado en la puerta. Entornó los ojos.

—¿Qué quieres?

Cuando no dije nada, volvió a mirarse en un trozo de espejo y se tocó el ojo hinchado y la mandíbula amoratada. Parecía que lo había sorprendido aseándose después de un combate. Había sangre en el suelo. Tenía una mejilla embadurnada de ella. No llevaba nada aparte de un pantalón, se limpió la cara con la camisa y escupió en el lavamanos.

—Estoy rendido, mulatita. Me meteré en la cama en diez minutos y estaré dormido en quince. Tienes cinco para decirme qué quieres.

Miré alrededor sin ningún disimulo.

—Don Genio Africano. ¿Qué dirían si vieran esto?

Enarcó una ceja.

—Lo que digan es su problema, no el mío.

Le enseñé la carta.

—Tengo que darte esto. De mi señora.

—¿Quién es tu señora? —Se acomodó en el jergón.

—Lo sabes perfectamente —respondí, y se rio. Crucé la habitación, no más de dos pasos, y dejé la carta en la cómoda—. Tengo que esperar tu respuesta.

—¿Madame Benham no tiene ningún lacayo para entregar sus cartas? —Rompió el sello, entornó los ojos y leyó la carta en voz alta.

Señor Cambridge:

He pensado mucho en su discurso. En su antagonismo disfrazado para entretener. Es un raro talento, dar justo en el blanco, eliminar al enemigo antes de que vea venir la flecha. Lo que usted hace lo lleva a cabo para su propio placer cuando ellos creen que es para el suyo.

Presido una comisión que organiza un debate patrocinado por la Real Sociedad de Londres. El tema es el siguiente: «¿Cuál es la razón de ser de la diversidad de las razas humanas?». Me gustaría pedirle que participara.

Tenga la seguridad de que me encantaría conocerle de

nuevo. Y estoy convencida de que toda la familia Benham estaría contenta de saber lo bien que le ha ido desde que nos dejó.

Sin otro particular, le saluda atentamente,

MADAME MARGUERITE BENHAM

—No es una carta de amor. Lástima. —Hizo una cometa con el papel y la lanzó al aire—. Esa familia. ¿Están contentos alguna vez? ¿Con algo? —Se rio, apoyó la cabeza en la pared y cerró los ojos—. Esa mujer está tan loca como el resto. Además, dudo que fuera mi discurso lo que la fascinó.

Se oyeron retazos de voces, una mujer, después un hombre, que desaparecieron por el hueco de la escalera, como cenizas en el viento. Solo quería irme de esa habitación, pero descubrí que no podía moverme. Quizá fuera la droga, que a menudo me pesaba aquellos días en las extremidades y hacía que todo, incluidos mis pensamientos, se volviera pegajoso y lento. Madame me había estado dando sorbitos de su frasco. El láudano lo torna todo gris y borroso, como la niebla inglesa. Cualquier sentimiento —sea esperanza, rabia o felicidad— se convierte en un mero destello en la oscuridad. Por eso me encantaba. El láudano lo embota todo salvo la vista. Chavalito me miró a través de la bruma.

—No —dijo.

—¿Perdón?

—Puede irse al diablo. Dile a tu señora que algunos negros estarán encantados de divertir a intelectuales aburridas. Pero yo no.

Me enfadé. No era el láudano lo que me impedía despegar los pies del suelo, pensé, sino él. Algo de él. Verlo era como clavarme alfileres en el dedo pulgar.

—¿Es eso cierto? —dije—. Corre el rumor de que tú la divertiste a ella, hace tiempo.

—¿Ah, sí? A ella no le gustará. —Se relamió y se limpió la sangre del labio con la mano—. ¿Qué crees que les pasa a los pajes cuando se hacen mayores?

—Fuiste a Cambridge, según he oído.

—¡Los echan! Junto con los excrementos. Al cubo de la mierda. Ni tan siquiera tienen la clemencia de meterles una bala en la cabeza.

Me entraron ganas de darle una bofetada, de clavarle su trozo de espejo en las tripas.

—Muy bien. Tu respuesta es no.

—¿Te pasas el día haciéndole recaditos como este?

Sangre, como una vela acercada a mi cara.

—No he venido a pelearme contigo.

—No. Has hecho lo que has venido a hacer, pero sigues aquí.

Cuando me iba, me di la vuelta sin pensar y le grité:

—Tú no eres mejor que los demás. Los hombres blancos te pagan un soberano cada vez que te machacan la nariz. Imitas sus discursos. Las señoras blancas te manosean como un gato.

Se encogió de hombros.

—En Londres, todos los negros son criadas, putas o boxeadores. Si tienes la posibilidad de hacer otra cosa, sea cual sea, la aprovechas.

—¿Sea cual sea? —repliqué. Las palabras me rasparon en la garganta—. ¿Como esa prostituta que bajaba de aquí cuando he subido? Verás, sé oler a un hombre que vende a las mujeres.

Se rio a carcajadas. Se levantó de golpe y me agarró por los codos. Fue como estar aprisionada por una serpiente. Acercó la cara a la mía. Aún tenía la piel húmeda, tibia. Olía a carne. Habló rápido, con dureza.

—Yo tengo la misma nariz, mulatita..., pero la mía huele a una mujer que se ha vendido ella.

Extracto del diario de George Benham
(Anotación de George Benham:
NO DESTINADO A PUBLICACIÓN)

Meg siempre tiene necesidad de compañía, y lo que satisface a Meg siempre satisface a todo el mundo. Su última compañera está siempre con ella. Siempre a su disposición, incluso en mi biblioteca. Pese a sus muchas diferencias, son como dos gotas de agua. Tercas, volubles, listas. Incluso la actitud desafiante e inquisitiva de la criada es muy parecida a la de Marguerite cuando la conocí. Casi empiezan a parecerse físicamente. Quizá me engañe la vista. Las sorprendo en los pasillos, con las cabezas muy juntas, y entonces se separan volando y me miran. Al menos distrae a mi esposa. Solo cabe esperar que calme la necesidad constante de Meg de ser una distracción para sí misma. Me reprocha lo que le pasó a su anterior distracción, igual que me culpa de todo. Pero ¿qué hice yo, aparte de rescatar al muchacho de sus circunstancias y darle una vida mejor? Eso no es un crimen. Ni tampoco puede esperarse de un hombre que continúe empleando a un lacayo que ha tenido a su esposa en su regazo.

Mi esposa. Mi primer acto como esposo fue defraudarla. Recuerdo que se sentó en la cama y tomó un trago de láudano y brandi, un brebaje que yo le había preparado porque pensaba que le calmaría los nervios. «¿Todo el dinero es de tu hermano?», me preguntó. Sí, respondí, la mayor parte. Creía que era rico porque vivía en Longreach. Pero en Inglaterra los segundones comparten la sangre de los primogénitos, no su fortuna. Gracias al mayorazgo, soy el segundón de Percy en todos los aspectos, y no solo en la velocidad a la que ocupamos y desocupamos la matriz de nuestra querida madre.

Si pido a la criada que vigile a Marguerite, es por su propio bien, aunque probablemente nadie es menos capaz de reconocer su propio bien que Marguerite. Me casé con ella sabiendo que me convertía en su cuidador más que en su esposo. Eso me venía bien. El matrimonio como autoflagelación. Una perfecta paradoja. El contrapeso de la balanza. El matrimonio como redención de mis pecados. «Que el matrimonio detenga mi mano», pensé.

Recuerdo esta cita de Johnson: «Un hombre debe tener cuidado de no contar historias de sí mismo que le perjudiquen. La gente puede divertirse y reírse en el momento, pero las recordará y las sacará en su contra más adelante».

La reputación lo es todo.

Yo me confieso solo ante Dios.

He recordado a la criada que lo quiero todo por escrito. Quién viene a verla, quién le escribe y a quién escribe ella. A quién visita Meg. Cuánto láudano, con qué frecuencia. Le he dicho que se queda con esa condición. Cuando me ha preguntado de dónde sacará la tinta, le he dicho que moje su pluma en los tinteros de mi esposa, si hace falta. La he asustado como a una paloma. Lo hará, por supuesto. No le queda otra.

«¿Por qué lo quiere por escrito?», me ha preguntado.

Mis motivos no le conciernen.

Citando a Ovidio: *Exitus acta probat*. El fin justifica los medios.

28

«No es amor el amor que cambia cuando un cambio encuentra.»

El calor, un lento sirope en mi cara mientras su voz me susurraba a Shakespeare al oído. El verso debería acabarse después de amor, decía. «No es amor el amor.»

—¿Habías leído a Shakespeare, Frances? —Dedos calientes en mis muñecas. Su risa una campanilla. Entonces se le ensombreció el rostro y se sentó en la cama, al acordarse—. ¿De verdad no ha mandado ninguna respuesta?

—No.

—¡Caray! Bueno, da igual. Volveré a escribirle. Quiere que lo convenza. Que lo adule un poco. Que lo persuada para que se una a la causa.

—¿No es más su causa ya que la de usted?

Me lanzó una mirada.

—El señor Cambridge ha dicho que podía irse usted al diablo y que no quería divertirla —lo dije de corrido, sin respirar.

—¿En serio? —Sonrió—. Bien. Eso le honra.

Al día siguiente la encontré escribiendo en las paredes de su habitación. Borboteaba como agua al fuego. Un sudoroso hato de nervios.

—Tengo que aprender a arreglármelas sola —dijo, sin volver la cabeza. Apoyó las palmas de las manos en la pared y las uñas le temblaron como lunas. Negros goterones de tinta le escurrieron por el dedo índice. No se leía nada sobre la pintura oscura, de manera que cogió el atizador y escribió con ceniza en las faldas de la mujer de rojo. Dio un paso atrás y asintió. «¡Sé la MUJER que quieres ser!», había escrito.

Cogí una servilleta de su bandeja, la humedecí y froté la pared hasta que me dolieron los brazos. La ceniza mojada se agarraba con el empeño del musgo y parecía que se hubiera prendido fuego a toda la pared.

Su voz, a mis espaldas.

—¿Nunca te hartas de limpiar lo que mancho?

Sus palabras me carcomieron. Cosieron un cruel bordado en mi cerebro. Dejé la servilleta en la cama.

—Ahí tiene. Arrégleselas sola entonces.

Madame era dos mujeres. Una segura, otra miedosa. Una luminosa, otra oscura.

Había comprendido desde el principio que sus estados de ánimo eran volubles, pero durante un tiempo había parecido tan feliz que casi lo había olvidado. En ese momento volvían a ser frágiles y negros, tan inestables como un puente calcinado. Yo seguía anotando las dosis que tomaba, como tenía orden de hacer, pero la brecha aumentaba entre lo que escribía y la realidad. Las puertas del armario se quedaban abiertas y los frascos destapados. Un olor dulzón e indolente impregnaba la habitación.

—Acuérdate de cómo era cuando llegaste —dijo Pru, cuando bajé la cocina para prepararle una bandeja. Té aguado con bizcochos. Pru cortó una rebanada de pan curva como una quijada y me hizo llevársela también, untada con mermelada, para ver si eso la tentaba—. Se quedará unos días en la cama, pero después echará el mal pelo.

Estábamos encerradas en su habitación (razón por la cual nadie, aparte de Linux, hizo ningún comentario más adelante, cuando volvimos a estarlo). Benham dijo que había que llamar al doctor Fawkes y les oí susurrar: «... hacerle una sangría... histérica... aumentar el paregórico...». Oí decir a Fawkes que se trataba de un desequilibrio de los humores, de un exceso de la bilis negra. Por la reacción de Benham, me pareció que no era la primera vez. Benham me ordenó que le subiera un plato de sopa y me quedara con ella durante la sangría.

Cuando volví a entrar, Madame se había destapado. Le inquietaba lo que le esperaba. Fawkes tenía plena confianza en que las sangrías, una dieta, los baños calientes y el opio le restablecerían el equilibrio.

—Esos son sus artículos de fe —dijo Madame—. Solo el opio procura cierto placer. —La engatusé con caldo de cebada, infusiones, puré de zanahoria. Comida de bebé. Y le preparé las dosis. Un poco para ella, un poco para mí. Limpié su sangre del cuenco. La lavé. Lo hacía con gusto. Y jamás me permití pensar en Phibbah, ni en Miss-bella.

Melancolía. Bilis negra. Lo mismo que mancha la piel negra, y sobre lo que yo había escrito para Langton. «Incluso su mal es el mismo que el mío», pensé.

Había reducido su mundo a su cama y había oscurecido las ventanas. Una gran mano que la aplastaba: la sentía dentro de su cabeza, y en sus doloridas articulaciones.

La primera noche después de la visita de Fawkes quiso sentarse cerca de la ventana. El cielo empezaba a teñirse de rosa y quería verlo envolver las nubes como una cinta. Esa noche, escribió lo siguiente: «Cuando estoy al borde de un precipicio, un puente, un balcón, siempre me invade un súbito deseo de saltar. Pero la melancolía no es el salto, sino el deseo. Las ganas constantes, incontenibles, insoportables».

«Triste sin razón», dijo Pru, sorbiendo por la nariz.

Pero a mí me parecía que tenía más de una.

29

Fawkes regresó dos días después. Me dijo que calentara unos vasos sobre los fogones y los utilizó como ventosas que le dejaron ampollas en la espalda, entre los hombros. Cuando todo lo demás falló, llevó un tarro con la tapa agujereada donde ponía SANGUIJUELAS. Había cientos de criaturas dentro, parecidas a lengüecitas negras, ciegas como lombrices de tierra. Apoyé a Madame contra mi pecho mientras Fawkes se las enganchaba una a una en la parte alta de la espalda, y después esperamos, él en la ventana con las manos juntas en la espalda, y ella en una de las sillas, aún con el corpiño desabrochado y la bata resbalándole de los hombros. Las sanguijuelas se inflaron como pompas de jabón hasta que se desprendieron una a una y pudimos llevarla a la cama.

El único efecto positivo de la sangría fue que la vació lo suficiente para que se durmiera, agostada y hecha una bola como un papel en un incendio.

Lamento decir que mi gusto por el láudano aumentó por entonces. Había empezado con gotas puntuales, pero últimamente tenía una necesidad tal que me temblaban las manos en cuanto sacaba el frasco para preparar la dosis de Madame. Antes de empezar a consumirnos por dentro, el opio es como una llama. Pura energía y pura calma al mismo tiempo. Estrecha las redes de nuestro cerebro. Las alegrías se convierten en éxtasis. Pero, sobre todo, hace que el mundo desaparezca. Empecé a necesitarlo tanto como ella, ya que era lo único que podía aliviar mi corazón roto. No obstante, también es uno de mis más amargos remordimientos. Porque esa sustancia diabólica me impidió conservar el juicio y empañó mis últimos días junto a ella.

Durante una de esas semanas, el señor Casterwick se tropezó dos veces conmigo, como ha dicho en mi juicio: en la cocina, escribiendo en la mesa con una pluma que no existía; y en el jardín, buscando un bebé en el seto y diciendo que había robado un niño y tenía que devolverlo.

Eso me asusta, incluso mientras lo escribo. Porque no tengo ningún recuerdo de ello, pero podría muy bien ser cierto.

El láudano me despojaba de mis recuerdos y también de mis vergüenzas.

—Se oyen toda clase de historias —me dijo Madame—. Pero solo hace falta autocontrol. Según Paracelso, es la dosis lo que es el veneno.

Acarició la boca del frasco. Yo bebía y bebía, y también ella. El líquido se me pegaba a los labios. Mis pies se deslizaban por la alfombra, los muebles se disolvían en formas oscuras. El mundo arrasado pasaba ante mis ojos en un dulce estupor. El opio se colaba en mis sueños. Soñé con un campo que se extendía hasta donde alcanzaba la vista. Lo soñé con caña de azúcar, en hileras largas y rectas. La tierra estaba mojada y oscura. «La lluvia ha regado bien la caña de azúcar», pensé, pero cuando bajé la vista vi que no era agua, sino sangre. Barro, sangre.

Cuando volví a levantar la cabeza y miré hacia el horizonte, vi a Miss-bella. Después, siempre ocurre lo mismo. Nos mira a mí y al niño arrodillado en la hierba, con la cabeza gacha, aprisionada por un calibre. Entonces sueño con Langton. Con su voz: «Anota esto, Frances. Escríbelo. Los huesos de la cabeza están moldeados para acomodarse al cerebro. Del tamaño del cráneo depende la cantidad de cerebro». En ese momento, Miss-bella levanta la mano, nos señala con un dedo furioso y grita: «Eres un monstruo, eres un monstruo, eres un monstruo». Y yo miro alrededor. ¿A quién habla? ¿A quién se refiere?

Entonces me doy cuenta de que la persona a la que mira, la persona a la que señala, soy yo.

A la mañana siguiente me desperté empapada en sudor y cogí el frasco de láudano. Cuanto más bebía, más necesitaba.

El aire estaba espeso como la lana, mis axilas agrias. El día se dilató. Cogí una novela de la estantería y me eché junto a ella para intentar leer en voz alta. El láudano emborronaba las páginas, de manera que metí un dedo entre ellas y eché la cabeza hacia atrás. La mujer de rojo me miró como si fuera a saltar de la pared. Con las faldas aún manchadas. «¡Sé la MUJER que quieres ser!» Cuanto más la miraba, más le palidecía la cara. Los colores se entremezclaron hasta que el cuadro pudo ser cualquier cosa: cenizas, sangre y hueso.

Me incorporé, mareada.

Madame estaba demasiado inquieta para darse cuenta. Un pánico se había apoderado de ella y en ese momento la propulsó hacia el armario para tomarse su dosis. Unas semanas antes de que cayera enferma, habíamos ido a un baile para negros en una taberna próxima a Fleet

Street. Yo no había visto nunca tantos negros en un mismo sitio, con tonos de piel que iban de la brea al café y la leche. Algunos tan blancos que solo el pelo los delataba. Madame había ido disfrazada de hombre, pero ahora le preocupaba que pudieran descubrirnos. El momento para inquietarse habría sido antes de ir, le dije. No escribí ni una palabra sobre el baile en las notas que le entregaba a Benham. Tenía mala conciencia por escribir lo que fuera, aunque se tratara sobre todo de mentiras e invenciones. Lo hacía porque él me lo había ordenado y tenía que darle alguna cosa. La misma razón por la que había respondido a sus preguntas sobre Paradise.

Se respiraba un ambiente en la habitación de expectativa a que algo ocurriera, aun sabiendo que jamás sería así. Quería que dejara de morderse las uñas y de parlotear, de manera que le pregunté:

—¿Qué se llevaría si pudiéramos irnos?

—¿Qué quieres decir? —dijo, bajando la mano—. ¿Irnos? ¿De aquí? ¡Vaya idea!

—¿Y si pudiera llevarse únicamente una sola cosa?

—Me costaría dejar mis libros, sin duda..., pero me llevaría... mi retrato. *La femme en rouge*. Seguro. Y el cofre de los huevos. ¡Anda! ¡Eso son dos cosas! Soy una tramposa, lo sé. —Sonrió—. Mamá solo tendría que aceptar que la enrollara y la metiera dentro de papá.

Miré a la mujer de rojo. Su vestido un corazón detenido. Madame no me preguntó qué me llevaría yo, quizá porque nada de lo que había en la habitación era mío.

Los médicos blancos son un azote más que un remedio y Fawkes no era una excepción. Muy listos para juntar una clientela, imagino, pero no para mejorar la salud de nadie. Le dije a Madame que se estaba quedando sin fuerzas además de sin sangre y que necesitábamos salir de la habitación.

Las hojas doblaban las ramas con su peso y el sol proyectaba sombras verdes en el agua del estanque, donde las moscas dibujaban lazos negros en el aire. Pero la luz le lastimaba los ojos y aún hacía demasiado calor para ella, de manera que apenas paseó, aunque sí consintió, en cambio, en sentarse en el salón. La acomodé junto a la ventana, donde podía mirar el jardín, con su chal blanco de encaje en las rodillas. Me pidió que fuera a buscarle los periódicos, que se dejaban habitualmente en el mueble del comedor después del desayuno. En cuanto se los di, deseé haberle dicho que ya se los habían llevado. Porque se había celebrado un combate en Five Courts, una «carnicería», y él estaba ahí, con sus puños negros y su sonrisa más negra aún.

—Mira. —Puso el dedo sobre el dibujo—. Chavalito.

—Ya lo veo.

Me aparté y me ovillé en el otro extremo del banco junto a la ventana. Miré el jardín, que serpenteaba hacia el estanque. Pero la noticia tuvo el efecto contrario en ella. La enderezó como si un hilo tirara de sus vértebras e imprimió una nota cantarina a su voz. Cuando pasó la página, dijo que quizá tomaría un licor y un poco de fruta, y me pidió que le dijera a Charles que preparara la mesa de juego.

Hasta ese momento, su melancolía había parecido ser una pena sin raíz. Pero al ver su reacción me pregunté si el origen no había sido precisamente el hombre cuya imagen había conseguido arrancarla.

¿Qué era lo que Madame había dicho la noche de su discurso? Chavalito Veloz se había convertido en el hombre que quería ser y ella lo admiraba por eso. Después había escrito su desdicha en las paredes de su habitación: «¡Sé la MUJER que quieres ser!».

El recelo empezó a roerme como las ratas el cuero.

Puede que aún estuviera viva si yo hubiera podido refrenar esos celos. Pero, en cambio, permití que mis dudas se me incrustaran como el barro en el tacón de un zapato.

Ella pasaba ahora la mayor parte del tiempo en la cama, aunque cada vez salía más al jardín. Una mañana, incluso fue hasta el parque. Dos semanas después, Benham insistió en que lo acompañara a una cena, una proeza que Madame solo pudo realizar con la ayuda del láudano, y trajo consigo los olores del resto de los comensales. Los tónicos, pociones y pomadas.

Al cabo de un tiempo abrió la casa. Sus amigas fueron apareciendo poco a poco. Empezó otra vez a salir. Y entonces los rumores la seguían a todas partes.

«Otra crisis. El opio, ¿sabe?»

«Todo ese asunto con el muchacho quizá tendría que haber servido de advertencia a Benham.»

«Ella lo malcrió, como a un principito. En vez del criado que era. Es cruel, por supuesto, educar a un niño de una manera que sobrepasa sus expectativas. Sobre todo a un negro.»

«Desde luego, ellos no deberían esperar nada en absoluto.»

Esos rumores me herían, pero también se convirtieron en lo único que aliviaba mi dolor. Siempre quería más. Necesitaba saber qué había ocurrido entre ella y él. Pero Madame no me contaba nada y Pru, que había sido mi única fuente fiable, eligió ese momento para sellar sus labios. «No sería apropiado chismorrear sobre ese tema, Fran, cuando Linux podría aparecer por aquí en cualquier momento.»

Pronto sabría más de lo que me habría gustado.

30

No eran verdaderas amigas. «Amigas» solo era la etiqueta que llevaban enganchada, igual que los confites de Piccadilly.

Una tarde, Hep Elliot le hizo una visita, acompañada de Chavalito Veloz. Un acto de pura maldad, en mi opinión.

Madame y yo pensábamos pasar la tarde en el parque. Dadas las circunstancias, no me quedó más remedio que esbozar una sonrisa que ocultara mi tristeza y hacerles sitio en el banco junto a la ventana. Tuve que tragarme mi furibunda frustración y guardarla dentro de mí. Llevaba un plato de galletas que había subido de la cocina. Eran de grosella y tenían forma de cerdito. Cuando Hep Elliot vio el plato, se abalanzó sobre él para repartirlas y preguntó a Madame si creía que podía convencer a Linux para que les subiera una botella de su famoso vino de bayas de saúco.

Intenté no mirar a Chavalito, pero él llamaba la atención. No era un hombre, sino una carga de caballería, lo que había frenado en seco junto a la chimenea. Volvía a ir de traje y al menos se había asegurado de limpiarse bien la sangre.

—¿Han quitado el cuadro? —preguntó, rascando uno de los caballos pasados a bayoneta—. Qué lástima.

Madame se estremeció. Me lanzó una mirada suplicante, pese a saber que yo no podía ayudarla. Tendría que sacarlo del salón ella sola.

—¿Qué pasa? —preguntó él—. ¿No le alegra verme a menos que sea usted la que elige el sitio?

—Claro que me alegra verle, Chavalito.

—Olaudah. Prefiero Olaudah, a menos que esté en el ring. Y creo que sus palabras exactas fueron que toda la familia Benham estaría contenta de saber lo bien que me había ido.

Bueno, ¿qué podía responder a eso? Madame guardó silencio. La vi lanzar miradas hacia la puerta. Oh, estaba nerviosa. Chavalito tenía razón: podía alegrarse de verlo, pero no de verlo ahí. Se le soltaron dos tirabuzones que le taparon parte de la cara. Olaudah sonrió, se encogió de hombros y volvió la cabeza hacia la repisa de la chimenea con aspecto de querer morderla. No vi nada ahí que pudiera captar su interés, salvo el ramillete de lirios que Linux había colocado esa mañana en un jarrón, y me pregunté si solo miraba la repisa para no mirar a Madame. Él acababa de sentarse en el banco junto a la ventana y ella estaba a punto de arreglarse el pelo cuando entró Benham. El silencio que se desplegó entonces pareció tener cuerpo. Se hinchó como una vela. Madame hizo un amago de conversación, pero Benham la acalló. Ni tan siquiera pareció darse cuenta de que Chavalito estaba en el salón. Solo los miró a todos y asintió con la cabeza. Aunque, cuando se sentó y conversó con Hep Elliot, parecía que su voz estaba aprisionada detrás de sus dientes.

Más tarde, bajé al salón vacío y me senté en el banco junto a la ventana para terminar un bordado que Madame quería colocar en la repisa de su chimenea. Eran puntadas de araña, más difíciles por el temblor de manos que me causaba el láudano. Todo ese hilo, y tener que bordar violetas blancas en algodón blanco. Pero ella quería violetas y yo la quería feliz. Había dicho que esa tarde Chavalito la había cogido desprevenida; le preocupaba que Benham lo desaprobara. Le hice notar que había sido ella la que había escrito a Chavalito y que parecía que siempre estuviera cambiando de opinión.

Al cabo de un rato la oí hablar con Benham en el pasillo; él dijo que el muchacho no era bienvenido y ella respondió que abrirle las puertas de su casa era, sin duda, la mejor manera de acallar los rumores. Después le pidió que se sentara un rato con ella en el salón. Intentaba apaciguarlo, pensé. Cuando entraron juntos, bajé la vista, esperando hacerme invisible, y seguí con mis puntadas minúsculas como hormigas. Las cortinas echadas quitaban parte del calor y dejaban pasar tan poca luz que llamaron a Pru para que les encendiera unas velas. Cuando terminó, Benham le pidió que le subiera un plato del pastel de almendras de Linux y después se sentó mientras chupaba el mazapán del tenedor, con los hombros caídos. Durante un rato hubo silencio, pero Madame no dejó de mirarlo con el rabillo del ojo, como se hace con un perro agresivo. Pasó una página de su revista y tomó un sorbo de brandi. A mí también me apetecía, pero nadie me lo había ofrecido.

Benham alzó la cabeza.

—Veo que vuelves a darte caprichos, esposa.

—Vuelvo a estar aburrida, esposo —respondió ella, dejando el vaso de golpe.

Di otra puntada y respiré hondo. Cuando alcé la vista, vi ante mí los caballos moribundos del cuadro, sus ojos blancos como platos, sus pechos como yunques. Quería abrir las cortinas, al diablo con el aire caliente. Quería que Benham se marchara, para tenerla otra vez para mí sola.

Por fin, Madame dejó la revista.

—Señor Benham —dijo—. He estado pensando.

—¿Ah, sí?

—¿Y si patrocináramos algo del estilo del premio Bordeaux? ¿Invitáramos a autores a escribir sobre el tema de debate? ¿Les pidiéramos que leyeran sus textos? —Sus palabras lo cogieron por sorpresa.

Dejó el tenedor de golpe.

—¿No acabamos de hablar de eso? Mi respuesta es no. Además, el premio Bordeaux fue un fracaso.

—Me gustaría que lo reconsideraras. Aún hay tiempo para cambiar de opinión.

Se había vuelto audaz, pensé. No era la misma mujer que se había comido el huevo sin rechistar.

—Mi opinión no va a cambiar. Siempre he dicho que la institución puede reformarse. —Se lamió una miga pegada al labio—. El tráfico de esclavos está acabado desde hace décadas. Desde que Frances era una bebé. —Me dirigió una risita. Mantuve la cabeza gacha y fingí no haberlo oído.

—Pero el sufrimiento de los miles de esclavos que aún existen no es menos urgente que el de quienes fueron transportados en los barcos negreros.

—Ten cuidado, esposa. Empiezas a parecer una radical. La mitad del dinero que te permite tener todo ese terciopelo bajo el trasero proviene precisamente de esas haciendas. No lo olvides. —Se puso una mano ahuecada en la oreja—. No he oído que te ofrecieras a renunciar a él. —Dejó el plato, mojó una servilleta en un vaso de agua y se la pasó por la frente—. De todas maneras, estoy a punto de compartir mis opiniones, lo que pondrá fin al sufrimiento del que hablas. Proporcionará a la institución un marco benévolo. Cuando se publiquen mis artículos, los buitres podrán deshuesarlos. Podrán vaciarme el cráneo. ¿No es eso lo que los buitres hacen con los cráneos? ¿Frances? —Se volvió de nuevo hacia mí. Detestaba su manera de dirigirse a mí, de mirarme.

Cuando pienso en ella, es con la clase de amor que hace que el asesinato parezca una mentira. Pero a él podría haberlo matado.

Ocupé las manos en el bastidor. En cada puntada. La droga me daba la impresión de que solo mi cuerpo estaba despierto, mi cabeza dormida.

Como siempre, hacía un calor sofocante en la cocina. Olía a carne asada. Un conejo giraba en el asador y la grasa se tornaba negra al quemarse en la cocina. Cogí un plato del aparador. De porcelana, no más peltre para mí. Paseé la vista a mi alrededor para asegurarme de que Linux me miraba. Sus cabezas vacilaron, como velas al viento. La cocina pareció enrollarse y desenrollarse ante mis ojos. Ya no bajaba casi nunca de lo ocupada que estaba con Madame. Pero esa noche, ella me había dicho que quería solo brandi y láudano mezclados en un vaso y que la dejara un rato en paz. ¡En paz!

La cocina había sido mi única opción.

Me corroía la misma preocupación que había sentido antes en el salón. ¿Se estaba alejando de mí? ¿Ya no me deseaba? Al pensarlo había sentido terror, la mano me había temblado y, antes de darme cuenta, me había pinchado el dedo.

La voz de Linux crujía como una escalera. La cena estaba servida en la mesa. Cerdo, nabos, vasos de cerveza. Una cena de viernes. Volvió hacia mí sus ojos de granito.

—La arrogancia anticipa la caída —dijo.

La Biblia estaba junto a su plato. No me apetecía oír versículos. Me hacían pensar en Paradise, en Phibbah. En las veces que Miss-bella murmuraba: «Dios nos lo da, Dios nos lo quita».

Cuando le pregunté qué quería decir, Phibbah chasqueó la lengua. «Algunos dirían que significa que el hecho de que una mujer lo tenga todo no implica que no sepa lo que es perder.»

«Dios nos lo da, Dios nos lo quita.»

Si eso es cierto, no podemos hacer nada aparte de sentarnos a esperar, ver qué nos da, ver qué nos quita. Dar las gracias al Dios clemente o maldecir al ladrón.

Pidió al señor Casterwick que trinchara la carne y empezó con sus quejas.

—El lunes, Charles, me informaron de que fuiste insolente con los empleados cuando te mandé a...

—¿Por qué hace esto? —interrumpí, bullendo de impaciencia. ¿O era la droga?

—¿Disculpa?

—Se pasa la vida sacando a relucir los pecados de Charles, los de Pru o los míos. Solo intenta humillarnos.

Se pintó una sonrisa en su cara.

—Oh. A ti no te he humillado, criada. —Arrebató el cuchillo al señor Casterwick y lo clavó en el asado de cerdo. El jugo rosado salpicó la mesa—. Aún.

Más tarde, Pru subió dos vestidos limpios de Madame. Se los cogí en el pasillo, con la puerta bien cerrada a mis espaldas.

—Fran. Eres demasiado descarada.

—¿Por qué permitimos que nos trate así?

Bajó la voz.

—Te equivocas de objetivo. Solo eres así de descarada porque crees que ella es tu amiga. —Señaló la puerta con el dedo pulgar—. No puede haber verdadera amistad entre la gente como ella y la gente como nosotros.

—Tengo que volver, Pru —dije. Puse la mano en el picaporte. Mi mente ya corría hacia ella, pensando en maneras de engatusarla para que comiera. Agazapada detrás del cristal, la noche negra nos vigilaba.

Extracto del diario de George Benham
(Anotación de George Benham:
NO DESTINADO A PUBLICACIÓN)

Me crucé con Marguerite ayer en el salón, demasiado radiante, como siempre está después de todas sus crisis, igual que la hierba brilla más después de un aguacero.

—Mira quién ha venido —dijo.

¿Y a quién encontré en el sofá, al lado de esa tal Elliot? Al muchacho.

—¡Chavalito! —exclamó, señalándolo. Nerviosa. Como era lógico. Lo hizo delante de Hep Elliot para evitar una escena—. Lo ha traído Hep. ¡Yo no tenía ni idea!

Seguro que no.

El hijo pródigo. No parecía nada incómodo de encontrarse cara a cara conmigo, aunque tenía la ventaja de saber que estaba bajo mi techo. Me hizo una pequeña reverencia a regañadientes y la indiferencia de sus gestos me transmitió, ¿qué? ¿Su ambivalencia? ¿Su rencor? ¿Su venganza?

Lo ignoré por completo para no darles la satisfacción de montar un número.

Me quedé un rato y después me fui. Elliot me siguió al

pasillo y me pinchó. Hizo un comentario sobre lo comunes que eran los celos, para alguien que se cree un hombre tan poco común.

Más adelante dejé claro a Meg que el muchacho no es bienvenido. No. Un muchacho no. Ya es un hombre.

He decidido patrocinar el debate, pero en mi propio nombre. «¿Cuál es la razón de ser de la diversidad de las razas humanas?» En definitiva, fui yo el que concibió la pregunta.

En lo que a Meg respecta, la criada sigue presentando únicamente notas muy pulidas, mucho más preocupada por su caligrafía que por escribir nada útil. Láudano en las dosis prescritas. Escribir sus insustanciales memorias. Salidas a Gunter's para comprar pistachos escarchados, a la biblioteca de Hooke (párrafos y párrafos sobre eso) y a Richmond para pasear por el parque con esa solterona, Elliot. «Seguro que hacéis más que eso, ¿no?», pregunté. En respuesta, se mordió el labio. Cree que salva a Meg contándome esas medias verdades.

Todos quieren salvar a Meg.

Entretanto, el objeto de nuestra mutua atención brilla cada vez más mientras que la criada se apaga, aunque sospecho que ambos estados de ánimo tienen la misma causa: a saber, el señor Olaudah Cambridge. Para corroborar mis sospechas, le pregunté qué opinaba de él. Respondió que no pensaba gran cosa de «Chavalito» Cambridge pero que, de todas maneras, sería imposible tener de él una mejor opinión que la que él tiene de sí mismo. Creo que empieza a darse cuenta de que la ha sustituido un nuevo favorito. Así es Meg. El fervor coleccionista de una urraca.

Paradise volvió a surgir en la conversación. Le pregunté si sabía que Boyle creía que la existencia de albinos demostraba que Adán y Eva eran blancos y que todas las otras razas descendían de ellos. Se retrajo cuando mencioné a los albinos, como hace siempre, y el rubor le ensombreció el rostro. ¡Me fascina que tenga la piel tan clara como para sonrojarse!

Yo estaba molesto, quizá por la inesperada aparición del muchacho, así que la presioné. Cruel, sí, pero sus silencios impenetrables y sus mentiras me hacen perder la paciencia.

—He recibido una carta de tu antigua ama —dije—. De la señora Langton.

Eso la mandó de vuelta a su caparazón y me miró parpadeando, con el aire ausente de quien contempla una hoguera, sin ver nada. Se habían enterado en Jamaica de que la mulata de Langton había acabado bajo mi techo. La señora Langton me aconseja que me libre de ella por el bien de la casa, pero a la vez da a entender que conoce toda la historia del bebé albino.

Voy a explicarme.

Se atribuye al conde de Buffon la teoría de la interfertilidad, según la cual si una pareja tiene un hijo capaz de reproducirse, ambos padres son humanos. En otras palabras, si el hijo de una madre negra y un padre blanco puede engendrar hijos, blancos y negros pertenecen al mismo grupo humano. De lo contrario, los mulatos serían estériles como las mulas. Los mulatos son claramente fértiles: basta con ver los tercerones, cuarterones y octavones que salen como setas por todo el nuevo mundo. Por tanto, la afirmación de que los negros no son humanos es falsa y una deplorable pérdida de tiempo. Eso planteaba un problema a Langton, como ya he mencionado en otra parte. Supongo que no pudo ignorarlo durante mucho tiempo. En cambio, propuso una serie de «apareamientos experimentales». Lo sé de buena tinta, a través de varios miembros de la Real Sociedad; por suerte, pude decirles que ya había escrito a Langton para cortar todo contacto con él.

Un año después, me enteré de que había mandado a Pomfrey a la caza de un negro blanco, un niño albino «menor de cuatro años». Me pregunté qué podía querer de él. Encontrar un negro blanco es como hallar una aguja en un pajar. No se encuentran en las rutas negreras habituales, ni tan siquiera en el mercado negro más negro, ni tan siquiera a través de ese negro personaje, Pomfrey. Los albinos se pusieron de moda a mediados del siglo pasado. Un negro blanco de cuatro años se expuso en 1744 en París, en la Académie Royale des Sciences. ¡Cuánto bombo dieron a los exámenes realizados por Maupertuis y Voltaire en esa ocasión! (Voltaire describió un animal que se llamaba hombre porque estaba dotado de habla, memoria, un poco de lo que nosotros llamamos razón y una especie de cara: ¡deliciosa ironía viniendo del hombre que escribió *Cándido*!) Por supuesto, también se han expuesto albinos en esta bella ciudad: por ejemplo, Amelia Newham, la negra blanca, en la Feria de Bartholomew a finales del siglo pasado.

Confieso que me sentí dividido. Ningún naturalista dejaría pasar la oportunidad de examinar a una criatura tan poco común. Langton quizá vio su oportunidad de demostrar que el color de la piel y el resto de las características nacionales son innatas y no superficiales. Si el albino fuera como todos los otros negros, sus partes internas, la bilis y la sangre, también serían negras, y él poseería todas las otras características de los negros. Confieso que estuve momentáneamente entusiasmado con la idea de todo lo que sería posible hacer si se tuviera acceso a un sujeto así, pero ni tan siquiera eso fue suficiente para convencerme de volver a asociarme con Langton. Sabía que llevaba tiempo preocupado por el argumento de que el pequeño *blafard* expuesto en París constituía la prueba de un vínculo vestigial entre blancos y negros, y más aún por la afirmación de que los primeros humanos fueron negros (porque los negros habían engendrado blancos, pero ningún blanco había engendrado nunca un negro). Eso destrozaría sus argumentos poligénicos de que las razas son, de hecho, dos especies completamente distintas.

Quizá Langton tenía simplemente curiosidad; quizá solo quería quedarse con él, como había hecho Buffon con su Geneviève, «de enhiestos pechos y aliento azucarado». Pero creo imposible ser demasiado injusto en lo que respecta a las motivaciones de Langton.

El bebé es mi mejor oportunidad para matar varios pájaros de un tiro, ya que sospecho que podría ser el peor ejemplo de la conducta de Langton. Pregunté a la criada:

—¿Qué fue del bebé?

Se sobresaltó y me miró de hito en hito.

APÉNDICE

He podido arrancarle algunos detalles adicionales. Como ocurre con todas las buenas confesiones, la suya empezó con una mentirijilla atenuante. Dice que ella no tuvo nada que ver, pero que Langton consiguió un albino, de la hacienda Montpelier de Antigua. No sabe (se mostró evasiva) cómo fue posible, ya que el tráfico de esclavos había sido abolido. El bebé ya era esclavo y suponía que por eso pudo comprarlo Langton. Tampoco estaba al tanto de sus intenciones. (De hecho, esto último podría ser cierto. No creo que esos dos locos las supieran ellos mismos.)

¿Qué fue del niño? Ella se negó a decir nada más.

31

¿Qué sabía Shakespeare? El amor debe cambiar, o no so-
brevive.

El apetito de Madame había aumentado durante mis
primeros tiempos con ella. Nueces que había que cascarle,
quesos duros y amarillos, el ganso al horno de Linux acom-
pañado de patatas asadas en manteca, magdalenas francesas. Yo comía con ella en su habitación, en las bandejas de
peltre. Pero ahora solo quería caldos y huevos, y el hambre
a menudo me obligaba a bajar. Una noche, Linux había
preparado una tarta de grosella y, como de costumbre, la
tetera humeaba en la mesa a la que todos estaban sentados.
Al verme, dejó el cuchillo y se pasó la mano por la boca.

—¿Te ha vuelto a echar? —preguntó.

Llamaron al marco de la puerta. Madame. Acababa
de llegar de un baile. Me levanté. Antes le había ayudado
a ponerse su vestido largo, con un forro de gasa en el
busto fino como el humo. «No te necesitaré esta noche
—había dicho—. Estoy segura de que el descanso te vendrá bien, ¿no?» Aún llevaba los guantes blancos subidos
hasta los codos.

—¿Dónde está? —me preguntó, mirándome de hito
en hito. Le temblaba la mandíbula.

—¿Dónde está el qué?

—Ya lo sabes.

—No lo sé. —La humillación me cerró la garganta.

Todos los demás me miraban. Pru tenía los ojos clavados en mí y la boca crispada.

—Mi tintura. No está en el sitio de siempre.

—¿Su medicina, señora? —dijo Linux, con una sonrisa zalamera en los labios—. Puedo subir si quiere. La ayudaré a buscarla.

—No, señora Linux. No quiero. Porque Frances sabe dónde está. —Alzó la barbilla y se dio unas palmaditas en las faldas.

En esa época yo siempre estaba a merced de sus cambios de humor.

—Pero no lo sé —repetí—. No la he visto.

La cara de Linux se estiró como el cordón de una bota.

—¿Y si hago que le suban una rica manzanilla, Madame? ¿Le apetece? O tal vez podría quedarse un rato aquí. Hay una tarta deliciosa.

Al día siguiente hacía calor, pero soplaba el viento. El parque estaba tranquilo. Paseamos sin hablar y no nos cruzamos con nadie. Los árboles, las flores y el lago desfilaban por el borde de mi campo de visión. Las hojas eran como pequeñas tablas verdes que flotaban en un océano. Ese día no había tomado mi dosis de opio y el dolor rugía dentro de mi cráneo. Me sentía acorralada tanto por su falta como por Madame. Y nada podía parar el miedo que me subía por la garganta. «Nunca dejes que tu señora se aburra.» Me detuve en el camino. Los pájaros negros que volaban alto descendían a veces en espiral para llenarme los oídos de sus cantos y observarnos desde una rama.

—Me instalaría en la copa de uno de esos olmos...
—dijo, mirando el cielo. Volvíamos a ser amigas—. O me
haría una camita cerca del lago Serpentine para dormir
bajo el cielo azul oscuro y hacer el amor con las estrellas.
¡Ja! ¿Qué dirían de la excéntrica Meg Benham entonces?
—Se volvió hacia mí; los ojos le brillaban—. Siento haberte acusado... anoche...

Estaba demasiado cansada para responderle.

«Podría arrastrarla detrás de uno de esos olmos
—pensé—, meter los pulgares por debajo de su corpiño...» Oh. Dentro de la casa podía hacer lo que quisiera.
Acostarla sobre su escritorio y besarle los pechos como
me placiera. Pero fuera no era nadie, una mera criada.

Imaginé que le enroscaba un mechón de pelo en la
mano y tiraba. Dio un paso atrás.

Ahora empieza a preocuparme que, en el fondo, fuera de mí de quien tenía miedo.

Esa misma tarde, sin saber qué más hacer, salí a buscar
rosas al jardín. Las tijeras seguían sin aparecer. Corté
con los dedos las pocas flores que quedaban en el rosal.
Los pétalos cayeron a mi alrededor como la ceniza. Volvía a entrar con esos tallos rotos cuando Linux apareció
detrás de mí. Como de costumbre, llevaba su humor escrito en sus labios.

—Te buscaba —dijo—. Vengo de hablar con la señora. Ha pedido que Pru le suba la bandeja.

—¿Qué? ¿Por qué?

—¿De verdad crees que te debemos una explicación,
criada? Ocúpate de la cocina para variar. —Su sonrisa
satisfecha se convirtió en una mueca. Me di la vuelta, con
un pie ya en la escalera, pero me agarró por la muñeca y
no me soltó—. ¡Abajo! —ordenó.

Por mucho que me devané los sesos, no lo entendí.

Me puso a fregar ollas con arena. Había un montón en el fregadero, todas embadurnadas de grasa. El jabón me salpicó las mangas cuando metí las manos en el agua. Sentía que había caído en desgracia. Pru bajó y dijo que Madame ya no la necesitaría porque había decidido salir. ¿Otra vez? Me palpitó el corazón. Dejé las manos quietas sobre el fregadero. Los dedos acorchados y mojados, como hojas. Detestaba mis estados de ánimo cambiantes, que se esforzaban por seguir el ritmo a los suyos. Lavé las ollas a toda prisa, pensando solo en regresar arriba. Cuando Linux se fue, me escabullí hacia la escalera y después por el pasillo hasta su habitación. Esa vez, nadie me detuvo.

No estaba.

Mis manos adquirieron vida propia. Repisa de la chimenea, sábanas. Las rosas marchitas. Sus cajones. El armario. La gentileza del láudano. Aunque no hizo nada para contener el terror amargo que me desbordaba como una riada. Bebí más y más. Luego, por primera vez desde que Benham me lo había pedido, me transformé en espía.

Estaban en el cofre de los huevos. Por supuesto. Sentí una punzada de pánico en las tripas cuando decidí abrirlo. Puse las dos manos sobre la tapa, intenté tranquilizarme. Mis manos. Cómo había odiado verlas trabajar toda la vida. No sabía cuándo regresaría Madame. En la pared, la mujer de rojo me observaba, con los ojos muy abiertos, avisándome o juzgándome. Abrí el cofre. Saqué su broche negro. Junto a él había un anillo de oro, que ellos llamaban «sello». Un anillo de hombre. A su lado, un mechón de pelo cano atado con una cinta negra; una carta, para papá, de «Marguerite Delacroix, de siete años»; una sola perla blanca, perdida como un diente de leche. Los saqué todos. Incluso las cosas más sencillas me confundían en esa época, el cerebro y las manos me iban lentos, mi cara era un enigma en el espejo. Por tanto, cuando vi los primeros fragmentos de blanco, pensé: «Las cáscaras de los huevos de su padre. Aplastadas. Pic, pic, pic».

El mundo desapareció. La tapa se cerró de golpe y casi se llevó mis dedos con ella. «Pic.»

No eran huevos, sino cartas. Cartas, cartas y más cartas.

¿Por qué respondí «por fin»? Me parecía que alguien debía compadecerse de usted. ¿Le convence eso? Sería más interesante preguntarse por qué siguió escribiendo usted. CV

Es tan insistente con esta pregunta como lo era cuando no respondía sus cartas. Seré franco. Su primera carta la tomé por el capricho de una mujer aburrida. Yo no estaba tan aburrido como para contestar. Ahora sí. Pero sigue sin responder a mi pregunta. ¿Por qué siguió escribiendo? Déjeme adivinar. Se siente sola. CV

Dice que su esposo la apoya. No es el hombre que usted cree, aunque sí es el que yo recuerdo. El apoyo sin acción no es sino una abstracción. CV

Ya conoce mi historia. Cuando llegué aquí siendo un niño, creí que estaba en el Paraíso. Había pasado mis primeros cuatro años en una barraca de esclavos con mi madre hasta que el señor George Benham, en su gran sabiduría, decidió convertirme en su criado y me sacó de su hacienda. Antes de que me fuera, recuerdo que mi madre se apartó de mí. Se negó a hablarme y, de hecho, empezó a comportarse como si no existiera. Por supuesto, eso me hizo más fácil la separación. ¿Quién puede decir qué se la habría facilitado a ella? No recuerdo mucho más. He corrido un velo sobre el resto. Cinco años más tarde casó con usted. Creí que era un ángel. Todas las cosas de las que se rodea son blandas y luminosas (incluso sus ideas, si se me permite volver a mencionar a su esposo). Cuando me mandaron a Cambridge, decidí apellidarme así. Me convertí en Olaudah Cambridge. Durante un tiempo pude desaparecer. A algunas personas de su rango les divierte que me haya puesto el apellido de esa gran universidad. Me toman el pelo con eso. Mientras estudiaba, me presentaron a algunas frívolas baronesas que me preguntaron dónde había aprendido a hablar tan bien el inglés. Les respondí que hasta un loro puede aprender este idioma tan sencillo si se lo enseñan. Me ha sido muy útil. Me distraigo haciendo lo que me vio hacer. Los blancos son mi deporte. Tanto en el podio como en el ring.

No la veré solo porque usted me lo ordene y, además, si aceptara, tendría un mal concepto de mí. CV

De él a ella. Todas.

Las madres odian a sus bebés. Es lo que Phibbah solía decir. El odio es un componente necesario de la maternidad, al igual que el amor. Siempre acaba por llegar. Los primeros días, cuando son rojos, gritones, feos. Patalean, como perros que escarban en la tierra. No nos dejan dormir y sabemos que tenemos que ir a los campos antes del alba y que seguiremos ahí mucho después del crepúsculo. Es en ese momento cuando desearíamos que no existieran. Dura un abrir y cerrar de ojos. Tenemos una sensación de vértigo que nos deja vacías. Y al momento no queremos volver a sentir lo mismo nunca más.

«Pero volverá. Ese abrir y cerrar de ojos. Cuando haya que dejarlos partir para siempre. Es entonces cuando volverá.»

¿Qué puedo decir en defensa propia? Cuando cerré los ojos, seguía viendo las cartas. Dobladas sobre sí mismas una vez tras otra, parecían puñales. Me atravesaron y su ponzoña me envenenó. Pero me apretujé contra la ventana y me toqué las faldas, las mejillas. Para combatir mi sed de venganza, me obligué a mirar el estanque y recordé su manera de arrancar briznas de hierba siempre que nos sentábamos junto al agua, de arañar la tierra. De ensuciarse las uñas. Me abracé la cintura para refrenarme. Me quedé así media hora, quizá más. Pero Madame no regresó. Una nube tapó el sol y me mostró mi propia cara oscurecida por el cristal. Me alejé de la ventana, fui a su escritorio y saqué una hoja de papel limpia. Cogí la pluma.

32

El mundo se había desquiciado. Había cartas donde tendría que haber cáscaras de huevo. Los pecados de Madame.

Y yo, que los ponía por escrito.

Entonces la puerta se abrió una rendija. Entró Linux. ¡Sonriendo!

—Nunca te quedas donde te ordenan, ¿verdad? —dijo—. Vas del marido a la mujer como una abeja entre dos flores.

—¿De qué me acusa ahora?

—No es una acusación, criada. Son hechos. Hechos que pueden llevarte a la horca.

Separó un brazo del pecho. Hacía tanto tiempo que no veía mi vestido azul de sarga que tardé en reconocerlo. El vestido que había llevado a Londres. El mismo que había dejado en mi cuarto de la buhardilla. Luego echamos a correr por los pasillos. Fue una extraña repetición de mi primera noche, pero con los candeleros apagados y las paredes bañadas de sol. La luz atravesaba la oscuridad.

Esa vez conocía el camino tan bien como ella.

Su pie golpeó la jamba de la puerta, que vibró. Benham se sobresaltó como un pájaro y empezó a palparse el chaleco, como si lo hubiéramos sorprendido con las manos en la masa.

—¿Qué demonios...?

Linux se inclinó y dejó el fardo en la mesa.

—¿Un vestido, señora Linux?

—Disculpe, señor, es lo que contiene.

—Quiere decir que hay un libro metido en el dobladillo —aclaré—. Uno de sus libros. Que cogí de su biblioteca. *Cándido*.

—Lo robó. —Linux golpeteó la sarga con una uña—. ¡Lo robó!

Benham miró primero el vestido y después a mí.

Me mordí las mejillas.

—Quería algo para leer.

—Señor, al final se ha demostrado que yo tenía razón desde el principio —intervino Linux, sin poder disimular su alegría—. Y no estoy contenta de tenerla, ya que la criada ha resultado ser una ladrona, de acuerdo con su naturaleza. Quizá ahora me haga caso. Quedársela es peligroso, aunque sé que usted no lo ve así. Pero ¿qué dicen de ellos, señor? Que el africano es astuto, lujurioso y holgazán. ¡Y ella es todas esas cosas! Y, además, un peligro para esta casa.

Si la situación no hubiera sido tan grave, me habría reído. Linux podría haber estado leyendo las palabras de Langton que yo misma había escrito.

—Palabras —dije—. Papel y tinta. ¿Por qué las palabras deberían ser mercancías? ¿No me dijo usted algo parecido? ¿El día que llegué?

Antes de que pudiera responder, se oyó un roce de faldas y un taconeo de botas. Alcé la vista y ahí estaba Madame, que me miraba de un modo extraño.

—Oh, sí, Madame —dijo Linux—. Esto le concierne. He pillado a su doncella, me temo. La he pillado, sí. Robando.

—¿Qué?

Benham soltó una carcajada.

—Bueno, bueno. El término es un poco fuerte, señora Linux. Que la criada se lo tome como una advertencia. —Se volvió hacia mí—. La señora Linux deducirá de tu salario una suma que yo calcularé y le notificaré. Con un poco de suerte, terminarás de pagarla antes de que todos estiremos la pata. —Sacó pecho—. Que esto nos sirva de lección a todos sobre la gracia del perdón.

A Linux se le desencajó la mandíbula. La tos se le atascó en la garganta.

Sabía por qué no me echaba Benham. Nada que ver con la gracia o el perdón. Habló con medias palabras, como siempre. Quería saber la verdad sobre ese bebé. También quería saber la verdad sobre Madame. Y yo aún no le había dado ninguna de las dos.

Pero aun así me hice la pregunta. ¿Sería capaz de irme? ¿De marcharme a otro lugar?

«Sé la mujer que quieres ser», había escrito Madame. Entonces pensé que quizá sería capaz de hacerlo.

Me volví. ¿Podía pedirle que viniera conmigo? Era la droga la que hablaba, por supuesto. La osadía de los locos. Madame me había traicionado, y yo a ella. Pero ¿qué sería el mundo sin ella formando parte de él?

Estaba temblando. Parecía hecha de vidrio y, por primera vez, le vi una expresión que no era de sorpresa, sino de cólera. Fue entonces cuando vi lo que tenía en las manos. La nota que yo había escrito y dejado en su habitación. El corazón me dio un vuelco.

—¿Has estado espiándome?

La Escuela
agosto de 1825 – enero de 1826

33

«¡Fuera! ¡Fuera!»

Su voz aún me resonaba en los oídos cuando la puerta se cerró detrás de mí. Me quedé en la escalera con una mano en la boca. Después me puse en movimiento. Atravesé la calle, anduve entre las hileras de casas, crucé las verjas del parque, en dirección a Piccadilly. Deambulé durante horas y horas hasta que levanté la cabeza y vi el río. El puente de Westminster. Mis pasos eran como redobles de tambor y bajé la cabeza para protegerme del frío embate de la lluvia. Las farolas de gas lo alumbraban de un extremo a otro, encerradas en sus pequeñas cúpulas de cristal. Solo había unas pocas estrellas. Intenté ver los altos mástiles y oír el río bajo los crujidos de los barcos y el sordo traqueteo de los coches de caballos que pasaban como grandes bestias encadenadas.

Me arrebujé en el chal. «Ahora puedes ser la mujer que quieres ser», me dije. Apenas me reconfortó. Rara vez había estado en la calle sin un destino que otra persona hubiera decidido por mí. Seguía oyendo sus últimas palabras: «¡Fuera! ¡Fuera!».

Durante dos días me quedé cerca del río. Por el día veía los barcos pasar. Cuando la noche me mordía los talones, me acurrucaba en rincones más tranquilos y combatía el sueño, con la espalda apoyada en la pared y la cabeza en las rodillas. Soñé con chelines que me tintineaban en la mano, aunque un cuchillo me habría sido más útil. Entré en una posada. «No queremos mujeres de la vida —dijeron—. No ofrezcas tus servicios aquí.» Regresé al puente y dejé vagar la mirada por el agua oleosa y el halo de las farolas. Sin láudano, mi mente estaba alerta y enfurecida. Y recordaba. Me dolían hasta los dientes. La segunda noche, las manos me temblaban como hojas. Vomité, doblada por la mitad. Cuando me enderecé, me levanté las faldas para intentar que no se me mancharan. Oí una voz detrás de mí.

—¡Mira tú! ¡Negra como la noche, pero no quieres ensuciarte las faldas!

La cabeza se me había quedado tan vacía que apenas podía moverme.

—Eres callada, ¿no? ¿Gatita? No vale la pena resistirte, cariño. Eres tan guarra como lo que acabas de vomitar y lo sabes. —Una fría mano me agarró por el codo. Me di la vuelta con las manos levantadas, pero el sudor me nublaba la vista.

Silencio. Mi cuerpo tenso. Mi cabeza inclinada. Mi aliento. Solo supe que el tiempo había pasado por el ruido de sus botas sobre los adoquines. Le había golpeado con los puños, pero era la expresión de mis ojos lo que lo había ahuyentado. Ladridos de perros atravesaron la noche. «Por fin —pensé—. Por fin. Por fin me castigan.»

A la mañana siguiente, vigilé una hilera de casas, situadas a unas calles de mi escondite. La gente iba y venía. Recaderos. Repartidores. Criadas con paquetes. Damas que esperaban su carruaje. Regresé a mi callejón, me mojé los dedos en un charco e intenté alisarme el pelo. Me ahuequé las faldas y me limpié las mejillas con el borde. Después regresé y empecé por la puerta con más ajetreo.

La mayoría de las casas amenazaron con avisar al guardia. La última lo hizo.

Una criada sin referencias, tanto si la han despedido como si ha huido, es peor que los desperdicios que el viento arrastra por las calles de Londres.

Probé a suplicar. De pie al principio, pero pronto descubrí que daba mejor resultado cuanto más sucia iba, más me agachaba y más alargaba la mano. Esa gente no daba, sino que compraba. Y era humillación por lo que pagaban. La mía, para conjurar la suya. Después de pasar más o menos una hora arrodillada delante de un café, se acercó un hombre. Tenía un reloj de faltriquera bajo el chaleco gris, un ojo saltón de sapo y el otro medio cerrado.

—¿Dinero a cambio de nada? —dijo—. No demuestras tener mucha iniciativa.

Desprendía un fuerte olor a cebolla cruda. Dijo que estaba escribiendo una crónica sobre las calles y que me incluiría en ella. «Seguro que sí», pensé, pero lo que dije fue:

—Preferiría un poco de opio, señor, si tiene.

Soltó una ronca carcajada.

—Hablo en serio —dije—. Es más fácil conseguir drogas de los escritores que han escrito algo, ¿no?

Dijo que yo era una sorpresa inesperada, como encontrar una guinea en el barro, lo que, en cierto modo, había hecho, si se recordaba que las monedas se llamaban así por los esclavos guineanos transportados en los barcos negreros. Después se rio de su propio ingenio, se toqueteó el pantalón y dijo que, por suerte para mí, tenía en sus aposentos más cosas que podían interesarme.

Entré en el café con mis escasas ganancias e intenté pedir una copa. Se negaron a servirme. Por ser mujer, dijeron. Pero en una mesa del rincón, con la nariz hundida en un periódico y una taza, atisbé una cara que no creí que volvería a ver. Pomfrey. Me vio por la ventana y dio unos golpecitos en el cristal. Cuando salió, me recordó de inmediato.

—¡La criada de Langton! Por tu aspecto, has tocado fondo desde que te abandonó.

No dije nada. Hubo un largo silencio mientras intentaba calarme. Pero yo estaba haciendo lo mismo. Preguntándome si sería capaz de caer tan bajo.

—Creo que tengo algo que podría serte útil —dijo por fin—. ¿Te acuerdas de que hablé de la Escuela? Tengo un contacto ahí que me da una comisión si le llevo a alguien.

Recordé una reflexión. Si nos estamos hundiendo y alguien nos arroja un tronco, puede ser un peso o una balsa. Pero la manera más rápida de ahogarnos es rechazarlo.

Sé qué dicen del tiempo que pasé en ese lugar, que ahora juega en mi contra y me muestra como a una salvaje y una puta irredenta, en palabras de Jessop. Pero lo primero que hay que saber es que la prostitución es ante todo un oficio. Se ejerce de la misma manera que se vacía un orinal, con la cabeza baja y la nariz tapada. Más de una esposa inglesa debe practicar la misma actividad, de la misma manera.

—Eres una chica lista, ¿verdad? —dijo la señora Slap. Entornó los ojos—. Bien preparada, podrías hacer de inocente.

El estómago me dio un vuelco.

—Pero no lo soy.

Se rio.

—Lo único que necesitas es un camisón blanco y un buen rasurado. Aunque, ahora que te miro bien, podrías hacer de perversa igual de fácil.

—¿Perversa? —Alcé la cabeza de golpe. Me estaba dando a elegir. Aún no sabía entre qué.

Sonrió.

—¿Alguna vez has azotado a alguien?

34

En un burdel nunca se puede estar lo bastante limpia. Aún es peor en la cárcel, donde el mero hecho de tumbarse te cubre de la clase de suciedad que se encontraría bajo la paja de una vaca. Pero en la Escuela tenía al menos una bañera de peltre y agua para mí sola. Y a Martha, que me la subía a la Habitación Escarlata, la cual también era mía. O, al menos, era en la que dormía. Aunque veía el ojo castaño de Martha detrás de la bocallave mientras me bañaba.

Todas las mañanas me estiraba dentro de mi bañerita. Con los brazos y las piernas por fuera y el agua removida tan caliente como la sangre. Pero mi corazón siempre estaba en alguna parte por detrás de mí. ¿Estaría ella en su bañera? ¿Entre las sábanas? ¿Era Pru la que le subía el chocolate? ¿Seguía viéndolo? Aún la oía en mi cabeza, chillando: «¡Fuera! Fuera».

El recuerdo me inundó y di un manotazo en el lado de la bañera para pararlo. Me incorporé. Un grito que venía de la calle entró por la ventana: «¿De qué le servirá al hombre ganar todo el mundo, si pierde su alma?».

Los versículos de la Biblia, tan regulares como un reloj. Los odiaba, pero eran una de las cosas que había aprendido a soportar en las dos semanas que llevaba en la Escuela.

Con el cronista había caído dentro de un hoyo. En la Escuela tuve que sumergirme en él. La primera mañana, una mujer fue a buscarme y me llevó a una habitación vacía.

—Te desintoxicarás aquí —dijo—. Después, la vieja Slap querrá hablar contigo.

Esa fue la primera vez que vi a Sal. El brillo de una cabeza rapada y unos pendientes dorados. Codos huesudos.

Mi respiración me clavó a la almohada, un ataque de tos.

Cuando Sal regresó, había anochecido. No se veía en el hueco de la puerta más que las luces de sus ojos y su puro. Piel negra tras un velo de humo.

«La he perdido.» Me di la vuelta e intenté dormirme de nuevo.

—Oh, no. Arriba.

—No puedo. No puedo...

—Muchacha. —Su voz flotó por encima de mí—. ¿Creías que era una pregunta? —Incluso con los ojos cerrados notaba los suyos clavados en mí—. Tendrás que arrimar el hombro o ahuecar el ala.

Pero dejó que me quedara en la cama. Mientras duraron los temblores, las terribles agujas que se me clavaban en la carne. El láudano puede ser pura felicidad mientras se toma, pero librarse de él no trae sino dolor. Vomité, sudé, dormí. Cuando me despertaba, apenas sabía cómo me llamaba. No se lo desearía ni a un perro al que quisiera matar. Oía que Sal iba y venía, notaba sus manos. Al cabo de una semana, estaba desenganchada, en el sentido de que la droga me ponía enferma solo de pensar en ella.

Pero no pude curarme de mi deseo de regresar. Ni tan siquiera Sal pudo ayudarme en eso. El recuerdo era un anzuelo, clavado en mi vientre.

Ya estaba mejor, y trabajando. Sal entró en mi habitación, como tenía costumbre de hacer todas las mañanas. Se sentó en el borde de la bañera y me cogió un pie entre sus manos. Pero, cuando me vio la cara, chasqueó la lengua y lo soltó.

—¿Sigues pensando en esa blanca?

No soportaba que le hablara de Madame, de manera que no le respondí, sino que me levanté, empapé la alfombra de agua, y me puse la bata. Por la ventana vi a la señora Slap. Biblia en mano, con una gorra negra, gorda. Ancha por todas partes salvo en los ojos, que entornó cuando me vio.

«Porque quien se avergüence de mí y de mis palabras en esta generación adúltera y pecadora —gritó—, también el Hijo del Hombre se avergonzará de él.»

Para los vecinos, la señora Slap era la señora Austen, una viuda oriunda de Cornualles. Nosotras éramos sus criadas negras, Sally y Frances. Aún me parecía un milagro que me hubiera dejado quedarme, lo que hizo reír a Sal.

—No vayas a creer que es caridad. Vas a ganar mucho para ella. ¡Los hombres blancos adoran a las negras! Dos cosas que les vuelven locos. Los azotes. Los educaron con eso. Los prueban en la escuela y después toda su vida tienen que darlos o recibirlos. Y el azúcar. Cuanto más moreno, mejor. ¡Y además eres mulata!

Después de mi baño, Sal y yo fuimos a dar un paseo. Algunos días, toda la belleza de Londres está justo al alcance de la mano. Fuimos de Cleveland Street a Oxford Street, y de ahí a New Bond Street. Yo improvisé historias a partir de los carteles de las tiendas para entretener a Sal. Bolsas de cáñamo repletas de monedas se balanceaban junto a ocas que ponían huevos de oro. Había monederos con el ribete dorado, barcos de peltre que se mecían sobre mares negros, tenderos con la espalda curva como una pluma de escribir. Sirenas con el torso desnudo. Codicia, oro y lujuria. Nos envolvían los aromas de castañas asadas, jengibre y mantequilla derretida. La luz del sol lo lavaba todo. Nuestra conversación se mezclaba con el bullicio de los vendedores ambulantes y los viandantes. Algunas cabezas se volvían, pero no les prestamos atención. El día era demasiado hermoso.

Me alisé la cintura de mi vestido nuevo, de satén rosa con florones negros. Fue lo primero que me compré, Sal llevaba sus pendientes dorados, con forma de caracolas, un pantalón marrón de piel y un turbante carmesí. Paramos a comprar castañas y, cuando nos dimos la vuelta, nos chocamos de lleno con un hombre que hacía cola. Gordo, con la tripa como la proa de un barco, y la barba rala.

—Salvajes —masculló—. No hay sitio para vosotros en este país.

Sal se puso en jarras.

—Hay sitio de sobra. Puede que usted ocupe demasiado.

El hombre escupió.

—Nada más que salvajes y putas.

—Dice un hombre que solo tiene su gorda mano para hacerle compañía.

Sal había atraído público, y también risas, y eso lo enfadó. Encendido, colorado, pegó su cara a la de ella. Nariz contra nariz, como dos gallos de pelea.

—No voy a tolerar esto de una negra —dijo— que ha venido a comerse un pan que no se gana.

—¡Sal! —Tiré de ella—. Lo siento —añadí.

Alcé las manos. Notaba todos los ojos clavados en nosotras.

Cuando doblamos la esquina, se encaró conmigo. Nuestro buen humor se había evaporado, como espuma de jabón al sol.

—¿Por qué te has disculpado?

—Siempre creas problemas.

—¿Yo? Estaba paseando. —Chasqueó la lengua—. ¿Y tú? Siempre mirando las nubes y tropezándote con tus propios pies. Una verdadera negra doméstica.

Las palabras fueron como una bofetada. Phibbah podría haber dicho lo mismo.

—Sal... —dije.

Escupió.

—Puede que te avergüences de mí. Pero eso es porque tienes las esperanzas de una blanca. Yo tengo las expectativas de una negra. —Giró sobre sus talones—. Y deja de seguirme. No soy tu madre.

Sus duras palabras volvieron a despertar la voz de Phibbah: «Lo que dice esa muchacha solo te molesta porque sabes que es verdad. Eres una negra doméstica. Pensabas que valías más que los demás, pero ya no estás tan segura. Di la verdad. ¿Tanta palabrería, solo para acabar aquí? ¿Dónde estabas? Obtienes tu preciada libertad, ¿y te va mejor que si aún fueras esclava?». Su voz estaba alojada en mi garganta. Los recuerdos me arañaban.

Creo que por eso hice lo que hice.

35

Hacia el final de mi primera semana en la Escuela, la señora Slap me convocó en la biblioteca. Sí, también allí había una biblioteca. Llena de libros que no había visto en ninguna otra. *Histoire des Flagellants* de Boileau. Un *Tratado sobre el arte de los azotes*. La encontré poniendo al día sus libros de contabilidad. Siempre que la veía, tenía en la mano la Biblia o uno de sus libros de contabilidad. Diez mil anuales, los buenos años, me habían dicho las otras chicas.

Levantó un dedo para indicarme que esperara y solo cuando hubo terminado dejó la pluma y me miró de hito en hito. Sin duda, sus sumas seguían en su cabeza. Kilos de carne, mi peso en monedas.

Yo aún tenía un regusto amargo en la boca, los últimos vestigios de la droga y el vómito. Me lamí los labios y no dije nada.

—He aquí lo más importante que necesitas saber mientras estés aquí. En este oficio, y en esta rama del oficio en concreto, una chica solo tiene una manera de prosperar. Necesita aprender a evaluar los apetitos de los hombres. Algunos pueden revolverte el estómago, lo reconozco, pero ¿quiénes somos nosotras para negarle a un hombre un vicio que va dirigido contra sí mismo? No. No nos corresponde a nosotras juzgarlo. ¡Pero atención! Debes darles lo justo. Dejarles creer que reciben todo lo que quieren. De ti depende no rebasar el límite. Protegerlos de sus apetitos más perversos. —Acarició la pluma en toda su longitud, el mismo gesto que se haría para intentar levantársela a un hombre—. ¡No obstante! Sí nos corresponde a nosotras juzgar qué es apetito y qué es sed. «Apetito» es lo que nosotras satisfacemos aquí. ¿Sed? No. La «sed» te hará desgarrarte tu propia garganta. La sed me cerrará el negocio.

Asentí con un gesto, bamboleándome, las librerías desenfocadas.

—Sí. Entiendo. Satisfacer los apetitos de los hombres, no su sed.

—¿Su sed? —Echó la cabeza hacia atrás y se rio—. ¿Su? Pero... Yo no hablaba de su sed, muchacha, sino de la tuya.

Solo conocíamos a los clientes por su nombre de pila. Henry era uno de mis habituales. Con los mofletes caídos y la boca tan pequeña como un grano de mostaza. Que yo supiera, podría ser el arzobispo de Canterbury.

Pero sí sabía qué le gustaba. Que yo le administrara varazos, latigazos y azotes, que le restregara ortigas en la piel, que lo envolviera y lo arañara con hojas de acebo. Besarme los pies mientras estaba recostada en el diván; recibir unos azotes en mis rodillas por haberse equivocado con las cuentas; desfilar por el salón sin llevar nada aparte de un corsé y unas pantuflas forradas de lana de borrego. Sal decía que seguro que era abogado o sacerdote.

Los hombres como él eran los que querían cicatrices

y siempre estaban más dispuestos a desinhibirse bajo el látigo de una negra. Eso sacaba de quicio a las chicas blancas. Pero nosotras ya estábamos familiarizadas con la dominación y la sumisión, aunque hubiéramos estado en el otro extremo.

La Escuela cobraba vida cuando caía la noche. Una vez que se encendían los candeleros, las chicas se levantaban de la cama o regresaban al nido. La luz se esparcía como agua echada con un cubo y bañaba las cortinas, y la cera de abeja enmascaraba el olor a sudor. Esa noche me visitaba Henry. Le quité la ropa y le ordené ponerse el delantal con volantes y colocarse junto a la chimenea, donde podía vigilarlo. Puse una voz severa.

—Nada de disfraz esta noche. O me aceptas tal como soy o te quedas sin nada.

Henry quería que pareciera «africana». Cuanto más africano fuera mi acento, mejor, decía siempre. Oí que se le cortaba la respiración.

—¿Qué va a hacerme?

Me encogí de hombros.

«Esta es toda la libertad que hay —pensé—. O la acepto tal como es o me quedo sin nada.»

El olor que emanaba de él. Salado, penetrante. Adoptó un tono quejumbroso.

—¿Señorita Fran? ¿Qué va a hacerme?

—¿Qué? —pregunté en voz alta.

Había sacado la vara del cubo donde estaba en remojo. Le dolería más. Me di unos golpecitos con ella en la otra palma.

Alcé la mano.

Y entonces todo se hundió en un hoyo profundo. Negro. Vacío. Pegajoso como el alquitrán.

Oí pasos precipitados en la escalera, por el pasillo, en mi puerta. Botas. Llaves.

Acababa de levantar el brazo para azotar a Henry y, al momento, la señora Slap se lo había llevado, y ahí estaba otra vez ese calor abrasador en todo mi cuerpo. Como con el láudano.

Entonces fui yo la que tuvo que esperar. Crucé la alfombra roja. Con el estómago revuelto. No era que me hubiera impactado por ser demasiado. No. Era que pensaba que había vuelto. A la violencia de antes. La sangre en mis manos. En mi cabeza vi Paradise. La cochera.

Oí que abrían la puerta, que la cama chirriaba, y miré detrás de mí. Sal.

Apoyé la frente en el cristal. Un carruaje se detuvo en la calle.

—Me duele la cabeza —dije.

Sal soltó su risa de cáscara de coco.

—No tanto como a él la espalda.

—Parece que esperen que seamos discretos como sombras —me dijo más tarde. Estábamos en su cama. Me había apoyado la cabeza en su regazo y me estaba trenzando el pelo—. Que no armemos alboroto. No quieren enterarse de que estamos aquí. ¡Son ellos los que nos traen y, aun así, actúan como si hubiéramos venido a comernos a sus bebecitos blancos! Ese es el verdadero problema, ¿sabes? —Se rio—. Sus bebés, bien blancos, sin una gota de negro. Quizá algún día este país esté lleno de mestizos como tú.

Sal se había disculpado por llamarme «negra doméstica» y yo me había disculpado por serlo, lo que le había hecho reír.

—¿Qué crees que hará la señora Slap?

—Algunas preguntas no tienen respuestas correctas. Habrá que esperar a ver.

—Esperar a ver es el problema —respondí—. Siempre estamos esperando a ver.

Terminó la última trenza y me puso la mano en la frente. El cuero cabelludo me hormigueó bajo sus dedos.

—A mí también me trajo a Inglaterra mi antiguo amo, ¿sabes? ¿Ya te lo había contado? Parece que hagan todo lo posible para asegurarse de que todos tenemos la misma historia. —Su cara se movía como el agua mientras hablaba—. Casi acabábamos de llegar cuando el cabrón estiró la pata. La casera me echó, aunque el alquiler estaba pagado por adelantado.

Antes de mudarse a Inglaterra, el verano que Sal cumplió dieciséis años, él había vendido a sus hijos delante de ella para saldar una deuda de juego. Tres pequeños, el menor de solo diez meses. Sal soñaba con matarlo. Suponía que también eran hijos suyos, aunque él nunca lo vio así. Entonces, un día fue a buscarla y le dijo que necesitaba ver a un hombre por un perro, en Inglaterra —algo relacionado con los inútiles de sus hijos adultos— y no podía prescindir de ella.

—Así que venimos. La apoplejía me da la libertad. Y ahí me tienes. En la calle. Me pregunto: «¿Y ahora qué?». Y entonces oigo la respuesta, más clara que el agua: «Sally Beckwith, ningún otro *massa* blanco va a sacarte del campo para follarte gratis y después hacerte cargar con la vergüenza y la culpa».

A la mañana siguiente, no podía comer. Mis nervios daban un sabor amargo al pan y me amazacotaban el café en la garganta. Las caras de las otras chicas danzaban alrededor de la mesa, con los ojos como platos. «No te pasará nada, Fran», decían. Aún tenían la risa fácil. Pero lo cierto era que nadie sabía qué sería de mí y, si se habían levantado tan temprano, era únicamente para averiguarlo. Me senté muy erguida, tamborileando con los dedos en la mesa. Tarde o temprano, a todos se nos acaba la suerte. Sal alargó la mano por debajo de la mesa y me acarició la rodilla. «Todo irá bien», dijo, moviendo los labios sin pronunciar palabra.

La señora Slap estaba en su biblioteca, fumando. Se rio en cuanto yo entré y sacudió la ceniza en el cenicero.

—Ya veo que has pasado al lado oscuro —dijo—. Pero hemos tenido una petición, no una reclamación. Parece que tu sed sacia la suya. Es una suerte para ti. Quiere más de lo mismo, todos los sábados, a la hora de siempre. E intenta no matarlo.

Me despachó con un gesto de la mano; el humo la envolvió como una espesa niebla.

Y así, lejos de irme a la calle, me hice famosa. Como a Sal le gustaba decir, después de ese episodio tuve que zurrar a los clientes hasta tumbarlos. (¡Ja!) Todos querían a Fran de Ébano. La salvaje africana.

Su especialidad eran los que querían cicatrices.

36

Después de una semana o dos, nadie se acordaba ya de lo sucedido, como si fuera una pelota que hubiera rodado debajo de una cama. Pero yo seguía preocupada por esos pocos minutos en los que la sangre se me había subido a la cabeza y me había cegado. Lo que me aterraba era que, más que desencajarse, el mundo había encajado en su sitio. Que era yo la que me había sometido, pese a ser la que empuñaba el látigo. Durante todas esas semanas, viví con el terror de cerrar los ojos. Siempre que lo hacía, veía la cochera, ardiendo hasta los cimientos, y yo estaba dentro, moviendo las manos, pero con los pies atrapados en el barro. En Paradise, el tiempo empezaba y terminaba con un bisturí en mi mano. Entre ambas cosas, todo estaba oscuro. Y con Henry había sido la misma oscuridad; la misma oscuridad que usted dice que debo usar ahora como base de mi defensa. Me aconseja que arguya que debió de ser la droga, si los maté como dicen que hice, ya que no podría haber estado en plena posesión de mis facultades mentales.

Pero yo no quiero decirlo, porque me aterra que pueda ser cierto. Sé que a veces los recuerdos se esconden por la sencilla razón de que no soportamos su peso. Que a veces es la clemencia lo que para el reloj.

Cuando ahora cae la noche, es negra como una muela cariada y yo sueño con Madame. Oigo su voz: «La muerte es lo único que me asusta ahora». Veo a Benham gritando, y también me oigo chillar a mí. Aunque esa parte no es un sueño, sino retazos de recuerdos, arrancados de un lienzo negro.

Pero, con el tiempo, el episodio de Henry dejó de ocuparme el pensamiento. Me concentré en mi trabajo. Me quedé cinco meses. Me habitué a pasar el rato con las otras chicas cuando la casa estaba vacía, a jugar al julepe y al *cribbage* en los pasillos, apoyadas en las paredes o sentadas en los sofás de terciopelo del salón antes de que se llenara, mirando el fuego. Briznas de felicidad. Por la mañana, el coro del alba resonaba en el pasillo. Las chicas pedían a gritos sus jarras de vinagre y su ginebra. Eran siete, y todas esperaban a Martha. Yo tenía un fajo de papeles que había comprado en Wickstead's, aunque lo único que hacía era mirarlos: pasaba tanto tiempo pensando en qué escribir que nunca apuntaba nada. Desayunaba con las demás, en la misma mesa en la que alguien había servido la cena a los clientes la noche anterior. Casi éramos como una familia, si ignorábamos el caballete de la buhardilla, la cruz de San Andrés y el esqueleto humano comprado a unos profanadores de tumbas que había en uno de los armarios de la cocina.

Pero esa parte más feliz de mí reculó para soldarse con la que estaba rota. Como un hueso fracturado, pero todavía vivo. Madame era una puerta que se negaba a quedarse cerrada; pensaba en ella tan a menudo que cuando una de las chicas mencionó el apellido «Benham» una mañana, señalando una caricatura en el periódico, pensé por un momento que era yo la que lo había dicho y me llevé la mano a la boca. Pero resultó que Benham había escrito una «breve semblanza de su amigo, John Langton», en la que ambos parecían inocentes pollitos recién nacidos. Eso me hizo reír, al igual que la palabra «amigo». Entonces me fijé mejor y vi la necrológica. Langton había muerto. La noticia me limpió la mente, como si las ventanas se hubieran abierto para dejar entrar el aire. Todo se volvió negro. Tuve que apoyarme en la mesa antes de poder continuar leyendo. Pese a sus diferencias públicas, el célebre filósofo y cronista natural George Benham leería el panegírico. Cuando leí esa parte en voz alta, la chica se rio.

—Oh, lo conozco —dijo.

—¿A Langton?

—No, al otro.

A veces, dijo, cuando se azota a un cliente, el dolor se le mete dentro y le arranca todos sus secretos.

Pero en ese momento Benham no era la primera de mis preocupaciones. El horrible reloj del corazón de Langton se había parado. Había sobrevivido a su médico, pero no lo suficiente: sus propias ambiciones lo habían sobrevivido a él. Finalmente se publicaría *Crania*, dado el interés suscitado por la muerte de su autor. Pero me complació saber que Langton ya no estaría para verlo. Más avanzada la mañana, Sal se recostó en mis almohadas para que le leyera los detalles del funeral. Miss-bella, que seguía en Jamaica, no había podido asistir. La muerte había sido repentina; una doncella había encontrado el cadáver al entrar con sábanas limpias. Apoplejía.

—¡Tu viejo cabrón ha muerto de lo mismo que el mío! —gritó Sal.

Ella sabía que era mejor no preguntarme cómo me sentía. Y yo sabía que era mejor no contarle nada.

Incluso ahora, mientras escribo esto, tengo una sensación extraña que me recorre la columna vertebral. Me da miedo escribir sobre ello. Usted me juzgará. ¿Cómo no iba a hacerlo? La noticia me deprimió, de igual manera que me produce idéntica sensación pensar en ello ahora. Parte de lo que sentía era remordimiento.

«Tendría que haber muerto antes —pensé—, y tendría que haberlo matado yo.»

Al día siguiente, una vez terminado el trabajo, Sal y yo fuimos a Hyde Park Corner. En uno de los puestos compramos salchichas y jamón recién cortado y fuimos a comer al parque. Detrás de nosotras, un rastro de faldas de satén, risas de Sal y menta fresca de la única hoja que ella acababa de masticar. Si hubiera sabido en qué estaba pensando, me habría dado un cachete. Porque me estaba preguntando si Madame estaría en el parque. ¿La vería? ¿Me tropezaría con ella al doblar un recodo? Era lo que más quería, pero aun lo temía más.

Bajé la cabeza para morder el jamón, que estaba caliente y salado y me llenaba los dedos de grasa.

—Sal. ¿Sabes algo de George Benham?

—George Benham. —Volvió la cabeza hacia mí—. ¿Por qué lo preguntas?

—Trabajaba para él. Vengo de ahí.

—¿A ese te regaló el cabrón de tu viejo?

—¿Lo conoces?

Dio una calada a su puro.

—Y esa es tu blanca entonces.

Tenía algo en la punta de la lengua y hube de esperar.

El humo del puro me escoció en los ojos y me toqueteé un botón de la bota.

—No sé mucho de George Benham —dijo por fin—. Solo que, si es ahí donde estabas, estás mejor aquí.

Apagó el puro en el tacón del zapato.

—La vi. Una vez.

—¿Qué? ¿Dónde?

Se rio.

—¡Tranquilízate! No fue ayer. Había ido a ver un combate de boxeo. Fue justo antes de que llegaras. Chavalito Veloz estaba preparándose para machacarse los nudillos con uno de sus campeones blancos. No recuerdo el nombre. Un tipo grande y gordo. Atrajo a todos los negros como moscas, por supuesto.

—Yo debía de estar debajo de un puente en ese momento —dije, intentando hacer reír a Sal, ahogar el nombre de Chavalito.

—Vaya. Te perdiste un espectáculo. Cuando terminó, saltó del ring, gritando, escupiendo. Salpicaba sangre por todas partes. Y después, de golpe, paf, se paró y se inclinó, así. Como si se quitara el sombrero..., pero él no lleva ninguno. Miraba a alguien. Todos se volvieron para ver quién era. Fue como si él la hubiera iluminado con todos los focos. Era la única mujer blanca de las primeras filas. Llevaba una especie de turbante, pero no engañaba a nadie. Le saludó con la cabeza y se fue. Pero después fue la comidilla de todos. —Me miró—. Así es como supe quién era.

Arañé la hierba.

—Bien. ¿Qué decían?

Un silencio.

—Nada agradable.

—¿Qué dijo él?

—¿Quién? ¿Chavalito?

—Sí. A ella.

Sal miró el cielo, oscuro como la ceniza de su puro, con las estrellas titilando entre los árboles. Después se alisó las faldas y chasqueó la lengua.

—No lo oí.

37

Aunque me moría de ganas de tener noticias de Madame, llegué a saber más de Benham en la Escuela que en todo el tiempo que viví bajo sus narices. Cuando pienso en él ahora, reflexiono sobre todas las palabras que escribió, para limpiar su nombre igual que Pru limpiaba el suelo. Y en su panegírico, en el que dijo que, aunque hubiera podido discrepar de su gran amigo en la «respuesta» a la cuestión de la esclavitud, ambos coincidían en considerarla el cemento de la prosperidad de Inglaterra. Estaban de acuerdo en que el negro poseía un lugar natural, simplemente, no tenían la misma idea sobre qué trato darle. El propio Benham sería el primero en decirle que él hacía campaña para introducir ciertas mejoras, que me dejaba sentarme a su mesa, que había cortado los lazos con Langton, un hombre en verdad despreciable (aunque también le dejaba sentarse a su mesa). Pero los hombres como él tienen una doble moral, porque también es cierto que una vez me dijo que puede que no quisiera maltratar a sus negros, pero que tampoco quería casarse con ellos, que este mundo se había construido sobre la esclavitud, desde las pirámides hasta las plantaciones, que todos éramos miembros de la misma especie humana; sin embargo, existía una jerarquía entre los hombres.

«Al menos —decía Langton—, yo meto las manos en esa tierra al lado de los negros. Y también ando descalzo por ella junto a ellos. Antes de hacerles cortar mi caña de azúcar.»

¿Quién puede decir cuál de ellos era Dios y cuál el diablo? O si ambos eran diablos o dioses. Los dos poseían esclavos y ningún hombre que los tiene puede ser virtuoso.

Siempre que escribo sobre Benham, me acuerdo de una cosa que usted dijo sobre el arsénico, el recibo del boticario Jones que Jessop enseñó a los miembros del jurado, para lanzarlos sobre un rastro falso. Pero también podría decirse lo mismo de Benham y Langton. Eran unos salvajes y, sin embargo, mi presunto salvajismo se utiliza para alejar a todo el mundo del suyo.

Antes de irme, Benham tenía los ojos tan enrojecidos como los míos, como si también hubiera caído bajo el hechizo de una droga. De tanto trasnochar. Lo cierto era que, en lo que respectaba a George Benham, las apariencias engañaban. Espiaba a Madame y me pedía que yo hiciera lo mismo, cuando era él al que habría que haber vigilado. Pero eso nadie lo hacía.

Yo leía los periódicos todas las mañanas. Y Langton no fue el único fantasma que me visitó por esa vía. Una mañana que llovía y no se podía salir a pasear, subí mi pan a mi habitación, con una cucharada de mermelada y un pastel de albaricoque para Sal. Ella se llevó su espejito y lo apoyó en la repisa de la chimenea para afeitarse la cabeza. La vi enjabonarse el cuero cabelludo mientras tarareaba una melodía. Después miré el periódico y la sorpresa me hizo un nudo en la garganta.

—¿Qué pasa? —preguntó—. ¿Has visto un fantasma?

La nariz estaba mal. Demasiado afilada, demasiado estrecha. Se había cambiado el peinado y llevaba esas gordas salchichas bamboleantes que hacían furor esa temporada social.

—Es ella —dije—. Aquí pone que intentó nadar en la fuente. Del Almack's. ¿Conoces el Almack's? Al final se fue y le han prohibido la entrada.

Pero ya casi estaba acabando de leer el artículo, con la respiración entrecortada. Madame había tenido a Chavalito, después el láudano y luego a mí. ¿Qué tenía ahora? Otra vez el láudano, pensé. Solo el láudano. Ella juraba que no había intentado nadar, que las patrocinadoras solo buscaban un escándalo, cualquier cosa que diera un poco de emoción a sus aburridas reunioncillas. No me di cuenta hasta que me enderecé de que Sal había dejado la mano quieta, con la cuchilla entre dos dedos.

—Fran. Estoy harta. ¿Me oyes? Harta, harta, harta. Harta de hablar de tu blanca, y de todos los blancos que has perdido. Tú también deberías estarlo. —La miré y apreté la mandíbula—. Si te pasas la vida contando tus pérdidas —añadió, volviendo a mirarse en el espejo—, pérdidas es lo único que tendrás.

«¿Qué había perdido yo?»

Dos caras juntas en la oscuridad. Pequeñas brasas de aliento. La sensación de que por fin había hallado la felicidad.

Hay cosas que siempre es mejor que haga otra persona, como arrancar muelas. Necesitaba que alguien atara un hilo entre mi corazón y el picaporte de la puerta. Dos mañanas después, metí la mano debajo de la almohada y crucé el pasillo. Sal aún estaba en la cama, fumando, con una bandeja en las rodillas. Todas las mañanas pedía a Martha que le subiera los budines y gelatinas que habían sobrado de la noche anterior, junto con un solo puro. Decía que no sentía ni una pizca de culpa por el azúcar. «Mejor comerlo que fabricarlo, ¿no?»

Siempre hacía calor en su habitación. La señora Slap había hecho colocar un marco de mármol alrededor de la chimenea, con risueños querubines esculpidos, y había un sofá rosa en un rincón, junto al banco de azotes. Incluso Sal tenía un aspecto más dulce ahí dentro, con la cara soñolienta. Le di el recorte, doblado por la mitad.

—¿Has guardado esto? —Su boca se encogió como una flor falta de agua—. Verdaderamente, te encanta hacerte daño.

—Eso parece.

—Bien. —Me miró—. ¿Qué quieres que haga?

—Que lo quemes.

Cinco meses. Pasó septiembre, las hojas amarillearon y después cayeron. Me dispuse a ver cómo Londres avanzaba otra vez hacia el oscuro invierno.

Pronto tendré que escribir sobre todas las cosas que desearía poder olvidar y, no obstante, escribir sobre ellas es lo único que puedo hacer, porque son cosas que jamás podré decir en voz alta. Ahora debo cerrar el círculo. Regresar al punto de partida. Pero lo que aún no le he dicho es que el señor Benham intentó echarme otra vez, el mismo día de su muerte. Y que yo discutí con él, no solo con ella.

Pero, antes de eso, debo regresar a Levenhall.

Una noche, encontré esperándome en la Habitación Escarlata a una persona que no imaginaba que volvería a ver.

—¿Cómo has...? —Me puse la mano detrás de mí para coger el picaporte. Pero después me erguí—. Hola, Pru.

—¿Cómo estás, Frances?

Recorrió la habitación con la mirada. De la repisa de la chimenea a la cama y a la bañera, y de vuelta. Apretaba un ridículo contra su pecho. Se había vestido como si tuviera la tarde libre: un vestido gris de muselina con rayas amarillas. «Ahora tengo todas las tardes libres, Pru.»

—Me manda Madame.

—Ya veo. —Y eso me sacudía como una puerta con el cerrojo echado—. ¿Quieres sentarte?

—Oh, no, yo... —Se rio, miró la cama y retrocedió un pasito—. Mejor no, ¿verdad?

—Como quieras.

Me dirigió una sonrisita.

—Tienes que aceptarme como soy, Pru.

—Lo sé. —Tamborileó con los dedos en el bolso.

—¿Y bien?

—Madame está enferma.

—Puede curarse si deja en paz ese frasco.

—Te has vuelto de piedra. Creía que ella te importaba.

—Y yo creía que la amistad no existía para la gente como ella y yo.

—Quizá. —Frunció el entrecejo—. Pero sí existe la decencia. —Dejó un papel doblado en la cama y se dispuso a marcharse—. Me ha dicho que te dé esto.

El sello. Sus iniciales: «MD». Y la flor de lis grabada

en la cera rojo sangre. Una carta. Suya: «Estoy enferma. Y me temo que solo tú puedes curarme. Y lo siento. Estuve loca por ti una vez y siempre lo estaré. ¿Volverás? Por favor, ven. Ritte».

—¿Habrá una respuesta?

—No, Pru, no hay respuesta.

Pero, cuando se marchó, la mano me temblaba tanto que apenas podía sostener la hoja.

Y, muy a pesar mío, estaba contenta.

Levenhall,
enero de 1826

38

Subí la escalera, levanté el pestillo y abrí la puerta. En las sombras, con la cabeza entre las manos, tal como la había imaginado un millar de veces, estaba ella. Mis pensamientos hechos realidad.

Rodeé la cama sin hacer ruido. Estaba dormida, de manera que la miré hasta saciarme. Anduve de un lado para otro por la alfombra. De la cama a la chimenea y de vuelta a la cama. Con los nervios a flor de piel y el corazón palpitándome dentro de su jaula. El sueño le crispaba la cara y su aliento caliente agitaba las sábanas. Las cortinas estaban echadas. El armario rojo, abierto. Ni un solo frasco ambarino a la vista.

Necesitaba ocuparme. Apilé sus libros en la mesita y el escritorio, emparejé el guante de la repisa de la chimenea con uno de debajo de la cama. Saqué las rosas marchitas del jarrón, recogí los pétalos ya negros en la palma, doblé su quimono. No pude evitar registrar el escritorio. Nada de él. Aunque había retirado las rosas, persistía un olor extraño, dulzón como la sangre. El aire viciado me pesaba en la piel. Durante todo ese tiempo, ella respiró de forma entrecortada y no se despertó.

Di vueltas por la habitación y me desorienté. Me senté, me levanté, volví a sentarme y acabé por levantarme otra vez para mirar a la mujer de rojo.

Cuando abrí las cortinas, Madame por fin se despertó.

—¡Frances! ¿Has recibido mi carta? ¿Eres tú de verdad?

—¿Está enferma?

Vaciló.

—Solo cansada.

—He venido a ver cómo le va. Si se encuentra bien, me iré.

—¿Ya no somos amigas?

—Usted me echó.

—Oh, cómo deseaba que volvieras. —Se recostó en el cabecero y se restregó la boca. Tenía el pelo tan anudado como las venas de las piernas de una anciana. Hube de contenerme para no coger el cepillo. Puede que el olor lo desprendiera ella. Parecía febril, sucia. Se subió la sábana hasta la barbilla.

—Qué cambiada estás.

Cerré las manos en forma de puños. «Usted no.»

Vacié su orinal en el cubo de los excrementos y lo enjuagué afuera. La cocina estaba vacía, pero había una barra de pan en el poyo, caliente como un bebé recién nacido. Corté una rebanada, cogí un poco de queso de la fresquera y partí una manzana por la mitad. Encontré fiambre de lengua debajo de un trapo y también corté un trozo, que puse en un plato con el pan, el queso y unas cuantas aceitunas verdes.

Pru entró de la trascocina, cargada con varios vestidos de noche de Madame, y se asustó tanto al verme que se le cayeron. Pero su sonrisa se alzó igual que se iza una bandera.

—¡Frances! Has venido. Sabía que lo harías.

—¿Qué pasa? —Señalé arriba.

—Te lo dije. Otra de sus crisis. Esta vez, el señor Benham dice que no debemos molestarla. Ni tan siquiera para limpiar.

Era Benham el que me había abierto la puerta, algo que me había crispado. «Sé cosas de usted», pensé, al volver a verlo cara a cara. Había ido armada con mi nueva información, dispuesta a utilizarla si era necesario, para obligarlo a dejarme entrar, pero, cuando Linux apareció limpiándose las manos en el delantal, él le dijo en tono severo que yo podía quedarme. Linux se había marchado a toda prisa, con la cara ensombrecida. Benham me miró parpadeando.

—He venido por Madame —le dije, alzando la barbilla.

Movió la cabeza.

—La encontrarás cambiada.

Madame vomitó en cuanto destapé la comida, aunque no me sorprendió. Sostuve el orinal bajo su barbilla hasta que terminó. Dejó caer la cabeza sobre él y lo golpeteó con los pulgares, como si fuera un tambor de hojalata.

—No es el láudano —dijo de golpe, limpiándose los labios—. Lo estoy dejando.

—Oh. —Recordé las noches que pasé en la calle, y con Sal—. Necesitará agua.

—Necesitaré brandi. —Se rio sin ganas.

El rostro se le ensombreció, y también los ojos. Me miró y soltó la sábana.

—Oh, Frances, querida Frances —susurró—. Es horrible.

Aparté la mirada.

«Si ella me necesita, tengo que ir.» Es lo que había

dicho a Sal, y ella se había levantado y se había marchado sin decir palabra, sin tan siquiera despedirse.

Me noté el estómago revuelto.

—Por eso mandó a buscarme.

—Te mandé a buscar porque te aprecio, porque... —Fui a la mesilla y me serví un trago de brandi en su vaso, me lo bebí y serví otro. Ella me observó. Dejó el orinal y juntó las manos—. Porque te aprecio. No sé qué más decir.

—Usted no está enferma. —Lo único que veía era el bultito de su vientre bajo el camisón.

—*Non.* —Torció la boca.

El brandi me quemó la garganta. Entonces lo supe. Los labios se me quedaron fríos. ¡Por supuesto! De quién era. Me volví.

—¿Lo sabe el señor Benham?

La ayudé a meterse en la bañera. Mis uñas le arañaron la columna, apenas más recia que un collar de perlas, y los omóplatos, que le estiraban la piel de la espalda. Me quedé impactada por lo que había adelgazado. Aparte de su vientre redondo, era todo piel y huesos. Piel casi transparente. La verdad entre dos personas es un lento veneno, aunque yo diría que el amor es aún peor. Y en ese instante, la verdad fluyó lenta entre nosotras.

Me explicó que había sido el láudano. Después de que me marchara, había tomado cada vez más. Ochenta, noventa, cien granos. Era un milagro que estuviera viva. Lástima, pensé. Un fogonazo de odio. Solo le había llevado unas semanas reconocer que era una verdadera opiómana. Incluso después de ello no había podido parar. Había empezado a ingerirlo puro, lo que le había dado fiebre y la había vuelto loca. De atar. Casi no se acordaba de nada. Sus recuerdos de ese período solo eran ruidos y luces, siluetas y sombras. En varias ocasiones creyó haberme oído gritar su nombre o responder a sus llamadas. A veces le parecía verme sentada al escritorio.

Intentó darse la vuelta, mirarme, pero yo se lo impedí. Levanté la jarra y eché agua en la dura cáscara de su vientre, en sus pezones rosas, en los íntimos recovecos de su piel.

—Fue solo una vez. Fui a verlo porque no tenía a nadie más. Y era mi amigo, o lo había sido. —Había ido en el carruaje e hizo jurar a Charles que le guardaría el secreto. Necesitaba ayuda... pensaba... pensaba... No lo pensó—. Todos nos habían acusado ya...

—¿Y él no se ha dado cuenta?

Miró la puerta.

—Él solo se da cuenta de cosas cuando mi mala conducta sale de estas paredes y se entera por los periódicos. Y tú me habías abandonado...

—Usted me echó.

—¿Echarte? —Se giró, en otro intento de mirarme, y yo volví a impedírselo, reviviendo la angustia de esa tarde abominable—. *Non.* Tú dijiste que te ibas, Frances. ¿No te acuerdas? Se lo dijiste al señor Benham. Yo estaba disgustada por lo que había encontrado, pero no te habría echado.

Me puse en cuclillas. Me rodaba la cabeza. Recordé lo arrogante que había sido creyendo que podía marcharme y arreglármelas sola. El eco de sus gritos.

—No recordamos las cosas de la misma manera —dije.

Negó con la cabeza y la espalda le tembló bajo la manopla.

—Todo este tiempo...

—Encontré sus cartas, ¿sabe? Esa misma tarde.

—¿Cartas?

—De él. —Su nombre se me atragantaba. No podía pronunciarlo—. Usted las guardó. En el cofre de los huevos. Son la única razón de que escribiera aquello para el señor Benham. No debería haberlo hecho. Debería haberlo roto. No se lo habría dado.

Se quedó callada, juntó las rodillas y dirigió sus siguientes palabras al agua.

—Eran cartas entre amigos. Lo admiraba, sí. Pero como amigo. ¿Cómo puedo explicarlo? Se ha convertido en alguien tan extraordinario...

Resoplé.

—En un hombre. Lo sé, lo sé. Se ha convertido en todo un hombre. Porque es un hombre. Y libre para ser lo que quiera.

—Pero... Fran... tú sabes que eso no es del todo cierto. Solo era un niño cuando el señor Benham lo trajo. Entonces era como un hijo para mí. Mi mayor vergüenza no es haber demostrado que ellos tenían razón, sino que yo estaba equivocada. Tú no me perdonarás. Ni él tampoco. Cuando fui a verlo, tuve la impresión de que una parte de él quería hacerme daño...

Esa fue toda la explicación que me dio. No fue suficiente, pero no podía esperar nada mejor. La soledad la había empujado hacia él. La soledad la empujaba siempre. No había sabido qué hacer. Me había llamado. Incluso mientras dormía, me llamaba. Yo era su única amiga de verdad. Finalmente, había sido el propio Chavalito el que le había contado lo que había oído en la calle sobre Fran de Ébano y le había dicho dónde encontrarme.

«Mandar a buscarme no era amistad», pensé.

No dijo nada más, solo se echó hacia delante, con la

espalda curvada como una espada. Una espada que debería haber acabado conmigo allí mismo, por clemencia.

«Mírate —me dijo mi propia voz al oído—. Mira dónde estás. Otra vez de rodillas.»

Me levanté. Con un chapoteo de agua. Y me lo imaginé. El olor a fruta podrida del piso de Chavalito. El bebé, ovillado en la oscuridad como un puño mojado. «Lo primero que hace un bebé es estrujarte por dentro —decía Phibbah—. Y después se pasa la vida estrujándote por fuera.» Me quité la manopla y no la ayudé a secarse.

Mirarla me dejaba un regusto amargo en la boca. Cuando se puso delante del espejo, con una lánguida mano caída y las uñas descuidadas y rotas, y se miró con expresión preocupada, aparté los ojos. Era ella la que me había ordenado que dijera a Linux que nadie debía molestarla ahora que estaba yo. Que yo me ocuparía de ella y le subiría las bandejas. Se retorció las manos y no dejó de mirar la puerta, como si creyera que nos vigilaban. Pero Benham no apareció en toda la tarde. Se quedó en su biblioteca. Enfrascado en su trabajo, según Linux.

—Ya casi ha terminado. De sacarle toda la chicha a su materia prima. Y tú escoges este momento para traer el caos a su puerta.

Si Madame se estaba desintoxicando, yo no veía ninguna señal. Decía que era por sus nervios, que necesitaba la droga para calmarse. Yo también la necesitaba. Como el aire. Durante toda esa noche, su cuerpo estuvo poseído por la fiebre del opio, una fiebre que, en ocasiones, la indujo a cogerme la mano y hacerme confidencias inconfesables. «Podría volver contigo, Frances, podría tenerlo...»

Me entró frío. En mi cabeza vi una niña mulata que saltaba en mis rodillas.

—No. —Me obligué a decirlo en voz alta, negué con la cabeza.

En este mundo, hay cosas que son imposibles. Algunas mujeres lo saben desde que nacen y otras tienen que aprenderlo. Oh, pero tendría que haberle dicho que sí. Ahora lo sé. «Ven, amor mío, ven conmigo, pase lo que pase.» ¿No ocurre así en las novelas?

El señor Casterwick subió a decirnos que Benham quería ver a Madame en el salón. Bajé con ella, con la intención de prepararle un té. Pero volví sobre mis pasos y pegué la oreja a la puerta. Retazos de conversación. Hilos sueltos. «¿Por qué no puedo hacerlo a mi ritmo?... Por favor, déjame... hacerlo a mi... Me ahogas con...» Y después, solo murmullos.

En la cocina, el calor era sofocante. Me senté a la mesa para esperar a que el agua hirviera y lo sentí como un velo de muselina en la cara. Estaba sola. No podía dejar de preguntarme qué podía querer Benham de Madame. No llevaba sentada más de unos minutos cuando entró Linux, golpeó el marco de la puerta con las botas y se desanudó el sombrero. Tosí para asegurarme de que alzaba la vista. Cuando me vio, las cicatrices se le enrojecieron.

—Tú. —Miró la cocina—. ¿Para qué es el agua?

—Té.

—¿Para ella?

—¿Para quién si no?

—¿Qué le pasa?

—¿A qué se refiere?

—Ya lleva tres semanas sin salir de su habitación. Si se encuentra tan mal, tenemos que llamar al doctor Fawkes.

—No quiere verlo.

—Entonces ¿por qué están cerradas sus puertas? En cuanto estás en esta casa, se llena de secretos.

Antes de que pudiera responder, el señor Casterwick apareció en la puerta.

—El señor Benham quiere que te reúnas con ellos en el salón.

Madame estaba sentada en el sofá azul con las manos entrelazadas como pinzas de cangrejo. Intenté, en vano, cruzarme con su mirada. El gesto de su boca no me comunicaba nada, pero su manera de rehuirme la mirada era reveladora.

—Pasa —dijo Benham. Tenía la cara crispada y adelantó la cabeza tan de golpe que el cuello le crujió; la nuez le subía y bajaba—. Siéntate. —Me dirigí al banco de la ventana. Mi antiguo sitio. Afuera, una tierra líquida, mojada y verde. Estaba oscureciendo. Esperó a que el señor Casterwick cerrara la puerta—. He hablado con mi esposa. —Las manos de Madame se crisparon. Los temblores del láudano.

Apreté las manos contra el banco.

—¿Se lo ha dicho?

Benham se rio.

—¿Por qué crees que te he permitido volver, sabiendo dónde has estado?

Arcadas. Una ola agria de las tripas a la boca. Mi mente vaciló. Tuve que mover la cabeza para obligarme a prestar atención.

—... te quedes con el niño.

—¿Qué?

—Solo con esa condición puedes volver. —La miró—. Y Marguerite quedarse...

Solté una carcajada.

—Es ella la que me ha pedido que vuelva.

Madame seguía sin mirarme.

—He pedido a mi agente que busque una casa —continuó—. Lo haremos con... discreción. Te daremos referencias. Una pensión vitalicia. ¿Sabes qué significa eso? Tendrás suficiente para afincarte en algún sitio y mantener al niño. Más de lo que podrías necesitar en toda tu vida. Después, tú te quedarás. Ella volverá.

—¿Me está pidiendo...?

—Que te quedes con el niño y lo críes.

Lo miré. Cómo se doblega el mundo a la voluntad de algunos hombres. Recordé lo que Sal dijo, en mi último día en la Escuela: «Espero que no estés pensando en volver. ¿Con ella? ¿En qué se diferencia lo que ella te hace de lo que el *massa* nos hacía al resto? Me da igual lo que quiera. No puede ser nada bueno. Tú también lo sabes. No vayas corriendo. ¡No vayas!».

Miré a Madame.

—¿Usted quiere que me lo quede?

Quería que me mirara y me pidiera perdón. Pero hizo una mueca y se pasó las manos por las faldas sin decir una palabra.

—¿Y qué hago con él?

Benham se encogió de hombros.

—¿Qué quieres decir, criada? Lo que quieras. Ya no será nuestro problema.

Todo en mí se oponía a ello.

«Sabiendo dónde has estado.»

Cuando alcé la vista, Benham se había colocado detrás del sofá de Madame y fue como si estuviera mirando una alta pared azul que los ocultaba. Tuve un retortijón, un hambre terrible. Me sentí sucia. «Sabiendo dónde has estado.» Negué con la cabeza.

—Ahora los dos quieren que limpie sus pecados.

Benham esbozó una sonrisa reticente, Madame tragó saliva y yo me volví sin ver y choqué con una mesita. Uno de los innumerables jarrones de cristal del salón cayó al suelo y se hizo añicos.

Cuando volvimos a estar solas en su habitación, Madame se deshizo como un hatillo de leña. Me cogió las manos.

—No te preocupes por el jarrón —dijo. Acercó la cara a la mía y me tocó la mejilla—. Lo siento, Frances. Ha dicho que se divorciaría de mí. No he tenido elección. Oh, lo odio.

La ira me sacudió por dentro; me dio un coletazo.

—Sería el Jardín del Edén —dije—. *El Paraíso perdido*. Usted sería el ángel caído. —Me reí con amargura—. Y tendría que reunirse conmigo en las calles.

Las palabras siguieron brotando de ella a borbotones, como piedras.

—No seas tan cruel.

—Ha cambiado de opinión. Ayer...

—Ayer fue la locura la que hablaba.

—Solo podía ser locura. ¿Qué, si no? —Alcé la voz.

Un arco de silencio, tensado. «Viene y va, como con todo», pensé.

Dejó caer la mano.

—¿Lo harás?

No tuve tiempo de responder, ni tan siquiera de saberlo, porque llamaron a la puerta. La abrí y Linux me empujó y entró. También parecía enferma, con la cara picada de viruelas. Entonces pensé que debía de saber cómo era, sentirse menospreciada, y pequeña, por el mero hecho de enseñar su cara al mundo.

Tenía una bandeja en las manos, con un solo vaso.

—Señora Benham —dijo—, el salón ya está barrido. No debe preocuparse.

—Gracias.

—Si no se encuentra bien...

—Se equivoca, señora Linux.

—Le he traído agua. —Vaciló. Yo estaba junto a la chimenea, respirando con dificultad, y me lanzó una mirada—. Pues tiene todo el aspecto de tener fiebre. No entiendo por qué el señor no hace venir al doctor Fawkes.

Madame se levantó, se arrebujó en el chal y habló en tono severo.

—Señora Linux. No quiero su ayuda ni su presencia.

—No. —Ella parpadeó y corrió a dejar la bandeja—. No. No. Muy bien.

Cuando cerró la puerta, oí sus pasos alejarse por el pasillo y deseé poder seguirla.

Las gotas repiquetearon en las ventanas como una calabaza huera. Las lluvias habían vuelto y con ellas el frío. Esa noche se despertó llorando. Ráfagas de recuerdos y remordimientos.

—¿Qué he hecho?

Bebió más y más láudano, se lamió los labios resecos sin cesar. Tenía la piel caliente. Yo también tomé. Me lo bebí como si fuera agua. Es una sed que nunca se apaga. El opio me impulsó por océanos negros, me llevó de regreso a la hierba de Guinea, a los álamos y a la cochera. Vi las colas de personas que esperaban. Me vi a mí, con una pequeña cuchilla en la mano. Vi sangre.

Mientras Madame dormía, encendí una vela, me dirigí a la estantería y saqué sus libros, uno a uno, para intentar leer, pero el espeso vaho de mi cabeza me lo impidió. El cristal también estaba empañado, por la lluvia y el frío. Me senté a su lado. El tiempo se nos escapaba como escapa a todo, pero ahora corría hacia la vida además de hacia la muerte.

39

El agente de Benham llegó a la mañana siguiente y los dos se encerraron en la biblioteca durante varias horas. Cuando se marchó, Benham nos explicó que había firmado un contrato de arrendamiento de una casa en la costa cerca de Cornualles. Convenientemente aislada. Ya podían hacer correr el rumor de que Benham necesitaba paz y tranquilidad, y que iría allí para terminar su *Enciclopedia* lejos del mundanal ruido. Madame lo acompañaría para reponerse, porque no era ningún secreto que no se encontraba bien. No se llevarían a más criados que a mí. Benham se quedaría hasta que todo terminara.

Me permití imaginarlo.

—¿Cuántas habitaciones? —pregunté.

—¿Qué?

—¿Cuántas habitaciones?

—Una. Creo.

—¿Dónde dormiré yo?

Benham regresó a su mesa, abrió la cabeza de gato y cogió una pizca de rapé.

—¿Cómo voy a saberlo, criada? Algo habrá, una cocina, seguro.

Algo se quebró dentro de mí. Sentí el dolor en mi cabeza, cegador. Parpadeé. Me reí. Madame no había dicho nada todavía y en ese momento alzó la vista.

—¿Algún problema? —preguntó Benham. La miró con el rabillo del ojo.

Yo no dejé de mirarlo.

—¿Y el niño?

—Será tuyo, para que hagas lo que te parezca con él.

Los aposentos de Madame se extendían hasta el infinito. El tiempo también. Un polvo gris lo cubría todo y se arremolinaba en el aire. Se negaba a que Pru entrara a limpiar. Durante un rato no me habló ni me miró. Yo estaba sentada en la cama, ella al escritorio. Kilómetros entre nosotras.

La vi retorcerse el pelo hasta dejárselo como cuerdas, levantarse de la silla como un resorte. Una marioneta. La droga. Las exigencias de su esposo. Su propia confusión. No más gruesa que una página de sus libros, poseída por esa energía terrible.

—Una de las bendiciones de mi matrimonio fue descubrir que nunca querría un hijo suyo. Ahora me dice que no debo querer este. Pero es como si —se interrumpió—, como si este niño tuviera un poder mágico que me hace desearlo.

Sus palabras me resbalaron, mi dolor tan grande que apenas me quedaba espacio para el suyo.

—Mientras mis escándalos no hagan mucho ruido, le da igual. Pero en cuanto decide que lo avergüenzo... otra vez, me exige que me encierre en mis aposentos. Hasta que todo se calme. O se olvide. Me espía para saber qué medidas tiene que adoptar, y cuándo. En esos períodos, si tengo que ir a algún sitio, me pone a lady Catherine de perro guardián y carcelera...

Recordé el primer día, en los escalones.

—Y usted lo acepta.

—¡Y yo lo acepto! ¿Qué más puedo hacer? Si acaba dejándome salir otra vez a mis anchas es solo porque, si no, los rumores serían peores. —Sonrió sin ganas—. Cuando te pidió que... me vigilaras... ¿pensaste que podía estar buscando pruebas para encerrarme? —Una risa—. Nunca sería el manicomio, no con él. Demasiado prosaico. Demasiado público. Nunca querría que se supiera que su esposa había caído tan bajo.

Me mordí la lengua. Ella no tenía la menor idea de lo bajo que había caído él. La verdad sobre George Benham la habría roto. No podía contarle nada.

—Pero esto —continuó—. Es imposible de esconder. Si tengo un hijo negro después de divorciarnos, todos verán su deshonra. —Me miró, con la cara agria—. No obstante, si se divorcia, sabe que ya no tiene ningún control sobre mí y nada le asegura que no vaya a tenerlo. Por consiguiente, un nuevo pacto conyugal: dejará que me quede, pero debo renunciar a él. Y después renunciar a ti.

Me encogí de hombros.

—Pues entonces váyase. Téngalo. ¿Por qué no?

Miró alrededor. Las mismas cuatro paredes de siempre. La misma trampa. Y Madame me había hecho volver. A veces, una persona herida quiere herir a su vez y entonces dije palabras duras que lamento amargamente. Pero si pudiéramos hacer las paces con los muertos, no habría motivo para llorarlos. Le dije que era demasiado egoísta para ser madre, que era una cobarde, que se lo tenía merecido.

Los ojos se le ensombrecieron. Nada la calmaba. Bebió más y más láudano, pidiéndome que la perdonara.

—¿Qué voy a hacer? —dijo, llorando.

Su cuerpo se replegó sobre sí mismo y dejó de moverse. Me preocupé, creyendo que podía ser otra de sus crisis. Que se había quedado ausente. Habló tan bajo que me costó oírla. ¿Me acordaba, me preguntó, de cuando habíamos hablado de qué se llevaría si pudiera marcharse? Le dije que las dos sabíamos que no se iría jamás.

—Es usted un péndulo —dije.

Entonces se puso a temblar y dijo que necesitaba dormir.

Durante el resto de ese día, Benham entró varias veces a verla, para decirle lo que debía y no debía hacer. Ella debía organizar una velada, la noche antes de su partida:

—Haz gala de tu buena salud, exagera lo bien que te has recuperado. Invita al que me ha puesto los cuernos. Oh, sí. Invítalo. Demuéstrales a todos que aquí no pasa nada. Dales a Meg la Maravillosa. —Estaría contenta, resplandecería. Oh, más le valía hacerlo.

Unos días después hubo una velada. Pero no habría casa. Ni bebé. Solo asesinatos. Y sangre, mucha sangre.

ROBERT MEEK, bajo juramento

Soy agente de policía. El 27 de enero de 1826, alrededor de las dos de la madrugada, fui requerido en Levenhall, la residencia del señor George Benham. El ama de llaves me acompañó a la biblioteca de la primera planta. Examiné minuciosamente el rellano y encontré abundantes restos de sangre en él, al igual que en el suelo de la biblioteca. Dentro encontré el cadáver del señor George Benham. Después me llevaron a la habitación de la señora Benham, donde también había restos de sangre, afuera en la puerta y dentro en la alfombra. El cadáver de la señora Benham había sido hallado en su cama. También había gran cantidad de sangre en el centro de la cama. La alfombra parecía mojada, como si hubieran intentado lavarla para eliminar la sangre. La acusada estaba dormida al lado del cadáver de la señora Benham. Yo estaba presente cuando el ama de llaves la despertó y le oí decir: «No me acuerdo, no me acuerdo». Lo repitió varias veces y parecía bastante angustiada, después de lo cual se negó a decir nada más.

Me contaron que los señores Benham habían tenido como invitados al señor Feelon y a varios miembros de una comisión de la Sociedad Abolicionista, formada por la señora Benham para organizar un debate que tuvo lugar ese mismo día en la Real Sociedad de Londres.

Después encontré un cuchillo en un armario de la habitación, que parecía haber sido limpiado y no tenía ningún rastro de sangre. Había cenizas frías en la chimenea. El ama de llaves me entregó otros objetos: un recibo por la compra de arsénico a nombre de la acusada; un tarro hallado junto al jergón de la acusada, en el cuarto de las criadas de la buhardilla, que parecía contener un feto humano.

También encontré un libro en el armario. *El Paraíso perdido*, escrito por el señor John Milton. Aporto el tarro, el cuchillo, el libro, etc. Esa mañana llevé a la acusada a la comisaría antes de que la trasladaran a la cárcel de Newgate. No dijo una palabra, ni en la comisaría ni durante su traslado.

*Old Bailey, tribunal penal central de
Inglaterra y Gales,
Londres, 7 de abril de 1826*

40

Pues aquí estamos.

Jessop, el fiscal. Gordo, de boca fina, la clase de hombre que parecería serio en su propia boda. Me estremezco. La sala tan enorme, tan llena del calor y los olores de todos estos cuerpos, y no obstante tan amortiguada por el mármol, el terciopelo y el bronce. La espada suspendida sobre la cabeza del juez. La luz amarilla que entra por las ventanas de arco. Jessop se vuelve hacia los miembros del jurado, que lo miran como gatos. Bate las mandíbulas. Les ha hablado de la Escuela y ellos han fingido que se escandalizaban, aunque el juego y la prostitución son los vicios que se nutren de hombres como ellos, lo que explica que en Londres haya un centenar de prostitutas por cada esposa. Les ha enseñado el tarro, el feto. Les ha recordado que me encontraron en la cama de mi señora, que tenía las manos manchadas de sangre cuando me despertaron y, no obstante, sostengo que no me acuerdo de cómo llegué allí.

—Oirán la declaración de la señora Linux, el ama de llaves de Levenhall. Ella les hablará de la reputación de la acusada...

Usted se levanta de un salto.

—Señoría, ¿necesito recordar a mi colega que la reputación de mi clienta no viene al caso? Él debería saberlo.

Jessop sonríe —dientecillos blancos enterrados en sus mejillas regordetas— y se pasea sin prisa por un extremo de la mesa de los abogados.

—Por supuesto, señoría, por supuesto. La regla es la misma desde hace muchos años, aunque veo que la costumbre de vacilar a la hora de interrumpir un acto de apertura empieza a flaquear.

El juez se ríe entre dientes, Jessop gira sobre sus talones e incluso su toga parece sonreír con suficiencia cuando le revolotea alrededor de las espinillas.

—Las únicas palabras que la acusada dijo esa noche sobre este funesto suceso fueron: «No me acuerdo». Qué oportuno. En toda mi carrera nunca he visto y, desde luego, la justicia inglesa tampoco que una asesina obtenga clemencia por dejar su perversa mente en blanco. —Se tira de las solapas de la toga negra—. Hay pruebas, caballeros. Me atrevería a decir que con solo la mitad de ellas bastaría para ganar este caso. La acusada nació en una tierra abandonada por Dios pero, aun así, el señor Benham la aceptó y le ofreció protección. La echaron por robar pero ella regresó, decidida a vengarse, y los asesinó a él y a su esposa.

»Una sentencia de muerte no tiene que tomarse nunca a la ligera pero, si se demuestra su culpabilidad, ese será su deber. Y aunque sea triste, tendrán que cumplirlo. La casa de todo inglés es su castillo, caballeros. Cumplan con su deber para que podamos estar seguros en la nuestra.

Un acusado no conoce los cargos que se le imputan hasta que empieza el juicio. Usted ya me ha dicho que tendrá que jugar sus cartas a medida que Jessop revele las suyas, y que le costará seguirle el ritmo. No es justo, por supuesto, pero bien pocas cosas lo son en la justicia que se imparte en el Old Bailey.

Jessop llama a su primer testigo. El doctor Wilkes, cirujano en el hospital de Westminster. Pecho ancho, piernas cortas. Un mentón obstinado por encima del corbatón. Me echa un vistazo rápido, vuelve la cabeza. Estoy aquí para que miren con la boca abierta, pero nadie parece capaz de hacerlo durante mucho rato. Dirigiéndose al jurado, dice que ha practicado más de veinte autopsias e imprime a sus pausadas palabras todo el peso de una frase que, sin duda, hará grabar en su tumba. Yo he diseccionado más cadáveres que él, pero, por supuesto, mejor me lo guardo para mí. Alrededor de las cuatro de la madrugada, explica, lo llamaron a Levenhall, donde examinó los cadáveres. El señor Benham tenía profundos cortes en la parte superior y central del pecho, al igual que la señora Benham.

Dio orden de trasladar los cadáveres al hospital, donde practicó las autopsias él mismo y determinó que en ambos casos la causa de la muerte había sido el desangramiento.

—Más tarde ese mismo día, el agente de policía me dio un cuchillo de trinchar, que dijo que se había encontrado en un armario del dormitorio. Es el mismo que se ha presentado como prueba aquí. El filo se correspondía perfectamente con las heridas de las dos víctimas.

—¿Observó algo más?

El forense vacila.

—La señora Benham había estado embarazada hacía poco. Había signos claros. Útero distendido, flacidez general, edema de la vejiga. Cuerpo lúteo muy desarrollado en un ovario. También llevaron al hospital un tarro de boticario que contenía un feto humano y llegué a la conclusión de que era el fruto de ese embarazo y tenía unas dieciocho semanas de gestación.

Su última frase da paso a un silencio. Solo se oye una tos en la tribuna. Los bancos centellean entre las nubes de humo.

Jessop levanta el tarro.

—¿Es este el...?

Usted se levanta al instante.

—¡Señoría! Esto es indignante. ¿Qué sentido tiene traerlo aquí?

Jessop se vuelve hacia el juez.

—Creo que eso es tema para un debate jurídico, señoría.

—Algo que yo, como mi colega bien sabe, no tengo permitido. Pero según la ley, esto no ha lugar aquí, dado que no se menciona ni una sola vez en la acusación. Además, también según la ley, no se puede asesinar a un feto. Esa... cosa es inadmisible.

El juez niega con la cabeza.

—Señor Pettigrew, usted no es el único que lo encuentra macabro. ¿Señor Jessop?

—¿Señoría?

—Será mejor que vaya rápidamente al grano o haré que lo retiren. No todos tenemos el estómago de hierro de los médicos.

—Muy bien, señoría. Doctor Wilkes, ¿pudo determinar cómo se había extraído el feto del útero?

El cirujano me mira.

—No podría haber nacido con vida, pero eso no significa que no pudiera haber sido víctima de lo que provocó la muerte a su madre. De la mano de Dios o de una salvaje.

Jessop hace una mueca.

—Gracias, doctor Wilkes.

Todas las cabezas se vuelven cuando usted se levanta de nuevo. Su pregunta llega pronta y certera.

—¿Dice que no podría haber nacido con vida?

—No.

—¿Ni tampoco puede decir por qué razón nació muerto?

—Solo puedo hacer conjeturas.

—Entiendo. Señoría, no tengo más preguntas.

Le miro con dureza. ¿Eso es todo? Esperaba que jugara alguna baza inteligente, que se sacara algún as de la toga negra. ¿No son esas las cartas de un abogado? ¿Cómo me salvará si no? Me embarga una fría sombra de duda. Rebusca en sus papeles mientras el doctor Wilkes regresa a su sitio y vuelve a fulminarme con la mirada. Incluso el juez le mira desconcertado. Los traseros se mueven en los bancos. El tiempo avanza tan despacio como el humo. La sala vuelve a estar inundada de ruido y calor, de un murmullo de susurros descontentos procedentes de la tribuna. Esto no es para lo que han venido.

Tengo que apretar la lengua contra los dientes para no gritar.

Pero no tengo tiempo de darle vueltas. Linux es la siguiente. Verla es como un puñetazo en las tripas. La misma sensación que tuve esa mañana cuando la oí gritar: «¡Asesinato!».

Lleva la cabeza alta y se niega a mirarme. Abotonada y de negro del cuello a los tobillos, con un cuello blanco alrededor de la garganta. Pero, en cuanto sube al estrado, está rodeada por toda esa madera que la obliga a mirarme de cara. Acusadora y acusada. Sus cicatrices están rojas hoy, gordas como garrapatas ahítas de sangre. Coloca la mano sobre la Biblia negra y jura no decir nada más que la verdad, «en nombre de Dios». En sus labios parece más una orden que un juramento. Endereza los hombros y se hace el silencio. El miedo me corroe. Es ahora cuando verdaderamente empieza. Calmo mi respiración, me inclino sobre la barandilla. Si hay algo aquí que pueda ayudarme, necesito encontrarlo. Cualquier migaja.

Dice que no sabe por qué Benham me permitió quedarme después de mi regreso, que es un misterio para ella y un error fatal para él.

—A menudo la encontraba con el señor, encerrados en su biblioteca. Se callaban cuando yo entraba. Siempre es así con estas mujeres, ¿no? Antes de aprender siquiera a andar ya saben atrapar a sus señores. Ella ejercía influencia sobre los dos. Cuando volvió, la señora ya no se levantó de la cama. Decía que le dolía la cabeza, aunque ahora sé que debía de ser por su estado... La acusada no se separaba de la puerta ni dejaba entrar a nadie. La señora parecía nerviosa. ¡Creo que la acusada la aterraba!

Te levantas como una bala.

—Señoría. Protesto. Y estoy seguro de que no necesito explicar por qué.

—Sí sí, señor Pettigrew. Señora Linux, debe ceñirse a los hechos. ¿Qué vio con sus propios ojos?

—¡Vi que la señora tenía miedo, señoría! Pero cuando hablé al señor de lo que pasaba, él solo me dijo que las dejara tranquilas. Fue el día de la velada.

—¿Puedes explicarnos qué pasó la noche de la velada?

—Charles bajó a la cocina para decirnos que la acusada estaba armando un alboroto, así que subí. Llegué justo a tiempo de ver cómo amenazaba a la señora Benham. Se acercó mucho a ella y gritó: «Esto es la muerte».

—«Esto es la muerte.» ¿Está segura?

—Segurísima. Lo dijo dos veces. Y algunas de las damas se quedaron tan afectadas que tuvieron que retirarse al saloncito, así que pedí a Charles que la subiera a la buhardilla, donde no podría causar más problemas. Tendríamos que haber hecho venir al agente de policía de inmediato, por supuesto. Ojalá lo hubiéramos hecho. Pero teníamos que ocuparnos de los invitados. Tardamos mucho en acompañarlos a todos a la puerta y cerrar la casa. Y cuando fui a hablar con el señor, me dijo que no haríamos venir a nadie, que él mismo había hablado con la acusada.

Respira hondo.

—Justo después de medianoche, subí para asegurarme de que la puerta de la casa estaba bien cerrada. La vi... a ella... en el rellano de la segunda planta, dirigiéndose a la habitación de Madame. Estaba oscuro. Solo vi su silueta. Pero parecía alterada. Gritó. Aunque no oí lo que dijo.

—¿Está segura de la hora?

—Todos los invitados se habían ido antes de las diez, y los señores habían subido poco después. Miré la hora en ese momento y volví a hacerlo cuando la vi. La llamé, pero no me respondió. Bueno, se parecía tanto a las otras veces que la había sorprendido paseándose por ahí arriba, en plena noche... que me preocupó. Pregunté al señor Casterwick qué creía que deberíamos hacer. «Suba —dijo— y vuelva a hablar con el señor.» Decidí hacerlo, solo para asegurarme. Subí. Y fue entonces cuando vi sangre...

—¿Dónde?

—Gotas en la escalera. En el rellano justo... justo delante de la biblioteca. Yo...

Se interrumpe, se suena en un pañuelo blanco, dice que ojalá no tuviera que hablar de ello.

—Sí —dice Jessop—. Sí. —Apoya una mano en la cadera y hace de su toga un ala de murciélago. Tiene la paciencia de un terrier delante de una ratonera—. Tómese su tiempo —añade, con suavidad—. Para algunas cosas no hay palabras, señora Linux. No obstante, esas cosas caen bajo la competencia del Old Bailey.

El ama de llave solloza. El silencio es terrible, solo se oyen quedos movimientos en la tribuna. El público también huele a sangre. Esto es para lo que han venido.

—Entré. Fue... fue el olor lo que me detuvo. La clase de olor que se pega a la piel. Caminé a tientas hasta la chimenea y encendí una de las velas de la repisa, que se habían apagado. Y la vi. ¡Sangre! —grita—. ¡Todo el suelo era un mar negro, y mi pobre señor estaba perdido en él!

»Yo..., por un momento, no supe qué hacer. Después caí de rodillas. Fue lo único que se me ocurrió. Recé por él durante mucho tiempo. Dije el padrenuestro. Varias veces, no recuerdo cuántas. Y todo ese tiempo tuve que respirar ese... ese olor. Salí al pasillo y me arrodillé. Yo... eché la papilla. Después, el agente de policía encontró el... encontró la carnicería. —Se recompone, alisándose el corpiño con aire teatral—. Subí a la habitación de la señora para avisarla. Entré. Al principio daba la impresión de que el señor y la señora estaban los dos dormidos en la cama. Las mantas bien estiradas, como velas, y —se lleva una mano a la mejilla— allí había el mismo olor. Ese olor espantoso. Oh, entonces supe que sería algo que no quería ver. Retiré las mantas... y fue entonces cuando vi a la acusada y a la señora. La cama cubierta de sangre. Fue entonces cuando vi que la señora estaba muerta.

»Grité, y eso hizo venir al señor Casterwick, que mandó llamar a Charles. Él fue a buscar al guardia y en ese momento estaba tan conmocionada que no me fijé en qué hora era. Luego despertamos a la acusada. No queríamos hacerlo hasta que llegara el agente de policía.

—¿Cómo estaba cuando la despertaron?

—Al principio no se despertaba. Tuve que echarle agua de la jarra. Cuando se incorporó, vi que tenía las manos llenas de sangre. El agente le preguntó qué había pasado y ella dijo: «No me acuerdo». Era lo único que decía. Lo repetía una y otra vez.

Les explica que más adelante encontró el tarro y el recibo del arsénico debajo de mi jergón y que se los entregó al policía cuando volvió a bajar. El agente encontró el cuchillo en el armario de Madame, junto a los frascos de láudano y su ejemplar de *El Paraíso perdido*. Lo habían limpiado y dejado en el armario, al lado de los frascos y el libro, con el cuidado que un cirujano podría poner en guardar su instrumental.

—Cirujano o carnicero. —Parece escupirme las palabras a mí.

«Oh, yo lo sé demasiado bien. Es una carnicería cuando no hay necesidad de mantener al animal con vida.»

—Aparte de la sangre, no había nada fuera de sitio. Como si hubieran ordenado la habitación. Y otra cosa extraña, señor. La señora había bajado esa noche, justo antes de que se marcharan los invitados. Entró en la cocina y, oh, no paraba de retorcerse las manos. Y hablaba tan bajito que apenas se la oía. Quería darnos las gracias, decirnos que la velada había ido bien, que no debíamos dejarnos desanimar por lo que había pasado. Habló con todos, uno a uno. Nunca lo olvidaré. Recuerdo sus manos cuando estrechó las mías, tan pequeñas, tan frías. Temblorosas. «Está disgustada por lo que ha pasado», pensé. Pero ahora sé que debía de estar asustada. ¡Debía de estar aterrorizada!

Esas últimas palabras me sumen en un estado de ánimo tenebroso. Pensar que Madame podía tener miedo. ¿De mí? Me obliga a bajar la cabeza.

Cuando alzo la vista, usted se ha levantado. No podría ser más distinto de Jessop. Él ha tomado la palabra como un actor, todo cejas, dientes y manos, para que lo vean mejor desde la tribuna, y su toga ha subido y bajado más que el camisón de una puta. Usted lleva la suya bien encajada en los hombros. Por un momento, lo único que hace es mirar sus papeles con el entrecejo fruncido, como si estuviera estudiándolos. Pensando. Es un silencio que va calando, después de la teatralidad de Jessop y los sollozos de Linux. La sala también enmudece.

El silencio puede ser un cincel. Quizá la hace esperar para poder utilizarlo con ella.

Alza la vista.

—Si la he entendido bien, usted fue directamente del cadáver de su señor al dormitorio de su señora.

La señora Linux frunce los labios.

—¿Es una pregunta, señor Pettigrew?

—Usted estaba despierta, moviéndose por la casa. Estuvo en la biblioteca y después en el dormitorio. ¿Es posible que, para borrar sus propias huellas, ahora intente culpar a mi clienta?

—Si eso es lo que piensa, está tan confundido como su clienta. Pero sospecho que se trata más bien de que ella le paga por palabra. —Se ríe—. Yo no soy la que formuló las amenazas y fue hallada cubierta de sangre.

—Sangre que podrían haber puesto sobre mi clienta mientras estaba acostada al lado de su señora.

—Una historia muy plausible, señor. ¿Asesinan a su señora justo a su lado y no se despierta?

No hay respuesta para eso, por supuesto, de manera que se ve obligado a cambiar de estrategia. Podría decirle que es imposible desautorizar a Linux. A fin de cuentas, ella no es la que estaba con sangre en las manos ni la que no tiene justificación para lo que pasó. Tampoco ha venido nadie a declarar en su contra. Si hay que escoger entre ella y yo, nadie la verá a ella como al monstruo.

—Otro misterio. El asesinato fue brutal y después lo ordenaron todo. ¿Cómo? ¿Por qué ordenar el dormitorio y no la biblioteca? Tengo cierta dificultad para entenderlo.

—Parece que tiene dificultad para entender muchas cosas. Señor.

Oigo resoplidos y carcajadas en la tribuna. Me da un vuelco el estómago. ¿Qué tiene esto de gracioso? ¿Se reirían también si me vieran colgando de una cuerda? Miro alrededor. Todas estas personas que esta noche se irán a casa para cenar en familia, sí, sospecho que se reirían. Clavo las uñas en la barandilla.

Se aparta la peluca de la nuca.

—Es usted la que ha dicho que en el dormitorio de Madame no había nada fuera de sitio.

—Había un cadáver en esa habitación.

—Sí, pero esas han sido sus palabras, señora Linux. La estoy citando literalmente. «Nada fuera de sitio.» El dormitorio estaba ordenado.

—Quizá debería preguntárselo a su clienta —replica Linux, lanzando una perspicaz mirada al jurado—. No soy experta en asesinatos.

—En eso estamos de acuerdo, señora Linux. No obstante, son sus especulaciones sobre este asesinato las que señalan a mi clienta con el dedo.

—Creo que corresponde al jurado decidir dónde señala el dedo.

—Pero ¿usted creyó que era la acusada la que había cometido ese crimen atroz?

—Es el gobierno de su Majestad el que lo dice.

—¿Y no lo dice su Majestad porque es lo que usted dijo a su agente de policía?

—Se había cometido un asesinato. ¡Dos asesinatos! Y el señor, el señor... —Rompe a llorar, alza el pañuelo—. Así que, cuando encontré veneno entre sus objetos personales, y cuando encontré esa... cosa, informé de ello. ¡Como es natural!

—¿Pensando que, como mi clienta había comprado arsénico, debía de haber planeado matar a alguien a cuchilladas?

El ama de llaves vacila.

—Señora Linux. ¿Por qué una mujer que se había tomado la molestia de comprar y esconder veneno iba a matar a sus víctimas a cuchilladas? Y este recibo por la compra de arsénico que usted afirma haber encontrado, ¡parece un intento de sembrar una pista falsa! ¿No es un hecho que las damas a menudo utilizan el arsénico para el cutis? ¿Era esa la primera vez que la señora Benham compraba arsénico al señor Jones? Tenga cuidado: lo llamaré a declarar si es necesario.

—Su clienta los amenazó esa misma noche. No va a poder librarse mintiendo. Veinte personas la oyeron. Todos los invitados del señor.

—Según usted, ¿se enfadó, montó en cólera, lo mató a él, subió, la mató a ella y después se quedó instantáneamente tan dormida que usted tuvo que echarle agua para despertarla? ¿Cómo es eso posible?

—Esa es una pregunta que la acusada debería hacer a su propia conciencia.

Se queda callada, mirando al frente. El silencio siempre pesa en una sala de justicia. Es un espacio lleno de palabras, quizá sea por eso. Siguen resonando incluso cuando nadie dice ninguna. Las palabras son el oficio de ustedes los abogados. Las administran a cucharaditas o las clavan como puñales. Adulan, engatusan. Las imbuyen de malicia o amabilidad, según cuál sea su propósito.

Tretas. Señuelos. Asiente con la cabeza y echa un vistazo a sus papeles. Dulcifica la voz.

—Vera, señora Linux... había explicaciones razonables..., pero usted y el agente de policía Meek se quedaron con las más dañinas y descartaron las demás sin investigarlas.

Linux se vuelve hacia mí. Y su cara rebosa odio. Ella y yo somos iguales. La idea se enrosca como una serpiente. «Ella y yo somos iguales.» Iguales en nuestra devoción. Y también en nuestra rabia.

Usted espera, pero ella no dice nada.

—¿No sabe que sus especulaciones podrían condenar a mi clienta a la horca, señora Linux? —pregunta en voz baja—. ¿No le importa?

Ella remete los labios.

—¿Dice que hubo un alboroto en el salón durante la velada?

Linux exhala.

—Sí. La acusada formuló amenazas.

—¿Oyó alguien ruido arriba después de que sus señores se retiraran?

—No.

—¿Nada de nada?

—Pero eso no tenía nada de raro. Desde donde estábamos, no oíamos lo que pasaba en las habitaciones de arriba. Nos hallábamos en la cocina, con la estufa encendida, recogiendo y limpiando.

—¿Usted no vio a la acusada cometer los terribles asesinatos?

—No.

—¿Ni nadie más lo hizo?

—Nadie lo ha mencionado.

—¿Cómo se llevaba con la acusada?

Crispa la mandíbula.

—Normal.

—¿Había roces entre ustedes?

Vuelve a vacilar.

—No más de los habituales. Yo dirigía esa casa, señor, y a todos los criados que había en ella. Habría sido imposible que ellos estuvieran siempre contentos conmigo, o yo con ellos.

Parpadea.

—¿Cómo era el señor Benham con el servicio?

—¿En qué le concierne eso a usted?

—Le concierne a este tribunal.

—Era un buen señor, justo.

—Usted pensaba que la acusada era una amenaza para la casa e intentó avisarlo; quería que la echara.

Linux achica los ojos.

—No me equivocaba...

—En una ocasión le quemó la mano con una tetera...

—¡Fue sin querer! ¿Qué le ha contado ella? —Vuelve la cabeza hacia mí con brusquedad—. ¿Qué le ha contado? Fue la noche que atacó a uno de los invitados del señor Benham. El señor John Langton, el hombre que la había traído, el que se la había regalado al señor Benham. La llevé a la cocina. Había avergonzado al señor. Pensé que la echaría en ese momento, pero no fue así. Siempre se compadecían de ella, y mire cómo se lo ha agradecido. Cuando intenté mandarla a su cuarto, ella se abalanzó sobre mí para arañarme y yo aún tenía la tetera en las manos. Estaba preparando el té para después de la cena. Así es como pasó, lo juro por Dios. ¿Está ella intentando culparme? Usted puede decir lo que quiera, pero yo vi cómo era. La calé. Y no me equivoqué.

—¿Jugaba su raza también en su contra, en lo que a usted respectaba?

—Eran sus actos los que jugaban en su contra, no su piel.

—Usted la tiranizaba.

—No es verdad.

—La tiranizaba. La acosaba.

—No.

—Usted le tuvo manía desde el principio. Piel oscura, naturaleza oscura. ¿Era eso lo que pensaba?

—¡No!

Los dos se miran de hito en hito, solo separados por los murmullos de la sala.

Aquí, el silencio es una verdadera maravilla. Todo lo contrario que en la cárcel. Allí, los gritos, llantos y gemidos constantes me martillean hasta que echo chispas y me doblo, como un clavo, y me parece que ya no podré volver a enderezarme nunca. El ruido de Newgate es el de una pocilga. Ahora es todo este silencio el que me parece ensordecedor.

El pecho de Linux sube y baja, al igual que hace el suyo. El suelo también sube y baja, como el de un barco.

Miro al juez, que se revuelve en su asiento.

Mira el reloj de pared.

—Señor Pettigrew, este podría ser un buen momento.

41

De todo lo que marca el tiempo en esta sala, el estómago del juez el que se sale con la suya más a menudo. Su estómago o, si no, su vejiga.

Hora de comer.

Mientras el juez se va a comer su sopa de tuétano, o lo que sirvan hoy en el comedor de los jueces, los carceleros permiten que usted y Tomkin, el abogado que lo asesora, pasen un momento conmigo. Estamos en un lóbrego pasillito, sin madera reluciente ni terciopelo verde. Nada más que frías paredes grises, sucias losas bajo nuestros pies y un olor a presos. A pies y a miedo. Asimilo la idea de que esta podría ser mi casa en lo que me queda de vida si Jessop consigue acortarla. La clase de lugar que se considera apropiado para las criaturas como yo. Presos. Asesinos.

Los dos me miran con expresión concentrada, como dos colegiales que intentan resolver la misma suma. Las palabras que usted me dijo la primera vez que nos vimos me resuenan en la cabeza: «Deme algo con lo que pueda salvarle el cuello».

Se golpetea la barbilla con los papeles. Mueve la cabeza.

—Empecemos por el feto...

—¿Por qué? No es más que una distracción. Lo ha dicho usted mismo.

—Lo que les digo a ellos es distinto de lo que le digo a usted.

Tomkin se tose en la mano.

—Él lleva su defensa, señorita Langton; debe confiar en él.

—Jessop está pintando su retrato —interviene usted—. Es un viejo truco. Hacer que los miembros del jurado se fijen en algo que el juez va a pedirles que olviden. Es absurdo y prejuicioso, y no debería haberse permitido. Es inútil protestar. Los miembros del jurado se llevan la impresión de que somos incapaces de confrontar los hechos, y los trucos de los abogados les dejan indiferentes. Pero si usted no se explica en lo que respecta al feto, pensarán lo peor, que es una...

«Asesina de bebés.» La palabra me desgarra. Una punzada de pánico.

—Solo he defendido a otro negro, señorita Langton. Uno. En ese caso, el juez decidió que el acusado no tenía la inteligencia requerida para entender la naturaleza del juramento. ¡Aunque hablaba tres idiomas! ¿Comprende? Esa... cosa jamás se habría admitido en cualquier otro caso, pero en este... —Se interrumpe, como si se le acabara de ocurrir algo—. ¿Está bautizada?

—¿Qué cambiaría eso?

—Podría decirles que al menos es cristiana...

Aprieto los puños.

—Sé que todos piensan que soy una salvaje capaz de matar a mi señora. Pero no fui yo.

—¿Qué hay de la posibilidad de que sí lo fuera?

El corazón se me bambolea como un barco en alta mar.

—Podríamos plantearlo de esa manera, ¿sabe? Lleva

toda la vida esclavizada, la trajeron aquí, la regalaron. En esas circunstancias, lo inhumano habría sido no rebelarse. Puede que no consiga absolverla. Pero podría solicitar que la deportaran.

—¡No!

Recuerdo su aspecto cuando la encontré, acunando esa cosita muda y cuajada de sangre.

«Lo prometí, lo sé. Perdóname.»

Respiro hondo y los miro a los ojos.

—El niño no era de su esposo. Ella... y el señor Cambridge...

Se miran, sorprendidos.

—No quería que nadie se enterara. Lo conservé porque ella quería enterrarlo cuando se repusiera.

—¿Estaba enferma?

—Por eso volví. Me escribió para pedírmelo. —Les hablo de mi regreso, de lo asustada que estaba Madame.

—¿Asustada? ¿De qué tenía miedo?

De su esposo, de lo que pudiera hacer, de las opciones cada vez más limitadas que tenía. Les explico que ese día estaba inconsolable. Que, incluso antes de perder al niño, ya parecía haberse hundido en un pozo de tristeza. Tomkin pone cara de sorpresa, como si le extrañara que algo así pudiera considerarse una pérdida. Les hablo de la propuesta de Benham. Pero no lo digo todo, consciente de que hay puertas que es mejor no abrir.

Les digo que la amaba. Que intenté ayudarla. Me callo mis duras palabras. No les digo que podía haber sido yo de lo que tenía miedo. Cuando termino, estoy temblando. Intento disimularlo cerrando los puños.

—La amaba —repito, porque me parece que nada es más importante que eso.

Usted me mira de hito en hito.

—La amaba. Eso no cambia mi consejo. Aunque el

sentimiento fuera mutuo, es probable que le perjudique más que ayudarla. —Usted lanza una mirada al pasillo, baja la voz—. ¿Qué pasó después?

—¿Después?

—¿Después de que la encontrara, como ha descrito?

Me quedo callada. «Ojo. Ten cuidado. No digas más de la cuenta.»

—Asistió a su velada. El señor Benham la obligó.

—¿Y después?

Mi mente se acelera. Es a mí a quien intento alcanzar. Cuando miro dentro, no hay nada. Es un lugar entre el recuerdo y el olvido, y el único refugio que me queda.

«Deme algo con lo que pueda salvarle el cuello.»

«No me acuerdo.»

Un ruido metálico en el fondo del pasillo. Los carceleros. No queda tiempo. Se vuelve hacia Tomkin.

—¿Qué opina?

—Que no podemos hacer mucho con nada de eso.

—No. Pero... —Se interrumpe—. Se me ha ocurrido una cosa mientras interrogaba al ama de llaves. No veo cómo es posible matarlo a él, matarla a ella y dormirse justo después. Tomó demasiado láudano. ¿Podría servirnos eso? ¿Y si encontramos un médico que pueda construir una defensa a partir de ahí?

Tomkin me mira.

—Conozco a un médico en Cheapside. Le consulté la semana pasada por otro asunto. Puede que entienda de estas cosas. Pero ¿adónde quiere llegar con eso?

—Si encontramos a un médico dispuesto a declarar, ¿no podríamos argumentar que, en el estado en el que se encontraba, no pudo ser intencionado? Y, por tanto, ¿el cargo de asesinato no se sostendría entonces?

—¿Falta de dolo? Bien. Sería la primera vez, creo, señor Pettigrew. No hay precedentes, que yo sepa.

—¡No! —Los dos me miran, sorprendidos—. Me
hace parecer culpable —digo.

Tomkin niega con la cabeza.

—Señorita Langton. Es una defensa.

Y, a falta de algo mejor, no tengo alternativa.

42

El juez regresa. Jessop llama al estrado a los testigos que le quedan.

Primero, el agente de policía Meek presta declaración sobre la sangre de mis manos y sostiene que intenté limpiármelas en las sábanas:

—Sabía que no era suya, señor, porque no tenía heridas, aparte de algunos moretones en el cuello, que, sin duda, le hizo una de las víctimas al intentar defenderse.

Todas las cabezas se vuelven hacia mí. Las palpitaciones de mi pecho se abren paso hasta mi garganta. Por mucha saliva que trague, no logro frenarlas.

Después es el turno del señor Casterwick, que no deja de manosear su gorra mientras declara.

—Yo intentaba no meterme en lo que no me concernía. Pero era bastante evidente en esos últimos días que la acusada se comportaba de forma extraña. Se paraba en mitad de lo que estaba haciendo y después era totalmente incapaz de recordar qué era. Una vez me tropecé con ella en el jardín, cerca del estanque. Dijo que había salido a buscar a un bebé, que se había extraviado un niño. No había ningún bebé en Levenhall. Me pregunté si no la habría sorprendido borracha, la verdad sea dicha. Una

vez se quedó sola abajo, en la cocina, después de que todos nos retiráramos. La encontré sentada a la mesa, con
la cabeza apoyada en ella, moviendo la mano, como si
escribiera. Pero no tenía ninguna pluma. Y, cuando me
acerqué, dijo: «¡Oh! Mi cabeza. Me duele tanto que habrá que abrirla».

»Ahora me arrepiento de no habérselo contado a la
señora Linux. La muchacha me daba lástima, ¿sabe?, y
me suplicó que no dijera nada. La señora Linux sospechaba que robaba las medicinas de su señora.

Por último, es el turno de Charles. Explica que, cuando logró subirme a la buhardilla esa horrible noche, yo
me revolvía en mi jergón como una rueda floja y él vio
maldad en mis ojos, que tendría que haber sabido entonces que yo «me soltaría» y no haberme dejado sola, y
que así sus señores no habrían sido asesinados. Para sorpresa de todos, él incluido, se pone a llorar.

La tarde sigue su curso. Todas estas declaraciones son
como pesas que van inclinando la balanza contra mí.
Poco a poco. Pero ninguna de ellas me ha ayudado a llenar ese vacío. La luz menguante se alarga y se refleja en la
espada suspendida sobre el juez y el espejo colgado encima de mí en el banquillo del acusado. Una presa me dijo
que está ahí para que el juez y el jurado vean mejor la
cara del acusado. Justicia inglesa. El espejo y la espada.
Primero, nos obligan a mirarnos a la cara, después, a mirar la muerte. El miedo me corroe las entrañas. Querría
correr. Huir. ¿Cómo puede nadie quedarse tanto tiempo
sin moverse, oyendo lo que otros tienen que decir de su
persona? Pero el acusado está obligado a mirar, a prestar
atención. Y sé que, si muevo un músculo, los carceleros
me tirarán al suelo y me sacarán de aquí a rastras.

Y luego, por fin, cuando apenas queda ya luz, el juez da un manotazo en la mesa que hace que los bordes de sus papeles se crispen como garras y dice que le sorprende que este juicio no termine al mismo tiempo que la jornada.

—Les concedo un día más. Pero, en vista de su nutrida lista de casos pendientes, los dos harían bien en acudir preparados para terminar el lunes.

Y así termina el primer día.

Como es viernes, me esperan dos días en Newgate antes de que regresemos. Se extienden interminables ante mí. Los minutos se arrastrarán perezosos como perros al sol, las horas galoparán. El tiempo es tan previsible como una tabla de multiplicar o tan indisciplinado como un pedo. Pero todo este circo debería durar más tiempo del que se tarda en limpiar los cristales, ¿no? ¿Por qué debería usted pedir permiso para luchar por la vida de una mujer? No obstante, debemos sincronizar nuestros relojes con el del juez, porque él es el sol que sale y se pone sobre el Old Bailey. Y dice que esto está durando demasiado.

43

Lunes por la mañana. Segundo día. Cuando me llevan a la sala, usted se acerca al banquillo del acusado y se pone de puntillas. Intento aquietar mis manos, acallar el ruido de mis grilletes.

—Tengo una sorpresa —dice con una sonrisita.

No hay tiempo para decir nada más, porque entra el juez.

Una sorpresa sería de agradecer. Los acontecimientos del viernes, y el fin de semana en Newgate, me han dejado agotada. Hubo un motín anoche: un grupo de veteranas hizo la celda pedazos con piedras arrancadas de la pared. Así es como se despiden de Newgate cuando las condenan a los barcos prisión. La deportación es un destino peor que el patíbulo, dicen algunas. Aunque yo lo aceptaría con gusto. No es extraño que se comporten de esa manera ahí dentro, porque un corsé demasiado apretado siempre acaba reventando, sobre todo si nos retorcemos para quitárnoslo. Newgate es esa clase de corsé. De ahí, nos traen a rastras al Old Bailey y, de aquí, nos conducen a la horca. Como al matadero. Al pensarlo, me agarro el vientre y, por un momento, me sorprende tocar seda. Bajo la vista. Un vestido nuevo. Casi lo había olvidado. Una de esas damas tan pías me lo trajo el sábado. «Para el juicio. No puede llevar ese vestido tan burdo de ayer. La condenarán solo por eso.» Siento el poder de este vestido nuevo. El retorno de una cierta dignidad. Más confianza. Respaldada por eso, y por la buena noticia que usted me ha anunciado, me cojo las faldas y me inclino hacia delante para poder prestar atención.

Cuando usted dice al juez que querría llamar otra vez al estrado al doctor Wilkes, Jessop se yergue en su asiento y frunce el entrecejo.

—Sé que ya declaró el viernes, señoría —dice usted, en tono amable—. Y tomé nota de sus comentarios sobre no alargarnos. No obstante, han surgido algunas preguntas y rogaría a su señoría su comprensión. No me llevará mucho tiempo.

Coge uno de sus papeles y mira al médico por encima del borde.

—Doctor Wilkes. La ciencia de la patología permite hablar a nuestros cuerpos cuando nosotros ya no podemos hacerlo.

—Así es, en el sentido de que el propio cuerpo puede decirnos cómo murió.

Usted asiente con la cabeza, lo adula con su aprobación.

—Pero ¿tiene algo de arte?

—¿Arte?

—Saber qué buscar. Comprender la naturaleza humana...

El médico sonríe.

—Saber qué buscar distingue a los científicos de los charlatanes. Y me atrevería a decir que saber encontrarlo los distingue de los artistas.

Se oyen algunas risas sofocadas. El doctor se acaricia la barbilla y me fijo en que tiene los dedos gordos como salchichas. «¿Cómo puede trabajar con esos dedos?» Los imagino sumergidos en sangre, separando carne, sacando hígados, cerebros y corazones. Me bamboleo, cierro los ojos y veo al Cirujano, moviendo sus manazas.

—¿Examinó el contenido del estómago de madame Benham, doctor?

—Le realicé un lavado de estómago, sí.

—¿Qué encontró?

—Solo restos de la comida normal que había ingerido.

—¿Nada raro?

Se encoge de hombros.

—Zanahorias.

—¿Algo más?

—¿Adónde quiere llegar?

—¿Ha estado alguna vez en un juicio, doctor?

—Más veces que usted, según parece. —Una oleada de risas recorre la tribuna. El médico saca pecho y sonríe al público.

—¿Muchas veces, entonces?

—Creo que mi currículo quedó establecido el viernes pasado, cuando usted rehusó hacerme preguntas.

—Sí. Muy bien. Vayamos al grano. —Juguetea con uno de los tinteros, se inclina sobre él como haría una mujer para planchar un paño.

Creo que me habría gustado tener un oficio como el suyo: vender palabras.

—Verá, se ha dicho muchas veces, aquí en esta misma sala, que solo Dios ve el corazón de los hombres. Pero yo me pregunto... ¿no debemos nosotros intentar ver los corazones de nuestros semejantes?

—¿Eso es lo que los abogados hacen ahora, señor Pettigrew? —Wilkes sonríe con suficiencia.

—Incluso los cirujanos deben intentarlo.

—Los cirujanos no pueden dejarse llevar por los sentimientos.

—¿Y los anatomistas?

—No es que haga mucha falta. Dado que los cadáveres son incapaces de sentir emoción.

—¡Pero su profesión se basa por completo en el hecho de que hablan! Las personas le revelan sus secretos, doctor Wilkes, no importa el estado en el que las reciba. Personas que... ¡adoraban los higos! O cómo olían sus bebés, pasear junto al mar, sentir el sol en la nariz y... —Se interrumpe, como si le diera vergüenza—. Bueno... cualquiera de las pequeñas alegrías que se nos presentan antes de que nos falte el aliento.

El doctor Wilkes sonríe al juez con suficiencia.

—Un bonito discurso, señoría, pero ¿qué relación tienen estas preguntas con una mujer que ha sido apuñalada? Es como decir que el gato se ha ahogado porque la leche se ha puesto mala.

El juez, sorprendido mientras se hurgaba los dientes con la uña, baja el dedo.

—Sí, estoy de acuerdo. Señor Pettigrew, me temo que yo también me he perdido.

—Ya casi estoy, señoría. —Vuelve a dirigirse al médico—. ¿Hizo alguna indagación sobre madame Benham? ¿Sus costumbres? ¿Con qué frecuencia tomaba opio, por ejemplo?

El juez da una palmada en la mesa.

—Señor Pettigrew. Al cabo de un tiempo, si un hombre no pesca nada, es culpa del cebo, no del pez.

—Señoría, me pregunto si al doctor Wilkes no se le pasó por alto la presencia de opio en el contenido del estómago. Tengo entendido que la señora Benham era adicta al láudano...

El doctor saca la barbilla.

—Me habían informado de que la señora Benham llevaba algunos meses tomando láudano por consejo de un médico. Ahora no recuerdo su nombre. ¿Folke? ¿Falk?

Usted mira sus papeles.

—¿Fawkes?

—Fawkes. Sí. Creo que era ese. La presencia de la droga habría sido totalmente compatible con esos antecedentes médicos. La señora Benham había asistido a su velada esa tarde y parecía estar de muy buen humor. Buscar opio, aun siendo posible, habría sido inútil.

—¿Realizó esos análisis?

—Señor Pettigrew —interrumpe el juez—. Vaya por otro camino.

—Señoría. —Usted da un paso atrás—. Hay otra cosa que me preocupa, doctor. ¿Ve aquí la ropa que las víctimas llevaban esa noche?

—Sí.

—Pues mírela bien. La ropa del señor Benham está empapada. De cabo a rabo, por así decirlo. ¿Lo ve? Como si se hubiera desangrado por completo. Igual que la vieja superstición según la cual las heridas de un cadáver vuelven a sangrar cuando el asesino se acerca: «Abren sus bocas cuajadas y vuelven a sangrar», en palabras de Shakespeare. No obstante, la ropa de la señora Benham solo está manchada ligeramente. —El vestido de seda gris lavanda se engancha a la mesa cuando usted lo levanta, una mujer que se aferra a los tobillos de su amante—. Unas pocas salpicaduras de sangre seca en el corpiño. ¿Cómo explica eso?

El médico tarda un momento en responder y se cruza de brazos.

—Fácil, señor Pettigrew. El señor Benham tenía numerosas cuchilladas. Lo apuñalaron muchas veces, y con mucha fuerza. En cambio, las heridas de la señora Benham no eran tan profundas.

—¿No eran tan profundas?

—No. —Su voz, dura como el granito. Pero vacila. Un instante. ¿O solo es producto de mi imaginación?

—Aun así, ¿sigue afirmando que la señora Benham murió desangrada?

No puedo mirar al doctor Wilkes. No puedo mirar a ninguna parte. El terciopelo, el bronce y la madera encerada se evaporan hasta que lo único que veo es a ella. Toda la espantosa escena. Su cadáver tendido en una fría mesa como un pedazo de carne. La sangre negra encharcada en los pulmones y el corazón. Su cuerpo reducido a un saco de órganos, con los ojos desorbitados y la lengua sacada. Me vence el cuerpo. Grito. Se vuelven cabezas. Uno de los carceleros da un paso hacia mí y yo niego con la cabeza, para indicarles que estoy bien. Debo intentar calmarme. Pero ya no puedo borrar la imagen. ¡La carnicería que debieron de hacer con ella! Y yo había hecho lo mismo. A tantos otros. ¡Tantos otros! Me bamboleo, cierro los ojos y me sumerjo en mi oscuridad interior.

El carcelero se adelanta, me agarra por la muñeca y vuelve a colocarme en mi sitio.

—Perdón —susurro—. Perdón. —Alzo dócilmente la vista e intento recobrar el aliento.

El juez asiente con un gesto y el carcelero me suelta y se retira, pero he perdido el hilo de lo que decía el médico y tengo que inclinarme hacia delante para retomarlo.

—... el examen del corpiño no dejaba lugar a dudas, señor Pettigrew, ni tampoco el examen del cadáver. —Pero se ha puesto a la defensiva y parece inseguro.

Cuando usted se sienta, Jessop asiente con gesto irritado y me doy cuenta de que, por primera vez, tiene las negras plumas de cuervo erizadas. Lanza una mirada detrás de él.

—No tengo más preguntas para este testigo, señoría, y, francamente, me sorprende que haya tenido que molestarse en volver para un interrogatorio tan mediocre.

Pero tanto Jessop como el doctor alzan la vista y se miran cuando usted dice que quiere llamar al estrado al doctor John Pears. La sala se queda en silencio. Todos los ojos se vuelven hacia mí, como hacen siempre que tenemos que esperar. El doctor Wilkes se detiene, en mitad de la escalera, y se limpia la mano en el pantalón. La sala aguarda. Después de unos minutos, Tomkin sale a toda prisa y regresa. Niega con la cabeza y vuelve a marcharse. Usted alza la vista hacia la tribuna y vuelve a concentrarse en sus papeles.

—Señoría, yo... ¿Puedo solicitar un breve receso para saber qué ha ocurrido?

Cuando regresa, se recoloca la toga negra. Se le ha escurrido, al igual que la sonrisa.

—Señoría, parece que será el doctor Lushing el que declare, no el doctor Pears. ¿Podríamos hacer otro receso de media hora para darle tiempo a llegar?

—Muy bien, señor Pettigrew. Esperemos que el doctor Lushing no ande tan perdido como yo iba antes —dice el juez, riéndose de su chiste.

El doctor Wilkes, con los brazos apoyados en la barandilla de la tribuna, asiente con un gesto brusco. Cuando vuelvo a mirar, no está, ni usted tampoco. Y me pregunto qué es lo que pasa.

Parece que todos los médicos tengan manos inquietas y bolsas debajo de los ojos. Como si fuera una profesión que atrae a hombres incapaces de dormir o quedarse quietos. El doctor Lushing se tira de las patillas mientras espera a que usted empiece. Lo noto alterado por algo. ¿Qué es? Respira hondo y da unas palmaditas en sus papeles. Está recobrando la calma. Se recoloca la toga y después le recuerda que yo he declarado que tomé láudano la noche de los asesinatos, lo que me impidió recordar nada de lo que sucedió después.

Él se inclina hacia delante.

—Oh, sí, la declaración de su clienta me ha interesado mucho, señor Pettigrew. Muchísimo. Tiene todas las características de un estupor clásico. Últimamente, los círculos científicos debaten mucho sobre estos temas. Sonambulismo, magnetismo animal, mesmerismo. —Los cuenta con los dedos—. Todos estos estados parecen implicar la conciencia y la inconsciencia simultáneamente y en la misma proporción. Una escisión por la mitad, podríamos decir. La persona afectada aún puede tener la voluntad de actuar: de hecho, se sabe de gente que ha llevado a cabo acciones muy complejas en estos estados. Pero el componente moral falta por completo, porque su mente ha perdido su capacidad reguladora. En otras palabras, no son responsables, al menos en un sentido moral. El sonambulismo es más común de lo que cree el hombre medio o incluso cualquier miembro de este jurado. Alfredo el Grande lo padecía, al igual que La Fontaine. Condillac.

»Es una forma de locura, en el sentido de que también es una manera de soñar despierto, un nexo, por así decirlo, entre el sueño y la locura. La persona afectada tiene la falsa impresión de que se trata de la realidad.

—Entiendo. —Mira a los miembros del jurado—. Por ejemplo, ¿una mujer podría creer que hay un bebé escondido debajo de un seto y ponerse a buscarlo, aunque no exista?

—¡Sí! Justo eso. En un estado así, uno de mis pacientes compuso una sinfonía completa, pero a la mañana siguiente no recordaba ni una sola nota. Otro se pasó la noche vagando por los caminos de su propiedad, disparó a un zorro y arrastró el cadáver hasta uno de sus campos. A la mañana siguiente, juró que no se había levantado de la cama, y aún estaría convencido de eso si el párroco no hubiera sido testigo de todo.

—¿Fueron trances sonambúlicos? ¿Sonambulismo, para entendernos?

—Exacto.

—¿Puede un consumo excesivo de opio inducir el mismo estado?

—Eso es lo que me interesó de su caso, señor Pettigrew. Creo, y lo que usted me ha contado refuerza esa idea, que lo que su clienta experimentaba era similar a un trance sonambúlico, salvo que no hablamos de un estado de sueño, sino de sopor. Bajo la influencia del opio, como en un sueño, una persona también podría actuar guiada por falsas impresiones. En ese caso, el delirio estaría creado por la propia droga. Pero, después, el recuerdo de esas acciones podría quedar borrado por el efecto estupefaciente, acarreando la misma escisión de la conciencia. —Se agarra las solapas, como si fuera el fiscal, y despliega su alegato como un rollo de tela—. Créanme, caballeros, estas cuestiones son fascinantes y nuestros conocimientos, tan fiables como cualquier otro avance científico de este siglo.

Usted vuelve a parecer satisfecho de sí mismo cuando levanta la mano para tocarse la peluca.

Pero la frustración me retuerce las entrañas. Quizá sea una buena maniobra para un abogado, pero hace que afloren todas mis dudas, todos mis miedos. Mi defensa parece convertirse en lo mismo que sellará mi culpabilidad.

Esto es meterme en la cabeza una idea que no es mía. Si la mató, Frances, usted lo hizo así. «Dos siluetas que avanzan juntas en la oscuridad hasta que una se queda fría.» Pero ¿es eso real? Conozco esa oscuridad demasiado bien. El corazón me da un vuelco detrás de las costillas. Yo habría estado inconsciente. De todas las palabras que hemos pagado a Lushing, me aferro a esas.

Cuando le toca, Jessop arroja sus papeles sobre la mesa.

—¡Locura! Esa es, en efecto, una calificación precisa de esta defensa.

—Bueno, no, eso no es lo que yo...

—¿Sugiere usted que la acusada habría podido matar al señor Benham, ir al piso de arriba, matar a su esposa, limpiar la alfombra y el cuchillo, y después, ¡abracadabra!, meterse en la cama, todo ello en un supuesto estado sonambúlico?

—Oh, sí, es muy posible y querría decir que...

—El salvajismo para matarlos a los dos y, no obstante, la presencia de ánimo para... ordenarlo todo. —Suelta una risotada—. Es muy poco probable, doctor. Esas no son acciones involuntarias. No se trata de un patético autómata, sino de una persona que tomó decisiones y procedió con cautela y deliberación, incluso en interés propio.

—Como he dicho, señor Jessop, hay voluntad de actuar, sí, pero a ella se superpone esta clase de enajenación mental. Piense en el momento entre sueño y vigilia, en el que es difícil para la mente ser consciente de su propio estado o incluso del estado o postura del cuerpo. Es una clase de enajenación mental similar a esa, salvo que puede durar horas.

—¡Sonambulismo! —Jessop levanta las manos y se vuelve hacia el jurado—. Mi colega ha convertido esta sala en un circo.

Usted se levanta al instante y apoya las palmas en la mesa.

—Señoría, si me lo permite, argüiría que el estado de mi clienta equivaldría, a los ojos de la ley, al automatismo cuerdo. Puede ser novedoso, pero ¿no es así como evoluciona el derecho? Intentando progresar, sentando bases...

—Señor Pettigrew. —El juez frunce los labios—. Está intentando colarme otro alegato.

—Tampoco puede jugar a dos bandas, señoría —grita Jessop—. ¿La acusada afirma no haber cometido estos actos deleznables? ¿O bien los llevó a cabo mientras estaba sonámbula? El argumento del sonambulismo contradice su negativa de haber sido ella. —Frunce los labios, satisfecho como un gato que aún siente al pájaro moverse en su boca.

44

Después del doctor Lushing, Pru, mi querida Pru, sube al estrado y habla en mi favor. Pero me parece que su declaración es insuficiente y llega demasiado tarde, ahora que tengo en la cabeza la misma imagen dantesca que, sin duda, está en la imaginación de todos ellos. La criada sanguinaria, la señora moribunda en su cama. Pero intento sonreír, porque Pru ha sido una amiga y una verdadera bendición. Es posible que no se lo pueda agradecer de ninguna otra manera. Su propia sonrisa se diluye, como si se hubiera mezclado con agua, pensando, sin duda, en Madame, como hago yo. Dice sus palabras amables sobre mí, un confortante bálsamo, y después la pierdo entre la multitud. La segunda mañana toca a su fin, el juez se va a comer y después empieza la tarde. Es mi turno de hablar.

Los acusados no tenemos derecho a prestar juramento, lo que es una de sus muchas formas de decirnos lo que valemos. Pero me descubro pensando que, en mi caso, es bueno que no me lo permitan. Recorro la sala de justicia con la mirada. Caras sobre caras, apretadas contra un cristal imaginario, dispuestas como las capas de un macabro pastel. Mejillas hundidas y entrecejos fruncidos. Una punzada de pánico, caliente y rauda como el láudano. «¿Cómo voy a hablar aquí? ¿Quién va a escucharme? ¿Quién va a creerme?» Me inclino hacia delante.

—Señores. —El tornavoz me devuelve el eco de mi voz—. Era leal a mi señora, y feliz de servirla. Cuando volví a Levenhall, fue porque ella me mandó a buscar. No se encontraba bien... y yo... volví para cuidarla. Amaba a mi señora. No podría haber hecho lo que ustedes dicen porque la amaba.

Mis ideas se empujan como vacas asustadas y lo veo a usted negar ligeramente con la cabeza. «Esto la perjudicará, no la ayudará.» El ansia de láudano se apodera de mí. La droga que lo lubrica todo y hace que fluya, hacia dentro o hacia fuera. Debo relatar con precaución los primeros días después de mi regreso, escoger qué puedo decir y qué no.

—Se ha dicho que soy opiómana, que he sido puta. —Vacilo—. Esas cosas son ciertas. Caí en el hábito de tomar opio, sí, pero era mi señora la que me lo daba y decía que era para ayudarme a dormir.

Junto las manos. «Calma. Calma.»

—Y durante un tiempo, el otoño pasado... viví en la Escuela, sí. Fue el único trabajo que encontré. Tenía que comer y era una vía más moral que robar. El señor Benham me concedió su perdón por eso, y también les pediría el suyo, de ser necesario. Les recordaría... —alzo la barbilla— que, si ser prostituta bastara para condenar a una persona por asesinato, quedarían muy pocas mujeres en todo Londres.

En la tribuna, un revuelo de abanicos. Coloridos como mariposas. Risitas. Incluso Jessop alza la vista de sus papeles y tose sorprendido.

Soy un enigma. Esperaban una africana astuta. O una criada dócil. Una puta mulata. La asesina negra.

¿Cuál de ellas me salvará?

Lo que digo a continuación me sorprende a mí tanto como a ellos.

—Señores, tengo una pregunta... a lo largo de la historia, ustedes los hombres blancos, ¿en qué proporción se han equivocado más de lo que han tenido razón?

—Protestas. Se alza un clamor de gallinas que se pelean por el grano. El juez, los miembros del jurado, los secretarios, los carceleros, los abogados y la tribuna. Uno de los miembros del jurado niega con la cabeza. Los he puesto a todos en mi contra, como suele ocurrir cuando se dice la verdad. Por eso tan pocos lo hacen.

Pero sigo adelante.

—Sea cual sea... —Alzo la voz—: Sea cual sea, debe de equivaler a la totalidad del sufrimiento humano.

Hago una pausa, pues necesito tanto aire como valor para continuar. Asediada por los gritos, el calor, las letras doradas que me martillean en el cráneo: «El testigo falso no quedará sin castigo». El olor insoportable, tan parecido al hedor de esta ciudad a mi llegada. Está empapado de perfume en lo alto, pero por debajo, donde siempre empieza la podredumbre, apesta. No hay mucho que pueda hacerse para no oler mal, algo que usted sabría si hubiera sido criado o la clase de persona que no puede permitirse uno. Alzo la cabeza e intento clavar los ojos en las columnas de piedra del fondo de la tribuna para evitar mirar a los miembros del jurado o las otras caras furibundas, y así poder calmarme y volver a hablar. Pero lo que veo ahí me asusta. ¡No puede ser!

Una hilera de cuerpos, ¡cuerpos negros! Donde antes no había nadie. Avanzan por delante de las columnas: algunos encorvados, otros erguidos. Bajan la escalera, apoyan los codos en la barandilla de madera, el mentón en el puño. Son muchísimos. Se sientan en los bancos, empujan a la gente con la cadera. Están boquiabiertos. Como todo el mundo. Pero tienen las manos quietas, las caras cenicientas como el mármol y los ojos blancos, vacíos como una hoja de papel. Inertes. Con la mirada perdida. Por un momento me siento confusa. Pero entonces veo exactamente qué pensamientos debo extraer del cuarto oscuro de mi mente, como si alguien acabara de entrar con una vela encendida. Echo la cabeza hacia atrás para verlos mejor. Los miro bien. Ahí está el esclavo de Ghana. ¡Jamás creí que volvería a verlo! Perdió la pierna bajo el arado y las ganas de vivir bajo el bisturí del Cirujano. El carpintero. En los huesos por culpa del pian y la desesperación. El niño con los dientes de leche y el pelo pinchudo como abrojos, suavizado por su madre con aceite de palma. El hombre que parecía ser todo barriga, corpulento y velloso, con las uñas de los pies amarillas y retorcidas. Gullah, el de los ojos castaños como el ron. Los veo. Veo la cochera. Las ventanitas de arco debajo del techo. El aceite negro de la noche contra el cristal. El viento que susurra contra los vidrios flojos. El cadáver, tapado con muselina mojada. El atril, con el libro de Vesalio. *De Humani Corporis Fabrica.* Yo, tosiendo. Siempre tosía. Las espesas volutas de humo del tabaco que arde en las ollas. Y la pólvora en vinagre. El fuerte olor de la solución de arsénico inyectada al cadáver.

Descubro que, pese a todo, puedo hablar. Vuelvo a alzar la voz.

—Ustedes creen que soy un monstruo. —Los cuerpos asienten. Las cabezas se les desencajan, como muñecas de algodón zarandeadas por un niño.

Gullah entorna los ojos. «Sigue.»

«Confiesa. Confiesa.» Me miro las manos.

—El señor John Langton, mi antiguo amo, me trajo a Londres.

«Sigue.»

—Me regaló al señor Benham.

«Díselo. Diles lo que eres.» Miro a los miembros del jurado y toso. Lo que me suceda no dependerá de lo que usted o Jessop digan, sino de lo que esos hombres piensen de mi aspecto, y su decisión ya está tomada: lo está desde el instante que me trajeron a esta sala. El resto solo es un espectáculo para entretenerlos. Y los miembros del jurado, el juez, todos ustedes, son hombres, tan a sus anchas con sus pelotas y sus fanfarronadas, sin la menor idea de cómo puede oprimir estar en la piel de una mujer.

Entonces las palabras me brotan de la boca.

—El señor Langton era propietario de la hacienda Paradise, en Jamaica. Era mi dueño. Él y el señor Benham hicieron una apuesta. Iban a buscar un negro y a educarlo. Descubrir los límites de su inteligencia. Así es como lo explicaba el señor Benham.

Crispo una mano sobre la otra.

—¿Por qué me eligieron a mí? Ninguno de los dos está aquí para responder. Pero el señor Benham me dijo una vez que Langton quería a un mulato, no a un negro. En parte fue por eso. Y también pudo ser porque yo era la hija de ese cabrón. Carne de su carne.

Aprieto la lengua contra los dientes. Alzo la vista. Los cuerpos asienten. «Sigue.»

—Tener simplemente las páginas de un libro entre mis dedos. Aire puro. Madrugadas. Una vista. Un espejo. Y una cama. La gente quiere ver algo inusual en lo que hacía allí. No tenía nada de extraño. Eso es la esclavitud. Sus mentes, nuestras manos.

El juez se inclina adelante, da un golpe en la mesa con la pluma.

—¡Aquí no estamos juzgando al señor John Langton, muchacha!

—Pueden pensar que basta con hacer un corte después de otro, igual que se corta el pan, pero hacen falta muchos instrumentos para diseccionar a un hombre. Bisturíes, sí, pero también sierras, tijeras y ganchos de dos puntas. Fórceps, sopletes y agujas. Cuchillos para el cerebro, los cartílagos y los huesos. Guardados en un cofre de madera que el Cirujano compró a un médico naval, con dos cierres de latón y forrado de terciopelo, como el ataúd de un hombre rico. Como un juego de tenedores. Con los mangos de marfil. —El juez sigue golpeando la mesa; dejo que las palabras me broten de la boca y me doy prisa por terminar.

»Soy yo la que escribió el manuscrito de Langton. *Crania*. Utilizaba a sus esclavos para sus experimentos. Solo a los muertos al principio, ya que decía que los muertos no pueden protestar. Pero tampoco pueden hacerlo los esclavos. Pronto decidió que la piel viva podía enseñarle más sobre los hombres vivos. Utilizaba fuego, les perforaba la piel con cuchillitos, incluso las plantas de los pies, les ponía cepos en el cráneo, los abría en canal despiertos y los cosía después de que se desmayaran. Decidía quién se acostaba con quién, para poder llevar un registro, y también lo llevaba de su descendencia.

»Creía que los negros podían reproducirse, no solo con otros negros, sino también con el orangután. Los dos están estrechamente emparentados, decía, y otros hacendados lo habían probado.

»En fin. Me hacía escribir sus cartas. La mayoría a traficantes de cráneos, porque hay hombres que removerán cielo y tierra para encontrar todo lo que queramos o podamos imaginar querer. Me hizo escribir al señor

Leforth Pomfrey para pedirle que encontrara una de esas criaturas y se la mandara a Paradise en barco. Eso fue lo peor de todo. Cuando llegó la criatura... eso fue lo peor de todo... —El pánico me desata la garganta—. Yo era su escribiente, pero fui cosas peores. Hice cosas peores. Diseccioné cadáveres. Muchos. ¡Lo confieso! ¡Confieso! —Alzo la vista—. George Benham no era mejor...

—¡Basta! —grita el juez, con la expresión crispada de un hombre que hace fuerza sobre su orinal. Me mira, horrorizado.

Me agarro a la barandilla y vacilo.

—A veces... a veces creo que el solo objetivo del universo entero es obligarnos a reconocer que la magia del hombre blanco es la más poderosa.

—¡Acusada! —grita el juez. Cierra la mandíbula de golpe.

La tribuna está enardecida y los bancos tiemblan cuando algunos de los hombres se levantan y blanden periódicos enrollados como porras.

Los carceleros dan un paso hacia mí con los puños cerrados. La oscuridad ha retornado a mi cabeza, como esa noche. El agudo dolor de mis dedos clavándose en la madera es lo único que me mantiene en esta sala. En la tribuna, todos los ojos están fijos en mí. Los cuerpos asienten con gestos, todo sangre y dientes.

De repente, los carceleros están detrás de mí, sujetándome las manos. A mi espalda, los grilletes se entrechocan. Pero todavía no he terminado.

—Puedo ser hija del libertinaje y el vicio —grito—, ¡pero sé que no he hecho esto!

Jessop se levanta de un salto y se apoya en la mesa, con las manos a ambos lados de su escrito judicial.

—Ha sido un... cuento increíble. —Al mirarlo, no siento nada aparte de cansancio. Apoyo las manos en la barandilla—. Es un monstruo. Lo dice usted misma. Y yo digo que es el monstruo que mató a los señores Benham.

Niego con la cabeza.

—Eso no es verdad.

—Lo que les hicieron demuestra salvajismo. —No es una pregunta, de manera que no respondo. Se inclina hacia delante y su mirada es como una picadura de avispa—. ¿Querría decirnos qué servicios prestaba en el burdel donde trabajó?

Vacilo.

—La Escuela era una casa de flagelación.

—¿Donde usted administraba azotes?

Muevo la cabeza.

—¿Es eso un sí? —Coge uno de sus papeles y lo mira.

—Ha hablado de John Langton. De la hacienda de John Langton. De los experimentos de John Langton. Gran parte de Paradise ardió hasta los cimientos, según tengo entendido, en 1825, justo antes de que usted viniera. Después de una rebelión de esclavos. ¿Es eso cierto?

—No hubo rebelión —digo.

—Era un lugar salvaje.

—El salvajismo también existe aquí.

—Esas experiencias la amargaron. La convirtieron en una salvaje. —Ahora casi habla con dulzura, pincha más que corta—. En todo caso, el señor Benham la acogió y se portó bien con usted. Lo que usted correspondió robando...

—No.

—Dedicándose solo a su esposa.

Me lleno los pulmones de este aire viciado. Quiere aterrorizarme, hacerme dudar de mí misma. Pero hasta hoy siempre me he aferrado a esta verdad:

—La amaba. Y ella a mí.

Pero, en la enorme sala de justicia, las palabras suenan huecas como cálamos de pluma, incluso a mis oídos. Oigo la agitación, los susurros. Imagino lo que todos deben de pensar. Lo que usted debe de pensar, que estoy hundiendo mi propio barco. Pero no importa. Hubo amor.

—¿Su señora la amaba? —Jessop se ríe y se encoge de hombros. Me mira a los ojos, se asegura de que soy la primera en apartarlos—. Así que por eso discutió con su señor.

—No.

—Por eso lo mató.

—No.

—Los amenazó de muerte —continúa impasible, como si yo no hubiera hablado— y después cumplió la amenaza.

Veo la luz dorada que baña las cortinas. Veo las caras de asombro, armas vueltas contra mí. «¡La criada negra de Meg! ¡La sigue a todas partes! ¡La atormenta! Siempre me ha parecido rara. Algo en su mirada... ¿Cómo se atreve? ¿Cómo se atreve?» Lo veo a él. Olaudah Cambridge. Veo a Madame vacilando, apartándose de mí.

—«Esto es la muerte.»

Jessop vuelve la cabeza.

—¿Disculpe?

—«Esto es la muerte.» Eso es lo que dije.

«Frances, ¿te quedarás arriba esta noche, por favor? Duerme en la buhardilla, por favor. Ahora no puedo ver tu cara. No lo soporto. Me recuerda... me recuerda...» Y entonces yo la había llamado cobarde. Quería hacerle daño, como ella me lo había hecho a mí.

Jessop se pasea de un lado a otro, como un toro detrás de una cerca.

—«Esto es la muerte.» ¿Qué quiso decir con eso?

—Estaba disgustada.

Chasquea la lengua.

—¿Tanto como para matar?

—¡No!

—¿Era el fin de su aventura imaginaria con su señora lo que la tenía tan disgustada?

—No era una aventura.

—¿No? ¿Y qué era entonces?

—Amor.

Mi respuesta desata una indignación general. Jessop niega con la cabeza. Cuando retorna la calma, chasquea los dientes y vuelve al ataque.

—Dice que volvió para cuidarla. ¿Alguien llamó a un médico?

Esas palabras resuenan como un grito dentro de un pozo. «Llama a un médico. Llama a un médico.»

—No.

—¿No qué?

—Nadie llamó a un médico.

—¿Por qué no?

—No era necesario.

—Vacila porque miente.

El corazón me da un vuelco al oírle repetir mis pensamientos.

—Mi señora a menudo estaba indispuesta, señor. Consumía opio.

—Es usted una fantasiosa. O toda su declaración es una distracción premeditada o es pura ficción. No se detiene ante nada. Llega incluso a manchar el nombre de madame Benham para limpiar el suyo. —Ahora me habla con desprecio y cada palabra suya me hace estremecer.

—¡No!

Pero mi voz se ha marchitado.

—Le venía bien aprovecharse de ella en ese momento de debilidad.

«¡No!»

Se queda quieto y espera. Como si yo no hubiera hablado. ¿Lo he hecho? Ya no sé si mis palabras caen dentro de la sala o solo dentro de mí. Me relamo.

—No.

—¿Y esto? —Toca el tarro—. ¿Es usted también responsable de esto?

Usted acude en mi rescate, ¡por fin!, y se levanta de golpe.

—¡Señoría! Debo protestar. Ya lo hemos discutido. Ese tarro... No hay una palabra sobre él en la acusación. Mi clienta no está acusada de infanticidio. Es prejuicioso. ¿Qué hace aquí? Mi colega debe retirarlo.

El juez parpadea despacio.

—Sí..., estoy de acuerdo. Señor Jessop, quizá haría bien en recordarse que es su deber sacar únicamente a colación hechos relacionados con los cargos imputados. ¿Con cuál de ellos se relaciona esta prueba?

Jessop se inclina hacia atrás, da una palmada en sus papeles, se rasca la peluca y choca con la mesa en su desconcierto. La cosa del tarro se mece despacio. La miro, pensando que, cuando todo esto acabe, es posible que reciba un castigo justo por una acusación injusta. El tiempo por fin me atrapará. La sala se llena de susurros y de un humo lento que huele a hierba quemada.

Usted se pone en jarras, sorprendido por su pequeña victoria.

Miro de Jessop a la tribuna. Ya no están. Se han ido. Ya tienen lo que han venido a buscar.

—¿Le había pasado alguna vez esto de ser sonámbula? —pregunta Jessop, cambiando de táctica.

—No me acordaría.

—¿Le ha dicho alguien que le ha pasado?

—Bueno, el señor Casterwick...

Pero su voz pisa la mía.

—La señora Linux ha declarado que en varias ocasiones la encontró delante de los aposentos de su señora a altas horas de la noche.

—Yo...

—¿No estaba sonámbula entonces?

—No. Iba a ver a Madame. Yo...

¿Qué puedo decir? «Bajaba a sus aposentos. Porque la deseaba. Un anhelo tan intenso que me levantaba de la cama y me llevaba hasta su puerta. Que me hacía creer que estaba loca.»

—Estaba despierta —observa, los dientes brillantes. Su boca, una trampa—. Totalmente despierta. Todas esas otras veces. Como lo estaba a medianoche, la noche de los asesinatos, cuando se dirigió a los aposentos de su señora. Y cuando, poco después, la mató a cuchilladas.

—Estaba dormida —digo, en un hilillo de voz.

Sonríe sin demasiada convicción.

—Pero todo lo que dice es una fantasía. La invención de una mente que lucha por salvarse. ¿Por qué deberían estos caballeros creer una sola palabra?

¡Oh! Entonces me fallan las piernas. Recuerdo a Linux, zarandeándome para despertarme, la nube de su aliento en la gélida habitación. Su cara, un charco en la penumbra. ¡Recuerdo que gritó «¡Asesina! ¡Asesina!», y que el agente de policía dijo: «Vístase, nos la llevamos abajo». Oí su voz, pero no conseguí mover los brazos ni las piernas. Era un hombre corpulento con la cara picada, negro en el hueco de la puerta. Ojos negros, sombrero negro. Una sombra cobró forma a mi lado, que luego vi que era Linux. Había sangre en mis manos, y también en las sábanas. Ella me pellizcó y siseó: «¡Abajo, de inmediato!».

Las preguntas de Jessop me golpean como un martillo, me encierran en mí misma. Estoy en el banquillo del acusado, pero también en la habitación de Madame, en su cama: las sábanas, la mesilla, la mujer de rojo. Y no puedo mirarla, no puedo oír que está muerta. Intento taparme los oídos.

«Duerme, Frances. Duerme.»

Jessop mira a los miembros del jurado antes de hacer su siguiente pregunta, con la cara radiante de satisfacción.

—La señora Linux también ha declarado que a veces usted encerraba a su señora en sus aposentos. ¿Qué dice ante eso?

—Que no es verdad.

—La aterrorizaba, en los días previos a los asesinatos, ¿verdad?

Me río, aunque sé que pareceré una loca.

—¿Cómo? —Mi mente, envuelta en melaza—. ¿Cómo? ¿Cómo podría haber hecho tal cosa?

No, quiero decir. Quiero reírme, chillar, decirlo a gritos.

Ella me aterrorizaba a mí.

45

El juicio termina como empezó. Con un restallido de la toga de Jessop y su voz de sirena de un barco.

—Caballeros, jamás había visto un caso tan claro. En todos mis años de oficio.

Estoy demasiada cansada para mantenerme erguida. Pero tengo que hacerlo. Debo prestar atención hasta el final.

—Mi colega, el señor Pettigrew, un colega más instruido que sensato, ha hecho todo lo posible. —Le sonríe, mientras usted toquetea la cinta rosa de su escrito judicial—. Ha intentado engatusarlos con toda clase de disparates. Pero, detrás de esa cortina de humo, ¿qué hay? Nada. ¡Sonambulismo! ¡Sonambulismo y amnesia! —Resopla—. Tal vez debiera hacerse escritor, caballeros... ¡Incluso podríamos decir que es tan fantasioso como su clienta! Puede que también se dejara engañar por ella. Como el señor Benham. —Niega con la cabeza—. Pero, caballeros, en este tribunal, son los hechos los que nos importan.

»¡La idea de que el sonambulismo puede explicar estos crímenes, y no digamos ya disculparlos, sería una cédula de inmunidad para los asesinos!

Las cosas se aceleran. Todos los ojos están puestos en el juez. La tinta que le gotea de la pluma le mancha los papeles y su secretario los aparta, de la misma manera que le sirve desde el principio, con dulzura, discreción e interés.

El juez se dirige a los miembros del jurado.

—Caballeros, ahora les toca reflexionar sobre lo que han visto y oído, y emitir su veredicto. Es cierto que, según la ley inglesa, el asesinato siempre debe tener el elemento constitutivo de la premeditación y que, en nuestra legislación, esta requiere conciencia. Si creen que la acusada cometió en efecto estos crímenes, pero sin el grado de conciencia requerido, porque se encontraba en un estado mental tan perturbado que la habría privado de toda responsabilidad, eso sería entonces similar al automatismo, lo que Pettigrew sugiere hábilmente que tendría el mismo efecto que la alegación de demencia. Es decir, el elemento clave de la premeditación faltaría y la imputación no tendría fundamento. Es un argumento novedoso, pero uno que les ha tocado la desgracia de tener que considerar.

Usted alza la vista y asiente ligeramente con la cabeza. Después echará humo por las palabras que ha elegido —«hábilmente», «desgracia»—, pero no protesta durante su intervención.

—Sé que ha sido un juicio largo —continúa el juez—. Ahora les toca a ustedes ponerle fin.

Entonces, el tiempo se me echa encima y por fin me atrapa. Pasado, presente, futuro, todo a la vez.

Cárcel de Newgate

46

Aún queda una historia que contar.

21 de octubre de 1824
    Niño varón de la plantación Paradise, unos diez meses de edad.
    Longitud del cuerpo: 66 centímetros.
    Perímetro craneal: 43 centímetros.
    Peso: 7,25 kilos.
    Hijo de Calliope, veinte años, negra, comprada en la hacienda Montpelier, Antigua, al señor Buxton Hardy, junto con su hijo, por el señor John Langton, Paradise, Jamaica.

Cabeza y piel cubiertas de una pálida pelusa. Piel seca y firme. Tez de una tonalidad parecida al sebo, pero encías de color normal. Nariz, chata. Pelo, lanoso. Las facciones anchas y chatas típicas del negro. Ojos asimétricos, estrábicos. Pero la ausencia completa de pigmentación en piel y ojos contradice su origen racial. Un albino. Tengo intención de examinarlo, como hizo Buffon con su negra blanca, Geneviève. Creo que será posible contradecir su suposición de que el albinismo es un accidente degenerativo. Para empezar me propongo examinar muestras de piel. Después, el niño se conservará para estudiarlo más a fondo.

47

El bebé estaba dormido en la mesa. Yo oía a su madre afuera, arañando la puerta. Como para decirle que estaba ahí. Era un alivio cuando paraba, pero volvía a empezar una y otra vez.

Langton la había mandado a buscar en cuanto habían llegado. Comprados en Antigua, a través de Pomfrey.

—Tráeme al crío mañana. ¿Me oyes? —le habló en criollo, como siempre hacía con sus esclavos—. Ya te diré cuándo puedes volver a buscarlo.

Ella se retorció las manos.

—¿Cuánto tiempo, *massa*?

Ya habían pasado tres días. Pero yo había visto los papeles en el armario de los cráneos. Langton había vuelto a vender a la madre. El carro la recogería por la mañana, solo que ella aún no lo sabía. Iba a quedarse con el niño. Para observarlo, dijo.

—¿Para qué? —le pregunté.

—Para determinar los límites de su inteligencia, identificar su capacidad de aprendizaje.

¡Lo mismo que esos dos demonios me habían hecho a mí!

Solo me hizo tomar las medidas habituales, al principio; me vio abrir el calibre, fijarlo, y me dio un manotazo cuando fui demasiado lenta. Puse la palma sobre la cabeza del bebé y la pálida pelusilla de su pelo. Para protegerlo. De él, de mí. Me sobresalté cuando Langton volvió a hablar.

—Piel —dijo—. A trabajar.

Tras la muerte del Cirujano, yo había tenido que aprender a diseccionar, me gustara o no. ¿Qué habría escrito Benham sobre todo eso si yo se lo hubiera contado? Sin duda, no que me puse a temblar cuando miré al niño. Que el estómago me dio un vuelco. Que el pánico me entrecortó la respiración. Tenía ante mí la misma disyuntiva de siempre. Hacer lo que Langton quería o hacer lo que yo quería.

«Esto no, esto no. Esto no, por favor.»

Alcé el bisturí, volví a dejarlo en la mesa, junté las manos.

Jamás sería capaz de confesárselo a nadie. Pero no importaría si confesaba o no porque yo lo sabría.

Por supuesto, expresé mis objeciones. El niño era demasiado pequeño, no debería estar separado de su madre; la cochera no era sitio para tener a un bebé; ¿cómo pensaba que podría criarlo ahí? Etcétera, etcétera. Pero fue en vano.

—Esto es lo peor que me ha pedido —dije.

—El crío apenas lo notará —respondió.

La cabeza se me llenó de cosas que había dicho a lo largo de los años.

«Los negros no sienten dolor. Es lo que los hace tan aptos para el trabajo.»

«Dios no desperdicia almas buenas poniéndolas en cuerpos negros.»

«George Benham se ve obligado a acudir a mí, para

variar. Con todos los datos que proporcionan los laboratorios coloniales.»

«Mírate. Incluso tú demuestras que ante todo estás hecha para seguir mis instrucciones.»

Solo Dios sabía qué más le esperaba a ese niño, pero yo no quería averiguarlo.

El bisturí había resbalado. Se me había clavado en la otra mano. No era de extrañar, con lo que me temblaban.

El niño no paraba de llorar y no había manera de consolarlo. Langton se levantó de un salto.

—¡Cuidado! Cuidado. ¡Idiota! No puedo permitirme perderlo. —No por primera vez, me di cuenta de que se había vuelto loco y sentí que había enloquecido con él. Lo miré de hito en hito, sujetándome la mano herida.

—No puedo hacerlo.

En respuesta, chasqueó la lengua. La cuestión nunca había sido lo que yo podía hacer, sino solo lo que haría.

Pero, gracias a Dios, el accidente lo convenció para hacer una pausa. Para darme un poco de tiempo.

—Ve a tranquilizarte —dijo, y señaló mi herida con la cabeza.

Agua. Vendas. Una tintura, para calmar al niño. Nada podía calmarme a mí.

Después, Langton había pasado la tarde estudiando a Helvecio y a Voltaire. Sus notas sobre sus exámenes de negros blancos, el discurso de Helvecio a propósito del «blanquito nacido de padres negros, que tenía una inteligencia limitada».

En ese momento estaba separando los dedos de los pies del bebé para mirar entre ellos. Jamás había visto nada tan blanco como ese niño. Más blanco que el vientre de una rana. Más blanco que un cubo de leche desnatada. Pestañas rosadas como encías.

Me acerqué a la jofaina, cogí un poco de agua para frotarme las mejillas, dejé que se me escurriera entre los dedos y me adormeciera la cara. Lo miré desde el otro extremo de la larga cochera.

El espacio estaba cargado de un olor a cal y a pólvora, de la luz densa de las velas de la mesa, a cuyo alrededor la oscuridad se derramaba como agua. El silencio me resonaba en la cabeza, fuerte como campanadas. El bebé liberó su pie de la mano temblorosa de Langton.

Odiaba sus manos. Sus dedos sin curtir. Sus uñas, que me obligaba a cortarle. Odiaba la vez que había estado en ese mismo sitio, desabrochándome el vestido, y él no había dicho una sola palabra para detenerme. Cómo lo odiaba por eso.

Lo odiaba con toda mi alma, pero estaba atada a él. Por tanto, lo peor de todo, me odiaba a mí misma.

Él me hizo mirar dentro de todos esos cadáveres.

Odiaba al hombre llamado Benham, que le había dado la idea.

Ahora que pienso en ello, me doy cuenta de que Missbella me había enseñado por despecho, pero que Langton había terminado el trabajo por la misma razón. El día que me hizo comerme las páginas, debió de saber que había encontrado justo lo que necesitaba para tentar el interés de Benham.

Fui hasta la mesa y cogí al bebé. Se despertó sobresaltado. Oí a su madre, detrás de la puerta, intentando ocultar su enfado, disfrazarlo de súplica.

—Se llevó a mi bebé. Creía que me lo iba a devolver. ¿Qué le está haciendo?

El odio me atenazó el pecho. Y también el miedo. Temor al día siguiente, a lo que tendría que hacer. Y al día después.

Langton dijo que regresaba a la casa y me ordenó que vigilara al niño. Tuve que apretar los dientes para no responderle.

El bebé estaba caliente como un pollito, mirándome, metiéndose la mano en la boca.

«Dundus.» Así lo llamarían los demás. Decían que traía mala suerte. Y además, que también la traía yo, otra criatura deforme. «¡Miradla! Paseándose entre el porche y la cochera. ¡Como si este sitio fuera suyo! Con ese montón de plumas de ganso resecas en el hueco del codo como si fueran leña. Como si se olvidara de que es una esclava. Es negra, por mucho que hable como una blanca.»

Esperé a oír los arañazos en la puerta.

Entonces me agaché junto a ella y hablé. Eso hizo que parara.

—Mañana. Espera a que las luces de la casa se apaguen. Luego aguarda una hora. Busca un reloj. Pídelo, róbalo. Ve a buscarlo debajo del puente. Cógelo rápido. No sé adónde puedes ir después. Ese será tu problema. Hagas lo que hagas, no vuelvas a traerlo.

A la noche siguiente, fui a la cochera cuando Langton y Miss-bella ya dormían. Empecé por el armario y después dejé la antorcha apoyada en el marco de la ventana. Tenía que regresar a la casa enseguida, pero me detuve en el camino, solo un momento, y me permití mirar. El humo salía en pequeños puños que se abrían en el aire nocturno. La madera arrojaba humo blanco. La escena me dejó clavada al suelo, tañó una extraña melodía en mi corazón. Nubes de ceniza se elevaban de la cochera, como pequeños pájaros negros.

Lo había decidido en cuanto había tenido al bebé en mis brazos. Sabía que iba a provocar ese incendio. A librarme de esa trampa.

48

Me siento como si me hubieran dado un golpe. El juez se coloca sobre la peluca el paño negro que anuncia la pena capital. Me mira. Me agarro bien a la barandilla, porque, de lo contrario, mis manos saldrán volando. Todas mis extremidades lo harán, toda yo. No puedo mirarle a usted, no soportaría ver una de sus cautas sonrisas o, peor, no verla. Apenas oigo las palabras del juez. No debo despegar los ojos de su cara. Aún hay esperanza, hasta que algo sucede, de que pase de otra manera. Pero entonces sucede y solo quedan recuerdos.

El veredicto del jurado me resuena en los oídos mientras esperamos. Me permito observarle a usted. Está sentado mirando al frente, como un hombre ante una tumba. Sigo sus ojos y veo que los tiene clavados en las columnas de piedra que se alzan detrás del juez, en la espada, en las letras doradas.

Lo cierto es que soy una asesina.

—Frances Langton —dice el juez—. En las Escrituras se dice que el que derrame sangre de hombre, por el hombre su sangre será derramada. No tengo más alternativa que someterla al dictado de la ley. Espero que aproveche sus últimos momentos en esta tierra para arrepentirse, y rezo para que el ejemplo que está a punto de dar con su sufrimiento tenga un efecto positivo en otros y los disuada de cometer los mismos graves pecados. Dicho esto, solo me queda condenarle a la terrible pena que exige la ley y ordenar que usted, Frances Langton, sea conducida de aquí al lugar del que ha venido y de ahí al patíbulo, donde será ejecutada.

Me rueda la cabeza, me oigo gemir y después nada más que el latido, sordo y desesperado, de mi propia sangre.

«Lo siento.»

Me doy cuenta de que lo he dicho en voz alta. Lo he gritado. A viva voz.

«¡Lo siento, lo siento, lo siento!»

49

Después, la noche se cuela en la celda. Presas que gritan. Un redoble de corazones dentro de todas estas jaulas. Lo peor de todo, mi manera de temblar, como si me riera, y no puedo parar. De pedir láudano. De suplicarlo. «Denme solo una pizca. Un lametazo.» El carcelero se ríe y se sube el pantalón con una mano. Oh, pueden conseguirnos lo que sea si les da la gana. Pero tiene un precio. Siempre lo tiene.

«Si el carcelero me deja en paz, si me deja sin nada, las veré. Cortando rosas rojas sin nada de tallo. Las centelleantes varillas de nácar.»

Amanece, lo queramos o no. Los carceleros me anuncian su llegada.

—Las gallinas listas para el matadero no paráis de recibir visitas.

Estiro las sábanas, pese al horrible temblor de mis manos. Pero quizá me trae algo, una brizna de esperanza.

De hecho, me trae a un hombre. Un espigado saco de huesos que se retuerce en su chaqueta de lana. Parece aún más abatido que usted. Sus ojos inquietos vagan por la celda y se detienen en el pequeño jergón, en el moho verde que tapiza las paredes. Arruga la nariz. Es la celda de los condenados a muerte, por el amor de Dios, quiero decirle. No tiene que oler bien.

—Este es John Pears —dice—. El que debería haber sido mi sorpresa de ayer.

Pears se echa el pelo hacia atrás y se lo sujeta con una mano.

—He venido a decirle en persona cuánto lo siento... señorita... Langton.

—Hasta hace poco, el doctor Pears era el ayudante del doctor Wilkes —aclara usted. El médico sigue cabizbajo. Lo mira con severidad—. Ha venido a decir algo, doctor Pears. Dígalo.

El médico se deja caer en el jergón y se agarra las huesudas rodillas.

—Estuve presente durante la autopsia de su señora, señorita Langton. Se lo conté al señor Tomkin el viernes pasado. No... no sé cómo decir esto.

Usted resopla.

—La mejor manera de decir una cosa es decirla.

Pears se obliga a hablar.

—No creo que tuviera ninguna herida cuando la trajeron.

Una duda me zarandea por dentro.

—¿No la acuchillaron?

—Sí. Pero creo que fue después de los hechos. Cuando la examiné, todo indicaba que esas heridas habían sido infligidas *post mortem*.

—No lo entiendo.

—Creo que sus heridas fueron infligidas en algún momento entre la hora de la muerte y la autopsia. Realicé un examen muy minucioso. Estoy seguro de ello. Las incisiones eran demasiado limpias, tenían los bordes demasiado pálidos... había muy poca sangre...

»Y cuando la diseccionamos, el contenido de su estómago tenía un olor muy particular. Como de almendras amargas...

Sí. Lo conozco. Demasiado bien. Doy un paso atrás y me choco con la mesa. El tiempo se traba, y me traba con él.

—... un indicador de opio. Tenía los pulmones y los senos nasales congestionados, también el corazón. Había cianosis en muchos de los órganos, incluida la piel. Señales de envenenamiento. Sumado a mi sospecha sobre la naturaleza de las heridas —se encoge de hombros—, le dije a Wilkes que deberíamos hacer un análisis. Insistí. Pero él se negó. El láudano se lo habían prescrito, dijo, y por tanto no era una cuestión que debiera preocuparnos.

Usted lo interrumpe, impaciente.

—Wilkes juró en el contrainterrogatorio que no había ningún método de análisis fiable.

Pears se desploma contra la pared.

—No lo hay para el opio. Pero existen maneras de detectar la morfina, que es su principio activo. El doctor Wilkes debería haber dicho que, sin más pruebas, era imposible formular una conclusión razonable. Pero, teniendo en cuenta lo que yo sospechaba, sobre las heridas...

—¿Una conclusión razonable sobre qué? —pregunto. Parece que arranquen las palabras de mi garganta, lentas, resecas como el algodón.

—Sobre la posibilidad de que la muerte fuera por envenenamiento.

—Todo lo que necesitábamos, doctor Pears, era una pizca de duda —interviene usted, en tono airado—. ¡Una pizca! Lo único que determina si al acusado lo llevan a la horca o lo devuelven a la calle.

Usted se refiere a algo que hubiera desviado la atención del jurado hacia otro culpable, hacia alguna clase de artimaña. Pero ¿esto? Esto ha liberado una idea que estaba presente desde el principio, la cual yo no había mirado porque no quería verla.

Me tapo los oídos para acallar la voz de Pears. Pero nada acalla nunca la voz de Phibbah. «Los hombres están ocupados con las grandes muertes, nosotras nos conformamos con las pequeñas.» Pienso en su manera de murmurar a media voz mientras preparaba sus pociones, en la lista que recitaba entre dientes. Para vaciar una matriz, raíz de anamú hervida o pulpa de bigotillo macerada en el agua del río. Si fallaban, tinturas en la leche, una aguja en la fontanela. Raíz de yuca molida si se quería matar a la madre y no al bebé.

A la madre, no al bebé. A la madre y al bebé. Al bebé y después a la madre.

Un momento de cruda verdad.

Por fin tengo una certeza terrible, que viene acompañada de una duda igual de terrible.

Pears se yergue con un crujido de huesos. Quiero sacarlo de la cama para poder tumbarme yo.

—Pero ¿quién la habría apuñalado? ¿Por qué mintió Wilkes?

—Por la misma razón por la que yo no declaré, seguro.

Usted se ríe con sorna.

—¿Porque son unos cobardes?

Pears alza la mano para aflojarse el corbatón y me mira.

—Fui yo el que fue a buscar a sus abogados. Les dije que yo daría fe de mis hallazgos y dejaría que Wilkes hiciera lo mismo con los suyos. Le concedía el beneficio de la duda y pensaba que podía tratarse de una diferencia de opinión. Algunos médicos solo buscan lo que esperan encontrar. —Mete la barbilla—. Pensaba dejar que el jurado decidiera. —Crispa la boca, como si se dispusiera a escupir, o llorar—. Eso creía, necio de mí. Pero recibí una carta. Del hospital. Solo me decían que la familia había dejado claros sus deseos. Que les preocupaba cualquier insinuación de que la señora Benham había sido una drogadicta y, más aún, de que fue... suicidio. Aunque podría haber sido un mero accidente, por supuesto. Son cosas que pasan. Las damas desarrollan tolerancia con el tiempo y acaban por sobrepasar la dosis. —Alza la vista—. Me pregunto si... podrían haber presionado a Wilkes para que le infligiera las heridas él mismo. Pero, al margen de quién lo hizo, fueron *post mortem*. De eso estoy seguro.

Por primera vez desde esa terrible noche, mi corazón siente alivio. Pero el dolor lacerante aún está. Y ahora también hay rabia. Contra Pears. Contra la familia Benham. Contra Wilkes. «La reputación lo es todo.» Veo cómo debió de hacerlo sir Percy. Amenazas. Guineas. Lisonjas. Dado que se había cometido un asesinato, ¿por qué no hacer que fueran dos?

—Lo siento mucho —repite Pears.

«Oh, si vuelve a decirlo, le taponaré la garganta.»

Usted se pone el sombrero con gesto brusco.

—Resumiendo, Pears: los análisis no llegaron a realizarse. Usted se ha arrepentido, ahora sí está dispuesto a declarar, me ha asegurado que esta vez no se echará atrás, etcétera. Y esperamos, más le vale, que no sea demasiado poco, demasiado tarde.

Luego me dice, en un tono más suave, que Tomkin está presentando una carta ante el juez mientras hablamos que incluye una transcripción de lo que acaban de explicarme.

—Supongo que no necesito decirle que no tenemos mucho tiempo.

Pears me mira.

—Una cosa más. No me pareció que las heridas sufridas por el señor Benham correspondieran al cuchillo aportado como prueba. Ese cuchillo era de doble filo, y los cortes eran demasiado finos. Sugerí que se realizara otro registro para buscar algún instrumento cuya extracción pudiera provocar una contracción de la piel.

Eso no quiero oírlo. Doy un paso atrás. Se oye un estrépito en la calle. Un carro que vuelca. Una lluvia de piedras contra las paredes. Espero que usted piense que me he sobresaltado por el ruido.

—¿Se encuentra bien? ¿Señorita Langton? —Le oigo, lejano—. Está abrumada y no me extraña. Se ha cometido una flagrante injusticia, y usted ha tenido mucho que ver con ella...

Me llevo la mano a la garganta. Se lo diré todo a Pears. Se lo diré. Ningún registro habría encontrado esa arma. Aquí está. El recuerdo, nítido, frío. Donde ha estado siempre. La cara de Benham. Grita. Yo también grito. Su cara se crispa delante de mí. Las tijeras. Mis manos.

Pero usted ya se está preparando para marcharse y me convenzo de que eso me da permiso para no decir nada. Antes de irse, me pide que me concentre en lo que sucedió esa noche. Dice que ayudará a mi defensa recordar todos los detalles posibles. Cualquier cosa que se me ocurra, para poder completar la declaración de Pears. «Deme algo con lo que pueda salvarle el cuello. Mi única esperanza es apelar a la clemencia del tribunal», dice. No esperar que me perdonen, pero sí, quizá, que se muestren indulgentes.

50

No he tenido noticias suyas desde entonces. Pero Sal ha venido a visitarme esta mañana. El corazón me ha dado un vuelco al verla. He intentado prestarle toda mi atención, no pensar en nada más. Me ha dicho que no pudo asistir al juicio porque los hijos del viejo cabrón fueron a buscarla. Un día se presentaron en la puerta, acompañados de unos alguaciles. Parece que los problemas no han dejado de lloverle desde mi juicio. Ahora todo Londres sabe dónde está la Escuela. Los hijos del viejo cabrón sostenían que Sal les pertenecía, que su padre se la había legado en el testamento. La señora Slap le dijo que tenía que irse, no traer más problemas. Fue su criada durante seis semanas. ¡Sal, criada! He intentado imaginarla con un cubo, jabón y trapos. ¡Cómo me ha hecho reír cuando me ha contado que les condimentaba el té con su pis! Ha podido comprar su libertad con sus ahorros de la Escuela. La cascada dorada de sus preciosas monedas, vertida en sus ávidas manos.

Ha sonreído.

—Supongo que prefiero pagarles a ellos que a un abogado para que me defienda. Y ahora tengo mi cédula de libertad.

Me ha explicado que los periódicos dicen que el diablo se me había metido en el cuerpo, que quería trinchar a los Benham y hacer una sopa con sus huesos, y que no es que me arrepintiera, sino que no tuve oportunidad de hacerlo. No he querido hablar con ella de nada de eso. Le he preguntado por Chavalito, pero no sabe nada. Chavalito se ha esfumado. Sospecho que no quería enfrentarse a las preguntas ni a la justicia inglesa.

Nos hemos cogido de la mano y hemos visto cómo las velas ardían y chisporroteaban. Me ha traído comida, una manta, papel y una pluma. Que se suma al fajo que usted me dejó.

Lo mejor de todo, un ejemplar de *Moll Flanders*.

No diré nada más sobre la visita de Sal. Ha sido como el elefante de la feria, hace ya tanto tiempo. Escriba lo que escriba, usted no sabrá cómo ha sido. Me ha traído una última cosa, que me he reservado para después de su partida. Una carta. La he abierto y he acercado una de las velas. Es de Miss-bella, dirigida a: «Frances, antes criada y ahora puta», a la atención de LA ESCUELA. También debe de haber leído los periódicos. Quizá le divirtió escribirme al burdel en vez de a la cárcel.

Frances:

Espero que recibas esta carta.

Mi esposo lleva muerto mucho tiempo y Phibbah todavía más. Por eso te escribo yo.

Me enteré de que te regaló en cuanto llegasteis a Inglaterra, lo que significa que debía de saber lo cerca que tenía la muerte. Creo que tú también la tienes cerca.

Mi hermano está indignado de que te escriba. ¡Su hermana escribiendo una carta a la bastarda de su esposo! Creo que lo ve como el último signo, si acaso lo necesitaba, de cómo esta isla me ha podrido hasta la médula.

La bastarda de mi esposo. Esas son mis palabras. Las de mi hermano no han sido tan delicadas, aunque no pretendo ahorrarte dolor en esta carta. De hecho, pretendo ser lo más cruel posible.

La bastarda de mi esposo. Y ahora mi confesora.

Fui yo la que te lo dijo. Eso también lo hice para ser cruel. Mientras viva, que por suerte ya será poco, estaré condenada a volver sin cesar a ese porche, a recordar tu respuesta obstinada cuando te preguntaba qué hacías en esa cochera con mi esposo. Limpiar, decías. ¡Limpiar! Como si alguien dentro o fuera de esa casa aún se tragara que eras una mera criada. Te dije que era tu padre. Que eras carne de su carne. Oh, vi el horror en tu cara. Dijiste que ibas a vomitar. Lo hiciste en mis rosales. ¿Te acuerdas?

Las cosas que hicisteis eran abominaciones, incluso en un lugar plagado de ellas.

Pero no te escribo por eso. Lo hago para hablarte de tu madre. Preguntabas por ella. A todas horas. La oía a menudo, cuando tú le preguntabas, diciéndote que la dejaras en paz. Ella fue la razón de que Langton te trajera a la casa grande, ¿sabes? Ella es, supongo, la razón de que yo fuera amable contigo al principio. Quería hacerle daño. Hasta me aseguré de ponerte el nombre yo, de que ella no tuviese ni tan siquiera esa pequeña alegría de madre. Él le tenía cariño, a su manera. (Estas cosas rara vez son blancas o negras, ¿verdad?) El cariño suficiente para prometerle que nunca te vendería, que saldrías de las barracas, que no trabajarías en los campos. No debías saber nunca la verdad. Pero ella te la habría dicho, igual que hice yo, de haber seguido viva. Estoy segura. Lo que fuera para poner freno a lo que hacíais los dos.

Sospecho que hubo otros antes de ti. Bebés, quiero decir. Si había una persona en esa hacienda que sabía cómo proteger a una mujer de tener hijos indeseados, era tu madre. Antes de que nacieras, Langton decía que ella y yo éramos tan estériles como dos gallinas a bordo de un barco. ¡Ja! Tú le demostraste que estaba equivocado y solo quedé yo. El imbécil. Era como todos los hombres, ciego a todo lo que pudiera sugerir que era por culpa suya o por decisión de la mujer. Las hierbas que Phibbah me daba. Yo bromeaba con ello. «Dame hoy mi naranjada de cada día.» La bebida que me libraba de tener que parir a sus hijos. Y por eso le estoy agradecida.

No entiendo cómo te colaste en el vientre de tu madre. Puede que empezara a estar cansada o que sus métodos habituales simplemente le fallaran. Fuera como fuese, eras la única hija de Langton, y eso me procura un cierto placer.

Tú naciste, ella huyó y después él la persiguió, la trajo de vuelta a rastras y ordenó a Manso que le rompiera los dientes con el escoplo. Pero fue como tirar piedras sobre su propio tejado, como dice el dicho. Ella ya no tuvo el mismo atractivo después de eso. Oh, pero a él seguía gustándole. De hecho, le hizo esas promesas, sobre ti.

Aprendí a palos que, en este sitio, los hombres tienen a sus concubinas y bastardos a la vista. La misma mujer que me había escupido en las gachas esa mañana podía estar fornicando con mi esposo esa noche.

Todo eso nos destruye.

Estoy cansada. Voy a terminar esto. ¿Por dónde iba? Tu madre.

En la Biblia, Labán regala a su hija Raquel a su esclava Bilha. Y los hijos de Raquel son los hijos de Bilha, su criada.

Éramos Raquel y Bilha, ella y yo.

Mi esposo, sin duda, creía que en la otra vida ella y yo

aún estaremos en ese porche, rodeadas de rosas inglesas moribundas, yo con el té, ella con el abanico.

Creo que se equivoca.

SEÑORA A. LANGTON

Se me encoge el estómago. Vuelvo a estar en el comedor, hablo a Langton de la naranjada, me convenzo de que solo digo la verdad, olvido cuántas caras tiene. No pienso en las consecuencias, porque solo pienso en mí. El miedo me deja la boca seca como la sal. Por supuesto, yo había visto, con el paso de los años, lo que ella era para mí; a fin de cuentas, solo podía ser una mujer. Todas las veces que se lo había preguntado, quizá solo esperaba que lo reconociera. Ella me odiaba a veces. Pero creo que también había amor.

Son tantas las cosas que querría decirle. Por ejemplo, que la culpa me ha traspasado por dentro desde entonces, mezclada con mi sangre. Que, incluso ahora, pensar en ello, escribir sobre ello, hace que ambas me bullan en el pecho. Que lo siento.

El entendimiento de una niña es un oscuro terreno. Y la luz puede ser cegadora. Cojo la carta de mi regazo y la releo. Y vuelvo a estar en el porche. Veo las lentas manos de Miss-bella alargarse hacia el vaso. A Phibbah detrás de ella con el abanico. La naranjada. Así es como lo hacían. No eran veneno, las hierbas del vaso de Miss-bella, sino su dosis diaria. Para asegurarse de que seguía estéril. Pero en Jamaica había dos verdades. La primera, que toda la medicina tradicional es *obeah* si ellos lo dicen. La segunda, que las mujeres blancas nunca cargan con la culpa.

51

La luz acaricia los barrotes. Noto que el jergón se mueve. Madame está sentada a mi lado. Tiene su librito negro, su pluma. Está tomando sus notas. De un momento a otro se quitará las botas, recostará mi cabeza en su regazo y me besará, y yo no querré abrir nunca los ojos ni dejarla marchar. Nada entre nosotras salvo un hilillo de aliento y esta nueva mañana, que lo lava todo con su luz. Incluso he conseguido dormir un poco. Entonces me abrazo las rodillas y la veo alejarse, los tobillos acariciados por la seda azul lavanda. Vuelve la cabeza para mirarme, en sus ojos lágrimas que brillan como el hielo. ¿Qué puedo decir para hacer que se quede?

De repente lo sé. Una llamarada de luz.

«¿Qué se llevaría si pudiera marcharse?»

Me levanto con esfuerzo, golpeo la puerta con los puños, llamo a gritos a los carceleros. No hay respuesta. Nadie acude. Por primera vez en este lugar maldito, todo está terriblemente silencioso. Ni un ruido. Ni un susurro. Golpeo la puerta hasta que mis manos se entumecen, hasta que mi frustración palpita bajo mi piel como un segundo corazón. Luego paro y escucho los crujidos

de las paredes que me rodean. Ahora sirvo a otros señores y no pasará nada hasta que ellos acudan.

Por fin me permiten mandarle un mensaje y después
empieza la agonía de la espera.

Su mudo asentimiento es como una bofetada que me cierra la garganta. Me escuecen los ojos.

¡Esperaba haberme equivocado!

—Estaba detrás del retrato, sí —dice. Me mira con perspicacia—. Escondida detrás del marco. ¿Cómo lo sabía?
Y, sobre todo, ¿por qué no se le ocurrió durante el juicio?
Tomkin fue a pedir a Meek que volviera a la casa. Fueron
juntos. Anotó lo que pone, por si le interesa. Esto es una
copia. El original lo tiene el juez. —Me la enseña, sujetán-
dola con cautela, como si pudiera mancharle los dedos.

Y yo se la arrebato, para poder leerla.

La muerte es lo único que me asusta ahora y, no obstante, lo único que puede llevarse mis miedos.

Lo siento.

De repente, pienso que estas pueden ser las últimas
palabras que lea nunca, las últimas palabras que ella escribió, y las leo con la avidez de un ternero en una ubre.
Transmitidas por la mujer de rojo, escondidas detrás de
su marco.

«Lo siento.»

—Lleva su firma. Aquí. —Señalo—. Ritte Delacroix.

—Sí —dice—. Suicidio. No hay duda.

En los días largos y oscuros que siguen a mi juicio, hasta
el cielo parece haberse vuelto negro y hostil. Relámpa-

gos en la ventana, que parecen resquebrajar las paredes. Me paseo de un lado para otro de la celda. Un condenado jamás debería pensar obsesivamente en su sentencia. Es una pérdida de tiempo, cuando tiempo es lo único que le queda. Pero siento decir que eso es justo lo que hago. Pienso en mi juicio, en usted, en la defensa que ha urdido. Aquí está en boca de todos, aunque haya perdido. Ese argumento del sonambulismo, Lushing lo llamó «ciencia», pero en mi opinión se parece más a la magia: un negro velo corrido por el sueño o la intoxicación, seguido de una especie de locura onírica. Ese fue su hechizo, hacerles creer que yo era una autómata, una zombi. Me paro en seco, al comprender que es el mismo hechizo que algunos dirían que Langton me lanzaba en cuanto ponía un pie en la cochera. Despojada de mi libre albedrío. Pero la muerte también puede ser una opción, el oscuro vínculo entre sueño y locura. La melancolía de Madame era ese mismo negro vínculo y el opio el velo que corría sobre sí misma. Todas esas ramas podridas, nacidas de la misma negra raíz.

52

Incluso ahora mi memoria elude esas duras piedras de dolor. Pero debo descorrer el velo. Acercar un espejo a esa noche. La verdad de Madame me obliga a poner la mía por escrito, a enfrentarme a mí misma y a lo que he hecho. Me obliga a sangrar y a volver a sangrar. Me siento segura de poder acercarme a la verdad de lo sucedido, que es todo lo seguros que podemos llegar a estar con respecto a la verdad.

Respiro.

Y aquí está.

No podía estarme quieta y bajé a buscarla. Pasé por frías habitaciones y estrechos pasillos hasta llegar al oscuro vestíbulo. Las ventanas tenían una mortaja de bruma. Todo me rehuía e intenté agarrarme a la mesa, pero tropecé. Me caí. El reloj de pie se tambaleó. El vestíbulo estaba desierto y oscuro, pero había luz y vida en la sala de visitas y me sentí atraída. Era el mismo deseo que me había llevado a los aposentos de Madame en plena noche. La madera encerada brillaba como lo hacen los ojos, las puertas estaban abiertas como fauces. Unas siluetas oscuras se retorcían contra las paredes: personas que paseaban, hablaban. Casi todas se volvieron hacia mí, estupefactas. Un mar de faldas, perfumes y cabello. Música de violín en algún lugar lejano. Me detuve, las miré.

Benham avanzó un paso, alzó la mano. «¡No te acerques!» Vi a Hep Elliot. A Chavalito.

¡A ella!

Estaba junto al largo ventanal, en el centro de un corrillo. La cabeza ladeada, la copa alzada. ¡Riéndose! Cuando vi eso, el corazón se me partió como un leño. Pasó de un invitado a otro, y a otro más. Cuando me vio, se detuvo. Todos se quedaron paralizados. Sus murmullos cayeron sobre mí como una lluvia. «La extraña criada negra de Meg.»

Cuando estuve junto a ella, alcé la barbilla y recobré el aliento.

—Chis. Frances. —Me hincó las uñas en el brazo—. Chis. —Intenté librarme, pero no me soltó.

«Esto es la muerte.»

Linux se abrió paso entre el gentío, seguida de Charles. Había olvidado sus buenos modales. Su boca grande, sus ojos amargos. Pero fue Madame la que me dijo que me marchara.

—Por favor. Nada de escenas. —Sus ojos estaban negros. Atisbé miedo en ellos, y una emoción más turbulenta.

La sala volvió a respirar cuando me giré sobre los talones.

Charles me llevó a la buhardilla. Pero volví a bajar, a la habitación de Madame, y me senté en la cama. La pateé. Libros amontonados en el suelo, como piedras oscuras en un pozo, y las paredes se me echaron encima. Noté la misma sensación de náusea que me había revuelto el estómago al verla. Me levanté, encendí una vela, recordé su manera de felicitarse entre ellos. De felicitarlo a él.

«¡Qué gran debate! ¡Qué gran orador! ¡Qué gran hombre!»

Mientras que a mí me habían abandonado y volverían a echarme.

Ese mismo día, al subir de la cocina, la había encontrado en la cama, con las piernas cubiertas de sangre y el vestido enredado en ellas. No era su sangre. El bebé por fin se había rendido y Madame estaba ovillada alrededor de él. Una cosita varada en la sábana. Una mulatita. Como yo. Todos los bebés nacen con la piel clara, ¿lo sabía? Solo se puede saber lo oscuros que serán por los dedos de las manos y los pies. Esa niñita me cabía en la palma de la mano; una cabeza minúscula oscura como la sangre; unos piececitos pequeños como uñas.

Madame arrugó la cara cuando la desperté.

—Déjame dormir...

Puso los ojos en blanco, se le entrecortó la respiración. Pero, por fin, me permitió coger a la niña. Primero me dediqué al cuerpo vivo, después al muerto. Era un trabajo que conocía. Me ocupaba las manos. La lavé, le cambié el camisón. Sentí que el fuego abandonaba la chimenea y me penetraba en los huesos. Vi que la ceniza se tornaba blanca al enfriarse.

—Tendré que ir a buscar sábanas limpias —dije—. Y tendremos que quemar estas. —Madame ni tan siquiera alzó la vista. Inspiré con todas mis fuerzas—. También tendré que quemarla a ella.

Eso la despertó. Se incorporó y pasó las manos por la cama.

—No.

El frasco estaba en la mesilla y vi las dentelladas del láudano en ella. Solo quedaba una pequeña voluta negra, un poso. La mano me tembló de mi propia necesidad. Habría lamido el borde.

—¿Cuánto ha tomado? —pregunté.

Frunció el entrecejo.

—No he dormido desde que te has ido.

Una llama diminuta. «Me necesita. Aún.»

—¿Cuánto? —repetí.

—No sabía qué decidirías. Y la espera ha sido una agonía. Quería... —Dio un grito agudo. Rehuyó mi mirada—. Pero cuando la he visto... Y ahora. Yo... —Se le quebró la voz—. Solo quería...

—Quería lo que tiene —la interrumpí—. Quería deshacerse de ella. —Fue cruel de mi parte. Lo único que había hecho era asegurarse de no querer más de lo que le estaba permitido.

Tembló bajo las sábanas, me hizo prometerle que la enterraríamos y me rogó que no dijera una palabra. Una promesa que usted ya sabe que me he visto obligada a romper.

Señalé la jofaina con la cabeza.

—¿Se lo va a decir?

—No.

—Lo descubrirá.

—Sí. Pero no hoy. —Le temblaron los labios—. Juro que lo voy a dejar.

—Él se alegrará.

—¿De que la haya perdido? ¿O de que deje el láudano?

—De las dos cosas.

Dijo que lo necesitaba en ese momento. Tenía que verse bien, engañarlos. Engañarlo a él. «Darle a Meg la Maravillosa.» Lo que necesitaba era una resurrección. Sin el láudano, dijo, no sobreviviría a la velada. Íbamos a tener que suavizarle la piel con polvos y calmarle los nervios con jarabe. Llevaría un pantalón, debajo de la falda, relleno de toallas. Haría falta un pequeño milagro para que pudiera asistir a la fiesta, estar radiante. Saqué el segundo frasco del armario.

—Y el brandi, también —dijo, de manera que también lo saqué. Abrió la boca, alzó la cuchara.

Le dije que iría a buscar sábanas limpias. Pero, primero, subí a la criaturita a la buhardilla, envuelta en una de las sucias. Me pareció que no me había visto nadie. Salí. Compré el tarro y el arsénico.

Un cadáver puede embalsamarse con arsénico. ¿Lo sabía? Un conocimiento útil para su oficio de abogado, sin duda. Era útil para el que yo practicaba en Paradise. Casi todo lo que aprendí allí me pesa, pero esta es una de las pocas cosas que me ha sido útil: arsénico y agua, veinte gramos por litro.

Cuando terminé, no pude quedarme en el cuartito. Metí el tarro debajo del jergón y bajé al sótano, donde me senté en la escalera y respiré hondo para intentar calmarme antes de subir para volver a verla. Seguía ahí, con la cabeza apoyada en la barandilla, cuando Benham mandó a Charles para decirme que quería verme en su biblioteca.

—He subido —dijo— y he aprovechado para recordar a mi esposa sus obligaciones de esta noche. Una expedición muy interesante. Parecía que su cama hubiera sido el escenario de una matanza.

Las sábanas. Me había dejado las sábanas. Se me encogió el estómago.

—El momento no podía haber sido más oportuno, por supuesto.

La idea se alargó, se enroscó. Me dejó paralizada como un reloj sin cuerda. Iba a echarme otra vez. Entonces lo dijo:

—Ya no me sirves de nada.

—Me necesitaba cuando intentaba sacarme lo que sabía y cuando quería que me quedara con el hijo de Madame...

—¿Qué alternativa tenía? —Resopló—. El único hombre de todo Londres del que debía mantenerse alejada tuvo que ser el mismo que se folló.

Yo me había callado lo que sabía. Pero entonces mi cólera se alzó para encontrarse con la suya. Como dos desconocidos que son presentados.

—Usted solo sabe dónde he estado porque ahí le conocen. Saben que compró muchachas. Recién llegadas en las diligencias. ¿Nunca pensó que podía enterarme? Tiene pisos en Marylebone o sir Percy los tiene... Los dos son miembros de ese club. ¿Cómo se llaman entre ustedes? ¿Los caballeros diabólicos?

Bufó y retrocedió como si le hubiera dado una bofetada. Pero con rabia, no con sorpresa. Como si se lo esperara.

—Esas muchachas eran prostitutas, se vendían ellas mismas.

—¿Qué vendían? ¿Sus moretones? ¿Su piel reventada? Las retuvieron en contra de su voluntad durante meses. Uno de esos caballeros diabólicos dejó tullida a una. Pero estoy segura de que ya lo sabe. Porque dicen que fue usted.

Crispó la boca, pero fue lo único que movió.

—Esa muchacha ha recibido cuidados...

—Incluso ahora intenta justificarse. —Cerré los ojos, sentí que mi furia estallaba. Aunque entonces no lo sabía, era lo único que me quedaba—. ¿La mente más brillante de Inglaterra? Pero la mente no siempre hace al hombre, ¿verdad? Y en algunos sitios conocen al hombre.

Entonces sus manos empezaron a volar, raudas como las cartas de una baraja. Gritó. Me llamó ladrona, salvaje. Dijo que eso era chantaje y lo sumó a la lista de mis delitos. ¿Cómo me atrevía a pensar que tenía algún poder sobre él? Pero vaciló, sin saber dónde le haría más daño lo que yo sabía de él, ahí o en la calle. Por eso dijo que me quedaría hasta que decidiera qué había que hacer, recogiendo ya sus papeles, pero sin despegar los ojos de mí.

—Ahí es donde se equivoca —dije—. Esta vez me quedo porque me apetece.

La noche se extendía ante mí, profunda como un pozo. Yo era una piedra que Benham quería arrojar dentro. Encontré la puerta de Madame cerrada con llave. Vagué por los pasillos, salí a la calle, me detuve debajo de unos árboles negros pelados como huesos. En la cocina habían sacado copas de vino y bandejas de plata para los canapés. Todos los demás estaban arriba, limpiando. Olía a sal y a carne. Vigilé el reloj. Me paseé de un lado para otro, esperé. Choqué con la mesa y las copas saltaron.

Cuando ella por fin me dejó entrar, una pregunta que temía hacerle me quemaba por dentro. La verdad es que Madame me daba miedo. No se la hice porque no quería saber la respuesta. La misma razón por la que antes había rehuido mirar el bultito envuelto en la sábana.

Quería llevar el vestido azul lavanda de seda, de manera que lo descolgué. ¿Intentaba evitarme? ¿Me rehuía la mirada? Cuando alcé el vestido, ella levantó los brazos. La sombra de la seda le oscureció el cuello como un rubor. Qué frágil era. Nunca había tenido el valor que exige este mundo. Me obligué a hablar.

—Ha dicho que tengo que irme. ¿Está de acuerdo con eso?

—No.

—Pero ¿no hará nada al respecto?

Su reflejo blanco en el cristal. Quise marcharme en ese momento y pedirle que viniera conmigo. Pero ¿qué podía ofrecerle? Una habitación en un burdel, si tenía suerte.

Sería la muerte para una mujer como ella.

«Habla, Frances. Dilo. Vamos.»

Pero fue entonces cuando se volvió, retorciéndose las manos.

—Quédate arriba esta noche, por favor. Será demasiado complicado con él. Y... yo... no soporto...

—¿No soporta qué?

—Que me lo recuerden.

Entonces le dije que era una cobarde. Además de otras cosas horribles.

Esa vez, como usted ya sabe, no obedecí.

Después de que Charles me dejara en la buhardilla, regresé a hurtadillas a su habitación. Se abrió ante mí. Parecía una habitación de novela, para esconder tesoros o a locos. Pero era ahí donde yo había tenido mi historia de amor, mi dosis de felicidad, por fugaz que fuera. Por dentro y por fuera, nada aparte de una oscuridad sofocante. Fui al armario, saqué el frasco, me lo llevé a los labios y sentí el contacto con la droga, fría al principio, tibia después. «Más.» Me senté. Esperé. «Más.» Sabía que Madame vendría. Me arreglé el pelo y las faldas lo mejor que pude.

Abrió la puerta.

—Nadie sabe que estoy aquí. Debo volver enseguida.
—Me erguí.

Fue directa al frasco y se lo llevó a los labios. Me estremecí al pensar que había regresado por el láudano, no por mí. Me ofreció el frasco. Los ojos le brillaban como fruta envenenada.

—Chis.

—¿Alguna vez me ha amado?

—Estoy sufriendo un martirio, Frances —dijo—. Y tú me hablas de amor.

Me puso sus dedos fríos en la mejilla. Sus ojos parecían vacíos, ya muertos. Pensé en la tibieza de su amor. Yo lo había engullido como una niña devora su ración de caramelos. Y ella también me había engullido a mí, con la misma avidez que se bebía sus tinturas. Tomó una dosis, me dio una a mí. Y otra y otra más. Intento pensar qué fue lo que vi en su rostro. ¿Lástima? ¿Miedo? Mis manos retorcieron las sábanas mientras la observaba. Vació el vaso y se dispuso a marcharse. Pero se detuvo en la puerta, temblando.

—Creo que... me ha roto —dijo, de espaldas a mí. No me hizo falta preguntarle a qué se refería. Y luego—: Ahora puede divorciarse de mí —soltó como si se le acabara de ocurrir. Se agarró los puños del vestido.

—Pues venga conmigo. Y que él pida el divorcio. Venga conmigo.

Negó con la cabeza.

—No me he puesto de acuerdo con él sobre ti, Frances. Lo siento. Pero si es la única manera... Por favor. Vuelve arriba. Vuelve a tu cuarto.

Grité su nombre.

Ella dijo sus hirientes palabras y se marchó.

Tomé más láudano, me llevé el frasco a mi cuarto.

Imposible descansar. Escuché los carruajes, la marcha de sus invitados, e intenté calmar mi respiración. Pasó un minuto. ¿Una hora? El tiempo se me escapaba. No lograba medirlo.

Cuando regresé a su habitación, estaba acostada. Un río de oscuros cabellos le fluía hasta la cintura. Había una sola vela encendida. Sus ojos parecían fijos en la mujer de rojo. Por un extraño momento creí que ambas estaban a punto de hablar. Entonces vi que dormía. Sentí el peso de la droga. Frenándome. Me sentí clavada al suelo. Intenté dar un paso. Madame tenía la cabeza caliente.

Al momento estaba en la biblioteca de Benham, bamboleándome en la puerta.

—Creo que hay que llamar al médico. Madame no está bien.

Alzó la vista y se rio.

—Ya sé que no está bien.

—Pues haga venir a Fawkes. Puede que necesite ayuda, por la hemorragia.

—Es el láudano, como tú bien sabes —dijo—. Su consuelo permanente. Mañana volverá a ser el mismo incordio de siempre.

—Pero podría...

Su risa, amarga como el láudano en mis labios.

—No es nada. Y aunque esté enferma... —Movió la cabeza—. Creo que fue el marqués de Sade el que dijo que preferiría una amante muerta a una infiel. Habría que preguntarse cómo se prefiere a una esposa.

—Está borracho.

—Era una fiesta, criada. Todo el mundo está borracho.

La biblioteca empezó a encogerse como algodón empapado en agua.

—Todos esos chismes repugnantes... ciertos... sobre los cuernos que me ponía ese negro.

«Oh, pero también se los ponía yo.» Me noté la garganta rasposa. La sangre me ardió, como una mecha. Mi rabia se encendió.

—Finge que está libre de pecado. Aquí sentado, tirándonos piedras a todos. Finge que tiene las manos limpias. Pero todo es culpa suya. *Crania*. Langton. Yo. Usted trajo a Chavalito. Eso no es mejor de lo que Langton me hizo a mí. ¡Y ella! Con las alas cortadas por usted... —Me restregué la cara con las manos—. ¿Y si el mundo supiera qué clase de hombre es en realidad?

Lo vi. Vi que la verdad le daba incluso más miedo que a mí.

Di un paso atrás. El láudano lo suavizaba todo, convertía mi pulso en un batir de alas.

—A lo mejor debería sacar partido de toda esa educación que me embutieron a la fuerza —dije—. Esa sí que sería una revelación.

La vieja oscuridad se coló en mi cabeza. Oí el taconeo de sus zapatos. Levantó la mano y me dio una bofetada. El suelo de la biblioteca se combó, cedió. Lo agarré, pero me dio otra bofetada. Los faldones de su chaqueta negra revolotearon a nuestro alrededor y el láudano lo convirtió en una danza extraña y lenta, espesó el aire, me escoció en las axilas. Lo agarré por el corbatón. Levantó las manos. Me arañó la garganta.

«Ten agallas, Frannie.»

Me lo quité de encima y rebusqué en el dobladillo de la falda.

Fue rápido. Es un milagro que nadie oyera nada abajo.

Esa tarde en el jardín, el verano anterior. En la habitación de Madame, mientras ella dormía, había cortado un agujero en mi jergón. Linux me había acusado de robarlas: por eso lo hice. Y se habían quedado ahí desde entonces.

Pero ahora las tenía en la mano.

Las alcé muy por encima de nosotros. Fue como volar. La biblioteca se abrió a un abismo de oscuridad.

Me estaba defendiendo. Eso es lo que decido escribir aquí. Si aún estuviera en el banquillo del acusado, el elocuente Jessop me preguntaría por qué llevaba las tijeras cuando bajé a la biblioteca.

«¿Bajó con las tijeras?»

«¿No estaba su jergón arriba?»

«Se armó antes de bajar, ¿no?»

Pero no tengo que responder a más preguntas.

Después subí. ¿Tenía elección? Debería haber huido, por supuesto, haber regresado a las calles. Pero subí a acostarme a su lado. Verla me magulló el corazón, como un ancla contra las rocas. ¿Cómo me justificaría ante ella? ¿Ante nadie? Pasé las manos por los libros de la mesa, y por la repisa de la chimenea, intentando no mirarla. Había dejado un rastro de sangre a mi paso, de manera que mojé una toalla y limpié la alfombra. Cogí el cepillo y la pala de la chimenea, barrí las cenizas frías del suelo, preparé el fuego y me aparté para ver prender las llamas. Quedaba láudano en el frasco que me había llevado. Tomé un sorbo. Quería borrarme la mente. *Tabula rasa.* Dentro, todo era suave y negro como la tierra. Solo se oía el crepitar del fuego. Más láudano. Más y más, hasta que el frasco estuvo vacío . Sentí que las manos se me enfriaban y lo solté. Eché la toalla al fuego. Mi propia sangre me dejó en ese momento. Oí su voz. Lo juro. Estoy segura. «Duerme, querida Frannie. Duerme.»

Luego, tal como le dije, me dormí.

Me despertaron, en su cama. Me dijeron que estaba muerta. Debía de ser la sangre de Benham, alrededor de nosotras en la cama, y sobre ella, llevada allí por mis propias manos. Hay cosas que no pueden escribirse. Una terrible intimidad. Como la muerte, como el amor. Eso fue lo que sentí entonces. Noté un tirón, un desgarro, sentí mi corazón, suspendido como una raíz arrancada y caída en el barro.

Antes de bajar a pedir a Benham que llamara al médico, la había creído enferma, dormida. Ahora veo que ya debía de estar agonizando.

Estoy llegando al final. Mientras escribo, solo la veo a ella. Abriendo el armario, dejando su cuaderno, sacando uno de los frascos ambarinos. Todo con mucho cuidado. [Alineados como el instrumental de un cirujano, ¿no es eso lo que dijo Linux?] Como se amortaja a los muertos. La última vez que abrió ese armario. La última vez que sacó el frasco. La última vez que cruzó la habitación, hacia el retrato, con la carta en la mano... ¿Estaba tan aterrorizada como yo ahora? «Es la dosis lo que es el veneno.» Oh, y ella misma había sido la envenenadora.

He pensado mucho en el cuchillo. El mismo que el agente Meek dijo haber encontrado en su armario. ¿Qué hacía ahí? Cuando Madame bajó a la cocina esa noche, o quizá antes, ¿podría habérselo llevado sin que nadie la viera? Me duele pensarlo. Pero Pears jura que no lo utilizó, que, al final, prefirió el láudano.

Es posible que Meek pusiera el cuchillo dentro del armario él mismo, o que ni tan siquiera lo encontrara en la habitación y solo lo fingiese para asegurarse de cargarme con la culpa. A fin de cuentas, necesitaban aportar un arma, dado que no habían encontrado las tijeras, escondidas en las faldas con las que me detuvieron. Dudo que las hayan conservado, con lo sucias que estaban.

Sé que debería haberle contado en nuestra primera reunión lo que había sucedido con Benham. Esa carga, al menos, puedo por fin depositarla. Como todas esas veces en la cochera. Y aquella vez con Henry. El mundo se volvió negro, y en él se hicieron cosas negras.

Pero ¿lo habría entendido?

Sabía que antes tenía que contarle mi historia.

53

He recibido su carta. Me indultarán por el asesinato que no fue un asesinato. Y por el otro me colgarán.

54

A través del patio enlosado, hay treinta y cinco pasos hasta la puerta de la capilla. Los he contado. Ese es el verdadero milagro, el tiempo que nos dejan pasar al aire libre.

Alcé la vista. Vi el cielo despejado, el reflejo del sol en las ventanas de arco, relucientes como bollitos glaseados en una panadería. Respiré, despacio y profundo, casi esperando oler a azúcar. Nos hicieron entrar demasiado rápido y nos condujeron a los bancos de los condenados, donde no tuvimos más remedio que sentarnos con las rodillas contra el ataúd que mantienen en el centro. Todo el mundo reza para que esté vacío, aunque nadie lo reconozca. Nos obligan a mirar a la muerte a la cara antes de afrontarla.

Nosotros también estábamos ahí para que nos miraran. Es instructivo para los otros presos vernos en nuestra última noche. La misa por los condenados. Algunos alargan la mano hacia nosotros, intentan tocarnos la ropa. «Interceded por nosotros —dicen— ahí donde vais.»

Las ventanas de la capilla son de papel encerado, al igual que en el resto de la cárcel. Todo sumido en una brumosa penumbra. Aun así, se cuela luz. Pálida, pero suficiente para que las oscuras cabezas circundantes se vuelvan cenicientas y después blancas. Como las brasas de una hoguera. Las mismas altas ventanas que en el tribunal, y el mismo terciopelo verde, ahora que lo pienso. La distribución general también es muy parecida. Supongo que es para dejarnos claro que los dos se dedican a lo mismo. La capilla del rey. El tribunal del rey. Aunque aquí manda el ordinario, no un juez, y lleva ropajes blancos, no rojos. Porque ahora estamos limpios de sangre. Hemos sido juzgados. Condenados.

Cuando fueron a buscarnos para la misa, les dije que no quería ir. Pero aquí tenemos que estar con Dios en nuestros últimos días, nos guste o no. Es como tragarse un purgante. Preferiría la compañía del láudano, si me dieran a elegir, pero Newgate es un universo que funciona como un reloj, en el que todo avanza hacia un único fin. El mío.

El ahorcamiento es una cuestión de eficiencia.

Estábamos ahí sentados. Las rodillas nos temblaban como pajarillos y los talones nos repicaban como badajos. ¿Quién podría estar más inquieto que un grupo de condenados obligados a rezar? Somos seis, para mañana. Yo estaba al lado de una mujer delgada con la mandíbula en forma de pala y las piernas llenas de costras grandes como monedas. No paraba de levantarse las faldas para toqueteárselas. «¿Qué será de nosotros?», dijo, cogiéndose una trenza y chupeteándola. Le dije que no se anticipara tanto, porque, cuando vemos lo que nos espera, el dolor se vuelve más doloroso y el placer menos placentero. Después nos quedamos calladas, aunque ella se puso a llorar. Yo preferí guardar silencio porque, si la desanimaba todavía más, no sabría cómo consolarla. En general, no hablamos mucho entre nosotros. Ni, de hecho, con nadie más. No sirve de nada.

El ordinario, gordo, vestido de blanco, agitó los brazos y nos habló de la paga del pecado. La única paga que recibiré nunca, según parece. Intenté leer las placas de la pared detrás de él. Veía que eran pasajes del Éxodo, pero no lo que decían. Estoy tan ávida de lectura que leería lo que fuera, aunque la Biblia no sería mi primera opción. Pero el ordinario me los tapaba con los gestos de los brazos y su cara agria. Tiene que escribir una biografía de cada uno de nosotros, como usted sabe, antes de que nos ahorquen, y publicarla en sus archivos. Otra cosa sobre la que no podemos opinar. Intentará que parezcamos píos y contritos, por muy crueles que seamos en nuestro corazón de manzana podrida. Confesiones completas e historias edificantes. No pienso decir nada cuando me toque.

Una hora al aire libre con el sol en la cara habría sido una bendición mucho mayor, y Dios sabe que lo necesito más que a Él. Además, si ellos tienen razón, pronto tendrá todas las palabras. ¿Por qué necesita tener la última?

Todas las personas con las que he sido injusta están muertas desde hace mucho tiempo. Pero, aun así, me arrodillé en el banco de los condenados. Oh, eso creó un cierto alboroto. Todos apiñados alrededor de mí, un revuelo de manos y ropa.

—¡Levántate! ¡Levántate! —dijeron.

Me golpearon para que volviera a sentarme, pero me resistí. Mis uñas dejaron arañazos en la madera. Ya no les tengo miedo. Todas las cosas que hacemos de rodillas: confesar, suplicar, rezar. Amar.

«Os pido perdón, Phibbah, Calliope. Te pido perdón, bebé. Bebés. Todos los cuerpos sin cabeza que dejé en Paradise. Le pido perdón, Madame.»

Al final, cuando solo oí silencio, me levanté.

¿Por qué le gustaría a usted que lo recordaran? Si tuviera una última página y una última hora, ¿qué escribiría? Al final, esto es lo que elijo. Mi historia, contada por mí. Lo único que podré dejar. Que había dos cosas que me encantaban: todos los libros que he leído y las personas que los escribieron. Porque, a fin de cuentas, la vida no es nada, pese a tanto ruido, pero las novelas nos permiten creer que lo es.

Ahora debo dejar la pluma y enfrentarme a lo que me espera, aunque es más de lo que merezco. Antes, debo darle las gracias. Usted me ha dado la razón para escribir, además de los medios. Le he pedido a Sal que le lleve esto. Habrá dinero adjuntado. Debería ser suficiente para pagar a un escribiente que hará copias para que usted las envíe. No soy tan necia como para creer que mi historia se vendería bien. Pero la historia de la Asesina mulata quizá sí. Tal vez haya lo suficiente de ella en estas páginas para tentar a un editor. Soy muy consciente de que mi vida se acaba como la de Langton, con la esperanza de que mis murmullos hallen el modo de imprimirse en tinta. Algunos de nosotros somos artesanos de la palabra, mientras que el resto solo cortan leña. Puede que alguien se interese por todo esto. Aunque no voy a contener el poco aliento que me queda. Como Langton dijo una vez, la mayoría de los editores no ven más allá de sus narices. Probablemente, serán demasiado miopes para ver a una mujer como yo. He dejado todo lo demás a Sal, tal como está. Ahorré un poco de dinero en la Escuela, y está mi vestido gris, y mi ejemplar de *Moll Flanders*, aunque tendrá que pedir a alguien que se lo lea. Me la imagino, un día, mirando a una niña mulata colgada de la mano de su madre. Sonreirá, como siempre hace cuando ve a una mestiza que le recuerda a mí. «Mira eso, Fran, mira eso. ¡Aún estamos aquí! ¡Somos fértiles! ¡Nos multiplicamos!» Se reirá a carcajadas.

Pero estas páginas son para usted.

12 de mayo de 1826

Cierro los ojos.

Un manto de gente y humo que se extiende hasta el campanario de la iglesia. Vendedores de empanadas, carros, vendedores de periódicos. Bebés que se pasan por encima de las cabezas. Piqueros en las esquinas, para contenerlos a todos. Un trozo de tela vuela por el patíbulo hasta la bota del verdugo. Él no se da cuenta. Si lo hace, no baja la vista. La mueca de su boca corta como un cuchillo. No soy nada salvo el gran martillo de mi corazón, mis pies. Pero, kiii, ¡el aire es puro! Fresco. Frío. Lo respiro, me lo bebo como si fuera leche, tengo la magnífica sensación de ahogo de un pecho ahíto de aire. Respiro más despacio. Tengo miedo. Tengo miedo. La mañana está rosada como las llamas. Levanto la cabeza y dejo que el cielo me toque la cara, y la veo. Siento que tiran de mí. Digo su nombre. Marguerite. Un susurro.

El susurro se torna grito. Cómo la he amado.

Tengo miedo. Tengo miedo.

Pero la mente es una morada distinta, y ahí, pronto, pasaremos días juntas.

Y tiempo.

Nota de la autora

Francis Barber fue un niño jamaicano llevado a Londres en el siglo XVIII y puesto al servicio de Samuel Johnson; Johnson escribió que se lo había «regalado un amigo». La idea de que se «regalaban» personas en Inglaterra, donde teóricamente todos los hombres eran libres, fue el punto de partida de esta novela. La historia de Barber fue relatada por Michael Bundock en *The Fortunes of Francis Barber*.

Para los aspectos científicos de la trama me he basado en varios textos, entre ellos *The Anatomy of Blackness* de Michael Curran, *Doctors and Slaves* de Richard Sheridan y dos artículos de Lorna Schiebinger: «Medical Experimentation and Race in the Atlantic World» y «Scientific Exchange in the Eighteenth-Century Atlantic World». *Crania* de Langton está inspirado en *Crania Americana*, un libro publicado por Samuel Morton en 1839 (me he concedido una licencia poética en lo que respecta a la cronología).

Estoy en deuda con varios libros sobre los primeros inmigrantes negros que llegaron a Londres, incluidos *Black London* de Gretchen Holbrook Gerzina, *Reconstructing the Black Past* de Norma Myers y *Staying*

Power de Peter Fryer. La historia de Chavalito está inspirada en la relación entre Julius Soubise y la duquesa de Queensberry.

He leído testimonios de esclavos estadounidenses en *Before Freedom: When I Just Can Remember*, bajo la dirección de Belinda Hurmence.

In the Arms of Morpheus de Barbara Hodgson ha sido una exploración provechosa y fascinante sobre el consumo y efectos del láudano entre las clases altas.

También he consultado actas de procesos judiciales reales, entre ellos el juicio de Jane Rider, la sonámbula de Springfield, a principios del siglo XIX, y la defensa de Albert Tirrell por parte de Rufus Choate en Boston, Estados Unidos, en el año 1846, así como el archivo en línea del Old Bailey.

Otras fuentes útiles han incluido *Daily Life in 18th Century England* de Kirstin Olsen; *City of Sin* de Catharine Arnold; *Londres: una biografía* de Peter Ackroyd; *The Secret History of Georgian London* de Dan Cruickshank; *Georgette Heyer's Regency World* de Jennifer Kloester; *An Elegant Madness: High Society in Regency England* de Venetia Murray.

En mayo de 1823, George Canning introdujo una serie de resoluciones para mejorar las condiciones de los esclavos de las Indias Occidentales, incluida la instrucción religiosa, que llevaron a la imposición por decreto de un plan de mejora en Trinidad y Tobago al año siguiente. He dado a George Benham ideas afines a esas propuestas, con la diferencia de que su objetivo era preservar la esclavitud, no abolirla.

Algunos de los comentarios atribuidos a Langton y a Benham fueron escritos por hacendados reales de las Indias Occidentales, entre ellos Matthew Lewis y Edward Long. *Journal of Life on a West India Estate* de Matthew

Lewis, incluidas sus referencias a las «mujeres con tripa» y las «gallinas a bordo de un barco», y los diarios de Thomas Thistlewood constituyen dos testimonios muy distintos de la vida en Jamaica escritos en primera persona por hacendados de las Indias Occidentales. Ambos diarios reflejan los polos opuestos de la reacción del hombre blanco a la Jamaica de ese período, que oscilaba entre la crueldad y la condescendencia.

Agradecimientos

No podría haber escrito una sola línea sin mi marido, Iain.

Todo mi amor y agradecimiento para él, y para nuestros hijos, Ashani, Christiana, Marianne, Nyah y Lewis, quienes me demostraron lo orgullosos que estaban de su madre en cada etapa del camino. Yo estoy igual de orgullosa de ellos.

Hace poco más de dos años, entré en el despacho de Nelle Andrew con fragmentos de una novela. Ella le vio futuro y se aseguró de que también lo hiciera yo. No podría imaginar una agente mejor, ni una mujer más extraordinaria.

También me gustaría dar las gracias a Alexandra Cliff por su ayuda y consejos en el camino hacia la publicación, así como a todo el equipo de Peters, Fraser & Dunlop.

Tuve la suerte de que este libro pasara por las manos de tres correctoras increíbles: Katy Loftus (Reino Unido), quien pareció leerme la mente desde nuestra primera llamada telefónica hasta la corrección de la última línea; Emily Griffin (Estados Unidos) y Iris Tupholme (Canadá), por su sabiduría y perspicacia. Hicieron de este un libro mejor.

Mi agradecimiento a todo el equipo de Viking, incluidos Rosanna Forte, Anna Ridley, Jane Gentle, Hannah Ludbrook, Lindsay Terrell, Emma Brown, John Hamilton, Gill Heeley y Scott Heron. Y a Hazel Orme, un paciente corrector de originales con ojos de lince. Gracias de antemano a los equipos de Harper Collins en Nueva York y Toronto.

Tengo una enorme deuda con los profesores de Literatura y los bibliotecarios que me ayudaron en mi insaciable búsqueda de poemas de guerra y obras de Jane Austen. La deuda que tengo con la señora Mountcastle es impagable.

Mi agradecimiento a todas las personas relacionadas con el programa MSt de la Universidad de Cambridge, en particular Jem Poster, que supervisó los primeros borradores; Sarah Burton, que me mandó un libro de historias orales; Midge Gillies, que plantó la semilla; y mis compañeros de clase, Jo Sadler y David Prosser. Mi agradecimiento también a los jueces del Premio Lucy Cavendish de Ficción, así como al equipo del Lucy Cavendish College.

Mis amigos se ocuparon de que siguiera cuerda, me riera y, en algunos casos, comiera: Jo Sadler, Emma Wiseman, Sasha Beattie, Dalia Akar, Cassie Wallis, Hana Akram, Helena Reynolds, Magda Embury, Penny Brandon, Rosalie Wain.

Por último, gracias a mis padres, por fomentar mi amor por Jamaica, incluso después de habernos marchado. Y a mis abuelos jamaicanos: Florence y Theodore Grant, y Henry Duckworth Collins, cuyos sacrificios y logros hicieron posible mi vida.